汪仲华 著

向圣贤致敬

悟人生境界

上海人民出版社

前　　言

　　中国的历史悠久,上下五千年;有文字记载的时间亦达三千年。从口口传说到有文字记录,中华民族的志士、英雄、圣贤何其多,生生不息,震古烁今,给我们留下了无尽的辉煌;他们的嘉言懿行,所作所为赫赫然,巍巍然,从中体现的卓越无比的人生境界,彪炳千秋。

　　孔子(孔丘)是春秋时期的一个伟大的思想家、教育家,是儒家的创始人。一部16 000字左右的《论语》集孔子思想之大成。其中"仁"是儒家思想体系的理论核心,孔子以"仁"为自己学说的最高范畴和基本内容,体现了他对社会政治伦理道德的最高理想和标准,反映了他的哲学思想和观点。老子(李耳)亦是古代一个伟大的思想家、政治家,道家学派的创始人。其以"道"来解释宇宙万物的演变,他认为道是客观自然规律,具有永恒性;并建立了以"道"、"德"为核心范畴,"自然"为最高价值的哲学思想体系。他指出:道是"德"之体,德是"道"之用,主张"人法地,地法天,天法道,道法自然"。春秋战国时期,诸子百家争鸣,在竞为显学之际,亦存在互有相长的现象,因为孔子曾经就教于老子,问礼问道,被认为是老子的学生,所以有"老子天下第一"之说。经过颜子(颜回)、曾子(曾参)、荀子(荀况)、孟子(孟轲)等等承继光大,尤其在汉武帝时采纳董仲舒的主张,推行"大一统"、"罢黜百家,独尊儒术",儒家学说遂成为国家统治思想,成为国教,成为"官学";自此儒学作为中国社会正统思想影响长达二千多年。

　　儒学的"仁义礼智信"(五常);"孝悌忠信礼义廉耻"(八德)以及"修己以安人";"以天下为己任";"民为邦本,本固邦宁";"以德治国,德主刑辅";"重农扶商,富民均平";"学而不厌"、"诲人不倦"等等学说、论断,有力地推进了经济社会的发展,改进了治国理政的实践。以至有"半部《论语》治天下"之说(宋赵普)。长期以来,上述论断乃至儒家体现了中华民族的核心价值,也成为了中华文化发展的主导思想。

　　墨子(墨翟)、庄子(庄周)、孙子(孙武)等等都是自成一家或曰流派的创始人或代表人物,作为、地位显赫。此外往上追溯、向下延伸,我们的眼前出现了众多的豪杰、伟人的身影和行迹,如商汤、皋陶、叔孙豹、子产;如陈胜、刘邦、曹操、李世民;如扬雄、司马迁、师旷、司马光;如屈原、李白、杜甫、欧阳修;如孙武、管仲、商鞅、魏源;如朱熹、张载、王阳明、王夫之;如诸葛亮、魏徵、刘伯温、曾国藩;如马援、班超、苏武、郑成功;如范仲淹、宗泽、岳飞、戚继光;如谢安、祖逖、林则徐、夏完淳;如孙叔敖、陈廷敬、杨震、于谦;如苏轼、辛弃疾、李清照、李煜;如颜真卿、陆游、文天祥、顾炎武;如白居易、刘禹锡、严羽、刘勰;如王徽之、钱镠、汪洙、陈继儒,等等。而我们的耳际则隆隆响起铮铮至理名言:"苟日新,日日新,又日新";"道生一,一生二,二生三,三生万物";"己所不欲,勿施于人";"独与天地精神往来";"恻隐之心,人皆有之";"立德、立功、立言";"先天下之忧而忧,后天下之乐而乐";"文官不爱钱,武官不惜死,不患天下不太平";"岂有堂堂中国空无人";"天下兴亡,匹夫有责";"留取丹心照汗青";"不可置海洋于不顾";"燕雀安知鸿鹄之志";"夫志当存高远";"我自长贫甘半饱";"大涟何处无芳草";"为有源头活水来";"天下事,可无酒";"养怡之福,可得永年";"陌上花开,可缓缓归矣";"白云千载空悠悠"。

《大学》有云:格物,致知,诚意,正心,修身,齐家,治国,平天下。大凡我们心目中的圣贤,包括本书所涉及的人物大都这样经历过来的,藉此亦为我们留下、展现了精彩卓越的人生境界。

何谓境界?指的是人的思想觉悟和精神修养,或曰修为,人生感悟。其在不同的领域有不同的解释。它是一种由主体于主观方面的感知,可以多解;可以用于土地的界限;情景;意境等等的表述。一个人从事各种事情并有着其各自的意义,合在一起便是一个整体,构成此人的人生境界。由于主观感知的不同,各人有自己的人生境界,涉及和包括自然(境界)、功利(境界)、道德(境界)、天地(境界)。而这又与一个人的学养、眼界、历练、格局、心态、襟抱、担当等等有着不可分割的关系。

从那些圣贤身上我们悉晓他们的多彩生活,多面人生,领略他们的济世匡时,文韬武略;锐意进取,革故鼎新;刚正不阿,穷达兼济;开疆辟土,为国捐躯;为民请命,急公好义;大智若愚,大开大阖。感知他们的深邃,沉毅,高洁,睿智,劲节,清正以及实诚,大气,灵动,诙谐。得悉他们不畏行役羁旅的窘迫、艰难和困顿,不管陟罚臧否、褒贬奖斥,坚持初心,不改赤诚,愈挫愈奋,砥砺前行。体悟他们寄情自然,修身养性,陶冶心情,着意山川田园,诗文酒茶,琴棋书画,金石砚墨,等等之类的心绪行藏。

　　庄子说过:"人生天地之间,若白驹之过隙,忽然而已。"明白如此,所以我们须珍惜时间、时机、时运,真心诚意学习圣贤,学他们的读书,做事,为人,处世;有积极的人生观及敬畏心,传承文化,弘扬精神,继往开来,做一个有根柢的人,做一个有作为的人;立久久为功之志,持功成不必在我之心,为人民幸福、国家富强、民族复兴作出自己的努力!

目　录

天法道,道法自然

——(春秋)老　子

老子(约公元前571年—前471年),姓李名耳,字聃,外字伯阳。春秋时期楚国苦县人(今河南鹿邑东)。古代伟大的思想家、政治家、文学家和史学家,道家学派创始人。曾经做过周朝管理图书(藏书)的史官。

老子主张用"道"来解释宇宙万物的演变,而"道"为客观自然规律;同时又具有"独立不改,周行而不殆"的永恒意义;他认为一切事物的生成变化都是有和无的统一,无是更基本的,从而建立了以"道"、"德"为核心范畴、以"自然"为最高价值的哲学思想体系。他明确表示:"道生一,一生二,二生三,三生万物","人法地,地法天,天法道,道法自然"。"道"的本义是人走的路,引申为准则、原理、规律;宇宙的本原、本体,等等,是中国传统思想的核心范畴之一。儒家以人为中心,总要为人找一条出路、找一条能正确发展的路。道家不以人为中心,认为如斯既狭隘又主观,宇宙万物都有自己的价值,它的存在就是得到"道"的支持,所以道家反对自我中心,主张顺其自然、无为。于是道生万物,法道为本;道是德之"体",德是道之"用";进一步的层面便是自然和无为。这里的无为是对权力的节制,自然则是建立在权力受节制基础之上的百姓的自主和自治。道家认为权力任何有心的干涉未必会让世界变得更好;因此对百姓和世界最好的应对是尊重、顺应,而不是干涉、改变,达到百姓祥和、圆成万物之自然性命的实现和整体和谐,这就是老子无为而治的至高智慧。

一部《老子》(即《道德经》)汪洋恣肆,包罗万象,五千字左右,可谓字字珠玑,集中了古代圣贤的智慧,系统反映了作者的思想、观念及朴素的辩证法,凸显了老子的超凡才智。在当时石破天惊,到今天依然影响巨大。有一个说法:世界上就数《圣经》和《道德经》是除本国语言外印得最多的书!《道德经》亦和《易经》《论语》成为中国古代至今对人影响最深远的三大巨著。老子名扬四海,成为世界百位名人、文人之一。又因为孔子向其问礼、求道,亦被认为是孔子的老师,成为名副其实的"老子天下第一"!

《道德经》可谓宝库、宝山、宝藏,从天地国家社会家庭个人到治学为人谋事经世,从饮食起居到修身弘志,等等,无论大小、无论巨细,均可得到教益、参照、佐行。有的可以作为座右铭,享用一生。这里择若干以飨读者。

1. "天得一以清,地得一以宁,神得一以灵,谷得一以盈,万物得一以生,侯王得一以为天下贞。"由"道生一",谓之得其道而生,万物得其一,自然和谐,美美与共,臻至佳境。

2. "吾有三宝,持而宝之:一曰慈,二曰俭,三曰不敢为天下先,故能成器长。今舍慈且勇,舍俭且广,舍后且先,死矣。"这段话是一个完整的表述,尤"不敢为天下先"往往有误读。慈者,由为家顾家延伸开去,自然勇敢善战,战之有"帅";俭者,生财节用储存,事业方可发展、广大;不敢为天下先者,指不争、不自伐(夸耀),处下,低调,不受干扰、阻碍,向着既定目标进发,以成事、成果、成器,当然也可以理解成出头椽子先烂,枪打出头鸟,人不在了,其他有什么可珍惜的?!

3. "上善若水,水善利万物而不争;处众人之所恶,故几于道。"水是有品格、有个性的,生命离不开水,而且它善利万物却默默无闻,从不居功自傲;哪怕它处于沼泽浅滩,丘壑深渊,石缝崖隙那些令人生畏、生恶的地方,但它的功益、价值,"道"犹在!

4. "知人者智,自知者明,胜人者有力,自胜者强,知足者富,强行者有志,不失其所者久,死而不亡者寿,以其终不自为大,故能成其大。"多喻、排比,逐一推进,说明因果,关节在于末句:始终不自以为大(不骄傲、自伐、妄为、争强斗胜),才能有大作为,成大事业,真正成为强者、大者。

5. "善为士者,不武;善战者,不怒;善胜敌者,不与。"将帅、上层指挥者不逞武,善战的勇士不被激怒,常胜之军不与敌人正面冲突,这样,胜利就有保障,稳操胜券。

6. "夫轻诺必寡信,多易必多难;是以圣人犹难之,故终无难矣。"圣人知情知性,所以必然远离常人易犯的毛病及带来的烦恼、窘境。

7. "图难于其易,为大于其细;天下难事,必作于易,天下大事,必作于细。"讲辩证法,找准契机;大处着眼,细微处入手;实其事,成其果。

8. "塞其兑，闭其门；挫其锐，解其纷；和其光，同其尘；此谓立同。"担当、应对，得其所哉！

9. "知不知，上；不知知，病。圣人不病，以其病病。夫惟病病，是以不病。"有些绕口，其实含有深刻的哲理，当可谓人生圭臬。知道自己有不知道的方面、情况、知识，这是大好事；明明不知道、不了解却以为自己一概全知，无疑是人生的一大毛病。圣人以明明不知却以为知这种毛病为戒，并以此为真正的毛病，所以就不会犯那种毛病了！

10. "善者，吾善之；不善者，吾亦善之；德善。信者，吾信之；不信者，吾亦信之；德信。"以"道"、"德"为本，从容面对、善待一切人等，德乃"道"之用矣！

11. "道生之，德畜之，物形之，势成之。是以万物莫不尊道而贵德。"还是从道、从一说起，九九归一，道生万物，德以佐之。

12. "居善地，心善渊，与善仁，言善信，政善治，事善能，动善时。夫唯不争，故无尤。"句中的"善"是定语，从道从德，按照规律办事；为人处世，从容自然，和顺谦让，柔弱居下，不那么锋芒毕露，逞强恃势，锱铢必较，咄咄逼人，当然一切顺畅，没有危殆。

不胜枚举，有一些句子亦可以记诵：

"天之道，损有余而补不足；人之道则不然，损不足而奉有余。"

"金玉满堂，莫之能守；富贵而骄，自遗其咎。功成身退，天之道也。"

"甘其食，美其服，安其居，乐其俗。邻国相望，鸡犬之声相闻，民至老死不相往来。"

"祸莫大于不知足，咎莫大于欲得。故知足之足，常足矣。"

"祸兮福之所倚，福兮祸之所伏。"

"民不畏死，奈何以死惧之。"

"合抱之木，生于毫末；九层之台，起于累土；千里之行，始于足下。"

"民之从事，常于几成而败之。慎终如初，则无败事。"

"信言不美，美言不信。善者不辩，辩者不善。知者不博，博者不知。"

"为无为，事无事，味无味。"

因坐事，欲归隐，老子出关（函谷关）。著《道德经》后，不知所踪。留下谜团，如何得解，只能期待科学昌明，考古发现，信史可追了！

苟日新,日日新,又日新

——(商)商　汤

　　"汤之,《盘铭》曰:'苟日新,日日新,又日新。'"(见《大学》)"苟"字在这里表示"如果","假如"之意。"盘铭"是指商汤王将此段文字(箴言)刻在洗澡盆上,以时时提醒自己,自警、自惕、自励、自新,体现和表达了商汤王的认真劲:如果每天是新的(精神、面貌、品德),那自然天天便新了,日复一日,又是新的一天,如此这般就是常新、永新!他这样说也这样做,勤于自省,严格检点,并持以此恒,反映了一种动态、不断革新,积极进取,追求完善(美)的心态。也有说盘铭是刻在餐盘之上的,每餐睹之,每饭不忘,时时警惕,以便自省并提高。其实就其意义来说,没有大的差别,无论澡盆、饭盘。不过就从众说吧!

　　与"在明明德"那种在相对静态的环境下弘扬美德有所不同,"苟日新,日日新,又日新"则从动态的角度,呈现出转化、变化、趋势化,从小到大,从少到多,从量到质,革故鼎新,日臻完善。通过日日为之的洗澡,引申出新意:以人之洗澡濯其心和去其恶,如沐浴其身而去其垢,在精神、道德、思想、为政、事业等层面,洗礼、浴德、修炼。就如同庄子说的"澡雪而精神";《庄子·知北游》和《礼记·儒行》所道"澡身而浴德",弃旧图新、去其旧染之污而自新。"苟日新,日日新,又日新"铭之盘,切记之、深诚之;既已达新者,而又日日新之,复又日新之,从不间断。这种严密逻辑牵导下的一重又一重、一波又一波、一进又一进的递延、深入表达了强烈的艺术魅力和震撼心灵的威力,虽不能为或难以为,但心向往之!

　　此语典出《礼记·大学》,"大学"原为《礼记》第四十二篇,宋程颢、程颐将其从《礼记》取出,编次章句。朱熹又将《大学》《中庸》《论语》《孟子》合编注释,称为《四书》。二程认为《大学》是"孔氏之遗言";朱熹认为《大学》的经章盖孔子之言,由曾子述之;其传十章,是曾子解释"经章"的话,由曾子的学生记录下来。

　　商汤(约公元前 1670 年—公元前 1587 年),本名子履,又称武汤、成汤、武王、天乙、成唐、太乙。河南商丘人,商朝开国君主。在夏朝末期,他审时度势,用伊尹为相,长期谋划经营,积蓄力量,远交近攻,逐步扩大疆域,十一征战而无敌于天下,成为当时的强国。针对夏桀的残暴和荒淫无道,作《汤誓》,与夏大战于鸣条(今河南封丘东),最终灭夏。经三千诸侯大会,被推举为天子,定都亳(今河南商丘谷熟镇西南),定国号为商。他吸取夏朝灭亡的教训,作《汤诰》,要求其臣属,"有功于民,勤力乃事",不然,"大罚殛汝",施仁政德化天下。作为中国历史上的第二个朝代,中国第一个有直接的同时期文字记载的王朝,存在了六百多年(此从宋邵雍说法)。

"汤铭'苟日新,日日新,又日新'"经过孔子、曾子、二程、朱熹,成为几千年来的名言,影响和提高、激励了多多少少的人。然而商汤自然是创(倡)导之人,亦是身体力行之人。

独与天地精神往来

——（战国）庄 子

  《史记》有载："庄子者，蒙人也，名周。周尝为蒙漆园吏，与梁惠王、齐宣王同时。其学无所不窥，然其要本归于老子之言。"庄子（约公元前 369 年—公元前 286 年）字子休、子沐，宋国蒙城人（今河南商丘东北梁园区）。东周战国中期著名思想家、哲学家和文学家，是继老子后的战国时期道家学派的代表人物，与老子齐名，人称"老庄"。

  庄子祖上应该是楚国的贵族，因坐事逃亡宋国。借此有着显赫的身世和良好教育背景，人物学问上乘。虽然只做过漆园吏——一个地方作坊的记账先生，但没人可以看轻他，他可以从容应对帝王将相，可以视高官厚禄为粪土。他的思想丰富复杂，代表作《庄子》浩浩荡荡，汪洋恣肆；睥睨万物，笑谑群生；意如飘风，心境旷达；睿智超凡，妙趣无穷。

  庄子认为"道是客观真实的存在，宇宙万物的本源"；认为"道通为一"，道在万物，万物平等。他把"贵生"、"为我"演引为"达生"、"忘我"，归结为天然的道我合一，顺从"天道"，摒弃"人为"，抛弃人性中的那些"伪"的杂质，进而与天地相通。这也成为庄子所提倡的"德"。庄子认为天人之间、物我之间、生死之间以至万物，只存在无条件的同一，即绝对的"齐"；主张齐物我、齐是非、齐生死、齐贵贱，强调"天地与我并存，而万物与我为一"的主观精神，乘物游心，不被任何思想、利益所役使牵累，逍遥而自得，安时而处顺。

  庄子的视角高且特，上天入地，博大开阔，世事洞明，通晓大义，奇谈怪论，石破天惊。诸如"以道观之，物无贵贱"。从公正客观的立场、角度出发，芸芸众生，纷纷万物是一概平等，没有差别的；无论人与物，等级、贵贱、大小、轻重都可以休矣！"以物观之，自贵而相贱。"从一己一物出发，往往会把自身看高看重看贵，不可或缺，而把他人他物置之对立。"以俗观之，贵贱不在己。"从世俗的眼光出发，人云亦云,毫无主见,缺乏"举世而誉之而不加劝,举世而非之而不加沮"的主见、主张。此外还有"以差观之"、"以功观之"、"以趣观之"等等,说明根据不同的视角看事物,结论就不同!这既是眼界、视野的缘故,更关系到胸怀、格局!

庄子的游世思想的一个重要的体现:以游戏态度解脱人生痛苦,回避矛盾,消极人生。他的《逍遥游》则体现了他的"追求精神自由"的志向。这些也都是其人身处战国乱世,目睹乱象,愤世嫉俗,亟欲摆脱困境,养性全生的思考和应对。

有几个小故事,可以进一步认识庄子的伟大或者说不同凡响。

1.《庄子·齐物论》有云:"毛嫱、丽姬,人之所美也;鱼见之深入,鸟见之高飞,麋鹿见之决骤,四者孰知天下正色哉?自我观之,仁义之端,是非之途,樊然淆乱,吾恶能知其辨!"人之所美,但鱼、鸟、麋鹿又怎能知?其之反应能说其等辨得了美色?在庄子看来,仁义、是非都有杂乱之处,我又怎么能分别其中的美丑、优劣、对错。"仁义"是儒家思想的标志,"道德"是道家思想精华。庄子认为美是没有标准的,亦往往是相对而言的。人与人的眼光会有差异,人与动物的观感恐怕更不会一致吧!

2."楚威王闻庄周贤,使使厚币迎之,许以为相。庄周笑谓楚使者曰:'千金,重利;卿相,尊位也。子独不见郊祭之牺牛乎?养食之数岁,以衣文绣,以入太庙。当是之时,虽欲为孤豚,岂可得乎?子亟去,无污我。我宁游戏污渎之中自快,无为有国者所羁,终身不仕,以快吾志焉。"(见《史记》)人各有志,豪者庄子!

3.《庄子·至乐》有载:"昔者海鸟止于鲁郊,鲁侯御而觞之于庙,奏九韶以为乐,具太牢以为膳。鸟乃眩视忧悲,不敢食一脔,不敢饮一杯,三日而死。此以己养养鸟也,非以鸟养养鸟也。"养鸟是从己出发,还是从鸟出发,不尊重养鸟的客观规律、做法,而把自己的想法、做法强加于对方,不但养不好鸟,而且会引发悲剧,造成鸟的死亡。鲁侯之养鸟为悲剧!

4."昔者庄周梦为蝴蝶,栩栩然蝴蝶也,自喻适志与!不知周也。俄然觉,则蘧蘧然周也。不知周之梦为蝴蝶与,蝴蝶之梦为周与?"(《庄子·齐物论》)突兀的遐想,令人吃惊的诠释,轻盈幻变,物我相融;人生与梦境,孰醒孰梦。梦里不知身何谓,庄生晓梦迷蝴蝶!

5."察乎盈虚,故得而不喜,失而不忧,知分之无常也。"(《庄子·秋水》)看世间万物盈虚变化的状态,都是无常、随机随时一般,所以得失无碍,不必细究,持平时心亦可,恬淡宁静,当可快乐常存。

6.“庄子与惠子游于濠梁之上。庄子曰:‘儵鱼出游从容,是鱼之乐也。’惠子曰:‘子非鱼安知鱼之乐?’庄子曰:‘子非我,安知我不知鱼之乐!’惠子曰:‘我非子,固不知子矣;子固非鱼也,子之不知鱼之乐全矣!’庄子曰:‘请循其本,子曰汝安知鱼乐云者,既已知吾知之而问我,我知之濠水也’。”(《庄子·秋水》)庄子多悟鸟兽草木之灵,但如此解释,以逻辑辩之,使惠子说不出话来,“你问我怎么知道鱼之乐,说明你已经承认我知道鱼的快乐,所以才问的!”“我在濠水岸边,当然知道鱼的快乐!”这样的回答只能让人一笑而已,有趣又有些许狡黠。

此外,庖丁解牛,运斤成风等等故事则颂扬了匠人的修为,不仅仅是做一行爱一行钻一行,而且在于问道、法道、弘道。他的观人之“九征”,开启了全面考察人的先声。

庄子名言警句亦多,如:

“吾生也有涯,而知也无涯,以有涯随无涯,殆已!”

“无用之用,方为大用。”

“褚小者不可以怀大,绠短者不可以汲深。”

“为事逆之则败,顺之则成。”

“善骑者坠于马,善水者溺于水,善饮者醉于酒,善战者殁于死。”

“泉涸,鱼相与处于陆;相呴以湿,相濡以沫,不如相忘于江湖。”

“形在江海之上,心存魏阙之下,故寂然凝虑,思接千载,悄然动容,视通万里。”

“哀莫大于心死,而人死亦次之。”

“人生在世,恍若白驹过隙,忽然而已。”

“一尺之棰,日取其半,万世不竭。”

“直木先伐,甘井先竭。”

“井蛙不可语海,夏虫不可语冰。”

“善养生者,若牧羊然;视其后者而鞭之。”

登泰山而小天下

——（战国）孟　子

　　"登泰山而小天下"语出《孟子·尽心上》。其原文为："孟子说：'孔子登东山而小鲁，登泰山而小天下，故观于海者难为水，游于圣门之门者难为言。观水有术，必观其澜。日月有明，容光必照焉。流水之为物也，不盈科不行；君子之志于道也，不成章不达'。"

　　孔子登上鲁国的东山，鲁国尽收眼底；登上泰山，天地尽在一览之中。居高远眺，起点凭据越高，视野便越宽广；超越了自我，就能从容以对各式人与事，直面世间万物。

　　泰山与名人结缘，始于孔子。孔子登泰山，抒胸怀，开眼界，考封禅，习礼义，解民情，观时政。"泰山胜迹，孔子称首。"（见明代《泰山志》）泰山与儒家思想的传播弘扬紧紧联系在一起，孔子以其独有的魅力、影响将泰山的胜迹、文化布告天下。"泰山岩岩，鲁邦所瞻"这是孔子晚年删定的《诗经》中对泰山的由衷赞叹。泰山对孔子的观感、悟性的作用巨大又深远，在其晚年临终之际，他虑及儿子孔鲤、大弟子颜回、孔门十哲之一的仲由（子路）均在自己之前逝去，他叹喟："泰山其颓乎？梁柱摧乎？哲人萎乎？"

　　《礼记·檀弓》有载，孔子过泰山侧，有妇人哭于墓者而哀，他便让子路去问情况，知晓妇人的苦处：虽然多位亲人死于老虎之口，但因为此处"无苛政"，没有离去，但悲伤还是在！闻此，孔子对子路说了："小子识之，苛政猛于虎也。"

　　孟子作为亚圣，钦佩孔子，得传其后，私淑甚矣。他知晓泰山在孔子心目中的地位和影响，他将孔子和泰山连在一起以示：人、山之高大伟岸。他游学齐鲁，亦多次登临泰山。明张燧在其《千百年眼》中写道："耿子庸有云：'登东山而小鲁，登泰山而小天下'孟子之名孔子也，但可为孟子自道之言。'江汉以濯之，秋阳以暴之'曾子之名孔子也，但可为曾子自道之言。此解无人会得。"

"仁者乐山"，（原话："子曰'智者乐水，仁者乐山。智者动，仁者静；智者乐，仁者寿'。"《论语·雍也》此段语录其义有多解）登泰山而小天下，便成为文人墨客雅士达者之流的向往之举，亦成为一大景观，历代登临者无数。杜甫也登过泰山，并有《望岳》一诗："岱宗夫如何？齐鲁青未了。造化钟神秀，阴阳割昏晓。荡胸生层云，决眦入归鸟。会当凌绝顶，一览众山小。"《望岳》是杜甫的早期诗作，反映了他的积极人生、蓬勃向上的志向。说是望岳，诗中无一望字，全诗由远而近，由望而思及登，首联远望，颔联近望，颈联仰望，尾联俯望，尾首成为诗眼、点击大义，结句好。整首诗写景表意，自然；步步展开，自然；秉承先哲，自然。

　　泰山之南为鲁，之北为齐。泰山巍峨高峻，神奇秀丽。山南阳，山北阴，山中云层迭迭，云雾缭绕，诗人心中亦逸兴荡漾，飘弋，目不转睛地看着晚归入林的鸟儿。山水之美，必要穷尽，极顶方好；可是攀登、俯援到高峰，低首鸟瞰，山亦与天齐、天下为之一小，又山再高人居上，"山高人为峰"，景观、心态为之一变、一振！

　　《望岳》的结句无疑是受到了孟子"孔子登东山而小鲁，登泰山而小天下"的启迪，点化而为之所用，但又有着自己的风格、特色，所以一样名扬千古。清浦起龙就认为杜诗"当以此为首"，"杜子心胸气魄，于斯可观。取为压卷，屹然作镇。"（见《读杜心解》）厉害了，杜甫作于早年的一首五律，既可当为起首之作，又可作为压卷之作，浑雄开篇，屹然作镇，关键在于有"心胸气魄"，看来浦起龙是标准的杜甫的粉丝，而且是铁粉。

　　宋王安石有《登飞来峰》诗，云："飞上峰来千寻塔，闻说鸡鸣见日升。不畏浮云遮望眼，只缘身在最高层。"（此诗首句多有不同）又宋寇准在七岁时作过一首《咏华山》："只有天在上，更无山与齐。举头红日近，回首白云低。"两诗都有点意思，可以与书中孟子语、杜甫诗一并参详来读。

夫志当存高远

——（三国）诸葛亮

　　"夫志当存高远"，诸葛亮是这么说的，也是这么做的；应该说这也许就是他的亲身经历的一个结句或曰总结。诸葛亮（181年—234年）字孔明，号卧龙。徐州琅琊郡阳都人（今山东临沂市沂南县）。少孤，隐居邓县隆中，躬耕垄田，善计谋，通兵法，留心时事，自比管仲、乐毅。建安十二年（207年）刘备三顾乃见。诸葛亮提出占据荆（今湖南、湖北）、益（今四川）两州，和好西南各族，东联东吴，北伐曹操的策略，即著名的"隆中对"。后成为刘备的主要谋士，屡屡建言献策立功。实施联孙攻曹，在赤壁大败曹操，取得荆、益，建立蜀汉。曹魏代汉后，他支持刘备称帝，担任蜀丞相，主持朝政。建兴元年（223年）刘禅继位，被封武乡侯，领益州牧。曾前后六次北伐中原，多以粮尽无功。因积劳成疾于建兴十二年（234年）病逝五丈原军中，葬定军山。他是三国时期杰出的政治家、军事家、文学家。

　　从他的经历可以看到：志存高远。躬耕之时，以为"卧龙"；"三顾茅庐""国士遇之，国士报之"；任丞相时，推行屯田，励精图治，任人唯贤，赏罚必信。穷其一生勤勉谨慎，事必躬亲，为的是统一中原，"兴复汉室"，"王业不偏安"。（见《出师表》）

　　此篇文章的题目取自诸葛亮《诫外甥书》。诸葛亮的二姐嫁庞德公之子庞山民，庞战死沙场后外甥庞涣随诸葛亮长大。《诫外甥书》八十余字，告勉外甥如何立志、修身、成材。全文为："夫志当存高远，慕先贤，绝情欲，弃凝滞，使庶几之志，揭然有所存，恻然有所感，忍屈伸，去细碎，广咨问，除嫌吝，虽有淹留，何损于美趣，何患于不济。若志不强毅，意不慷慨，徒碌碌滞于俗，默默束于情，永窜伏于凡庸，不免于下流矣！"这位庞涣外甥要比诸葛亮的大儿子诸葛瞻大，此书也就写在诸葛亮的《诫子书》之前。中心思想是教外甥立志做人，怎么做人、做人的要求就是志存高远，自励图进，并说明了两个方面的可能情况和结果，寄寓了厚望。后来庞涣成为郡守。

比《诫外甥书》名头更响的是《诫子书》，那是诸葛亮在临终前写给长子诸葛瞻的，其时年八岁。书中体现了父爱、关切、教诲、期望，虽简约但厚实，充满睿智、卓识。文为："夫君子之行，静以修身，俭以养德。非淡泊无以明志，非宁静无以致远。夫学须静也，才须学也，非学无以广才，非志无以成学。淫慢则不能励精，险躁则不能治性。年与时驰，意与日去，遂成枯落，多不接世，悲守穷庐，将复何及。"这里也涉及了教育的问题，谈到了学习、志向、修养、做人、处世，以层层剥笋的表现手法，把关系(静、俭、志、学及修身、养德)理清，把话讲透。要在宁静中读书学习，心无旁鹜；要发奋，有一个远大的志向；要克服怠慢和急躁的习气、秉性，时不我待，少壮不努力，老大只能徒伤悲了。学在静中得，学以广才，学以致远；俭生廉，俭养德，持之以恒，必然会有出息。三十年后，诸葛瞻这个长子携长孙诸葛尚一起战死在司马昭伐蜀的绵竹战役中。诸葛亮的这二书成为后世历代学子修身养性、致学处世的名篇至理。

纵观诸葛亮的一生，包括从其本人所思所想所作所为所体现的志存高远，到勉励告诫后代的学养修为要围绕志存高远，实在是百分之百的"立德、立功、立言"的伟人。记得刘备临终，托付后主时对诸葛亮说：如其不才，君可自取。但他一如既往鞠躬尽瘁，死而后已，绝无贰心；他是一个中国传统文化中忠臣和智者的代表人物。

宋洪迈说："诸葛孔明千载人，其用兵行师，皆本于仁义节制，自三代以降，未之有也。"(《容斋随笔》)

清乾隆皇帝亦盛赞其曰："诸葛孔明以三代之下第一流人物，约其生平，亦曰公忠二字，公故无我，忠故无私，无我无私；然后志气清明，而经纶中理。"(《日知荟说》)

立德、立功、立言

——(鲁国)叔孙豹

《左传·襄公二十四年》有载,叔孙豹出使晋国,晋国的主政者范宣子问他:"古人有言曰:'死而不朽,何谓也'?"当时叔孙豹没有马上回答。范宣子认为自己的祖先从虞、夏、商、周以来世代为贵族,家世显赫,香火不绝,这就是不朽。这样便有了叔孙豹的对答:"以豹所闻,此之谓世禄,非不朽也。鲁有先大夫曰臧文仲,既没,其言立,其是之谓乎!豹闻之,太上有立德,其次有立功,其次有立言,虽久不废,此之谓不朽。若夫保姓受氏,以守宗祊,世不绝祀,无国无之,禄之大者,不可谓不朽。"

叔孙豹(?—公元前537年)春秋时鲁国大夫,叔孙氏,名豹,谥"穆",也称穆叔、穆子。在三十多年内,他负责鲁国的外事兼及军事,一度主持国政,是古代著名的政治家、外交家。他的这段"三立"名言,几千年来被仁人志士所信奉,作为指针和导向,毕生追求。唐人孔颖达(经学家,孔子第三十一世孙)对德、功、言之所立作了界定和阐述,"立德谓创制垂法,博施济众";"立功谓拯厄除难,功济于时";"立言谓言得其要,理足可传"。他的定义、定论,诠释和丰富了"三立"。

作为最高的理想境界、作为至上的价值取向,"三立"既体现时代性,又超越时空。人生要有目标、理想和追求,"三立"可以使人的胸怀博大,眼界开阔,持久提升(振)自己的能力;也管得住人的生前身后之名节、口碑和评价。历史上,东汉的经学家服虔认为:立德——伏羲、神农;立功——禹、后稷;立言——史佚、周任、臧文仲。西晋杜预(著名政治学、军事家、学者)认为,立德者——黄帝、尧、舜;立功者——禹、后稷;立言者——史佚、周任、臧文仲。称得上、够得着的人少之又少。唐孔颖达在认可服虔、杜预的说法后,又指出,立德方面有禹、成汤、周文王、周武王、周公、孔子;立言方面有老子、庄子、孟子、管仲、晏婴、杨朱、墨子、孙武、吴起、屈原、贾逵、扬雄、司马迁、班固。他好像没有提及"立功"之类。其实《左传襄公二十四年》有载:根据"制作子书、撰集史传及制作文章,使后世学习,皆是立言者也"这一观点,《左传》中提及的有老、庄、荀(况)、管、晏、杨、墨、孙、吴之徒;(制作子书)屈原、宋玉、贾逵、扬雄、司马迁、班固(撰集史传及制作文章),这些都是"立言"者。孔颖达所列名单与此稍有出入。在清曾国藩看来,"立德"最难,自周汉以后,罕见德传者。"立功"者八位,仅萧、曹、房、杜、郭、李、韩、岳;"立言"者亦八位,仅马、班、韩、欧、李、杜、苏、黄。

近现代,有人评判真正做到"立德、立功、立言"的只有二个半人:为孔子、王阳明系二人,曾国藩算作半个人(此说出处不详,但见闻于众口)。这里作为万世之师表的孔子不说了,王阳明则被誉为"治学之名儒,治世之能臣","立德立功立言真三不朽,明理明知明教乃万人师"。曾国藩则被称道为:"立德立功立言三不朽,为师为将为相一完人。"

心向往之,却很难去做。"三立"之中排在首位的"立德",其"德"字有太多的见智见仁;其次的"立功"及又次的"立言"之"功"、"言"都是众口难调的高难度课题。尤其在太平盛世缺少那种"时势造英雄"的外部条件的情况下,应该要有一些明确的客观的评判标准。要综合看环境、地位、人的作用和影响力。所以在今时亦有人指谓"三立"为:"立德"做人;"立功"做事;"立言"做学问。"立德"可以看作公德、私德的养成,树德以正心务本;"立功"可以看作事业、专业、业务的成就,拿得出、被认可,成功或泽被的范围大。"立言"可以看作具备或发表、制作了有创见性的、有特色、特点的真知灼见。

扬名立万是世人普遍的心态,"立名者,行之极也"(见司马迁《报任安书》),而"三立"就是至高的标准。

为天地立心

——（宋）张　载

张载有著名的"四为""六有""十戒"等说，其中"四为"是："为天地立心，为生民立命，为往圣继绝学，为万世开太平。"大气、豪放，百分百的担当！惊世骇俗的使命！

试解：

1. 何为天地之心，如何立心？"天地之心于何见之？于人心一念之善见之，故人者，天地之心也。"（《礼记·礼运》）《程氏遗书》曰："人之心即天地之心。"张载也说过："天无心，心都在人之心"。于是人心之善端，即成为天地之正理，善端即复，则刚浸而长，以立人极，便与天地合德。所以仁民爱物，便是为天地立心。

若无恻隐之心，便会麻木不仁，漫无感觉，谈不上羞恶、是非、辞让。所以天地之大德曰生，人心之全德曰仁。世人尤学者之要务，莫过于识仁，求仁，好仁；恶不仁。这样亦就是为天地立心。

2. 何为立命，怎么为生民立命？宋朱熹对此认为："立命，谓全其天之所赋，不以人为害。尽其道而死者，正命也；桎梏死者，非正命也。"孟子则说："夭寿不贰，修身以俟之，所以立命也。"至于如何修身，就需要通过教化，安身立命，归于本性。孔子认为就要形成"老者安之，朋友信之，少者怀之"这样的一个局面。世人及学者要切切照此番去做，合下便当有如此气象。只有所有人通过自己的道德努力，尽心知性知天"修身"，才能建设起健康的精神家园、富裕的社会，此乃是为生民立命。

3. 何为往圣，又如何继绝学？往圣应该指孔孟所代表的先儒；如何弘扬先儒们的之道之学呢？人人都可以努力，见贤思齐。颜子曰："舜何人哉，予何人哉，有为者，亦若是。"人人皆可为尧舜，"圣人分上事也是吾性分内事"。

为往圣继绝学，必须要了解、研究理、义，根据"天以生生不息之德为理，人以仁民爱物之仁为性"的说法，"苟能一日用其力于仁矣乎，吾未见力不足者"（孔子）；那么恢复儒家往圣的辉煌,承继儒家学统道统传统,有此志当必成。

4. 如何为万世开太平?万世可以理解为不是永恒,而指长久长远之意。"开"字则是一种期待、努力;相对"致",后者可视为实现。多难兴邦,人人有责任,人人亦有力量,不能妄自菲薄,共同去建设一个"不赏而劝,不怒而威,不言而信,无为而诚"的大同世界。孟子说:"以德服力者,中心悦而诚服也。"贵德而不贵力,"君子笃恭而天下平"(《中庸》);"王者以道治天下"(程子语)。张载本人在其著作《正蒙》中说,"民吾同胞,物吾与也",意思是天下百姓是我的同胞兄弟姐妹,世间万物是我的朋友;普天之下,全体归仁,"开太平"就是一种理想境界。

清黄宗羲、黄百家父子的《宋元学案》有载:"先生少喜谈兵,本跅弛豪纵士也。被受裁于范文正,遂翻然知性命之求,又出入于佛老者累年。继切磋于二程子,得归吾道之正。其精思力践,毅然以圣人之诣为必至,三代之治为必可复。尝语云:'为天地立心,为生民立命,为往圣继绝学,为万世开太平'。自任之重如此。"他就是那么一个以天下为己任,忧患民命民生的大写的人!张载是陕西眉县横渠人,所以这"四为"也被称作"横渠四句"。虽然仅四句但意境宏大,既是"关学"的主旨所在,又成为志士仁人的向往、经世致用的圭臬。当然按照与世俱进的法则,总须有新的赋予、扬弃,但其煌煌然,可至永久。

张载的"六有"为:"言有教,动有法,昼有为,宵有得,息有养,瞬有存。"涉及教育、规矩、作为、思想、保养、气质、收获等。"十戒"中也有几点值得一记:戒驰马试剑斗鸡走狗;戒滥饮狂歌;戒早眠晏起;戒依父兄势轻动打骂;戒喜行尖戳事;戒气质高傲不循足让;戒多谗言习市语。(另三戒一并附之:戒逐淫朋队伍;戒鲜衣美食;戒近昵婢子。)

张载是个伟人。清人谭嗣同说:"不知张子,又乌知天?"其从祀孔庙,名副其实,不为过也。

学贵有用,道济天下

—(宋)张 载

张载是个传奇人物,天资聪慧,少年喜兵法,表现出不同常人的品质和眼界。目睹西夏的侵扰,不满朝廷的软弱和花钱买太平的做法,庆历元年(1041年),他撰写了《边议九条》呈当时任陕西经略安抚副使、主持西北防务的范仲淹。范仲淹接见了他,他的爱国热情受到范的赞赏。一番叙谈下来,范仲淹认为张可以另谋发展,以成大器,不必专研军事;"儒者自有名教可乐,何事于兵"。张载听从了劝告于是转向。遍读儒、释、道家之书,经过十多年的攻读钻研,参悟出三家之间的互补、相通,建立起自己的学说体系。凭借他独树一帜的学说(问)、思想,后被视为先贤,奉祀孔庙西庑第三十八位!

张载(1020年—1077年)字子厚,凤翔郿县横渠镇人(今陕西眉县)。世称横渠先生,尊为张子。北宋杰出的思想家、教育家,理学创始人之一。嘉祐二年(1057年)进士及第,做过县令、著作佐郎,崇文院秘书等。神宗熙宁二年(1069年)经荐入京,获神宗青睐。逢王安石变法,他含蓄地拒绝参与,引起王的反感。张载之弟监察御史张戬反对变法甚力,遭贬;张便辞官回到横渠,更是一头扎在学问中,并在关中收徒讲学。其学派被称之为"关学"。

他的学问、思想观念以及教育方法都有精彩过人之处。他,"俯而读,仰而思。有得而识之,或半夜坐起,取烛而书"。他坚持自己的一贯信念:尊顺天意,以天下为己任,立天立地立人,按照诚意正心格物致知明理修身齐家治国平天下的信条为学为人,行事应世,达到圣贤境界。

他提出:人的知识是由耳目鼻舌身等感官接触外界事物而获得,此谓"闻见之知",还有一种比闻见之知更广泛、更深刻的认识,就是"德性之知"。人的认识有二端,即包括感性认识和理性认识。这在中国古代哲学上是一个创举。

他创立了人性二元论。认为人的先天之性本源是纯善纯情纯洁的,但人生下来之后具有不同的身体条件、生理特点、家庭环境和自然环境,这些外在因素与人与生俱来、先天禀赋的天然之性相合、交互和影响便形成后天之性,成为"气质之性"。气质之性中有善有恶,有清有浊,从而决定了人性的千差万别。

他进而指出:改变气质之性、人性之善恶的办法是教育;学习礼义道德,养气集义,善养浩然之气,集义积善克己。他的教育思想:以德育人,变化气质,求为圣人。为此又提出一系列行之有效的方式方法:幼而教之,长而学之。立志向学,勤勉不息。循学渐进,博学精思。学贵心悟,去疑求新。启发诱导,因材施教。虚心求知,择善而行。学贵有用,道济天下。最终达到"笃行践履,返本为善"。

他的一首诗《芭蕉》可以体现他的观点、心态:"芭蕉心尽展新枝,新卷新心暗已随。愿学新心养新德,旋随新叶起新知。"

此外,张载于本体论、辩证法、太极学说、自然科学等诸多方面都有研究,见解深刻。其亦有《正蒙》《横渠易读》等著述传世;其中记载了他著名的"四为""六有""十戒""西铭""东铭"、等等。他的著作、学说成为一个富矿,可以从中觅宝,获益多多!

另有一事可提及,他有学生吕大忠、吕大钧、吕大临和吕大防,人称"蓝田四吕",在他的教诲和影响下,于熙宁九年(1076年)制订和实施了我国历史上最早的成文"村规民约",即《吕氏乡约》:"德业相劝;过失相规;礼俗相交;患难相恤。"

《宋元学案》(清黄宗羲、黄百家父子著)有云:范仲淹"一生粹然无疵,而导横渠以入圣人之室,尤为有功"。此当谓慧眼识人,人不负其识。

燕雀安知鸿鹄之志

——（秦）陈　胜

陈胜(?—公元前208年)字涉,阳城人(今河南登丰东南),秦末农民起义领袖。少时为人佣耕,有大志。"燕雀安知鸿鹄之志"就是他的豪言壮语。

有史记载:"陈涉少时,尝与人佣耕。辍耕之垄上,怅恨久之,曰:'苟富贵,勿相忘。'佣者笑而应曰:'若为佣耕,何富贵也?'陈涉叹息曰:'嗟乎,燕雀安知鸿鹄之志哉'!"此人此事此言就这么传了下来。其实这个故事中"燕雀、鸿鹄"之物及托言,对照比较典出《庄子·内篇·逍遥游》,"燕雀"不是指麻雀、斑鸠,而是另有其物,属雀科,小型鸟类,比麻雀大,羽色多样,群居、杂食,在上述语境中指小人物、无大志者;而鸿鹄,分别指大雁、天鹅,以喻有志者,欲干大事的人,与燕雀相对。陈涉此言谓己之志向远大非身边那些伙伴、同为佣耕的小人物可以理解、比拟、知晓的。

秦末赋役繁重,刑政苛暴。秦二世(胡亥)元年(前209年)七月,陈胜被征屯渔阳(今北京密云西南),他与吴广同为屯长。因雨误期,法当斩。于是陈、吴商议:"今亡亦死,举大计亦死,等死,死国可乎。"反正都是一个"死"字,不如豁出去了。陈胜又说天下苦秦久矣! 吴广同意陈胜的"死国""举大计"的想法。经过一番精心策划,杀了押解他们的秦军,大伙坦露右臂以为标志,筑坛盟誓,率同行戍卒九百人喊出:"大楚兴,陈胜王"的口号,并以"王侯将相宁有种乎"为激励,又诈以秦公子扶苏、楚将项燕之名,宣布起义,陈胜为将军,吴广为都尉。初义势盛一举攻下大泽乡,继而力克蕲县县城。我国历史上第一次大规模的农民起义就此爆发了!

就因为天下苦秦,一时间如移干柴近烈火,响应者众,"斩木为兵,揭竿为旗",一个月不到连克五县,攻下陈县后立国称王,政权号"张楚",吴广为假王。起义之势燎原,各地反秦势力、旧国贵族等趁机而起,当时势头颇盛的有项梁、项羽、刘邦、英布、彭越等义军。"张楚"主力由吴广率之西征,久久无功,引发内讧,将领田臧与吴广不合,认为"今假王骄,不知兵权,不可与计,非诛之,事恐败"。遂假借陈胜之命杀了吴广,并将其首献给陈胜。起义军势力遭受大挫,而陈胜居然封田为楚令尹,使为上将。彼时的陈胜骄横、奢侈,其作派冷了部下的心,又因为统领无能、祸起萧墙,事故不断,各地英豪纷纷拥兵自重,割地自保,以谋更大的发展;张楚政权对他们的制约逐渐失效。秦军屡屡得胜、不断反扑。秦二世二年(前209年,秦制10月为岁首)腊月,陈胜率军与秦军大战,败退至下城父(今安徽蒙城西北)后,竟被跟随自己数月之久的车夫庄贾杀害。

旧部吕臣重举义旗,夺回陈县,杀了投降秦国的叛徒庄贾。亦学陈胜之法,假借陈胜名义,拜原楚国名将项燕的儿子项梁为上柱国,使其渡乌江,西进击秦。

陈胜从谋划起义,到称王立国,再到兵败被害,先后不足一年。但其首燃的反秦烈火烧红大半个中国:"陈胜虽死,其所置遣侯王将相竟亡秦,由涉首事也。"三年后刘邦入咸阳,推翻了秦朝,又经过刘、项对决,最终建成大汉王朝!

陈胜以"鸿鹄自许",但汉贾谊说他:材不及中人。而且其行事乖张,受人影响耳朵根软。当初的伙伴好不容易到陈县找到了陈胜,惊讶"涉之为王沉沉也",看到殿堂屋帷,饮食起居一番大气派,不由得自己的感觉也好起来,"出入愈益发舒",口无遮拦,时不时提及陈胜旧事、糗事,他真以为"苟富贵勿相忘"了,在旁人的提醒下,居然所获非命,被陈胜斩了头! 陈胜的岳父兴冲冲去看他,也因为受不了他的冷遇,愤然离去。

宋洪迈在《容斋随笔》中说陈胜其人:乱,何邪? 若乃杀吴广、诛故人,寡恩忘旧,无帝王之度,此其所败也。

汉贾谊谓陈胜,"蹑足行伍之间,俯仰阡陌之中","率星散之卒,将数百之众,转而攻秦,斩木为兵,揭竿为旗,天下云会响应,赢粮而景从,山东豪俊遂起而亡秦族矣"。

机缘机遇机会,陈胜发动了中国历史上第一次大规模的农民起义,成为反秦先驱;中国农民首义之领袖,建立的"张楚"政权,亦是中国历史上第一个由农民起义建立起来的政权。囿于多种不足、限制,陈胜并没有走远,下场亦悲。

倒是刘邦对他不错,称帝大汉后,追封其为"隐王",派丁役护墓,享有祭祀。

炎炎者灭,隆隆者绝

——(汉)扬　雄

　　"炎炎者灭,隆隆者绝"出于扬雄的《解嘲》,后有句续云:"观雷观火,为盈为实。天收其声,地藏其热。"句意为:雷雨过后,盈的是水,实的是炭。声势浩大的"炎炎""隆隆"者哪里去了? 天收之,地藏之!

　　西汉末年,外戚专权,朝政腐败,扬雄满腹经纶,但生活窘迫,仕途坎坷。他有感于时政、有感于自身,写下了上述文字,言词平稳却批判深刻。他把日常生活的自然现象喻之于政治生活中的幻变,对照,归纳,真理实在又赫赫然令人无语。其实这种现象不只出现在西汉末年,这种从普遍中概括、抽象出来的规律可以说明许多问题。

　　扬雄(公元前53年—公元18年)字子云,西汉蜀郡成都人(今四川成都)。西汉著名哲学家,文学家,语言学家。幼即好学,博闻强记。成帝时为给事黄门郎,王莽时校书天禄阁,后官至大夫。为人口吃不能剧谈,惯于静默爱沉思,以文章名世。作为继司马相如之后最著名的辞赋家,有《甘泉赋》《羽猎赋》《长杨赋》,对皇帝、朝廷既有称颂溢美,也有劝谏,如对成帝的铺张、浪费提出批评。后其认为辞赋乃"雕虫篆刻",自道"壮夫不为",转而研究哲学等,仿《论语》作《法言》,仿《易经》为《太玄》,并有《方言》《解嘲》《酒箴》等传世。

　　扬雄推崇孔子,认为孔子是最大的圣人,孔子的经典是最主要的经典,"好书而不要诸仲尼,书肆也;好说而不要诸仲尼,说铃也。仲尼之道犹四读,经营中国,终入大海;他人之道者,西北之流也"。他提出"玄"作为宇宙万物根源的学说,亦是汉朝道家思想的继承和发展者。

　　扬雄对做官做人做学问均有独自的见解。他提出至少要注意"四重",方可拿捏到位。"四重"乃:重言、重行、重貌、重好。即须做到"言重则有法,行重则有德,貌重则有威,好重则有观"。他说的是言语慎重就合乎原则,行为稳重就合乎道德,举止庄重就会有威仪,爱好执著就值得人重视。反之,亦有"四轻",为"言轻则招忧,行轻则招辜,貌轻则招辱,好轻则招淫"。(见《法言·修身》)

他有几说十分在理,兹录之:

1．"修身以为弓,矫思以为矢,立义以为的,奠而后发,发必中矣。"

2．"自后者人先之,自下者人高之。"

3．"君子之道有'四易':简而易用也,要而易守也,炳而易见也,法而易言也。"

4．"君子以礼动,以义止,合则进,否则退,确乎不忧其不合也。"

5．"学以治之,思以精之,朋友以磨之,名誉以崇之,不倦以终之,可谓好学也已矣。"

6．"上交不谄,下交不骄,则可以有为矣。"

7．"朋而不心,面朋也;友而不心,面友也。"

8．"学,行之,上也;言之,次也;教人,又其次之,咸无焉,为众人。"

9．"师之贵也,知大知也。小知之师亦贱矣。"

10．"事得其序之谓训,胜己之私之谓克。"

11．"好大而不为,大不大矣;好高而不为,高不高矣。"

12．"治不忘乱,安不忘危。"

恐怕因为他在王莽时期做了大官,所以口碑及风评不佳,使得后世对其作用、地位、学问的评判也受到了影响。观其言行,举大者而言,其实他还是一个正直的人,一个做学问的人,一个有贡献于中国文化的人。

唐韩愈就说他是一个"大纯而小疵"的"圣人之徒"。

宋司马光更誉其为:孔子之后,超荀越孟的一代"大儒"。

知己知彼,百战不殆

——(春秋)孙 武

　　人之间,群(部落)之间,国之间,少不了争斗、讨伐、战争;尤其国之间的战斗、战役、战争,争的就是一个"胜"字。投入的人力即为兵,兵亦可替代或代指战事。在春秋末吴国将军孙武看来:"兵者,国之大事,死生之地,存亡之道,不可不察也。"如此大事,那么如何处置,孙武作了深刻的研判,为古代中国、为世界各国提供了一部"兵学圣典",即《孙子兵法》。

　　《孙子兵法》是一部军事著作,但其底蕴是中华的智慧、思想、文化,根植于此,它既是其结晶、产物;也闪烁着中华传统文化、包括军事思想精华的光芒,亦同样属于根基、源泉。孙武探讨与战争有关的一系列矛盾的对立和转化,如敌我、主客、众寡、强弱、攻守、胜败、利害等等,提出与之对应的全盘方略,包括战略,战术(韬略、诡道),充满了辩证思想,富于哲理,逻辑性强。《孙子兵法》内容博大精深,阐述缜密严谨。是中国、也是世界最早的第一部兵法,较之西方此类著作要早两千三百多年。《史记》云:"孙子武者,齐人也,以兵法见吴王阖闾。阖闾曰:'子之十三篇吾尽观之矣'。"由此可大致知晓《孙子兵法》成书面世的时间约在公元前515年至公元前512年间,内容为兵法,约六千字左右,书分十三篇;相关人物为由伍子胥推荐,孙武献书给吴王阖闾。

　　十三篇分别为:始计、作战、谋攻、军形、兵势、虚实、军争、九变、行军、地形、九地、火攻、用间。

　　他的诸多观点、说法让人耳目一新。他指出:"兵者,诡道也。故能而示之不能,用而示之不用,近而示之则远,远而示之近;利而诱之,乱而取之,实而备之,强而避之,怒而挠之,卑而骄之,佚而劳之,亲而离之。攻其不备,出其不意。此兵家之胜,不可先传也。"(《始计》)

　　他提出了:

1. "知己知彼,百战不殆;不知彼知己,一胜一负,不知彼不知己,每战必殆。"(《谋攻》)

2. "知己知彼,胜乃不殆,知天知地,胜乃不穷。"(《地形》)

3. "故知胜有五:知可以战与不可以战者胜,识众寡之用者胜,上下同欲者胜,以虞待不虞者胜,将能而君不御者胜。此五者,知胜之道也。"(《谋攻》)

4. "夫用兵之法,全国为上,破国次之;全军为上,破军次之;全旅为上,破旅次之;全卒为上,破卒次之;全伍为上,破伍次之。是故百战百胜,非善之善者也;不战而屈人之兵,善之善者也。"(《谋攻》)

5. "水因地而制流,兵因敌而制胜。故兵无常势,水无常形,能因敌变化而取胜者,谓之神。"(《虚实》)

6. "凡战者,以正合,以奇胜。故善出奇者,无穷如天地,不竭如江海。"(《兵势》)

7. "善用兵者,避其锐气,击其惰归。"(《军争》)

8. "投之亡地然后存,陷之死地然后生。夫众陷于害,然后能为胜败。"(《九地》)

9. "故上兵伐谋,其次伐交,其次伐兵,其下攻城,攻城之法为不得已。"(《谋攻》)

10. "用间有五:有因间,有内间,有反间,有死间,有活间。"(《用间》)

11. "声不过五,五声之变,不可胜听也;色不过五,五色之变,不可胜观也;味不过五,五味之变,不可胜尝也。战势不过奇正,奇正之变,不可胜穷也。"(《兵势》)

12. "夫兵久而国利者,未之有也。故不尽知用兵之害者,则不尽知用兵之利也。"(《作战》)

据说,吴王阖闾当初看了十三篇兵法,不以为然,提出要孙武以此操练宫女,"可以小试勒兵乎?"孙武没有被难倒,让宫女列成两队,指定队长,明确要求,喊出口令,谁知宫女们不当回事,孙武再三告诫训导之后仍无效,于是下令将两个队长斩首,吴王见要斩心爱之姬,传令阻止,但孙武为严明军纪,又以将在外君命有所不受为由,斩了两个宠姬,吴王懊恼又无奈,在伍子胥的劝说下,吴王为了实现自己的霸业,才释怀拜孙武为将。在伍子胥、孙武的努力下,吴国国力很快便充实起来,军队的战斗力也明显提高。伍子胥因屡屡进谏,惹恼了吴王夫差被赐死后,孙武归隐;也有说被戮。

孙武(约公元前545年—约公元前470年)字长卿,春秋末期齐国乐安人(今山东)。春秋时期著名军事家、政治家,亦被尊称为孙子、"兵家至圣"。

唐太宗李世民说:"观诸兵书,无出孙武。""吾谓不战而屈人之兵者,上也。百战百胜者,中也。深沟高垒以自守者,下也。以是较量,孙武著书,三等皆具焉。"(《唐太宗李卫公问对》)

南北朝时期的刘勰则说:"孙武兵经,辞如珠玉,岂以习武而不晓文也。"

学而不厌,诲人不倦

——(春秋)孔　子

　　学习应该是头等大事,《论语》的第一篇就是讲学习,第一篇第一句"学而时习之";这说明学习、学与习对每个人都重要,在孔子眼中更是如此。若不学,自然无以开智,无以为事,无以为仕,无以为人,无以为世!

　　"学而时习之,不亦说乎? 有朋自远方来,不亦乐乎? 人不知而不愠,不亦君子乎?"(《论语·学而》)在涉及快乐、高兴的事由中,孔子首重学习;学过的东西,在适当的时候复习一番,这也是件令人十分快乐的事。后人对"时习之"有不同理解,有的说要时时;也有的说适时、有时或定时。长久的隔疏、旷日持久的不复习、温习,自然生疏、淡忘,难以巩固;又因为需要补充新的知识,积累、更新,所以不应该也不太可能时时复习。故而在理解上应该是后者。时习之,是温习、复习,温故可以巩固已学的东西,可以启迪或举一反三。但不等于知新,在巩固已学的同时,必须不断学习新的东西,"知新",温故是楼梯、梯子,知新是不断向上的楼面。所以用孔子的话来说:"温故而知新,可以为师矣。"

　　"知之为知之,不知为不知。"(《论语·为政》)学习是桩需要认真去做的事情,要诚实。知就是知,不知就是不知;有了自知之明,就容易找到方向,持之以恒,就会逐步提高。不知、不懂可以向他人学习,不知、不懂可以多读一些读书,开眼界,长学养。孔子就是一个身体力行者,"韦编三绝";"敏而好学,不耻下问";"子入太庙,每事问";这既是礼,也更是自己增知识,广学问的机会。"三人行,必有我师焉。择其善者而从之,其不善者而改之。"(《论语·述而》)为了提高自己,孔子向老子问礼,向师襄学琴,问学郯子,拜项橐为师,留下了佳话。孔子认为"知之者不如好之者,好之者不如乐之者";(《论语·雍也》)学习,不是苦差事,要以喜欢的心情去学,更要乐在其中、陶醉于斯。

　　提到学习,联系对照孔子学说,就与"知"有深切的关系,有一个学什么怎么学的问题,不妨略加阐述。这个"知"出现在孔子的多则言论中。知,包括知道、了解、见解、知识、智慧、聪明等,属于认识论和伦理学的基本范畴,其内涵涉及知的性质、来源、内容、效果。

《论语·季氏》载:"孔子曰'生而知之者,上也;学而知之者,次也;困而学之,又其次也;困而不学,民斯为下矣'。"而孔子又说"我非生而知之者,好古,敏以求之者也。"(《论语·述而》)既然不是"生而知之者",那只能"学而知之",要点在于:闻、见。所谓"见"是直接的感性认识;所谓"闻"是向别人学来的知识。只有依靠书本、他人、实践等路径,像孔子那样,学闻见问,尤其问,要知道仅《论语》中就有一百多个问,其弟子、门生、大官等就仁、礼、知、孝、政、成人、事君等等问及孔子。而孔子本人强调并力行多见多闻多识。"多闻择其善者而从之,多见而识之";(《论语·述而》)"默而识之,学而不厌";(《论语·述而》)这样来获得知识。还是荀子说得好:"不闻不若闻之,闻之不若见之,见之不若知之,知之不若行之。"(《荀子·儒效》)

孔子又是一个讲究学习方式方法的人。"学而不思则罔,思而不学则殆。"(《论语·为政》)只学而不进行思考,可能就是浅尝辄止,表面化,迷惘而无所得益,或得益无多。反过来,只是思考,不去学习,便会成为无本之木,无源之水,空洞虚幻,更加危险了。所以孔子又说:"吾尝终日不食,终夜不寝,以思,无益,不如学也。"(《论语·卫灵公》)

应该说孔子对自己的学习态度、方法、成效还是肯定的。"子曰:'十室之邑,必有忠信如丘者焉,不如丘之好学也。'"(《论语·公冶长》)他认为不论大小地方都会有像他一样忠实守信的人,但是都不会像他那样好学!"不怨天,不尤人。下学而上达,知我者其天乎!"(《论语·宪问》)孔子认为自己从不怨天尤人,只是注重学习,以普通的知识而达到(得到)高深的学问,顺应天理,故所了解和知道我的,只有上天了吧!

孔子坚持并一贯强调:知学好学乐学;在学习的过程倡导复习、温习、练习以及实习、实行、实践;他见贤思齐,学无常师,择善从之,为我们树立了学习的榜样。他还是个可谓天下第一的老师,教学、教育、教化的实践及实效堪称第一:诲人不倦、循循善诱、因材施教、教学相长。就教育而言,可以说《论语》就是我国古代关于教育学的一部巨著。

录一段孔子关于学习与各方面关系的名言,即"六言六蔽":"好仁不好学,其蔽也愚;好知不好学,其蔽也荡;好信不好学,其蔽也贼;好直不好学,其蔽也绞;好勇不好学,其蔽也乱;好刚不好学,其蔽也狂。"(《论语·阳货》)

可见,要仁、知、信、直、勇、刚,都必须勤勉学习!

工欲善其事，必先利其器

"工欲善其事，必先利其器"此句的含义清晰，属于大白话。"工"可以指工人、匠人，亦可指各行各业、士农工商，但凡有事要去做，有任务要去完成的，都可以与之有关。"利"在这里用作动词，"器"指谓工具，结构为使动用法，使自己的工具锋利、有效，以便更好，更快成事，找一个最好的解释便是：磨刀不误砍柴工。砍柴是目的，是要去做的事，而磨刀（或斧头）则是工具，而这工具必须锋利，于是先"利其器"，把刀（或斧头）磨快，固然会花费一些时间，但锋利与否的刀（或斧头）带来效果不一样；就整体效果来说，事半功倍。

这句耳熟能详、人尽皆知的话出自孔子之口，与这位孔圣人有关。其实生活中的许多熟语、句子，如"患得患失""后生可畏""既往不咎""任重道远"等都出自孔子，出自《论语》，只是在人们信手拈来、脱口而出时不知其出处罢了。篇首那句话的出处及原文为："子贡问为仁，子曰：'工欲善其事，必先利其器。居是邦也，事其大夫之贤，友其士之仁者'。"（《论语·卫灵公》）在整个语境中，"工欲善其事，必先利其器"只是个引子、铺垫，起着衬托作用，关键在后面：居住在一个国家中，要侍奉大夫中的贤人，与士人中的仁者交朋友。如此这般的话，那么就有机会在他们的帮助和影响下去做一些事，这也就是一个践"仁"的方法；也是聪明人的做法。可以用荀子的话来佐证："所谓庸人，不知选贤人善士托其以为己忧。"（《荀子·哀公》）结交贤人善士或托庇或成事或获益，亦如西汉孔安国所谓："工以利器为助，人以贤友为助。"这里又与"以友辅仁"相通，也就是说行善修德为仁要有良好的人际关系、社会基础。

善于说理，举例说明，例子简明扼要，闻之即悉其理。子贡是孔子众多学生门人中的一个比较能干的弟子，利口巧辞，善于外交，应该是孺子可教，深得其中之奥妙的。其实这对于他外交办事，达到目的也提供了方式方法。

西汉经学家戴圣在他的《礼记·中庸》中也说过相同意思的话，"凡事预则立，不预则废"，亦是言明要事先有准备，有备而来，打有准备之仗，才能"立"即成功、成就、成绩；不作或没有准备的话，只能"废"即失败、失利、失机。戴圣还有几句话续在上述句子后面："言前定则不跲，事前定则不困，行前定则不疚，道前定则不穷。"

将深刻的哲理、追求(行善修德)与社会生活中的常识、习惯相结合，非孔子莫能也。当然他是为行仁，"践"而已。细细想来，倘若各式行当，都将此活学活用，广而仿效，那会怎么样呢？应该会细思极恐，如只要过河，解决工具，桥、船、泅渡，人驮都可以；那么经商挣钱的手段、方法亦有种种；做官、搞学问都有机巧，为达目的不顾一切，歪门邪道横行，公益人心尽失，那是万万不可取的。这与孔子的本意无关。不过好像应该予以关注、警惕、反对。

涉及动机、目的以及手段、方法，这里面又是个大课题了。不过掌握了正、邪的分寸便可以无甚忧虑了！

兼听则明,偏信则暗

——(唐)魏　徵

"兼听则明,偏信则暗"一语有二出处:1.《管子·君臣上》:"夫民别而听之则愚,合而听之则圣。"2.汉王符《潜夫论·明暗》:"君之所以明者,兼听也;其所以暗者,偏信也";"是故人君通必兼听,则圣日广矣;庸说偏信,则愚日甚矣"。

一个比较完整的说法是:"(唐太宗)上问魏徵:'人主何为明,何为而暗?'对曰:'兼听则明,偏信则暗。'"接下去魏徵举例若干来说明兼听、偏信的结果(后果)来说明自己的观点,正反对比,信服力强;得到唐太宗的欣赏和赞同。这里的兼者,言涉、顾及多物,兼听就指多方面听取意见,哪怕是截然不同、大相径庭的话,包括逆耳刺人、火药味浓烈的,尤其是权重位高的人,往往受到奉迎,在阿谀谄媚包围之中的大人物,容易上当、受蒙蔽。多听了,多了解了就会对事物有个全面的掌握,可以明辨是非得失;倘若单单听信一方面的言词,就难免会作出错误、不明智的判断、决策。

对皇帝能这样或敢这样说话的人当是大智大勇之人,唐代开国初期的魏徵就是这样的一个人物。魏徵(580年—643年)字玄成,祖籍巨鹿下曲阳人(今河北晋州市),唐朝政治家、思想家、文学家和史学家,是位敢于直言相谏、佐助唐太宗治国的一代名相。初追随武阳郡丞元宝藏,后为李密所用,曾献壮大瓦岗十策但不被录用,几经周折投在唐太子李建成门下,为太子洗马,礼遇甚厚,出谋献策建功。玄武门事变(626年)后,李世民听说魏徵以前经常向太子李建成建言,或将李世民安排到别的地方,或夺其权要其命,因而责问他:为什么要离间我们兄弟?魏徵坦然回答:太子要是按照我说的去做,就没有今日之祸了。李世民虑及魏徵历来敬忠事主,而且又是大实话,就此赦免了魏,并用其为詹事主簿。次年李世民登基任用魏作尚书右丞,君臣投缘投机甚为相得,多次问计于魏徵,甚至相处于卧榻之间,魏徵则宠辱不惊,直言不讳,据说先后上谏达二百多事,好在李世民均能接受。

著名的有《谏太宗十思疏》《十渐不克终疏》。前者从大处着眼："求木之长者,必固其根本;欲流之远者,必浚其泉源;思国之安者,必积其德义";"凡百元首,承天景命,莫不殷忧而道著,功成而德衰。有善始者实繁,有克终者益寡";"载舟覆舟,所宜深慎"。并就此而提出十思:"君人者,诚能见可欲,则思知足以自戒;将有作,则思知止以安人;念高危,则思谦冲而自牧;惧满溢,则思江海下百川;乐盘游,则思三驱以为度;忧懈怠,则思慎始而敬终;虑壅蔽,则思虚心以纳下;惧谗邪,则思正身以黜恶;恩所加,则思无因喜以谬赏;罚所及,则思无以怒而滥刑。"若此,则成效明显、无限:"总此十思,宏兹九德,简能而任之,择善而从之,则智者尽其谋,勇者竭其力,仁者播其惠,信者效其忠;文武争驰,君臣无事,可以尽豫游之乐,可以养松乔之寿,鸣琴垂拱,不言而化!"

后者列举李世民搜求珍玩,纵欲以劳役百姓,昵近小人,崇尚奢靡,频事游猎,无事兴兵等十大毛病,义正辞严向皇帝进谏,希望皇帝能善始善终,不改当初之奋发作为,积极向上的作派,好在皇帝也有肚量,"深觉词强理直"接受之余,并将此疏列为屏幛,朝夕见之时时警惕,又赐魏徵黄金、马匹等。李世民与魏徵之间君臣相处真是不错,魏徵的在事言事,刚正秉直,尽心竭力亦到了无可比拟之地。虽然在旁人眼中,同样那帮重要的佐臣之间惹忌妒、冒酸味。

一次,李世民在宴会上对众臣说:贞观以前,跟随我平定天下,辗辗奔波于乱世,这是房玄龄的功劳。贞观之后,尽心对我,进献忠直的劝告,安国利民,敢于冒犯国君尊严直言规劝,纠正朕的过失的,只有魏徵一人而已。古代的名臣,也不能超过他们。并当即解下身上的佩刀,赐给房、魏两人。

魏徵死后,李世民十分伤心,"帝亲制碑文,并为书石";并且说:今魏徵殂逝,遂亡一镜矣。然后又有反复,因魏举荐的大臣并视可为宰相的侯君集、杜正伦坐事,牵涉到魏使之被砸掉墓碑;不过后来又以少牢之礼祭祀,重新立碑!由此可观君臣之处难之又难!

受光于天下照四方

——（清）魏　源

魏源（1794年—1857年）名远达，字默深、默生等，湖南邵阳隆回人（今湖南隆回县）。道光二年（1822年）举人，道光二十五年（1845年）进士，官高邮知州；晚年弃官隐居。他是清代启蒙思想家、政治家、文学家，近代中国睁眼看世界的杰出代表人物。

他说过："受光于隙见一床，受光于牖见室央，受光于庭见一堂，受光于天下照四方。"他就是一个思路敏捷，心胸、眼界、思想均为宽广的人！他作为弄潮儿之一，开启了当时中国了解世界、向西方学习的新潮流。

他刻苦研读，博学强记，是一个做学问的人。当有机会接触史馆秘阁官书和士大夫私家著述、藏书，便如饥似渴，兼收并蓄。他也协助过江苏巡抚陶澍办理漕运、水利；他又曾入两江总督裕谦幕府，参与抗英战事，在前线审讯俘虏；他与林则徐曾过往密切，引为同调支持禁烟，盛赞三元里人民抗英斗争，肯定"义民可用"；是个见多识广，阅历胜人的实干人物。因不满当局和战不定，投降派作祟而辞官。他一生著作甚丰，真知灼见惊震国人、影响东洋，亦启迪后世。

他主张论学应"经世致用"，提出"变古愈尽，便民愈甚"；强调"天下无数百年不弊之法，无穷极不变之法，无不除弊而能兴利之法，无不易简而能变通之法"；认为必须"学习西方先进的文化、科学、技术"；弄明白"善师四夷者，能制四夷；不善师外夷者，外夷制之"的道理。并且要"立译馆翻夷书"。他反对苛重税敛，指出："士无富民则国贫，士无中户则国危，至下户流亡而国非其国矣！"

百卷本的《海国图志》是他根据林则徐的要求，在林《四洲志》等的基础上，穷年累月，披沙沥金，编纂而就。说到林则徐，魏与之渊源颇深。魏源的父亲魏邦鲁曾经是林则徐的下属，早在1830年林就与魏相识，欣赏这位反对腐败、主张改革而名满京都的年轻人。林则徐因禁烟遭贬谪并复出后，将魏推荐给了两江总督裕谦，魏亦就此投笔从戎。林又一次被革职贬去新疆时,魏源随裕谦到镇江为林则徐送行。就在此时,林则徐将一大包书报、信札交付魏源,包括林本人的手稿《四洲志》,希望魏将它们编辑成书,广为流传,"以期能开吾国民眼界,悟得御侮之道"。魏源没有辜负林则徐的重托,《海国图志》囊括世界地理、历史、政制、经济、宗教、历法、文化、物产;对强国御侮,匡正时弊,振兴国脉等作了探索,其中尤其重视并提出要学习西方制造战舰、火械等先进技术,选兵、练兵、养兵之法;切盼朝廷上下奋起,扬长避短,实干兴邦,"去伪、去饰、去畏难、去养痈、去营窟","以实事程实功,以实功程实事"。

他以"欲任天下之重任,必自其勤问谤始"自励,又善于总结、提炼,作为一个杰出的思想家和文学家,他的思想的尖锐、深刻,他的观念、论断既有哲理又有文采,意境深远。如:

"志士惜年,贤人惜日,圣人惜时。"

"独得之见,必不如众议之参同也。"

"天地之性,人为贵。"

"教育的含义就是使人能作以前不能。"

"以细行律身,不以细行取人。"

"用人者,取人之长,辟人之短;教人者,成人之长,去人之短也。"

"执古以绳今,是为诬今;执今而律古,是为诬古。"

他有两首诗亦不错,不妨一录:"峰奇石奇松更奇,云飞水飞山亦飞。华山忽向江南峙,十丈花开一万围。"(《黄山绝顶题文殊院》)"白光尽处火轮现,草木山河金激滟。落日如人老更赤,初日如人少方艳。"(《岱岳吟》)

有人归纳并盛赞魏源:杰出的思想家,坐言起行的改革家,著作等身的经学家,博古通今的史学家,造诣极深的舆地学家,诗文俱佳的文学家(诗人),见解独特的军事理论家,对净土四经深有研究的佛门信徒,"州有九,涉及八;岳有五,登其四"的旅行家。壮哉,伟哉!

龚自珍说他:"读万卷书,行万里路。综一代典,成一家言。"

百余年过去了,但人们没有忘记他。2005 年,湖南的岳麓书社将魏源存世的著作,按照经、史、子、集之序编排,出版了《魏源全集》(20 册),字数达一千一百多万字!盛况空前,只不知有无"魏学"!

己所不欲,勿施于人

——(春秋)孔 子

"己所不欲,勿施于人"出自孔子《论语·颜渊》。"仲弓问仁,子曰:'出门如见大宾,使民如承大祭。己所不欲,勿施于人。在邦无怨,在家无怨'。"孔子以此释仁。又见于《论语·卫灵公》:"子贡问曰:'有一言而可以终身行之者乎?'子曰:'其恕乎。己所不欲,勿施于人'。"此又言及恕。孔子常常以恕来释仁。

《论语·雍也》载:"子贡问仁,孔子曰:'夫仁者,己欲立而立人,己欲达而达人,能近取譬,可谓仁之方也已。'而曾子谓:'夫子之道,忠恕而矣。'"(《论语·里仁》)

仁是孔子思想体系的理论核心。孔子以仁为自己学说的最高范畴和基本内容,一部《论语》一万六千余字,"仁"字出现了一百零九次,它是孔子关于社会、政治、伦理道德的最高理想和标准,体现和反映了他的哲学思想和观点。什么是仁,爱人就是孔子论仁的本质;仁爱待人,爱人为旨;当然孔子对仁亦有多种解释和回答。而实现仁的主要方法和途径(亦曰:仁之方)为忠恕。忠者:敬也,尽心曰忠。恕者,"能近取譬",推己及人。两者既是仁的组成部分,也是仁的实施方法。

朱熹认为:"恕,推己以及人也。"子贡也说过:"我不欲人之加诸我也,吾亦欲无加诸人。"朱熹又说道:"尽己之谓忠,推己之谓恕。"朱熹门人陈淳则解读为:"己所不欲,勿施于人只是就一边论;凡己之所欲者,也要施于他人方可。"己欲立,人也欲之;己欲达,人也欲之,怎么办? 推己及人:己欲立同时或先立人,己欲达亦同时或先达人。要有这份心,出如此力,才能和谐。

如何理解"立"、"达"? 可以将"立"视作三十而立之"立",将"达"等作"在邦必达,在家必达"之"达"。"己欲立而立人,己欲达而达人"便与"己所不欲,勿施于人"形成了一种互为补充、倚伏的关系。朱熹认为,"以己及人,仁者之心也";"敬以持己,恕以及物,则私益无所容而心德全矣;推己及物,其施不穷,故所以终身行之"。(见《四书集注》)这里可以理解为至少有二层意思,一者为,推己所厌及于他人而恶加;另一者为,以己所欲譬诸他人而成全之。从二个不同角度、方面、积极、消极二个层面去体现、去实践"仁"。

推己及人,察己知人,承认和关心他人的价值、生存和发展,在当时不能不说是一个极大的进步。"博施于民而能济众",不仅是仁而且达到了仁的最高境界:圣!(见《论语·雍也》)

修己安人,"为仁由己,推己及人",就这样依靠和通过"己所不欲,勿施于人"和"己欲立而立人,己欲达而达人"来落实。

"己所不欲,勿施于人",强调了自己(个人)的意志、好恶,自己不想做的事情、自己不喜欢的东西,不强加于人,具有积极意义,而这只是就一般而言。其中还有一个不以自己个人的好恶、意志左右、定夺他人意愿的问题,以自己认定、制定的想法、要求和标准去管制、约束他人,往往也会行不通。己之不欲、己之所欲未必是人之所不欲、所欲。己之所欲安能必施于人? 所以,无论己之不欲或所欲,"勿施"更有意义,更为重要。人同此心,心同此理,推己及人,换位思考,具体情况具体分析,体现尊重、平等、恕道,才能切实做到与人为善,宽厚待人,真正爱人!

在孔子的思想体系中,"道"亦是一个很重要的方面。道从其本意"道路"而引申至少有多种解释:1.政治路线;2.人生观、世界观、思想体系、政治主张、哲理;3.正当的方法或办法;4.可分别指天道、地道、人道等。按图索骥,仁及忠恕只是位道之引申第一意。而仁本身又是一个大概念、大系统,有其定义以及实施仁的本、德、目、格、方等等;在孔子的弟子问仁或他本人每每论其仁时,大都是说如何做,怎么做……所以它既是个目标,又是个实践过程,往往因人因地因时而异、而宜。重要的事情在于自觉性,依仁、践仁、近仁,并达到更高的境界。孔子之后,孟子发展仁的思想,以"义"与"仁"并举,提出仁政学说。他强调人与人的友善、友爱,说"仁也者,人也","仁者爱人","亲亲而仁民,仁民而爱物";又重视心性,说"仁,人心也","仁义礼智根于心","恻隐之心仁也"等;其中又呈现了偏重先验道德意识的倾向。秦汉以降,对孔子的仁又添了许许多多不同程度、不同角度的阐述和发挥。

孔子是周朝春秋末期杰出的思想家、教育家、儒家创始人。生卒为公元前551年—前479年,名丘,字仲尼;鲁国陬邑人(今山东曲阜)。先祖为宋国贵族。其三岁父亡,十七岁母故,艰苦力学。曾在贵族大夫家中做过会计、管牲畜的小吏、当过家臣;后周游列国,聚徒讲学,三十岁时成为公认的大学者,曾任鲁国司寇、摄行相事。弟子三千,身通六艺者七十二人;主要言行由门徒弟子记载,编成《论语》;其删经改史,编写《春秋》。其思想学说之意义和影响博大深远,包括古今中外。德国哲学家雅士培在其著作《四大圣哲》一书中将孔子列为人类历史上最伟大的四人之一,排序为:苏格拉底,佛陀,孔子,耶稣。

《论语》一书亦成为儒家经典,扬名千载及中外。其博大精深,又言简意赅;警言名句,比比皆是。

恻隐之心，人皆有之

——（战国）孟　子

孟子的思想博大精深，涉及哲学、政治、经济、伦理、教育、管理等诸多领域，闪烁着时代光芒和历史辉煌。一部由其本人及门生万章、公孙丑等编著的《孟子》不啻宝山，让人钦慕向往，称得上如入宝山可以满载而归。

孟子（约公元前 372 年—前 289 年）名轲，字子舆，战国中期邹人（今山东邹城），与孔子故乡不足百里。他一生崇拜孔子，倾心私淑，"乃所愿，则学孔子也"。后受学孔子孙子子思（孔伋）的门生，游学诸国，足迹到过鲁、齐、宋、薛、滕、魏，并在齐国长期居住达二十多年之久。其开门授徒，主张"仁政、王道"等，他的观点、思想在当时影响并不大，于唐宋之后才日趋受重视，被高看，其本人定格为"亚圣"，与孔子并称，其所代表和继承的儒家思想被一并称为"孔孟之道"。孟子是一个伟大的政治家、思想家、教育家，儒家学派的杰出代表人物。

"性善"是孟子学说中的一个基本观点，它作为哲学意义上的性善论，主要是指道德之性，而非生理、本能方面。孟子是这样表述的："人皆有不忍人之心……恻隐之心，仁之端也；羞恶之心，义之端也；辞让之心，礼之端也；是非之心，智之端也。"（《孟子·公孙丑上》）他举例说道，"今人乍见孺子将入于井"而顿生"怵惕恻隐之心"，这就是指油然而生的一种强烈的同情心，不能自已。以后孟子又说："恻隐之心，人皆有之；羞恶之心，人皆有之；恭敬之心，人皆有之；是非之心，人皆有之。恻隐之心，仁也；羞恶之心，义也；恭敬之心，礼也；是非之心，智也。仁义礼智，非由外铄我也，我固有之也，弗思耳矣。"（《孟子·告子上》）上述所引的两段文字，字、词稍有变化，体现发展、完善及完整。关键的是孟子将性善和人心放在一起、联系起来说，"仁义礼智"此"四心"人人都有，也可以说与生俱来，只不过需要通过内省去保持、激发和扩充它，要通过思考：多思、深思，去看去认识，并予以实践、弘扬。孟子把人心当作人性之中最根本、最本质的方面，并辅之以他一贯坚持、强调的"我亦欲正人心,息邪说,距诐行,放淫辞"。(《孟子·滕文公下》)如此这般去理解他的"性善论"就可以更加准确、全面。当然倘若与荀况的"性恶论"、西汉扬雄的"人之性也,善恶混"之说放在一起比较,虽各有其特点,但好像孟子之说较为客观、辩证。时至今日,已经有越来越多的人认为人之初谈不上性之善恶,只是因为存在、或此或彼的关系、关联等等,才产生趋往或取向善、恶,或兼而有之,那么启迪和弘扬以仁为核心的"四心"就是积极有为的人生哲理和道德建设。

"君子远庖厨"的故事也可以说明"仁"或恻隐之心。齐宣王见一牛因将被杀以用来祭祀而瑟瑟发抖而大为不忍,让人将羊换下了牛。此事被孟子知道了,他便对齐宣王说你因以羊易牛,大家会认为你吝啬、小气。齐宣王说"我只是见牛恐惧有同情心而已"。孟子又说:"那么那只羊呢? 你怎么不同情了?"齐宣王语塞,孟子见齐宣王说不清楚了便开始了他的游说、劝导:无伤也,是乃仁术也! 见牛未见羊也。君子之于禽兽也,见其生不忍见其死;闻其声不忍食其肉,是以君子远庖厨也。齐宣王的同情心很明显是被眼前目睹的事情所唤起,属于感性性质而非理性思考,同情眼前具体的牛而非抽象的羊,那只羊真正被当成了"替罪羊"了! 而君子远庖厨则又是一种人生态度。由远及今,人与食肉动物不同,那种丛林原则,扑杀撕咬、茹毛饮血的施为毕竟与人世间的食用荤腥、宰牛烹羊不一样,但总有血腥;人性有脆弱的地方,也因为有着同情心理,总不能麻木、肆意而无度,尤其要让那些弱小的童稚避开那种场面、场合。这里就有着人的道德之性、恻隐之心,"仁"的成分或文化在。

所以无论对人对物,于处世之中都要有仁义礼智之心。"君子以仁存心,以礼存心。仁者爱人,有礼者敬人。爱人者,人恒爱之;敬人者,人恒敬之。"(《孟子·离娄下》)孔子的"仁"含义丰富,适用宽泛,其最基本的一点就是爱人;孔子首创"仁"就是要建立一种人与人之间的友爱和谐关系。孟子承继了孔子的仁的思想,认为仁就是人心、亲民,用贤良、尊人权,富同情心,杀伐无道者,对人民持有深切的同情和爱心;并把它发展为包括思想、政治、经济、文化等各个方面的"仁政"。"以不忍人之心,行不忍人之政",以仁政王道建设一个和谐社会,坚持发扬爱心、破除伪善(仁),坚持做好符合自己身份、合理正当的事(义),人人依仁据义,"未有仁而遗其亲者,未有义而后其君者",自然或必然言:"老吾老以及人之老,幼吾幼以及人之幼!"

锲而不舍，金石可镂

——（战国）荀　子

　　题目取自荀子的《劝学篇》，可见诸这么一段话："不积跬步，无以至千里；不积小流，无以成江海。骐骥一跃，不能十步；驽马十驾，功在不舍。锲而舍之，朽木不折；锲而不舍，金石可镂。"《劝学篇》是荀子的代表作，写作于晚年却列在《荀子》一书的篇首。它集中论述荀子对于学习的见解、理念，强调学习的重要性，要求博学而反省，"知明而无过"；应该精诚专一，坚持不懈；必须联系实际，学以致用。强调老师在教学中的地位和作用，指出国家要兴旺，就必须重视老师；并要求老师为学生做出榜样，让学生躬行实践。荀子擅长说理，在《劝学篇》中他把深奥的道理寓于清新易懂的比喻，生动灵活，鲜明自然。或正面连连比喻、铺排同列，或反面设卡诘之、映衬对照；虽错落有致，铺陈恣肆，但文脉畅通，生气勃勃；虽行文干练，见识为常，但警句迭出，兴味无穷。这是一篇值得一读再读的好文章。

　　其实可以这样理解，不仅是学习，但凡一切：事业、事务，包括正在做的事情、特别是需要有结果的事，秉持如此精神，执意前往不止，"锲而不舍"，何愁"燕然勒石"、"直抵黄龙府"，自然功成名就，彪炳千秋。荀子本人就如此自励，充满事功精神。他一生：讲学于齐，仕宦于楚，议兵于赵，议政于燕，劝谏于秦。他尊崇孔子，而孔子西游不到秦，荀子却去了，对秦政秦俗多有评判，有褒奖有批评。韩非子、李斯为其入室弟子，后均为法家代表人物；秦大将蒙恬、汉初名相张苍都是他的学生。

　　他花大力气重新整理了儒家典籍，是一个名副其实的先秦诸子思想集大成者。孔子的中心思想为"仁"，孟子的中心思想为"义"，荀子提出了"礼"、"法"，主张隆礼重法，坚持儒家礼治原则，强调人的行动之规范；同时重视物质需求，主张发展经济和礼治、法治相结合。他反对信奉天命鬼神，认为自然规律不以人的意志为转移，"天道有常，不为尧存，不为桀灭"；（《天论》）"天有生物，不能辨物；地能载人，不能治人"；（《礼论》）"天有其时，地有其才，人有其治"。（《天论》）

与孟子的性善相反,他提出了"性恶论",认为人性分"性"和"伪"二部分,主张性(本性)是恶的,属动物本能;"伪"(指人为)是善的礼乐教化;反对所谓的天赋的道德观念,强调后天环境和教育对人的影响。他说,"尧舜之与桀跖,其性一也,君子之与小人,其性一也",人生而有欲望,得不到满足和实现,就会产生对立、抢夺、冲突,所以人性属恶;而后天的环境和教育及经验,对人性的改良、改变和改造起决定作用,在礼义、法度的规范下,才能转化人的恶性,则"涂之人可以为禹"。

他以孔子为圣人,认为孔子的学说、思想是最好的治国理念。他对诸子各家都有批评论说,反对子思和孟子的"思孟哲学",认为自己和子弓(楚人,姓馯名臂,字子弓;为孔子易学第二代传人,非孔子弟子冉雍)才是真正的孔子思想的继承人。

《荀子》一书三十篇,涉及哲学、政治、经济、军事、教育、科学、文学、艺术、逻辑、伦理等,体现了他的学说之博大精深。他使用赋的名称和用问答体写赋,与屈原并称为:辞赋之祖。《荀子》一书与《孟子》《庄子》《韩非子》等四部著作亦被誉为先秦诸子散文的四大支柱。

他的诸多警句、名言如珍珠般散布于他的文章之中。如:

"青,取之于蓝,而青于蓝;冰,水为之,而寒于水";

"言有招祸也,行有招辱也,君子慎其所立乎";

"木受绳则直,金就砺则利,君子博学而日参省乎己,则知明而行无过矣";

"君子居必择乡,游必就士,所以防邪僻而近中正也"。

——以上均见《劝学》

"道虽迩,不行不至;事虽小,不为不成。"(见《荣辱》)

"小人能,则倨傲僻违以骄溢人;不能,则妒嫉怨诽以倾覆人";

"言无常信,行无常贞,唯利所在,无所不倾,若是则可谓小人矣";

"虽有戈矛之利,不如恭俭之利也。故与人善言,暖于布帛;伤人之言,深于矛戟";

"自知者不怨人,知命者不怨天;怨人者穷,怨天者无志";

"材悫者常安利,荡悍者常危害;安利者常乐易,危害者常忧险;乐易者常寿长,忧险者常夭折;是安危利害之常体也"。

——以上均见《不苟》

"人有三不祥:幼而不肯事长,贱而不肯事贵,不肖而不肯事贤,是人之三不祥也。人有三必穷：为上则不能爱人，为下则好非其上，是人之一必穷也；乡则若若，僻则谩之，是人之二必穷也；知行浅薄，曲直有相县矣，然而仁人不能推，知士不能用，是人之三必穷也。人有此三数行者，以为上则必危，为下则必灭"；

"欲观千岁，则数今日；欲知亿万，则审一二……以近知远，以一知万，以微知明"；

"赠人之言，重于金石珠玉，观人之言，美于黼黻文章；听人之言，乐于钟鼓琴瑟"。

——以上均见《非相》

"我欲贱而贵，愚而智，贫而富，可乎？曰：'其唯学乎！'"（见《儒效》）

"君者舟也，庶人者，水也。水则载舟，水则覆舟"；

"聚敛者，召寇、肥敌、亡国、危身之道也，故明君不蹈也"。

——以上均见《王制》

"故小人可以为君子，而不肯为君子；君子可以为小人，而不肯为小人。"（见《性恶》）

苏轼说："荀卿明王道，述礼乐，而李斯以其学乱天下。"（《荀卿论》）因为学生受累，好像有点受委屈了！

荀子（约公元前313年—前238年）名况，字卿。战国末期赵国人，出生地有多说。著名的思想家、哲学家、政治家、文学家、教育家。

吾日三省吾身

——(春秋)曾 子

《论语·学而》有云:"曾子曰:'吾日三省吾身。为人谋而不忠乎? 与朋友交而不信乎? 传不习乎?'"这是曾子的名言,人们大都从此而知晓曾子的。其做人很实诚,也很辛苦:每一天会再三检讨自己,替别人办事有否尽心尽力? 与朋友交往有否不守信诺的地方? 所学到的知识、学业有否进一步的研习?

这肯定是件难事、累人的事,但曾子是个有大毅力的人,认准认定的东西不会放弃。这又是为什么? 因为人的一生过错是免不了的,即便是圣贤;所以要常作自省,勤于思过、找过,本着过则勿惮改的精神,改过、克己;克己、改过,修身正德,在做人行事的道路上,知明而行无过矣。而且自省思过,是一辈子的事。晚年的曾子依然说:战战兢兢,如临深渊,如履薄冰,因为小的过失、大的过错于一念之差间就会有天差地别,君子小人立判。数十年如一日谨言慎行、修养心性的他改过自新、克己向仁的决心不变。

曾子(公元前505年—前435年)名参,字子舆;春秋末期鲁国南武城人(今山东费县)。鲁哀公五年(前490年),十六岁的曾子拜孔子为师,他小老师四十六岁。曾子为人实在、好学自律,以孝著称。八年后颜回病逝,其进入"孔门十哲"之列,成为孔子的主要继承人,嫡传孔门道统。鲁哀公十五年(前480年)孔子呼而告之,"曰:'参乎,吾道一以贯之'。"曾子曰:"唯。"曾子认定孔子之道:"夫子之道,忠恕而已矣。"次年孔子卒,临终托付孙子子思与其(子思即孔伋,孔鲤之子)。曾子时年二十七岁。

孔子去世后,曾子聚徒讲学。他是儒家学说的承上启下者。上承孔子之道,以其学说授子思;子思门人再传孟子,开启"思孟"学派。他对孔儒学派思想有继承,有发展,有建树,与孔子、颜回、子思、孟子比肩,成为"五大圣人",被誉称"宗圣",配享孔庙。作为宗圣、孔子学说的主要继承人和传播者,曾子主张以孝恕忠信为核心的儒家思想以及修齐治平的政治观,内省慎独的修养观,以孝为本的孝道观。

曾子著《大学》,体现其思想。开宗明义提出"三纲",即明明德,亲民,止于至善;"八目",即格物,致知,正心,诚意,修身,齐家,治国,平天下。他还规范了运作的程序:"古之欲明明德于天下者,先治其国;欲治其国者,先齐其家;欲齐其家者,先修其身;欲修其身者,先正其心;欲正其心者,先诚其意;欲诚其意者,先致其知,致知在格物。""物格而后知至,知至而后意诚,意诚而后心正,心正而后身修,身修而后家齐,家齐而后国治,国治而后天下平。"进之、顺之,环环相扣,正反回文、理顺关节,勾勒出一整套符合封建伦理道德的政治哲学体系。到这里并没有结束,他还有连续展开的下文:治国平天下后,当政者,有权人还必须"得众""慎德""生财""举贤"。

所谓"得众"为"得众者得国,失众者失国"。"民之所好好之,民之所恶恶之",具有民本思想的萌芽。

何为"慎德",要赢得民心必须慎德。"是故君子先慎乎德。有德此有人,有人此有土,有土此有财,有财此有用";"德者本也,财者末也"。即便都重要,也有先后、侧重,德在先,并且亟需主政者带头。

重视"生财"。生财亦很重要,生财之道能使"生之者众,食之者寡,为之者疾,用之者舒",目的在于富民、得民。所以财聚则民散,财散则民聚,要反对和防止"聚敛之臣":"百乘之家,不畜聚敛之臣。与其有聚敛之臣,宁有盗臣。"不应"以利为利"而应该"以义为利也"。

切实"举贤"。治国平天下后需要人才,选贤任用,如"见贤而不能举,举而不能先,命也;见不善而不能退,退而不能远,过也"。所以要实实在在地知贤、好贤、容贤、用贤。做到"人有之技,若己有之;人之彦圣,其心好之;不啻若自其口出,实能容之"。反对"人之有技,娼嫉以恶之;人之彦圣而违之;俾不通,实不能容"。不能让妒贤嫉能的小人来担当治国的重任,"小人之使为国家,灾害并至;虽有善者,亦无知之何矣"。综上,整整一大篇治国方略,实在了不起。两千多年前的政治家、政论文,宏大深奥的理论即便放在今天亦大有裨益!

曾子一生不仕,不苟权贵,笃行一贯之旨。他认为,"士不可以不弘毅,任重而道远";"仁以为己任,不亦重乎? 死而后已,不亦远乎?"(《论语·泰伯》)

他重视人,以人为贵,说过,"天之所生,地之所养,人为大矣";"天地之性最贵者也"。他提出"慎终"(即慎重办理父母的丧事)、"追远"(即虔诚地追念祖先)。"民德归厚"意思是注重提高人民群众的道德修养。他认为,"孝有三:大孝尊亲,其次不辱,其下能养"。重孝行孝以孝著称的曾子论孝,全面、实在、没有教条。

曾子参与编写了《论语》,著有《大学》《孝经》《曾子十篇》等。他还有个故事:曾子烹彘,讲的是无论对谁,哪怕童稚幼儿,有过承诺、许诺,就要言而有信,这样于人于己都必须做到,因为曾妻许诺孩子杀猪,所以曾子毫不犹豫地去做了。

我善养吾浩然之气

——(战国)孟　子

　　"我善养吾浩然之气",这是孟子在回答弟子公孙丑提问时所说的自己二个特点(优点)之一。那么什么是浩然之气?孟子这样解释:"其为气也,至大至刚,以直养而无害,则塞于天地之间。""其为气也,配义与道;无是,馁也。是集义所生者,非义袭而取之也。行者不慊于心,则馁矣。"这个解释至高至上:浩然之气加以培养会充满天地之间,此种精气神与天地相适应、能吻合,所向披靡;而且有着正确的方向和原则;缺此则萎缩。靠充实正义的践行,而不赖之于一时一事的义举;心中若有愧疚,就难以继之。

　　"浩然"是个高大上的形容词。浩然之气是对自然元气中"气"的升华,具有伦理道德意义成分的人的精神风格,指谓正气、大气,或曰:至大、至刚、至中、至正之气。其中,体现了一个人眼界、襟怀、格局、心胸,此气所以"沛然莫之能御",绝非常人所能言、践或及。然而孟子又有他的说法:"夫志,气之帅也;气,体之充也。夫志至焉,气次焉;故曰:'持其志,无暴其气'。"(《孟子·公孙丑上》)在气与志的关系上,志是气的主导、先导,气则受其支配;气充盈于体内,并随心志而动;气亦有能动性,也会影响到志。所以孟子说:要保持志,不要滥用气(指身体的能量、动力)。说到志免不了要提及心,心志一起(合一)才是气之帅。心志专一,心离不开身,身也离不开心,因而更需要持志修身,既要养心,又离不开"养正气"。"尽其心者,知其性也。知其性,则知天矣。存其心,养其性,所以事天也。夭寿不贰,修身以俟之,所以立命也。"(《孟子·尽心上》)丝丝入扣,面面俱到,把气、志、心、性,与修身,施仁,事天,立命都讲完整了;而且一气贯之!

　　"穷者独善其身,达者兼济天下。"(《孟子·尽心上》)这句话影响深远,业已成为历朝历代志士能人所信奉的座右铭。其前半说的是"出世",讲为人、休养、人格、追求;后半句讲的是"入世",谈经世济时,涉及人生作为、价值实现。孟子倡导民本思想,经世有主见,而且体现了心志、胆气,蕴寓一种勇往直前的精神。他提出:"民为贵,社稷次之,君为轻。"主张行王道,要求统治者重民、安民、富民;施仁政,就是对人民"省刑罚,薄税敛"。他指出,"养生丧死无憾,王道之始也";"有恒产者有恒心"。他强调,"是故明君制民之产,必使仰足以事父母,俯足以畜妻子,乐岁终身饱,凶年免于死亡";"老者衣帛肉食,黎民不饥不寒,然而不王者,未之有也";"乐民之乐者,民亦乐其乐;忧民之忧者,民亦忧其忧。乐以天下,忧以天下,然而不王者,未之有也"。他总结历史教训,严正警示,"暴其民甚,则以身弑国亡";"诸侯之宝三:土地、人民、政事。宝珠玉者,殃必及身"。他甚至还说:"君有大过则谏,反覆之而之不听,则易位!"太厉害了,难怪他的思想让当权者敬而远之。

"平治天下,当今之世,舍我其他?""天将降大任于斯人也,必先苦其心志,劳其筋骨,饿其体肤,空乏其身,行拂乱其所为,所以动心忍性,曾益其所不能。""富贵不能淫,贫贱不能移,威武不能屈。""生亦我所欲也,义亦我所欲也;二者不可得兼,舍生而取义者也。"孟子的话斩钉截铁,气冲云霄,令人热血沸腾,壮哉、雄哉、伟哉!孟子有雄心大略,目标志向,也有艰苦备尝、不屈奋斗的准备,更有百折不挠,不改初衷,为蹈义就道,不惜牺牲的决心。

孟子骨子里有股硬气,有人说孔子及《论语》气温,体现出温文尔雅,温良恭谦让;而孟子及其文章清冷峻峭,充斥刚直、固执和霸气。宋朱熹曾经这样说:"孟子则攘肩扼腕,尽发于外。论其气象……孔子则浑然无迹,颜子微有迹,孟子其迹尽见。"在朱熹看来,孟子是一个随时可以、可能与人干仗的人。孟子就是以天下为己任的豪杰,不因私累,不为利谋,择天下至道行天下正路,义无反顾,"仁者无敌","吾进退,岂不绰绰然有余裕哉?""道之所在,虽千万人吾往矣!"他的行事和秉性昭昭然,如日月:"仁,人心也;义,人路也,舍其路而弗由,放人心而不知求,哀哉!"由衷佩服孟子!

了解孟子,对于他一生贯之并弘扬的思想理论观点,诸如:性善、人性;仁义礼智、仁政;道、王道、天道;心、志、德、善、诚、义、气那么宏大又自成体系的学说架构予以窥探求索,想想真是够得一辈子去学习、理解、消化,尽显其利、功在此时及后世!

总觉得意犹未尽,补录其若干警句名言:

"天下之本在国,国之本在家,家之本在身。"

"君子有三乐……父母俱存,兄弟无故,一乐也;仰不愧于天,俯不怍于人,二乐也;得天下英才而教育之,三乐也。"

"诚者,天之道;思诚者,人之道也。"

"分人以财谓之惠,教人以善谓之忠,为天下得人者谓之仁。"

"言近而指远者,善言也。"

"君子莫大乎与人为善。"

"理义之悦我心,犹刍豢之悦我口。"

"得道者多助,失道者寡助。寡助之至,亲戚畔之;多助之至,天下顺之。"

"生于忧患,死于安乐。"

"天时不如地利,地利不如人和。"

"可以速而速,可以久而久,可以处而处,可以仕而仕。"

"夫人必自侮,然后人侮之;家必自毁,而后人毁之;国必自伐,而后人伐之。《太甲》曰:'天作孽,犹可违;自作孽,不可活';此之谓也。"

"存乎人者,莫良于眸子。眸子不能掩其恶。胸中正,则眸子瞭焉;胸中不正,则眸子眊焉。听其言也,观其眸子,人焉廋哉?"

"人之患,在于好为人师。"

"执中为近之。执中无权,犹执一也。"

人非圣贤,安能无所不知

——(清)张　潮

张潮的《幽梦影》在当时及后来都是一部很有影响的随笔体格言小品文集。作者在书中以自己独特的眼光去看世界、看人生,去发现美,谈美论美,其中涉及文艺、社会群相及人的生活态度等,也不乏讥刺、批评、嘲谑,但亦显示了文人品质和教养,温文尔雅及诙谐。

读书是书中的一个重要话题,有许多精辟的格言,如:

1. "人非圣贤,安能无所不知。只知其一,惟恐不止其一,复求知其二者,上也;止知其一,因人言始知有其二者,次也;止知其一,人言有其二而莫之信者,又其次也;止知其一,恶人言有其二者,斯下之下矣。"人不学不知,然而肯定不会做到学而无所不知,只能尽可能地多知一些,通过学习、不断学习,才能从不知到知,从知之甚少到知之颇多,有所进步有所长进,要知道还有无穷的知识在自己的面前。若是起初有了点成绩,自满膨胀,不知不懂这个道理,那便无语;尚若甚至厌恶这个道理,那只能算作甘为下流,进步不得了。

2. "藏书不难,能看为难;看书不难,能读为难;读书不难,能用为难;能用不难,能记为难。"这是其著名的"读书四难",层层推进,循迹图之,点出关键要义在于读、用、终生铭记!

3. "凡事不宜刻,若读书则不可不刻;凡事不宜贪,若买书则不可不贪;凡事不宜痴,若行善则不可不痴。"读书的重要性甚高,须刻意,穷尽万般苦;须务多,亦宜广博收取。尚若本节的第三句的"痴",也言之于读书方面,恐怕效果会更好!

4. "善读书者无之而非书:山水亦书也;棋酒亦书也,花月亦书也,善游山水者,无之而非山水:书史亦山水也,诗酒亦山水也,花月亦山水也。"读书不仅要读有字之书,还要读无字之书,什么都可以是书,因为生活是部伟大的著作。

5. "能读无字之书,方可得惊人妙语;能会难通之解,方可参最上禅机。"读书的最高境界可能就是这样的了,处处留心皆学问,潜心致之,日臻佳境。

6."先读经,后读史,则论事不谬于圣贤;既读史,复读经,则观书不徒为章句。"融会贯通,运用之妙,在人在心;做一个文化人,做一个明白人。

7."读经宜冬,其神专也;读史宜夏,其时久也;读诸子宜秋,其致别也;读诸集宜春,其机畅也。"竟有此说? 不妨存之,有兴趣者尚可一试。

8."经传宜独坐读,史鉴宜与友共读。"反正须读出味来!

9."对渊博友,如读异书;对风雅友,如读名人诗文;对谨饬友,如读圣贤经传;对滑稽友,如读传奇小说。"厉害了,从读书到读无字书,再到阅人如读书;真不知几人能如此!

10."有工夫读书谓之福,有力量济人谓之福,有学问著作谓之福,无是非到耳谓之福,有多闻直谅之友谓之福。"有福之人,福至心灵,持之以恒,百福益臻。

11."多情者,不以生死易心;好饮者,不易寒暑改量;喜欢读书者,不以忙闲作辍。"努力吧!

12."春雨宜读书,夏雨宜弈棋,秋雨宜检藏,冬雨宜饮酒。"闲情逸致,得其所哉,不过,还是读书为易、为常、为多见。

13."少年读书,如隙中窥月;中年读书,如庭中望月;老年读书,如台上玩月,皆以阅历之浅深,为所得之浅深耳。"一以贯之,由浅入深;读书毕竟是件终生的事。说理形象,意义凸显,得失自知,甘苦备尝。

读书:能记为要,得读扎实。读好:学用并重,作用多多。眼光、心态、人生、趣味、追求便会不断得以提高、升华;可以以立德立功立言励之,有个大目标并为之努力;但不能缺少生活情趣,真要向张潮学习。在张潮这位杰出的读书人眼中,生活的品质、闲趣、情感丰富细腻,非同一般。如对待处闲:"人莫乐于闲,非无所事事之谓也。闲则能读书,闲则能游名胜,闲则能交益友,闲则能饮酒,闲则能著书。天下之乐,孰大于是。"又如观花:"梅令人高,兰令人幽,菊令人野,莲令人淡,春海棠令人艳,牡丹令人豪,蕉与竹令人韵,秋海棠令人媚,松令人逸,桐令人清,柳令人感。"再如论种植:"一日之计种蕉,一岁之计种竹,十年之计种柳,百年之计种松。"譬如品石:"梅边之石宜古,松下之石宜拙,竹傍之石宜瘦,盆内之石宜巧。"如此情思,撩动人心,表述高妙,无以复加。作者的鉴赏眼光,点评水准实在高哉!

张潮的聪慧远不仅此,其应世为人亦有独到之处。在社会的大环境中,在变幻莫测的人生旅途中,有些话当可谓针砭药石金玉良言,别人也许不知道,或知道了也许不会说,而张潮说了:"不得已而诛之者,宁以口,毋以笔;不可耐而骂之者,亦宁以口,毋以笔。"无论中外古今,对某些在大舞台上混的人而言,此应属贯耳之雷,也许有的人会嫌可能知道得晚一些,徒生悔意。其实这也正是"书到用时方恨少","安能无所不知!"

张潮(1650年—1709年)字山来,号心斋居士,歙县人(今安徽省黄山市歙县)。自幼颖异绝伦,好读书,弱冠补诸生,以文名闻大江南北;喜会友,常高朋满座。屡试不第,以赀补为翰林郎,不仕,杜门著书。为清代著名文学家、小说家。

有《虞初新志》《檀几丛书》《心斋诗集》《幽梦影》《尺牍偶存》等多种著作存世。

以人为镜，可以明得失

——（唐）李世民

李世民对魏徵甚为器重，视为股肱，其死后，李世民大为伤悲，停朝五天。他并说道："夫以铜为镜，可以正衣冠；以古为镜，可以知兴替；以人为镜，可以明得失。朕常保此三镜，以防己过。今魏徵殂逝，遂亡一镜。"（见《旧唐书·魏徵传》）究其源头，此当出自《墨子·非攻中》，原文："古者有语曰：'君子不镜于水，而镜于人。镜于水，见面之容；镜于人，则知吉与凶。'"

李世民（599年—649年）高祖李渊次子，唐代皇帝，政治家、军事家。少年从军，有勇有谋，战功赫赫，在兄弟之中冒尖，成为翘楚，他人望其项背。手下亦集聚了众多人才。玄武门事变中杀灭兄长太子李建成、四弟李元吉诸人后，被册立为太子，次年登基，改元贞观，在位二十三年。作为历史上数得上的有为帝王、英雄人物，对内休养生息，国泰民安，对外开疆拓土，四夷宾服。就如宋曾巩说的那样："法度之行，礼乐之盛，田畴之制，详序之教，拟之先王未备也；躬亲行阵之间，战必胜，攻必取，天下莫不以为武，而非先王之所尚也；四夷万古所不及以政者，莫不服从，天下莫不以为盛，而非先王之所务也。"（见《曾巩散文选》）这二十多年世称"贞观之治"，为唐代的强盛打下了一个良好的基础。

唐太宗李世民深谙统驭之道，他的"三镜"之说行之有效，放之四海而皆准；努力践行，虽不中亦不远。他曾经编了一些材料，交给儿子李治，让其学习、效法怎么做好皇帝；同时他又说：取法乎上得乎其中，取法乎中，得乎其下。就是在补充、诠释以古为镜、以人为镜。

至于在用人做事方面，他的以人为镜，比较、遴选，用其长补其短，用人如用器，知人善任，取得了相当好的效果。"当房、杜时，所与共事则长孙无忌、岑文本；主谏诤则魏徵、王珪；振纲维则戴胄、刘洎；持宪法则张元素、孙伏伽；用兵征讨则李勣、李靖；长民守土则李大亮。其余为卿大夫，各任其事，则马周、温彦博、杜正伦、张行成、李纲、虞世南、褚遂良之徒,不可胜数。"(见《曾巩集·卷十五》)"房谋杜断"就是一个例子。房玄龄佐太宗定天下及终相位,有三十二年之久,号为天下名相,然无迹可寻,德亦至矣。太宗定平祸乱而房玄龄不言己功;王珪、魏徵善谏,房赞其贤;李勣、李靖善将兵,房行其道;使天下能者共辅太宗,理致太平,善归人主;身处要职,毫无跌扈,善始善终。李世民认为他有"筹谋帷幄定社稷之功"。连李世民的父亲李渊也认可这位次子的主要谋臣:"这个人深重了解机宜,足能委以重任。每当替我儿陈说事务,一定能了解人的心理,千里之外,好像对面说话一样。"房玄龄善于出主意,提建议,而杜如晦善分析、能决断,二人珠联璧合,均为太宗所用,出大力管大事掌大局,事半功倍。

李世民曾经很自豪地说:"魏徵、王珪,昔在东宫,尽心所事,当时诚亦可恶。我能拔擢用之,以至今日,足为无愧古人。"

公元 632 年虞世南进《圣德论》,太宗赐手书诏令其:你的评价太高了,朕怎能敢与上古帝王相比。只是与近代相比略强些。然而你只是刚刚看到开头,未知其终结。如果朕真能善始善终,那么你的高论可以传之后世;如若不然,恐怕只会成为后世的笑柄。登基了,头脑还那么清醒。终其一生,末了几年稍逊,但不愧为一个伟大的帝王。又贞观二十二年(648 年)房玄龄病重,李世民派御医予以治疗,每日供给御膳。房关心时局,深为李世民含怒意决东征高丽不止,众人不敢劝谏的局面担忧,于是抗表进谏,请求李世民以天下苍生为重,停止征讨高丽。李世民见奏表深受感动,亲至房病榻探望,当场封房二子高位,以慰其怀。

太宗驭人,推心置腹,肯定多于贬斥,说魏徵之好、于社稷天下之功劳,"唯魏徵而已";说虞世南忠心、直谏"朝廷上下,无复人矣!"于是"士为知己者死",把身家性命都货与帝王家了!

回到"三镜"之说,还是苏东坡说得好:"太宗之从谏近于圣。"

天知,神知,我知,子知

——(汉)杨　震

　　杨震(?—124年)字伯起,弘农华阴人(今陕西华阴东),隐士杨宝之子。少时从名师研学,通晓经籍,博览群书。五十岁入仕,历任荆州刺史,东莱太守,太仆,太常,司徒,太尉;为官正直不屈权贵,屡屡上疏直陈时政之弊,遭忌受诬,延光三年(124年)被免职并遭遣返,途中饮鸩而卒。次年汉顺帝继位为其平反。他是一位鼎鼎大名的东汉名臣,被誉"关西孔子杨伯起"。

　　他又因为"天知,神知,我知,子知"被称道,成为名扬天下的"四知"清官廉吏,"四知"先生。杨震五十岁由大将军邓骘举荐为茂才,四次升迁后为荆州刺史、东莱太守。当他前往任职之所时路过昌邑府。从前由他推荐为荆州茂才的王密此时正任昌邑县令,他来谒见杨震。"至夜怀金十斤以遗震。震曰:'故人知君,君不知故人,何也?'密曰:'暮夜无知者。'震曰:'天知、神知,我知,子(你)知。何谓无知!'密愧而出。"(见《后汉书·卷五十四》)县令王密来看望恩师杨震,又适逢恩师升迁,表示了心意,但被杨震婉辞?坚辞?我了解你,你却不了解我,怎么回事?针对王密的"暮夜无知者",杨震说下了"四知"名言。

　　在其任涿郡太守时,公正廉明,不接受私人请托。他的子孙蔬食徒步,生活俭朴,一些老朋友、长辈欲为其子孙置办产业,杨震不允许,并说:让后世人称他们为清白官吏的子孙,不是很好吗!

　　永宁二年(121年)汉安帝刘祜乳母交际朝臣,接受贿赂,干预朝政,杨震上疏谏之,安帝将其奏折给乳母王圣等人传看。在人事安排上,他拒绝私人请托,不从皇亲国戚的暗示或威逼,上疏批评:一些过去因贪污纳贿被禁锢不许做官的人,一些放浪形骸、胡作非为的人,也都通过行贿重新买官得到了高官显位,以至黑白混淆,清浊不分,天下舆论哗然。直接打脸,宣战了!屡屡的上书得罪了权贵,惹恼了安帝。他的铁骨铮铮可见一斑。同时他还先后上了如《上疏请出乳母王圣》《复诣阙上疏谏刘瑰袭爵》《谏为王圣修第疏》《因地震复上疏》《救赵腾疏》等,尖锐直白,针锋相对,眼睛里容不得灰。

因为杨震是名儒,所以被权贵们诬陷构陷罪名,遭受免职贬迁回籍的处分。在回老家的路上,杨震慷慨地对儿子、门生说:死者士之常分,我蒙圣恩居位,痛恨奸臣狡猾不能诛杀,恶嬖倾乱不能禁止。还有什么面目见天下之人?我死后,只用杂木为棺,布单被只要盖住形体,不归葬所,不设祭祠。遂服毒而逝。次年永建元年(125年)汉顺帝刘保继位,奸臣多人伏诛,刘保盛赞杨震:故太尉震,正直是与。并为之平反。

杨震子孙绵绵瓞瓞,八世孙杨铉,为隋文帝杨坚的六世祖。

范晔论杨震,"震为上相,抗直方以临权枉,先公道而后身名,可谓怀王臣之节,识所任之体矣";"杨氏载德,仍世柱国。震畏四知,秉去三惑"。(见《后汉书·杨震列传》)

我自长贫甘半饱

——(清)陈廷敬

陈廷敬(1638年—1712年)字子端,号说岩,晚号午亭,泽州府阳城人(今山西省晋城市阳城县)。顺治十五年(1658年)进士,初名敬,因同科考中有同名者,顺治皇帝赐其名廷敬。其历任康熙皇帝老师,工部、户部尚书,文渊阁大学士,刑部、礼部尚书及《康熙字典》总裁官等职。去世后,康熙皇帝亲作挽诗悼之,谥文贞;并认为其"宽大老成,几近完人"。

身处高位的他,仁义宽厚,大智若愚,稳重大方;胸中有城府,处事有章法,既有眼光又留有分寸;识时务,能蛰伏,会雄起,基本做到:等、忍、稳、狠、隐。他能诗善文,文学方面的造诣亦深厚,有《午亭文编》,受到皇帝的赞赏;主持多年的《康熙字典》编撰,对中华文化的承继发展的功劳尤其大。康熙在位六十一年,他经历五十三年,又曾为帝师,故颇受赏识,有过二十八次升迁,官至文渊阁大学士,清不设宰相,此相当于宰相。其为政规范,治理有方,尤在吏治改革、整肃贪腐等方面。他强调总督巡抚的职责在于考察和指导吏员;凡保荐州府县官,必须考察他们有无不法行为,对违犯者严加惩处,以起到惩一儆百的作用。对于总督巡抚的考察,要看他是否廉洁奉公,为群吏做出了榜样。对于普遍存在的贪污受贿现象,他指出,"好尚嗜欲之中于人心,犹水失堤防而莫知所止",为此上《劝廉祛弊请敕详议定制疏》,强调"贪廉者,治理之大关;奢俭者,贪廉之根柢。欲教以廉,当先使俭"。朝廷接受了他以俭养廉的主张,并开展了对贪腐的严惩。

身处高位的他,如此主张、强硬,自然得罪人。权贵们联手打击他的弟弟,诬其贪污;打击他的儿女亲家,以致其因贪赃处绞杀。对此,他冷静规避,对弟弟的被诬,作诗明志,"为人清贫始做官";对亲家的被杀,他谢罪并辞官回家守孝;以低调、让时间来证明自己的清白。果然不久又再次获得皇帝的重用。重新上位,他察言观色,掌握证据,把握时机,发起攻击,打掉多个权贵、重臣,既体现了皇帝的意图、为朝廷效命，又达到自己申冤雪耻的目的。

身处高位的他，清廉为官，自律甚强。在任吏部尚书时，他给家人定规矩；在任礼部尚书时，他明令，"自廷敬始，在部绝请托，禁馈遗"；并多次坚辞送礼。他甘于清贫，以唐陆龟蒙的"忍饥诵书，卒常半饱"自勉，道明心志，"我自长贫甘半饱"。平时饮食简单，粗菜淡饭，果腹而已。他的一个弟弟当过县令有官声，欲请大官哥哥帮助另谋官职，他劝弟弟知足常乐，管好老家田地庄园，伺奉年迈的父母，闲时读读诗书。

陈廷敬是做官、做大官的榜样，他所秉持的这种"半饱"思想可以防微杜渐，不坠贪渊。其实历史上有识之士、有为之人严格管住自己，主张持半、留白、留余的例子不少。明末清初的学者李密庵有过《半半歌》，提倡一种人生境界：半之受用无边，半里乾坤宽展。还有过《半字诗》即"半山半水半竹林，半俗半雅半红尘"那首，托名古人所作，但不知此诗与李密庵的歌孰先孰后。关于留余，便谓在进退之间的一种把持，其实也体现了持半的观点和做法。明朝政治家，东林党领袖人物高攀龙（景逸先生）说："临事让人一步，自有余地；临财放宽一分，自有余味。"这点上颇有心得的当数清重臣曾国藩，他也说过："留一分余地，可回转自如；不留余地，则易失之于刚，错而无救。"秉持此观点、立场，所以曾国藩在政坛进退自如，得以善终。

清河南巩义有个康百万庄园，建于明末清初，历明、清、民国约四百年。八国联军侵犯时，时任康家掌柜的康鸿猷向路经巩义康店镇的慈禧捐资一百万两银子，慈禧惊喜之余，赐其"康百万"封号。该园有过一黄杨木雕的"留余匾"，上题"四留铭"："留有余，不尽之巧以还造化；留有余，不尽之禄以还朝廷；留有余，不尽之财以还百姓；留有余，不尽之福以还子孙。"至理名言，当可为宝，视作圭臬。

从半饱到持半，到留余，体现的是睿智，辩证法。生生世世，为人处世，总归是丰于此者，必缺于彼；过犹不及，不如持半。

人生大病，只是一傲字

——（明）王阳明

从祀孔庙的王阳明，是个立德、立功、立言的杰出人物，他的经历、涉猎宽广，上马打仗，下马文章，文武双全，官至两广总督、南京兵部尚书，都察院左都御史；是著名的思想家、哲学家、文学家。除了大部头的著述外，有些名言值得一看，而且还可以大大咀嚼一番。

门生问老师：用兵有无特殊的技巧？身为军事家的王阳明的答复是：也没有什么技巧，努力做学问，养的就是此心不动，要说有什么，此心不动即可谓唯一的技巧。大家的智慧相差无几，"胜负之诀只在此心动与不动"。

此外，他还说道："急中生智的人的智慧不是天外飞来的，是平时学问纯笃的功劳。"

"殃莫大于叨天之功，罪莫大于掩人之善，恶莫深于袭下之能，辱莫重于忘己之耻，四者备而祸全。"

"心外无物，心外无理。"

"人生大病，只是一傲字。"对这句话可以略加展开。王阳明的《传习录》有载："人生大病，只是一傲字。为子而傲必不孝，为臣而傲必不忠，为父而傲必不慈，为友而傲必不信。故象与丹朱俱不肖，亦只一傲字，便结束了此生。诸君要常体此。人心本是天然之理，精精明明，无纤介染着，只是一无我而已。胸中切不可有，有即傲也。古先圣人许多好处，也只是无我而已，无我自能谦。谦者众善之基，傲者众恶之魁。"

他点出了"傲"这个人生大毛病，指出"傲"于己于人，包括处子、臣、父、友地位所会产生的种种弊病危害。他举了象和丹朱的例子。象是黄帝的八世孙，舜的异母弟，舜母死后，其父瞽叟又娶妻嚚（又称壬女）生了象。象本性傲恨，对异母兄舜极为不满，甚至母、父相议要加害舜，而舜则顺适不失子道。丹朱是尧的十个儿子中的老大,为人骄傲暴虐,不务正业,尧不让其继位,禅位于舜。王阳明认为象、丹朱就是因为傲、骄、倨、狠所以一事无成,一生没有作为。他希望大家吸取教训,人生关键在于无我。古之先贤、圣人最高最突出的优点、长处,就是无我;无我能够自谦,自谦自然无事。而无我的对立面是有我、重我,以有我为重,我在先、在前、在上,往往自大、自私,高人一等;大我又傲,自以为是,不屑与人为伍,昏昏然、飘飘然,待人接物处世就会生出许多如篇首所指出的毛病来。所以说:傲者为众恶之魁,反过来,谦者为众善之基。

诸葛亮曾经说过:"不傲才以骄人,不以宠而作威。"(《将诚》)也说明了同样的道理。

古往今来,因为傲慢,骄傲,桀骜不驯而遭失败、被唾弃的事例,不胜枚举,这一大病遍及中外、布满纵横,实在需要引起每个人的重视。史载:滕国国君的弟弟滕更向孟子求学,孟子不予理会。公子都问孟子怎么回事? 孟子说:"挟贵而问,挟贤而问,挟长而问,挟有勋劳而问,挟故而问,皆所不答也。滕更有二焉。"孟子对滕更的挟贵、挟贤不予理睬。这也是傲的缘故,的确傲会误事。三国时期蜀之参军马谡一介书生,又为将领,虽才气过人,但傲气十足。自以为熟读兵书,又有建功,诸葛丞相诸事尚问其。他与副将王平往守街亭,不在路口下寨,执意屯兵于山上,容不得王平的劝告,犯下兵家大忌。他以为屯兵山上,可以"凭高视下",势如破竹,魏兵到此可教其片甲不回。王平谓其:驻兵下寨山上,若遭魏兵断汲水之道,将会不战而乱,万万不可。劝阻无益,后王平领兵另行设寨,马谡安寨山上,结果被魏军四面合围,断汲水之道,兵乱及败,痛失街亭。

而曾国藩总结了自己的经历、经验,指出:"傲乃败亡之道,言多贻害无穷。"所以自满者败、自矜者愚。

在记得王阳明的这句名言的同时,还可以以下列句子为辅:劳谦虚己,则附之者众;骄慢倨傲,则去之者多。成人如何,成事与否,这是一个必须把控的关节。

势不可使尽

——（宋）法 演

　　宋代法演禅师在其首座大弟子佛果克勤接受舒州太平寺主持之职，临行告别时，对佛果说道："大凡住院，为己戒者有四：势不可使尽，福不可受尽，规矩不可行尽，好语不可说尽"。因为势若使尽祸必至，福若受尽缘必孤，规矩行尽必繁之，好语说尽人必易之。这就是著名"法演四戒"。

　　法演禅师（1024年—1104年）俗姓邓，绵州巴西人（今四川绵阳）。少年慕法，三十五岁落发受戒，游方各地十余载，先后在安徽舒州白云山、湖北蕲州五祖山居住。曾经浮山法远、白云守端禅师指点，最后成为北宋中后期临济宗——杨歧禅派的法嗣。因其较长时间在湖北蕲州（蕲春县）五祖寺开堂说法，所以禅宗史上称他为"五祖法演"。他擅诗善喻，开创"看诗禅"为第一人，其不用棒喝，善用诗歌教化学人。其名声大，有徒众，其中佛果克勤、佛鉴慧勤、佛眼清远最为著名；"三佛"亦称"二勤一远"。三高僧均有慧根，亦深得法演衣钵。某夜归，风熄灯，法演询此刻领悟之心境，佛鉴言：彩凤舞丹霄。佛眼道：铁蛇横占路。佛果说：看脚下。法演慨然：佛果胜我矣！

　　法演的"四戒"有不同版本，如"势不可使尽，福不可享尽，便宜不可占尽，聪明不可用尽"。明冯梦龙在他的《警世通言》中也用到这"四戒"之说，应该说在更大范围推广、弘扬了此说，因为他那"三言"流传和影响更大更广。清末重臣曾国藩在给其诸弟的家书中也说到："有福不可享尽，有势不可使尽。总之家门太盛，人人须记此二语也。"

　　汉贾谊说过："祸兮福所倚，福兮祸所伏；忧喜临门，吉凶同域。"（《鹏鸟赋》）所以头脑清醒的学人、将帅、官僚都必须注意："酒极则乱，乐极生悲，万事尽然，言不可极，极之而衰。"（《史记·滑稽列传》）这些哲言告诉我们凡事均有度，过则废。

　　"四戒"具有辩证意义，它在于把普遍真理（至理）浓缩、提炼，具有高度的理论概括性,于古于今于后皆有指导性,可以使每个居不同地位或不同阶段(环境)的人以自选,有权势居高位的大官如何用好权、用对势,尤其对"规矩"、对"好话"之戒要注意,有助于用人驭势成事。对平民百姓而言,则于"便宜"、"聪明"之戒要当心,只是见小贪个便宜、觅些好处,或自以为是,便会生出些事来,"见小利,不能立大功;存私心,不成谋公事"。(明陈继儒)会导致百事不成。至于行事做人太过,不留余地,绝了人亦绝了己;说尽好话,听尽好话,经常的口惠而实不至,就会生变;责人善己,嗔怪愤怒之时口出恶言,伤人亦伤己;而就那些福享尽,招天嫌,惹人妒,天怒人怨的孤家寡人,其实记得这"四戒",就不至于缘分皆尽。想明白,依此类推,推而广之,也就不会物极必反。

法演善诗,以其一诗为例:"二月中春物象新,尽尘沙界一般天。苍苔雨洗去冬雪,野火风吹昨夜烟。危岭乍闻猿啸日,长江时见客乘船。人生几度逢斯景,好似诚心种福田。"平静和缓之间,言及春光明媚,万千气象,物我得宜,安心适位,广种福田,亦是人间佛国。法演禅学除了善诗,以诗教化之外,还立足于世间觉,行住坐卧皆是禅,包括待人接物,他从容地随机答问,因事举物,不假兴新,自然奇特,往往效果甚佳。如上堂云:"撮土为金犹容易,变金为土却还难。转凡成圣犹容易,转圣成凡却甚难。何故谁肯屈尊就卑。且道不凡不圣一句什么生道,乃云:不得教坏人家男女。"又如上堂云:"浅闻深悟,深闻不悟,争奈何,争奈何。献佛不在香多。"再如上堂云:"神通妙用不欠丝毫,通人分上何用切切,泥多佛大水长船高。"

法演有弟子编成其《语言》传世。

居高声自远，非是藉秋风

——（唐）虞世南

虞世南的《蝉》诗别有一格："垂缕饮清露，流响出疏桐。居高声自远，非是藉秋风。"这是一首咏物诗，写的、说的是蝉，从其形体、习性、声音入手，平实道来，"缕"是蝉头部伸出的触须，如下垂的冠缨，又在高枝上吸食露水、树汁；"流响"是指蝉之声长鸣，发自其高栖之梧桐，回荡于树冠之上空。诗的第三、四句是诗眼、重点，描写的既是一种自然现象，更是作者心迹的表露，一正一反，角度不同，实为双关语，其蕴含的意味颇深，阐明了自己的品行志向，高洁、清远，有明显的自谓自许自信自持的心态抒发，不需要借助外力扶助和地位招摇。这属于"清华人语"。

历来对此诗评价很高，清沈德潜在《唐诗别裁》中说此诗："命意自高，咏蝉者每咏其声，此独尊其品格。""犹存陈隋体格，而追逐精警，渐开唐风。"清人李锁在《诗法易简录》中说："咏物诗固须确切此物，尤贵遗貌得神，然必有命意寄托之处，方得诗人风旨。"此诗第三、四句品地甚高，隐然自写怀抱。

虞世南（558年—638年）字伯施，越州余姚人（今浙江慈溪）。历南北朝、隋、唐为官，是著名的政治家、文学家、书法家、诗人，尤得李世民的器重，曾被李世民视为"五绝"："世南一人，有出世之才，遂兼五绝。一曰忠说，二曰友悌，三曰博文，四曰词藻，五曰书翰。"这里分别指的是：忠诚正直，兄弟友爱，通晓文献，善于诗赋，擅作书（法），认为他在这些方面卓越不凡，至巅峰地位。他因为德行、才学、胆识之高标、高洁而为人正直、低调，所以历多朝、事多主而不倒不辱。在他人眼中，虞世南"德行淳备，文为辞宗，夙夜尽心，志在忠益"。

贞观九年（635年）太上皇李渊驾崩，虞世南一再劝阻太宗筑陵厚葬，使太宗有所节制、收敛。他还曾严正谏言太宗不要恣于游猎而疏于政事。贞观十三年（638年）虞世南逝，太宗闻讯举哀，痛哭并下手诏："虞世南对朕忠心一体，拾遗补阙，无日暂忘，实为当代名臣，人伦准的。朕有小过必犯颜直谏。而今亡故，朝廷上下，无复人矣。"并追赠其礼部尚书,谥号文懿,入葬昭陵。虞世南卒后,太宗梦见之,有若平生所见,又是一阵感喟,太息。宋洪迈就认为:"夫太宗之梦世南,盖君臣相与之诚所致。"(见《容斋随笔·卷七》)

看起来,除了有本事,忠诚、高洁,还要入得了上峰的法眼,方才有眷顾,施恩泽,俗话说——两好合一好;文气一点——相得益彰。

这里不妨再说说骆宾王的那首《在狱咏蝉》,诗为:"西陆蝉声唱,南冠客思深。不堪云鬓影,来对白头吟。露重飞难进,风多响易沉。无人信高洁,谁为表予心。"诗中的"西陆"指代秋天,"南冠"指代囚徒。(典出《左传》,"南冠"楚人之冠。"晋侯观于军府,见钟仪,问之曰:南冠而絷者,谁也? 有司对曰:郑人所献楚囚也。")作者因犯事,得罪武则天被囚禁。在狱中听到声声蝉鸣,触发联想,以蝉自居,物我一体,写蝉写己,就仕途的艰难、坚持自己做人为官原则之不易,感叹自己忠心赤胆却不为人知等发出呐喊,盼望早日沉冤得雪。"露重飞难进,风多响易沉"可与虞世南诗的三、四句结合读。骆宾王才华横溢,少时被称作神童,七岁能作诗;于仕途却不顺。徐敬业起兵讨伐武则天时,其作《为徐敬业讨武曌檄》,罗列武则天罪状,文章气势汹涌,夺人心魄,如"班声动而北风起,剑气冲而南斗平,暗鸣则山岳崩颓,叱咤则风云变色。以此制敌,何敌不摧,以此图功,何功不克。……请看今日之域中,竟是谁家之天下!"据说武则天初读此檄文尚不以为然,当读到:"一抔之土未干,六尺之孤何托"时,矍然动容,问:"谁为之?"或以宾王对。后曰:"宰相安得失此人!"(见《新唐书》)徐敬业兵败,骆宾王如何之说有多种:一同被杀,投水,亡命,出家。

李商隐也有《蝉》诗:"本以高难饱,徒劳恨费声。五更疏欲断,一树碧无情。薄宦梗犹泛,故园芜已平。烦君最相警,我亦举家清。"以蝉说事,同病相怜。清人施补华认为同样是咏蝉诗,虞诗是"清华人语";骆诗是"患难人语";李诗是"牢骚人语"。(见《岘佣说诗》)有点趣。

行义修仁者,延年益寿人

——(宋)邵　雍

邵雍(1011年—1077年)字尧夫,林县上杆庄人(今河南省林州市邵康村)。少时勤学,以艰苦自励,冬天不生炉子,夏天不用扇子;夜里往往通宵达旦。在苦读的同时又重经历,曾越黄河,过汾河,涉淮水,渡汶水,到过齐、鲁、郑等地。学问高名声大,朝野尽知,又有一帮名相、高官如富弼、司马光之类的友人互相交往。宋仁宗、宋神宗都请他去做官,而他两次均称疾不就。终身不仕,以著作、讲学立身。是宋代理学的主要奠基人,与周敦颐、张载、程颢、程颐并称"北宋五子"。

邵雍是个有大学问的人,又是数学家、诗人,还是个进士。他力攻易学,以研究易经术数而闻名。他给人以安适恬淡,身静心逸的印象,但其实他自己也知道,"只恐身闲心不闲","若蕴奇才必奇用,不然须负一生闲",他的抱负在效法圣人,观物达理,己达达人,"君子改过,小人饰非;改过终悟,饰非终迷;终悟福至,终迷祸归"。一生治学济世,立德立言,做成大学问。他著作颇丰,如《观物内外篇》《先天图》《皇极经世》《渔樵问对》《伊川击壤集》等。

嘉祐七年(1062年),王拱辰、富弼和司马光等人出资为其在洛阳置办园宅,自命其为"安乐窝",亦自称"安乐先生",过上了自给自足的日子。他写了《安乐窝铭》:"安莫安于王政平,乐莫乐于年谷登。王政不平年不登,窝中何日得康宁。"也有过感叹:"不愿朝廷命官职,不愿朝廷赐粟帛。唯愿朝廷省徭役,庶几天下少安息。"

"中国人中最讲究人生艺术的要推北宋的邵康节。"至少钱穆在心目中如此认为。钱穆此话突出称赞了邵雍的养生思想、行为、方法和艺术。

"洗心"是关键。他有《洗衣吟》云:"人多求洗身,殊不求洗心。洗身去尘垢,洗心去邪淫。"那么怎么洗心呢,要靠修养德行,以义、仁、理来发挥作用。"与人言,乐道其善而隐其恶";"无贵亦无贱,无固亦无必。里闾闲过从,身安心自逸";"始知行义修仁者,便是延年益寿人"。

"安乐"是标准。他有《四乐吟》云:"乐天四时好,乐地百物备。乐人有美行,乐己能乐事。"讲究的就是内心的安乐,心存安乐,四季人生万物均好。至少"家有安康贫不害,身无疾病瘦何妨。高吟大笑洛阳里,看尽人间手脚忙。"安康、安泰、安乐,为重要为是,这就是标准,这就是人生。

"守静""节欲"很重要。邵康节以易学观念、方法来规范、践行养生,重视方法论,"守静"于内,"节欲"于外,有阴阳之分之别,两方面都做到做好了,就会心平气和,"洗心"和"安乐"俱在、俱全。关于"守静"这方面他的言论更多,"静坐多饮茶,闲行或道装";"气静身安乐,心闲身太平";"心安身自安,身安室自宽。心与身俱安,何事能相干。谁谓一身小,其安若泰山。谁谓一室小,宽如天地间"。(《心安吟》)"大惊不寐,大忧不寐,大伤不寐,大喜不寐,大安不寐,何故不寐,谌于有累;何故能寐,行于无事。"关于"节欲"亦有言:"财能使人贪,色能使人嗜,名能使人矜,势能使人倚,四息既都去,岂在尘埃里。"(《男子吟》)"爽口物多终作疾,快心事过必为殃。知君病后能服药,不若病前能自防。"另外在日常的饮食起居都注意节制,即便他喜欢的酒,也能坚持做到"频频到口微成醉";"会有四不赴",公会、生会、广会、醉会——不去;"时有四不出",大寒、大暑、大风、大雨——不出。

关于养生,他有一套理论,"三惑""四幸""五乐""五喜"等。养生诗《三惑》为:"老而不歇是一惑,安而不乐是二惑,闲而不清是三惑,三者之惑自戕贼。"要识老、服老、养老,安且乐,闲且清,除却种种迷惑;此于今尤有教益。

"四幸":"幸长年为寿域,幸丰年为乐国,幸清闲为福德,幸安康为福力。"

"五乐":"乐在中国,乐为男子,乐为士人,乐见太平,乐闻道义。"

"五喜":"喜见善人,喜见好事,喜见美物,喜见嘉景,喜见大礼。"

这些"四幸""五乐""五喜"都属于调适、认知、自勉,以臻心平气和,乐天知命的人生境界。

作为著名理学家和创始人之一,他专注以儒学为宗,为探讨,进一步阐发"六经""四书"之义理,发扬振兴儒学。作为诗人,一生作诗三千首,其中他理学诗体现出强烈的个性色彩,以说理为体,简洁明了,形成"康节体",严羽的《沧浪诗话》中,将其诗作与苏轼黄庭坚王安石陈师道等同列并称。他的《山村咏怀》:"一去二三里,烟村四五家,亭台六七座,八九十枝花。"既朴实又活泛,有趣。另外传他有《梅花诗》十首(绝句),又称"邵雍谶语""梅花易数之梅花诗",流传广,解释、演绎多,成为一大奇观。

《宋史》论其:"雍高明英迈,迥出千古,而坦夷浑厚,不见圭角,是以清而不激,和而不流,人与交久,益尊信之。河南程颢初侍其父识雍,议论终日,退而叹曰:'尧夫,内圣外王之学也'。"

熙宁十年(1077年)邵雍病卒,享年六十七岁。宋哲宗元祐中赐谥:康节。

养怡之福，可得永年

—— (三国) 曹　操

　　曹操称得上"外定武功，内兴文学"，鞍马为文，横槊赋诗，气格雄伟，慷慨悲凉。他开启和繁荣了建安文学，塑造了"建安风骨"；他的二十多首乐府诗大体可分为三种：涉时事，述理想，记游仙。

　　《龟虽寿》为《步出夏门行》一组四章中的末章，具有积极的理性思考，慷慨激越的感情抒发和丰满动人的艺术形象，述理、明志、自励、抒情相交织，表述了老当益壮，积极进取的人生态度和生存哲理。诗如下：

　　"神龟虽寿，犹有竟时。螣蛇乘雾，终为土灰。老骥伏枥，志在千里。烈士暮年，壮心不已。盈缩之期，不但在天。养怡之福，可得永年。幸甚至哉，歌以咏志。"

　　此诗作于公元 207 年或 208 年，在曹操平定乌桓叛乱，消灭袁绍残余势力之后、南下讨荆、吴之际。当时的曹操已经五十三岁，回顾自己不平常的一生，感慨良多。也许是触景生情抑或有感而发。神龟和螣蛇都是传说中长寿的动物，庄子说过：吾闻楚国有神龟，死已三千岁矣。典出《庄子·秋水》。螣蛇则是与龙同类的神物，可以乘云雾升天，虽然如此，但依然脱逃不了自然界生死存亡的规律。"犹有"、"终为"似轻则重，有深沉感，含归根结底之谓。自己虽然已经年老，但就如老马在栏中、在马槽，而志向却是在千里之外，有抱负的人即便到了晚年奋发向上有所作为的心还是如同以前一样跳动，"老骥伏枥，志在千里。烈士暮年，壮心不已"的四句话充满了正能量，豪迈、自强、向上。一方面有规律不能摆脱，一方面仍要有积极作为的人生态度，不默默而生，平凡度日，而要建功立业。在对待生命寿夭方面也是如此，"盈缩之期，不但在天。养怡之福，可得永年"，既有客观的存在，也有主观的应对；人之寿，不只是由上天决定，调养调适，身心健康，便可以延年益寿。诗的末二句表达了一种情感的咏叹，是形式性的结尾。

　　整首诗充满了进取、事在人为的精神，充满了辩证观念。在转折中说理述志，乐观豁达,做一个热爱生活,主宰自己生活、身体、精神的主人。不甘衰弱(老),不信天命,对天命既否定又尊重,精神上有寄托和追求,发挥人的主动性,不因年暮而消沉、落魄,身心健康"养"得好了,自然延年益寿,"可得永年"。

曹操重视"养怡",强调调养身心,怡乐愉悦,恐怕要比单纯的养生来得全面。在他的其他诗篇中也有些涉及此类身心养怡的:"子养有若父与兄。犯礼法,轻重随其刑。路无拾遗之私。囹圄空虚,冬节不断。人耄耋,皆得以寿终。恩泽广及草木昆虫。"(见《对酒》)"比翼翔云汉,罗者安所羁? 冲静得自然,荣华何足为!"(见《善哉行·其三》)"名山历观,遨游八极,枕石漱流饮泉。"(见《秋胡行》其一)"戚戚欲何念! 欢笑意所之。壮盛智慧,殊不再来。爱时进趣,将以惠谁?"(见《秋胡行》其二)

晚清重臣曾国藩对养生也颇有心得,在他的《养生要言》中,认为仁养肝、礼养心,信养脾,义养肺,智养肾,仁、义、礼、智、信为"五常",是儒家推崇的品格和德行,曾国藩将此与心、肝、脾、肺、肾相对应,也就不是平常意义上的养生了。"养怡"讲究的是健康、快乐,所以情志的调节,尤对愤怒怨恨的克制就显得重要。胸无烦恼,遏制怒火虽不易,但须去努力。

安民则惠,黎民怀之

——(上古时代)皋　陶

皋陶,公元前21世纪人,上古著名的思想家、政治家、教育家,中国司法鼻祖;与尧舜禹合称为"上古四圣"。一说生于曲阜少昊之墟,一说生于山西洪洞县皋陶村。为黄帝之子少昊后裔,曾辅佐尧舜禹,治水、发展农业生产等,为合并夷夏和中华民族的形成作出重大贡献。

他主张法治和德治,制定刑法,重视教育,秉持公正,刑教兼施,"明于五刑,以弼五教"。"五刑"(指甲兵、斧钺、刀锯、钻笮、鞭扑;另一说为墨、劓、荆、宫、大辟)处于辅助地位,对有过错或过激行为、犯有罪行的人要先晓之以理,不听教化者,再绳之以法。"五教"亦称"五典",为:父义、母慈、兄友、弟恭、子孝。两者两手,促使和推进社会和谐,天下获治。他制定了"五服"、"五礼",分别为:吉、凶、宾、军、嘉;指谓:祭祀之礼、丧礼、部落联盟之礼、组织氏族约束军队之礼、饮食男女之礼。东汉著名经学家郑玄则将"五礼"解释为"天子、诸侯、大夫、士、庶人"之礼。"五服"指的是"天子、诸侯、卿、大夫、庶民"五种礼服,以此来表示地位或褒彰有德之士。"五刑"、"五教"、"五礼"、"五服"规范了社会、政治、文化、教育等等的治理,具有基石及秩序的作用。皋陶持有明确的民本思想,提出要重民、爱民、惠民,关注民生,听取民意,"安民则惠,黎民怀之"。

皋陶经历了尧的中、后期,舜的全部,禹的初期。《春秋元命苞》载:"尧得皋陶,聘为大理(官),舜时为士师。"《史记·夏本纪》:"皋陶作士以理民。"尤其在禹时期,皋陶总揽朝政,就社会、经济、文化、习俗等推行改革和制定制度,为国家的产生打下基础。夏之禹刑,商汤之汤刑,周之九刑(吕刑)都是从皋陶之刑发展而来。中国第一部《狱典》也出自其手,造狱、作刑,以独角兽獬豸治理,严格规范公正,所以也被誉为中国的狱神、刑神。然而其又不拘泥成法和条规,据实情而权变,以佐仁政。一次皋陶在与舜、禹的谈话中,提出了自己主见和建议:"罚弗其嗣,赏延于世,宥过无大，刑故无小，罚疑惟轻，功疑则重，与其杀不辜，宁失不经。"意思是犯罪不搞株连，赏功泽延后世，过失犯罪可以从宽，故意犯罪则要严处，有犯罪嫌疑的要轻处，有功但存疑虑的却须从优赏赐，不能枉杀，哪怕有违成法条规！

皋陶文化是中华民族传统文化的瑰宝，是留给后人宝贵的精神文化遗产。皋陶思想是儒家学说思想的重要源头之一，存在着皋陶—周公—孔子这样的连贯脉络，终由孔子继承发扬光大，创造了儒家理论学说，遂成为整个封建王朝治国的基础理论。

说到皋陶的那些政见、主张，就不能不提到他的"九德"："宽而栗，柔而立，愿而恭，治而敬，扰而毅，直而温，简而廉，刚而塞，强而义。"皋陶的"九德"按照由氏族部落、邦或诸侯、国家或天下三大板块来设计，点明领导者所必须具备的能力、能级。按照"九德"的顺序可以理解为：秉性宽宏而有原则；做事方式柔和并成功；质朴而尊贤又与人为善；有才能公平又持重；耐心随顺又果敢决断；正直而不苛刻；大度大略又务实；实在实效而不鲁莽，有力量而不任性善协调。皋陶认为日行日践其中三德，即有掌控氏族部落；日行日践其中六德，便可持有保住诸侯之国；日行日践全部九德，便天下可得矣！

皋陶的"九德"之后，又出现了一些"九德"，如《左传》所提出的："心能制义曰度，德正应和曰莫，照临四方曰明，勤施无私曰类，教诲不倦曰长，赏庆刑威曰君，慧和遍服曰顺，择善而从曰比，经纬天地曰文。九德不愆，作事无悔，故袭天禄，子孙赖之！"又如《逸周书·常训》载：九德，"忠、信、敬、刚、柔、和、固、贞、顺"。虽然各有特色，但就做事为官，担当为人而言，还是皋陶说得更有操作性或可以引为一种标准。

古人有一种崇九的现象，孔子有论水的九德；庄子有观人识人的"九征"，连琴、玉等都有人述其九德。不过这已是题外话了。

东汉时期的王充，大学问家，阅人多矣，他在其著作《论衡》中说道："五帝、三皇、皋陶，孔子，人之圣也！"应该说皋陶是够格的！

民者,万世之本也

——(汉)贾 谊

西汉初年著名的政论家、文学家贾谊才三十三岁,壮年辞世,应该说是汉文帝的一大损失,也是当时政坛及以后的国家政权建设一个难以估计的重挫。

贾谊(公元前 200 年—前 168 年)世称贾生,洛阳人(今河南洛阳东)。少有才学,十八岁时以善文为郡人所称颂,名声传扬开去被时任河南太守吴公所知(吴本人不简单,曾是李斯的学生,秦国的博士),其一见贾谊便"召置门下,甚幸爱"。吕后死后,右丞相陈平、太尉周勃杀诸吕,迎立刘邦庶子刘恒即位,即汉文帝。文帝年轻有为,大力擢用人才,吴公因治郡才能突出被任命为廷尉。吴公推荐了贾谊,于是亦被任用为博士,一年之中又破格晋升为太中大夫,可以直接面见皇帝,自由阐述自己的政见。

贾谊如鱼得水,首先献策《过秦论》,语言犀利,观点鲜明,直指秦王朝二世而亡的原因,认为要认真吸取教训;主张废除严酷的法律,实行以爱民为核心内容的施仁义、行仁政;与民福、与民财,改变弗爱弗附的旧习,让人民依附并拥护君主、国家。他强调国以民为本、君以民为本、吏以民为本。为人臣者,以富乐民为功,以贫苦民为罪。针对举国上下的"背本趋末"、"淫侈之俗日日以长,是天下大贼"等等现象,他上书《论积贮疏》,提出重农抑商,发展农业生产,加强粮食贮备、预防饥荒等主张和措施,呼吁"蓄积者,天下之大命也!"文帝接受他的建议,"始开籍田",以躬耕示范劝喻百姓。针对汉初礼义废坏的现状,上《论定制度兴礼乐疏》,建议"宜定制度,兴礼乐疏",悉更秦之法。

可能是顺遂,可能是太想佐助文帝干一番事业,抑或可能是涉世、阅历浅的关系,他上疏提出"列侯就国"的建议,即遣送列侯离开京城回自己的封地,文帝欣然接受。但在推行中却遭遇种种阻碍,大部分功臣、列侯不愿离开京都。文帝让功高权重的绛侯周勃带头,并免去了他的丞相职务。这个建议和举动深深得罪了列侯、重臣。年轻气盛的贾谊又看不惯文帝身边的幸臣邓通,常常当面讥讽,让其下不来台。文帝一度想提任贾谊为公卿,但引来以周勃、灌婴、冯敬等为首的重臣们的群起而攻击,进言上疏,极尽诽谤,说贾谊"年少初学,专欲擅权,纷乱诸事";又有幸臣小人在文帝面前使坏,来自二端的合力,远不止"三人成虎"的阻击,文帝受此影响,逐渐疏远贾谊,不再听取他的意见、建议。

文帝四年(前176年)居朝为官二年的贾谊被外放为长沙王太傅。长沙距长安数千里,风尘仆仆的贾谊一肚子不舒服,过湘江时,写下了《吊屈原赋》以凭吊屈原,并抒发自己的怨愤及不得意之情。长沙太傅的生活平静,本职工作不累,贾谊虽身处长沙但仍关心庙堂,当闻悉周勃被诬陷入狱,即上疏《阶级》,希望文帝以礼对待大臣。后周勃获赦。一次一鹏鸟(即猫头鹰)飞进贾谊的住宅,此物被视作不祥,心情恶劣的他因感而作《鹏鸟赋》。

谪居长沙三年后,汉文帝想起了他,征召其返京,并在未央宫祭神的宣室之中接见了贾谊作彻夜谈,并就鬼神方面的事询问他,贾谊予以详细的说明、解释,文帝听得入神,不由移坐到席之前端。这在唐诗人李商隐名为《贾生》一诗有恰当的表述:"宣室求贤访逐臣,贾生才调更无论。可怜夜半虚前席,不问苍生问鬼神。"接见后,"既罢,(帝)曰:'吾久不见贾生,自以为过之,今不及也'"。(见《史记》)看来,文帝还是认可他的才华,但一时并未委以重任,虽当时灌婴已死,周勃被赦后回了封地。后来贾谊去了梁国任太傅。梁怀王刘揖是文帝幼子,好读诗书,很受文帝宠爱并寄之以厚望。梁国距长安相对较近,其间,文帝于贾"数问以得失",贾谊也不断上疏,就削藩、以德怀服匈奴、以礼治国等提出建议、措施、对策。其上《治安策》论及明显或潜在的多种危机、危险,指出"可为痛哭者一,可为流涕者二,可为长太息者六,若其他背理而伤道者,难遍以疏举",对此一一提出有针对性的举措、办法。

文帝十一年(前169年)梁怀王刘揖入朝时不慎坠马而亡。这时贾谊已经做了刘揖四年之久的太傅。文帝的爱子、寄寓厚望的刘揖就这样夭折了,身为太傅当然有失职之责,贾谊陷入深深的自责和悲伤之中。一年后,贾谊抑郁而死,时年三十三岁!司马迁为屈原、贾谊写过合传,由此"屈贾"并称。

贾谊的政见、政论尖锐、缜密,气势酣畅,风格峻拔。关于政治、经济、军事、文化以及社会风气等方面的观点、主张,不仅在当时石破天惊、朝野震撼,而且在今日仍有影响和较高的评价。尤其应对动乱之源的诸王制度的有力措施,限制、防范、根治丝丝入扣，不留空门。如定礼制和定地制，强调诸侯王要严格按人臣之礼行事，维护天子最高权威；以"众建诸侯而少其力"，将诸侯王的封地一代一代分割下去，愈分愈少，"地尽而止"。文帝之后的景帝、武帝都予以施行，并收效明显。

他的辞赋，皆为骚体，形式趋于散文化，开启了汉赋走向散体大赋之路，以《吊屈原赋》《鹏鸟赋》为代表作。

西汉刘歆认为："汉朝之儒，唯贾生而已。"

宋苏轼说："贾生，王者之佐，而不能自用其才也。贾生志大而量小，才有余而识不足。古之人有高世之才必有遗俗之累。是故非聪明睿智不惑之主，则不能全其用。"（《贾谊论》）说得很到位，其人之优势、不足的两个方面，关键在于帝王之用。

清袁枚在《读贾子》中指出："生不死，帝必用生；生用其所施，必远出晁、董。而卒之天夺其年，岂非命耶？生自伤为傅无状，哭泣过哀，思文帝之恩，惜梁王之死，盖深于情者也，所以为贤也。"

联系苏、袁的评价一起看读，有点意思。

治乱兴废在于己

——（汉）董仲舒

董仲舒（公元前179年—前104年）别称董子、董夫子，西汉广川人（今河北景县广川镇）。西汉著名的思想家、哲学家、教育家，今文经学大师。他出身在一个大地主家庭，家中有着大量藏书，从小认真学习，不为旁事分心。三十多岁时收徒授课，影响日大、声誉日隆。汉景帝时任博士，讲授《公羊春秋》。

汉武帝元光元年（前134年）下诏征求治国方略，董仲舒积极响应，获得机会与汉武帝对话，就巩固统治的根本道理、治理国家的政策、天人感应等回答咨询；并上《举贤良对策》系统提出了"天人感应"、"大一统"学说。他明确指出，"诸不在六艺之科、孔子之术者，皆绝其道，勿使并进。邪辟之说灭息，然后统纪可一，而法度可明，民知所从矣"。建议"推明孔氏，抑黜百家"。

董仲舒是当时的大儒，汉代春秋公羊学派的最高代表之一，他以《公羊春秋》为据，将周代以来的宗教天道观和阴阳五行说结合起来，吸收法家、道家、墨将、名家、阴阳家的若干思想观点，建立了一个新的思想体系；对当时社会存在的一系列哲学、政治、经济、社会、历史等问题提出了较为系统的回答；其中的中心思想"道至大原出于天"，鉴此，他认为自然、人事都必然受制于天命，因此反映天命的政治秩序和政治思想都应该是统一的。汉初实行黄老之学，无为而治，经济发展很快，出现了文景盛世。但景帝时发生了同姓王的"吴楚七国"之乱，面对客观存在的国家分裂危险，董仲舒适时提出的"天人感应"、"大一统"对于汉王朝不啻为旱之甘霖。董仲舒认为人君为政要"法天"行"德政"、"为政而宜民"，否则"天"就会降下种种"异灾"，以警示，"谴告"人君。如不予改进，"天"就会让人君失去天下，"天子不能奉天之命，则废！"他举秦王朝才十余年被农民起义速速击溃亡国的事例，说明老天通过农民的力量，或说农民力量就是"天"，对皇权、包括皇帝的私欲和权力进行限制、监督。至于"大一统"，他认为这是"天地的常理，适合古今任何形式的道理"，人君行

"德政"，势必一统，而且思想也要大一统。

汉武帝接受了董仲舒的主张，"罢黜百家，独尊儒术"，自此儒家学说成为中国社会正统思想，影响长达两千多年。汉武帝在推行"大一统"的同时，有选择地取用他的若干献策，尤其"君权天授"等，以此排除汉武帝初就位所受到的诸多干扰、牵制。不知为什么，原为景帝时博士的董仲舒没有留在朝廷，而被安排去了汉武帝的哥哥易王刘非处为相；以后又去郊西王刘端处为相。这两位刘姓王均难以伺候，因为董负有大名望，又得到汉武帝的看重，所以也没有出现太多太大的难堪。在郊西王刘端处四年后，董仲舒辞官回家，著书写作授课训徒。而朝廷遇有大事或决策就会派人上门征求他的意见。董历汉四朝，躬逢西汉鼎盛时期；死后，赐葬长安。又因为汉武帝在经过其墓时下马祭之，故其地被称为下马陵。

董仲舒为朝廷出谋划策，提出许多建议、主张，适应时代，符合汉王朝统治的需求。如他把神权、君权、人权、夫权贯穿在一起，形成帝制神学体系，他提出了"三纲五常"，"以德治国"、"调均"、"更化"等等的理论及措施，以实行礼义，重视教化，布施仁政（又以德治为主，法治为辅）。所谓"调均"即为限制私人占有土地的数额，限制豪强兼并土地；不允许官吏与百姓争抢利益，主张盐业、金属业都可由百姓掌控；去除奴婢制度、擅自斩杀的陋习，降低赋税，减少徭役，让人民休养生息，减少民力消耗。所谓"更化"为革除秦王朝的酷治弊政，进一步缓和豪强、地主势力与农民的矛盾，制止动乱，防止农民起义，以加强汉王朝的统治。

董仲舒是继孔子、孟子、荀子之后的儒学集大成者，他把儒学发展到了一个新阶段，对儒学作出了巨大贡献，是第一个促进儒学为国教的人，第一个改造原有的儒学使之为君主制度服务的人。在他的作用下儒学成为统治思想，儒家经学成为官学，并建立了以儒家为主导的大文化格局。这两个"一"保障了儒学的能走下去，并到今天。毕竟在董之前，儒学遭到冷遇、处于低潮，显著的事例就是秦之弃用，焚书坑儒；而在汉之初奉行的又是黄老思想，无为而治！

时代在变，一个学说不能不变，儒学的民本思想"民为贵，社稷次之，君为轻"在董仲舒那里就变成了"屈民以伸君，屈君以伸天"，顺序变了，主次变了，轻重变了，儒学开始为君主政治、制度服务。此外他的"三纲五常"等主张对于促进当时的统治、包括思想上的大一统有作用或大作用，但弊病亦明显，遗祸也烈，几千年的余毒尤为人诟病。

对董仲舒的评价向来不一,有较大的悬殊。司马迁曾随其学《春秋》,也算他的学生了,但《史记》中没有他的传记,只是在《儒林列传》中有三百多字。这也许与汉武帝重视其又不重用其有关。北宋司马光则有诗赞颂董仲舒:"吾爱董仲舒,穷经守幽独。所居虽有园,三年不游目。邪说远去耳,圣言饱充腹。发策登汉庭,百家殆消伏。"(《独乐园诗》)

这里,辑录若干董夫子的名言:

"能使万民往之,而得天下之者,无敌于天下。"

"气之清者为精,人之清者为贤;治身者以积精为宝,治国者以积贤为道。"

"仁之法,在爱人,不在爱我;义之法,在正我,不在正人。"

"质朴之为性,性非教化不成。"

"事在勉强而矣,勉强求学则见闻广而智力明;勉强修养则德日起而大有功。"

"得志有喜,不可不戒。"

"百乱之源,皆出嫌疑。"

"琴瑟不调,甚者必解而更张之。"

"匿病者,不得良医。"

"至廉而威。"

治世不一道，便国不法古

——（战国）商　鞅

　　"治世不一道，便国不法古。"这是战国时期政治家、改革家，法家代表人物商鞅的名言。说的是治世的法则和道理不能一以贯之，不必墨守成规；但凡能使国家安定、发展，对国家有利的，不必效法古代、效法古人。

　　商鞅（约公元前 395 年—前 338 年）卫国人（今河南省安阳市黄县），亦称卫鞅、公孙鞅、商君。年轻时受李悝、吴起影响，喜好刑名法术之学，曾侍奉魏国国相公孙痤。公元前 361 年因秦孝公欲图强而招募人才去了秦国，为秦孝公所重。他强调"圣人苟可以强国，不法其故；苟可以利民，不循其礼"，应该从实际出发。他坚持"当时而立法，因事而制礼"，力排众议，颁布《垦草令》，主张重农和开垦荒地，鼓励和刺激农业发展；主张重刑厚赏，甚至"步过六尺者有罚，弃灰于道者被刑"，他认为人的本性是趋利畏罪的，重刑厚赏可以治理民众，使国家安定；主张重战尚武，以军功受爵，"有军功者，各以率受上爵""宗室非有军功论，不得为属籍""有功者显荣，无功者虽富无所芬华"；主张国家要统一民众心智，制定制度，实现统一的目标。并于公元前 356 年、前 350 年实行二次变法，废井田，开阡陌，重农桑，奖军功，完善税赋，实行郡县制，统一度量衡，改革户籍制度、执行分户令，推行连坐之法，废除世卿世禄制度，建立二十等爵制，严惩私斗，制定秦律等。

　　为了推行变法，取信于民，他曾在国都集市的南门外竖起一根三丈高的木头，告示：有谁能把木头搬到集市北门，就奖给十金。但一时不见动静。于是他又布告：有能搬动者奖五十金。重赏之下必有勇夫，有人就把木头搬到了北门，轻而易举地获得了五十金。这就是著名的立木为信（亦称徙木为信）的故事。

　　他始终认定胜法之务莫急于去奸，去奸之本莫深于严刑，为此制定了严酷的法律，而且执法不避权贵，改变刑不上大夫的旧例。他认为法律之所以不行，在于自上而犯之。一次太子犯了法，他坚持要处理，要有个说法和交代，有人劝他，但他不为所动。当然后来也未能处罚太子，让太子的师傅公孙贾、太子虔受到了惩罚。这样一来，举国震动，法治大为见效。所以说商鞅变法，"行之十年，秦民大悦，道不拾遗，山无盗贼，家给人足，民勇于公战，怯于私斗，乡邑大治"。（《史记》）

秦孝公去世，太子嬴驷即位为秦惠王。视其为仇敌的太子虔等人告发商鞅欲反。秦惠王早就对他不满，便下令逮捕商鞅。商鞅惊恐万状逃至边关，欲宿客舍。客舍主人不知其为商鞅，见他未带凭证，告之以商鞅之法：留宿无凭证的客人要被治罪。无奈之余他又想去魏国，被拒绝，于是潜回封邑商，发兵起事，但很快遭败战亡。其尸身被带回咸阳，处以车裂示众；秦惠王下令诛杀商鞅全家。其被害后，新法并未被废除，秦国日益强大。

其后的李斯说道："孝公用商鞅之法，移风易俗，民以殷富，国以富强，百姓乐用，诸侯亲附。"

汉桓宽云："昔商君相秦也，内立法度，严刑罚，饬政教，奸伪无所容。外设百倍之利，收山泽之税，国富民强，器械完饰，蓄积有余。""夫商君起布衣，自魏入秦，期年而相，革法明教而秦人大治。故兵动而割地，兵休而国富……功如山丘，名传后世。"

汉刘歆曾称赞商鞅：为推行新法殚精竭虑，公而忘私，实行法令赏罚严明"夫商君极身无二虑，尽公不顾私，使民内急耕织之业以富国，外重战伐之赏以劝戎士。法令必行，内不私贵宠，外不偏疏远"。"令行而禁止，法出而奸息"；秦国称霸诸侯，一统天下，"亦皆商君之谋也"。但他又揭其短处："今商君倍公子卬之旧恩，弃交魏之明信，诈取三军之众，故诸侯畏其强而不亲信也。"说他，"一日临渭而论囚七百余人，渭水尽赤，号哭之声动于天地，畜怨积仇比拆山。所逃莫之隐，所归莫之容，身死车裂，灭族无姓，其去霸王之佐亦远矣"。

宋代的改革家王安石赞誉商鞅："自古驱民在诚信，一言为重百金轻。今人未可非商鞅，商鞅能令政必行。"

而汉之贾谊认为："商君违礼义，弃伦理，并心于进取。"为了自己的发达，什么事情都干！司马迁说，"商君，其天资刻薄人也"，并历数其劣迹。（见《史记》）

唯有德者能以宽服民

——（郑国）子　产

子产（?—公元前 522 年）公孙氏，名侨，字子产；郑国人。公元前 554 年为卿，前 543 年执政，辅佐郑简公、郑定公二十多年。春秋时期著名的政治家、思想家。

子产有一些著名的创新和提法。

《左传·昭公四年》云："郑子产作丘赋。国人谤之曰：'其父死于路，已为蛮尾。以令于国，国将若之何？'子宽以告。子产曰：'何害？苟利社稷，死生以之。且吾闻为善者不改其度，故能有济也。民不可逞，度不可改。《诗》曰：礼义不愆，何恤于人言。吾不迁矣'。"他对自己的主见，对于他人的诋毁不改、不畏，但他也没有去为难持不同观点的人。"苟利社稷，死生以之"大概这是最早的出处了，以后崇祯皇帝用过，清林则徐也用过。"民不可逞，度不可改"则强调了一种秩序，有法制的概念，治国主政应当有这种主张和手段。

子产推行田制改革，正封疆，分有剩而减给他人，制止贵族、大地主的占地过限、破坏井田制的现象；他吸取前人的教训，在干涉和触及权贵们的既得利益的同时，不顾舆论的喧哗，大力发展生产。三年后，情况起了变化：生产发展了仓廪实，土地不均的现象得以改观，原先气势汹汹反对改革的舆情、倾向也变了。社会流传的歌谣变成：我有子弟，子产诲之；我有田畴，子产殖之。甚至担忧，一旦子产不在了，怎么办。

子产对治国，主张"两手"，要有"宽"，也要有"猛"；而更要宽猛相济。所谓"宽"，强调道德教化和怀柔，也让人有说话议政的机会和空间，视实情吸纳改进政策或加以引导。所谓"猛"，要有严刑峻法和暴力镇压。他曾制定刑法并铸于鼎上，这是中国历史上第一次公布成文法。孔子称赞这样的宽猛相济的方法。后来儒家主要是继承和发展了"以宽服民"的思想和观点；而法家则主要继承和发展了"以猛服民"的思想和观点。

《左传·昭公二十年》载:"郑子产有疾。谓子太叔曰:'我死,子必为政。唯有德者能以宽服民;其次莫若猛。夫火烈,民望而畏之,故鲜死焉。水懦弱,民狎而玩之,则多死焉;故宽难。'其疾数月而卒。"这是子产的遗嘱、政治交代,明确提出施政精髓、要义,解释了宽与严的内在及其中的关系。也有人根据子产的一系列主张,认其为法家的创始者、先驱者。

子产的民主意识也较为先进。有相当多的人聚会在乡校,一天忙碌下来排遣疲劳和空闲,人多口杂,时有议论政府、执政者及政策措施的好坏、社会的流弊等等。大夫然明闻之大骇,建议子产关闭乡校,不能放任这种现象。子产认为,为什么要关闭乡校呢? 他们有地方去,有议论,聚在一起说说话,也没有什么不好;凡是他们喜欢的我们就推行,凡是他们讨厌的我们就改进,这些人都是我们的老师。这样的话我们可以多做好事而减少怨恨,没有听说过依仗权势可以来防止怨恨。堵住他们的口很方便,但如此就像堵塞了河流,大决口就会带来大伤害,不如开个口子导流,听听那些议论并把它当作帮助我们治病的良药。这就是著名的"子产不毁乡校"。

子产在用人方面注意扬长避短,通盘考虑,以确保事半功倍的成效。如有的人善决断,有的人知晓情况,有的人颇具文采,有的人长于谋划,他就让他们去做自己擅长的事,自己把控总纂,下最后决心。所以子贡说他:"推贤举能,抑恶扬善。有大略者不问其短,有厚德者不非小疵;家治人足,囹圄空虚。子产卒,国人皆叩心流涕,三月不闻竽琴之音。其生也见爱,死也可悲。"

子产除治国理政牧民之外,对人性、天道、鬼神、生态等等都有涉足,亦颇多见解。如关于人性,他认为,"夫小人之性,衅于勇,啬于祸,以足其性而求名焉者,非国家之利也"。对一般人性,他说道,"无欲实难",既客观又有点无奈,于是他从人皆从其事求其成,欲得其欲的实际出发,以利赏以成其事。他还对乱伐树木的官员进行严格的处罚,"夺之官邑"。孔子谓子产:"有君子之道四焉:'其行己也恭,其事上也敬,其养民也惠,其使民也义。"(见《论语·公冶长》)

司马迁说他,"为人仁爱人,侍君忠厚";"子产之仁,绍世称贤"。

仓廪实而知礼节，衣食足而知荣辱

——(春秋)管 仲

管仲(约公元前 723 年—前 645 年)名夷吾,字仲,谥敬,颍上人(今安徽颍上)。春秋时期法家代表人物,我国古代著名的经济学家、哲学家、政治学、军事家,更是一个开风气之先的改革家。相齐桓公四十一年,被誉为"华夏第一相"、"圣人之师"、"法家先驱"等。

其人因家道中落,与好友鲍叔牙一起从事贸易经商,有过失败。作为商人当时处于社会底层,游历多,识人头,接触方方面面有丰富的社会经验。公元前 698 年,齐僖公驾崩,太子诸儿即位为襄王,管仲、鲍叔牙分别辅佐齐僖公的另外两个儿子公子纠、公子小白。数年后,襄王被杀,齐国大乱,两个公子均欲归国谋图王位。管仲自鲁国出发在半途截击公子小白,箭射中人却不见亡。公子小白归国后顺利上位,称"齐桓公"。齐桓公欲相鲍叔牙,鲍坚辞不就并推荐管仲,理由很充分:管有才,若齐国要图霸,管仲最宜为相。于是齐国在鲁国兵犯遭败时作为条件索要管仲,佯称其为仇寇欲杀之。管仲到了齐国在鲍叔牙的帮助下,齐桓公尽释前嫌,君臣相见恨晚,居然畅聊了三天三夜;郑重其事拜之为相,并尊称为"仲父"。

管仲的满腹经纶有了用武之地,他为齐桓公殚思极虑、出谋划策,大行改革之道;富民固本,重农亦重商,教化牧民;改革官制,改进吏治,改革税制;养兵强军,强调以法治国,重视选人用人。多管齐下,很快使齐国的国力大增,遂南征北战,挟天子伐不敬,尽得先机,成为春秋时期的第一强国。

管仲的治国和实践,包括改革的措施在当时开先河、为前驱,自其滥觞,振聋发聩。在国家与人民方面,他坚持:"凡治国之道,必先富民,民富则易治也,民贫者难治也。"主张:"士农工商四民者,国之石也。"鼓励生产:"积多者其食多,其积寡者其食寡,无积者不食。"他亦很客观地处理了物质与精神的关系:"仓廪实而知礼节,衣食足而知荣辱,上服度而六亲固。四维不张,国乃灭亡。下令如流水之原,令顺民心。"

在开源富国方面,他反对向"树木"、"六畜"和人口抽税,主张"唯官山海为可也"。山海即为铁、盐,也就是由政府来管理和引导盐业、铸铁的发展。齐国近海,可以发挥地理优势,达到"通货积财,富国强兵"的目的。他提出"相地而衰征",即按土地的好坏优劣、产量的高低丰歉来征收税赋,在几千年之前就运用了级差地租!他还鼓励消费,集市兴商,规范交易;并由政府统一铸造货币。

在用人强兵方面,他说道:"德义未明于朝者,则不可加于尊位;功劳未见于国者,则不可授以重禄;临事不信于民者,则不可使任大官。"强调要有政绩、实效、取信于民;对此还制定了对官员的奖惩办法。他提倡用兵布阵,"守则同固,战则同强",悬赏以激励将士们的斗志,未战之时即颁布奖额、令勇者争先恐后,大见效于战事。

在以法治国方面,可以说他的法治思想超越前人,不仅于前,于后亦如此,属于先行者、鼻祖级的人物。他指出:"故法者天下之至道也,圣君之实用也。不法法则事无常,法不法则令不行。"把法治上升到了治国之根本、之首要。他认为:"夫生法者君也,守法者臣也,法于法者民也。君臣上下贵贱皆从法,此谓大治。"强调在法律面前,既各有其职(责)又人人平等;无论君王、贵族、官吏、士农工商,普天之下百姓都要遵从法律,这样才能够达到国之大治。他还明确了法律、法令的定义和作用,他指出:"夫法者,所以兴功惧暴也;律者,所以定分止争;令者,所以令人知事也。法律政令者,吏民规矩、绳墨也。"他肯定"事断于法"。

上述政见、论述均见之《管子》诸篇。

孔子对管仲评价极高:"微管仲,吾其被发左衽矣。"意思说没有管仲,没有他的佐助齐桓公的"尊王攘夷",我们就会披头散发,左开衣襟,成为野蛮人了!孔子又赞曰:"桓公九合诸侯,不以兵车,管仲之力也,如其仁,如其仁。"其实孔子在称道管仲知人性善引导,适应民之欲求和弱点,在顺民心的基础上役民力以及"以商止战";真正地施仁政!

江山也要伟人扶

——（清）袁　枚

　　袁枚的《谒岳王墓》写得大气、有味："江山也要伟人扶，神化丹青印画图。赖有岳于双少保，人间始觉重西湖。"景以人重，人亦壮观，西湖边上的岳飞、于谦这等英烈的墓、祠给美丽的西湖带来庄重和浩然正气。其实何止西湖一隅，大好江山都需要伟人的匡扶、守护！其实更可宽泛一些说，"江山也要伟人扶"有其更多更大的意义，可以作几多的理解。

　　袁枚（公元1716年—1797年）字子才，号简斋，晚年自号仓山居士、随园主人、随园老人。钱塘人（今浙江杭州）。乾隆四年（1739年）进士，历任溧水、沭阳、江宁等县知县，有政绩。又系乾嘉时期代表诗人之一，与赵翼、蒋士铨合称"乾嘉三大家"，其诗作新颖灵巧；能文，所作书信颇有特色，有《小仓山房集》《随园诗话》《子不语》等传世。

　　袁枚是位个性张扬的人，为人行事率性。有个说法，其一生之中耐心不足：不耐学书、不耐作词、不耐学满文、不耐仕途。三十二岁时乞养，自愿退出仕途。他专事诗文，喜以诗酒会友。近来，坊间盛传其小诗《苔》，为："白日不到处，青春恰自来，苔花如米小，也学牡丹开。"其实还有一首："各有心情在，随渠爱暖凉。青苔问红叶，何物是斜阳。"写得清新自然，有向上或优雅之气。袁枚在当时被视作专业诗人，其一生作诗四千多首，晚年造百尺长廊，将各路诗友投赠的万首诗作张贴其间，以为盛况。他的诗讲究真、慧、趣、适，如，"寒夜读书忘却眠，锦衾香尽炉无烟。美人含怒夺灯去，问郎知是几更天！"（《寒夜》）又如，"莫唱当年长恨歌，人间亦自有银河。石壕村里夫妻别，泪比长生殿上多"。（《马嵬》）再如，"爱好由来下笔难，一诗千改始心安。阿婆还似初笄女，头未梳成不许看"。"但肯寻诗便有诗，灵犀一点是吾师。夕阳芳草寻常物，解用多为绝妙词。"（以上为《遣兴》二绝句）

　　他喜欢美食，自赏并荐人。修了随园，不筑围墙，每逢佳节（日），游人如织，任由来往,不加限制。书门联:放鹤去寻山鸟客,任人来看四时花。其本亦甚喜游山玩水、观景赏花,喜茶喜美食,十分讲究,又有研究,他认为"凡事不可苟且,而于饮食更甚";醉心"烹天下美食,品人间至味",搞了《随园食单》,追求精美食物和高水准的烹饪技术,并在园中大肆张扬,吸引人气。游人可以购买他的《随园食单》和《随园诗话》,还可以接单为人撰写文稿之类以收取不菲的润笔资费。

他风流放任,尚名士作派。谈所好"五大快活论",指的是声色犬马,饮食男女,读书品珍,尽兴泛舟,浪荡度日。他说道,"味、色、花、竹、金石、字画皆有时有限,只有藏书,不分少壮、饥寒,读之无限";"余好书如好色"。他积书四十万卷,筑藏书楼"小仓山房"、"所好轩"。

他敢说话,觅寻志异,作狂狷之语。如:"本朝开国时,江阴城最后降。有女子为兵卒所得,给之曰:'吾渴甚! 幸取饮,可乎?'兵怜而许之。遂赴江死。时城中积尸满岸,秽不可闻。女子啮指血题诗云:'寄语路人休掩鼻,活人不及死人香。'"(《随园诗话》)此段话的看点在"本朝"! 又如他于天上人间,随意寄托,发人不发之论"昔老子欲死圣人,庄子讥毁孔子,然至今其书不废。荀卿言性恶,亦得与孟子同传。何者? 见从己出,不曾依傍半个古人,所以他顶天立地!"复如谈色:"或问先生:'色可好乎?'曰:'可好。'或请其说,先生曰:'惜玉怜香而不动心者,圣也;惜玉怜香而动心者,人也;不知玉不知香者,禽兽也。人非圣人,安有见色而不动心者? 其所以知惜玉而怜香者,人之异于禽兽也。"(见《说好色》)再如他又明言道:"文史外无以自娱,乃广采游心骇耳之事,妄言妄听,记而存之,非有所惑也。"(《子不语》)

因为袁枚的作派,风评大相径庭,好坏悬殊、褒贬落差之大惊人。说他乃一代才豪、风流才子、专业作家、美食家的都有,甚至还有所谓"袁枚现象":"士多效其体。"(清姚鼐语)

说他很差的为:"袁既以淫女狡童之性灵为宗,专法香山(白居易)、诚斋(杨万里)之病,误以鄙俚浅滑为自然,尖酸佻巧为聪明,谐谑游戏为风趣,粗恶颓放为豪雄,轻薄卑靡为天真,淫秽浪荡为艳情,倡魔道妖言,以溃诗教之防。"(清朱庭珍《筱园诗话》)

清洪亮吉说他:"通天老狐,醉辄露尾。"(《北江诗话》)有趣,无语。

身无半亩,心忧天下

——(清)左宗棠

左宗棠(1812—1885)字季高、一字朴存,号湘上农人。湖南长沙湘阴县左家塅人(今湖南长沙)。其生性颖悟,少负大志,二十岁乡试中举,历数试不第。遍读群书,涉猎经世济用之学,包括兵法。四十岁入幕府,后赴外任,带兵主政,治乱平叛,收复新疆,兴办洋务运动,屡建功勋。历任多地总督,官至东阁大学士,军机大臣,封二等恪靖侯。追赠太傅,谥文襄。

其个性鲜明,锋芒毕露,刚直较真,极具才华,虽属晚发,但颇多机遇,在当时的官场中独树一帜,建立了难以追其项背的殊勋。道光十三年(1833年)首次赴京应会试,与胡林翼订交;1836年以一介书生结识两江总督陶澍,二年后陶澍让八岁的独子与左宗棠的女儿定亲,结成儿女亲家(而胡林翼亦是陶澍女婿),陶去世后左在陶家任教八年,协理陶家事务。1850年,林则徐返乡途中约见左宗棠,认为他是绝世之才,并就新疆的地理、事宜与其研判,叮嘱要提防沙俄的野心,并希望他以后完成自己的志向。咸丰二年(1852年)友人郭嵩焘荐其任湖南巡抚张亮基幕僚,颇受张欣赏,左又尽心尽力,助其解了长沙被太平天国军的三月之围。张亮基调任山东后,左宗棠入骆秉章幕府,依然如鱼得水,尽职尽心。

左宗棠在湖南巡抚骆秉章处佐助六年,成为他的左右手,参与军务、事务,那些奏章、文稿均出自其手,以致有人攻讦"幕友当权,捐班用命",风波乍起被骆秉章平息了。在查处永州总兵樊燮贪渎一案时,左宗棠被牵入了一桩几乎被砍头,但又化险为夷的故事。此事发生于咸丰九年(1859年),永州总兵樊燮因劣迹被举报,他到湖南巡抚、自己的主管领导骆秉章处请安、打点;事毕仅向左宗棠拱了拱手,左质其何不请安,如此不敬;争执遂起。樊是二品大员,他认为没听说过武官见师爷要请安之例,左更是大怒骂道:王八蛋滚出去!樊虽自己有事在身,但仍因为气不过向朝廷告左宗棠为"劣幕",朝廷认为此事坏了规矩,咸丰帝明示若查实可将左就地正法。于是老友、上司胡林翼、郭嵩焘、潘祖荫、曾国藩等多人出手相援,重臣肃顺也为其说好话,其间潘祖荫甚至对皇帝说:天下不可一日无湖南,湖南不可一日无左宗棠! 结果,左不但保住了性命,反而又得到了重用。据《清史稿》载:"同里郭嵩焘官编修,一日文宗召问:'若识举人左宗棠乎? 何久不出也? 年几何矣? 过此精力已衰,汝可为书谕吾意,当及时出为吾办贼'。"旋左以四品京堂从曾国藩治军。

壮年得志,左宗棠率兵五千,号"楚军",赴江西、安徽。1861 年,曾国藩荐其为浙江巡抚,次年升闽浙总督。1866 年任陕甘总督。差不多同时沙俄侵占伊犁,新疆各地豪强尤柯古柏等兴兵作乱,占地为王。同治十四年(1875)左作为钦差大臣,督办新疆军务,全权节制三军,择机出兵新疆。左对沙俄有清醒认识,"俄人包藏祸心",反对沙俄的无理要求,抬着棺材,根据"先北后南,缓进速决"的战略,积极练兵备战,分兵进击逐个取胜,收复新疆;为中华保住了那么一大片丰饶的国土。尤其当时有人提议放弃新疆,左宗棠与李鸿章争执不止,大闹殿堂,惊动皇帝,最后左占了上风。收复新疆后,建议建省,完善治理。

左宗棠二十三岁结婚时,尚为平民,曾以诗表心迹:"身无半亩,心忧天下;读破万卷,神交古人。"四十岁出山为人幕僚,数年内升任封疆大吏,平定太平天国、捻军,收复新疆。在中法战争,自请赴福建督师,病死仕所。一生虽然晚发,但才华、功绩被梁启超誉为:五百年第一人。

左宗棠不讲情面,为公无私,疾恶如仇。他对恩师、老上级曾国藩的不当,如将小捷报为大捷,太平天国幼主外逃则报为死亡等都明明白白地向朝廷举报,以致后来两人不相往来。对李鸿章谎报西捻军首领在乱兵中死亡,他向朝廷指出是作假。尤其那个出了大力的郭嵩焘,在左有能力帮其大忙的时候,却从大局出发,认为郭能力水平问题,建议朝廷免去他的广东巡抚职务,气得郭辞官去就教职。这种做法,这种风格却得到朝廷的认可和信任。慈禧大力支持其收复新疆,并称:"三十年内不准参左宗棠"。

左宗棠自谓:平生性刚才拙,与世多忤。然不强人就我,亦不枉己徇人,视一切毁誉、爱憎如聋瞽之不闻不睹,毕竟与我毫无增损也。

胡林翼说他:横览九州,更无才出其右者。

李鸿章论其:周旋三十年,和而不同,矜而不争,唯先生知我;焜耀九重诏,文以治内,武以治外,为天下惜公。

曾国藩则云：论兵战，吾不如左宗棠；为国尽忠，亦以季高为冠。国幸有左宗棠也。

《清史稿》有载：宗棠为人多智略，内行甚笃，刚峻自天性。事功著以，其志行中介亦有过人，廉不言贫，勤不言劳，待将士以诚信相感。善于治民，每克一地，招徕抚绥，众至如归。论者谓宗棠有霸才，而治民则以王道行之、信哉。

天下兴亡,匹夫有责

—— (明)顾炎武

顾炎武在他的《日知录·正始》中这么说:"保国者,其君其臣、肉食者谋之;保天下者,匹夫之贱与有责焉耳矣。"其实在这段文字前面还有一节,不可不知:"有亡国、有亡天下。亡国与亡天下奚辨？曰:易姓改号,谓之亡国;仁义充塞,而至于率兽食人,人将相食,谓之亡天下。""是故知保天下,然后知保其国。"由此观来,保天下更为要紧,分量更重,仁义荡然无存,率兽食人,人亦相食的社会不能让其出现,正常的社会,安定的秩序需之人人起来保卫。匹夫在古时候指的是平民中的男子,亦泛指平民百姓,孔子也有语曰,"三军可以夺帅,匹夫不可夺志",说的也是平头百姓。在将亡天下的威胁下,匹夫当然也会有责任,奋起反击。而保国则等而次之,主要是那些国君、大臣们的责任了。

"天下兴亡,匹夫有责"这句话在清兵入关、南下之际,凝聚了血泪仇恨,起到了震聋发聩的作用。异族外邦入侵,亡国与亡天下并存,兴亡存替、天下危殆,如此登高呼吁,浩然正气如棒喝警心、如猛雷贯耳,亦如号角、司令,有震撼力、号召力,叫人热血沸腾,急赴国难,救亡、救亡！

顾炎武(1613年—1682年)原名绛,字忠清、宁人;又称亭林先生。苏州昆山千灯人(今江苏昆山)。十四岁中秀才,后屡试不中,捐纳成就国子监生。他主张读万卷书,行万里路;合学与行、治学与经世为一;其涉足广泛,成就卓著;是明末清初杰出的思想家、经学家、史地学家和音韵学家。与黄宗羲、王夫之并称为明末清初的"三大儒"。

其少年结社图革新,全力反对清人侵略。清军入关后,投奔南明朝廷,充任兵部司务,满腔热情地出谋献策,呈献《军制论》《形势论》《田功论》《钱法论》等等,针对南明朝所处环境、矛盾、抗战以及时政流弊,从军事战略、兵力来源、财政整顿等方面提出建议。南京失陷后参加义军,兵败时潜回昆山守城拒敌,城破之日其适在常熟,两弟被杀,生母被砍去一臂。家仇国恨,不共戴天,他旋即参加了策反清将、联络各地抗清力量等活动。嗣后又因在处置家族事宜中斩杀恶奴坐罪,出狱后并北游。在以后的二十多年间,行程数万里,读书数万卷,潜心治学,不为斗米折腰,多次辞荐于清廷,并严辞拒绝朝廷请其编《明史》之邀。针对当时学人和士大夫寡廉鲜耻、趋炎附势、尽丧民族气节的做法,他强调和坚持要用羞恶廉耻之心来约束自己的言行,做到“行己有耻”。他说:“士而不先言耻,则为无本之人;非好古而多闻,则为空虚之学。以无本之人而讲空虚之学,吾见其日是从事于圣人而之弥远也。”(见《亭林文集》)给了那些卖身投靠、竞相在清廷谋事升官的无耻之徒以辛辣的抨击。

《日知录》是他的代表作,一部八十万字的读书札记,是“负经世之志,著资治之书”之巨著,“凡关家国之制,皆洞悉其所由盛衰利弊,而慨然著其化裁通变之道,词尤切至明白”。(清黄汝成)而自序极其简要:“余自少读书,有所得,辄记之;其有不合,时复改定;或古人先我有者,则遂削之。积三十余年,乃能一编。取子夏之言,名曰《日知录》,以正后来之君子。东吴顾炎武。”才六十余言(字),真正的大学者:涉猎广、斩获多;寥寥数语含风雷激荡,缓缓道来实举重若轻;风范彰显,令人钦佩。他的著作很多,如《天下郡国利病书》《音学五书》《亭林诗文集》《金石文字记》等等。其治严谨“每一事必详其始末,参以证佐,而后笔之于书,故引据浩繁,而牴牾者少”。(见《四库全书总目》)

清朱彝尊有一联述其:

“入则孝,出则悌,守先王之道,以待后学;

诵其诗,读其书,友天下之士,尚论古人。”

梁启超极为膺服顾炎武,他说:“我生平最敬慕亭林先生为人……但我深信他不但是经师,而且是人师。”(《中国近三百年学术史》)因为钦佩其人其识其文,对顾的一些思想、观点、话语烂熟于胸,往往脱口而出,信手拈来;有学者考证,顾炎武的“天下兴亡,匹夫有责”八字成文之语型就出自梁启超之手。这样经典的概括,出自名人,两两相得益彰,使之流传更广,意义、作用更大。

先天下之忧而忧,后天下之乐而乐

——(宋)范仲淹

公元 1046 年(仁宗庆历六年),范仲淹的好友滕子京给他寄来了《洞庭晚秋图》,请他为重修后的岳阳楼作记。滕子京说道:"窃以为天下郡国,非有山水环异者不为胜,山水非有楼观登览者不为显,楼观非有文字标记者不为久,文字非出雄才巨卿者不成著。"他又列举了滕王阁、庾公楼等名胜论证,以说动范仲淹。作为同科进士,志同道合的好友,他当然推辞不了。

于是一篇有思想性有艺术性的美文诞生了,既影响了当时又流芳千年;既彰显了从历史角度来看名声不响的滕子京,又因为提出了"修身齐家治国平天下"(主要是治国平天下)的标准而启迪、激励了千千万万的学子士人的自觉性和内动力。其时,范仲淹因"庆历新政"受挫,已贬在邓州为官,心情、感受因忧国忧民忧时而不会太好,但其借写记,抒发了自己的胸臆、襟抱:以天下为己任,不改初衷一如既往,雄心壮志不泯不灭。读此记令人动容,激荡心魄。

《岳阳楼记》全文 368 字,自然段落有六。首,切入点题,交代由来;次,描写景物,为全局作铺垫;复次,谈悲;再次,谈喜;又次,议论抒情明志,坦露抱负,为本文的重点;末,明确时间节点。其中第三、四段以排比形式,一正一反,一明一暗,为后面议论的强势登场作准备。整个篇章,记事简,写景详,抒情真,立论弘。

文中名句迭出,一波更甚一波。如,"不以物喜,不以己悲";"居庙堂之高,则忧其民;处江湖之远,则忧其君";"是进亦忧,退亦忧";"先天下之忧而忧,后天下之乐而乐"。滕子京好像才气能耐一般,风评亦有异,但范仲淹维护他,其中有点拨、提携、捧场之意之情之心。

文中写景,大气磅礴又恰到好处:"衔远山,吞长江,浩浩汤汤,横无际涯";"霪雨霏霏,连月不开,阴风怒号,浊浪排空";"商旅不行,樯倾楫摧";"虎啸猿啼";"去国怀乡,忧谗畏讥";"感极而悲者矣";"上下天光,一碧万顷";"沙鸥翔集,锦鳞游泳";"岸芷汀兰,郁郁青青";"长烟一空,皓月千里,浮光耀金,静影沉璧";"心旷神怡,宠辱偕忘"。

所谓"记"者是一种文体,可以写景,叙事,尤长于议论。清金圣叹在《天下才子必读书》中论及其文说:"中间悲喜二大段,只是借来翻出后文忧乐耳。不然便是赋体类。一肚皮圣贤心地、圣贤学问,发而为才子文章。"

范仲淹(989年—1052年)字希文,苏州吴县人;北宋杰出的思想家、政治家、军事家、诗人、词人。幼年丧父,二岁随母谢氏改嫁朱文翰。才十二三岁了解了身世,毅然别母,外出求学拜师。数年寒窗终有福报,1015年进士及第有了官职,迎回母亲奉养,恢复姓氏。其胸襟、格局阔大,曾言:不为良相,便为良医。有过强项令一说,其实范仲淹胜于强项令。他说过:"侍奉皇上当危言危行,绝不逊言逊行,阿谀奉承;有益于朝廷社稷之事,必定秉公直言,虽有杀身之祸,也在所不惜。"

因为他忠心,批评激烈、言辞尖锐,所以令皇帝头疼,权贵侧目,曾三次被贬。友人包括欧阳修、梅尧臣多有劝说;尤梅尧臣作《灵乌赋》劝其少说话,少管闲事,为官且逍遥。而范仲淹亦以《灵乌赋》复其,表明自己"宁鸣而死,不默而生",凛然正气,大义昭昭,令人钦佩。

他曾上疏《答手诏条陈十事》,提出革新主张:明黜陟,抑侥幸,精贡举,择官长,均公田,厚农桑,修武备,推恩信,重命令,减徭役。对于当时社会、政事有促进作用,但遭到谗言及攻讦,革新之路在皇帝首鼠两端取舍下必然走不远,不久范受挫遭贬。

他曾贬泰州,苦于民生,修捍海堤二百里,为黎民提供耕种、产盐及生活的环境。此堤亦称范公堤。

某年,江淮、京东一带蝗灾严重,范奏请前去视察并处置,但朝廷并无动静。范毅然铮铮语与宋仁宗:宫掖中半日不食,当如何? 朝廷遂委其去赈灾,开仓济民。范带回灾民充饥的野草若干,交朝廷及六宫,以戒奢靡。

欧阳修说他:"公少有大志,每以天下为己任。"

王安石说他:"一世之师,由初及终,名节无疵。"

苏东坡说他:"出为名相,处为名贤;乐在人后,忧在人先。"

还是金元好问说他说得最好:"在布衣为名士,在州县为能吏,在边境为名将,其才其量其忠,一身而备数器。在朝廷,则孔子之所谓大臣者,求之千百年间,概不一二见,非但为一代宗臣而已。"

能以上智为间者，必成大功

—— (春秋) 孙　武

《孙子兵法》的精髓是"上兵伐谋，其次伐交，其次伐兵，其下攻城"。并明确"攻城之法，为不得已"。即便发生战事，其亦强调：用兵之法，全胜为上，能够不战而屈人之兵，就是全胜，就是善之善者。孙武表达了虽战但避战、避伤，战则全胜的战争观。

为了确保战争的胜利，打一场有准备的仗，就要知己知彼。如何知己这相对容易，如何知彼，却颇有难度。孙武《孙子兵法》中的"用间篇"就此作了全面、深邃、严谨、缜密的阐述，来说明如何了解敌情，"知彼"以及事前的"先知"。

战争的弊处在孙武眼中很清楚，"凡兴师十万，出征千里，百姓之费，公家之奉，日费千金，内外骚动，怠于道路，不得操事者七十万家"。为了一场战事，真正的劳民伤财：招兵买马，武器辎重，各类用度；更为关键的是因为十万兵而拖累的七十万家庭，不能正常开展农事生产及本业，整个社会、生活的节奏被打乱。这种体恤民众，以民为本又直指战争弊端的思想在当时很了不起。

"相守数年，以争一日之胜，而爱爵禄百金，不知敌之情者，不仁之至也，非民之将，非主之佐也，非胜之主也。"因为爱惜金钱（相对全局而言只是小钱）而不投之于获取敌情，最终遭失败。这种人实在差到底了，根本不配做军队的主帅、国君的辅佐，胜利的主宰。

"故明君贤将所以动而胜人，成功出于众者，先知也。先知者不可取于鬼神，不可象于事，不可验于度，必取于人，知敌情者也。"明君贤将有先知，才能胜出，才能成功，而先知不是求神问鬼、类比推测或揣摩日月星辰之运行；而在于找到人，找到那些了解敌情的人，从他们那里获取敌情。

"故用间有五：有因（乡）间、有内间、有反间、有死间、有生间。"孙武提出先知须用间，运用和发挥间谍的作用，以间了解掌握敌情。对间，又列出了五种类型，很有道理。所谓因间实为乡间,指利用敌人中的同乡做间谍;所谓内间,指利用敌方官吏做间谍;所谓反间,指使敌方间谍为我所用;所谓死间,指制造散布假情报,通过我方间谍将假情报传递给敌方,诱其上当,因一旦真情暴露,间谍难免一死,故称死间;所谓生间,指侦察后活着回来报告敌情的。

"五间俱起,莫知其道,是为神纪,人君之宝。"这五种间谍一起用,敌方无从觉察,找不到规律,这是种奇妙的方法,也是国君克敌制胜的法宝。所以在三军之中,没有比间更为亲近的,没有比他们有更为丰厚的奖赐,也没有比他们更为秘密的事了。以至——"非圣贤不能用间,非仁义不能使间,非微妙不能得间之实"。不是睿智超群的人,不是仁慈慷慨的人便不能使用间谍;不是谋虑精明的人就不能获悉间谍所提供的真实情报。

有了真实的情报,对方的军队、布防等实际情况,一举一动就会为我所了解。同样我们用间,敌方也会用间,所以"必索敌间之来间我者,因而利之,导而舍之,故反间可得而用也;因是而知之,故乡间、内间可得而使也;因是而知之,故死间为诳事可使告敌;因是而知之,故生间可使如期"。查出敌方派入我方的间谍,收买他、引诱他、利用他、放他回去,通过反间了解敌情;乡间、内间都可以进一步利用起来;运用好死间将假情报送给敌方;生间也可以按照预定的时间报告敌情了。

"五间之事,主必知之。知之必在于反间,故反间不可不厚也。"五间的使用,国君必须予以了解掌握。其中了解敌情的关键在于使用反间,所以一定要给以优渥的待遇。

"故明君贤将,能以上智为间者,必成大功。此兵之要,三军之所恃而动也。"所以国君、良将,能用智慧高超的人充当间谍,就一定能建树大功。这也是用兵的关键,毕竟整个军队都要间谍及其提供的情报来决定军事行动。这样可以不战而屈人之兵,即便不是全胜,总归是胜券在握的胜利者。

真正的大智慧,十足的谋略家,知彼,占据先机,亟需用间,间有五类,五间齐用,首重反间。而使用五间的最高掌控人只能是国君!"五间之事,主必知之","五间俱起,莫知其道,是为神纪,人君之宝"。此之所重述,实在是太重要了! 不知道古往今来,从事战争、军队、间谍(情报)工作的人知否"用间篇"。以此篇字里行间所体现、蕴涵的哲理、要义或者就明面上的宏议大论、至理名言来分析、看待许多历史、现实的问题,大有豁然开朗、阻塞通畅的感受。

宽小过,总大纲

——(汉)班 超

班超志向不在于写书作文,他过腻了这种生活,以致一天他掷笔而言:"大丈夫无他志,犹当效傅介子、张骞立功异域,以取封侯,安能久事笔砚间乎?"他投笔从戎去了。年已四十岁的他随奉东都尉窦固出兵攻打北匈奴,初次亮相便显示出与众不同的才能。就此开始了他长达三十一年的戎马生涯,并建立了丰功伟绩,真正做到了拜将封侯,受封定远侯,人称"班定远"。

班超(32年—102年)字仲升,扶风郡平陵县人(今陕西咸阳东北)。其父班彪为史学家,兄班固、妹班昭均是著名的史学家。其少有大志,处事慎审,博览群书,口才颇好。他不愿终老书斋,要走一条不同于父兄之路。在戎成疆场的后半生,平定西域五十多个国家,为西域回归,促进民族融合作出了巨大的贡献,成为汉代著名的军事家、外交家。其官至西城都户,身经百战而获善终,享年七十一岁。

受到重视的班超被派遣出使西域,他带领部下三十六人在鄯善国里敢击杀亦来此国的北匈奴使者百余人,震慑之下该国归附汉廷。小试牛刀,其又率队去了于阗国,权宜从事,击杀巫师,严刑大臣,逼迫国王杀死北匈奴使者,使之重新归附汉廷,班超成功地安抚了该国。在疏勒国劫持龟兹人兜题(时为该国国王),另立国王,平定了疏勒。

汉章帝即位,建初元年(76年)朝廷召回班超,但班超考虑一旦东归,时局会发生大变,于是毅然决定留下来并展开针对性的斗争,面临反复,重新出手平定大局,还向朝廷报告了理顺西域各国的主张,提出"以夷狄攻夷狄",使西域平定,布大喜于天下。汉章帝刘炟嘉许之,并安排徐干为代理司马率千人前去增援。在以后的岁月中,屡屡建功,扬国威于西域。功劳大了自有人眼红,妒嫉、谗言、诋毁来了,其中有的说他:平定西域劳而无功,拥抱爱妻,怀拥幼子,在外享受安乐,没有考虑朝廷大事。闻此等言论,班超旋即让妻子离开自己,好在汉章帝深知班超公忠体国,严斥了谗言诽谤。

永元六年(94年),班超集兵七万,进攻焉耆、危须、尉犁,他谋定而后动,连连施用巧计,终在宴席上计杀焉耆、尉犁两国国王,传首京都,斩敌五千多人,俘获一万五千人及马畜牛羊三十多万头。班超在那里停留、稳定了半年多。至此西域五十多个国家都归属了汉王朝。永元九年(97年)班超派员出访大秦(罗马帝国)、并足迹远至西海(波斯湾),"班超遣掾甘英穷临西海而还"。(《后汉书》)

永元十二年(100年)班超因年迈体弱欲告老回乡,上书请求回来,但无下文。后其妹班昭复又上书陈情,获得汉和帝的允许。临行,接替西域都护之职的任尚请教需要注意些什么,班超也不推辞说:"塞外吏士,本非孝子顺孙,皆以罪过徙补边屯;而蛮夷怀鸟兽之心,难养易败。今君性严急,水清无大鱼,察政不得下和,宜荡佚简易,宽小过,总大纲而已。"班超知人,了解任尚的秉性及为人,也了解戍边屯驻之人的构成及北人心态,他劝任尚宽容冷静,简易从事,小的过失从宽处理,把握大的方面、重要环节就行了。忠言逆耳,班超走后,任尚私谓部属:我以为班君当有奇策,今所言平平耳。任尚到职数年后,西域反叛复乱,遂以罪被朝廷召还。如同班超之所诫。

班超有勇有谋,文武双全;投笔从戎,万里封侯;功在当代,名垂千古。而且他还能顾大局,看长远,计功日后。诚如清郑观应所说的那样:"古之为将者,经文纬武,谋勇双全;能得人,能知人,能爱人,能制人,省天地之机,察地理之要,顺人和之情,详安危之势;凡古今之得失治乱,阵法之变化周密,兵家之虚实奇正,器械之精粗巧拙,无不洞识,如春秋时之孙武、李牧,汉之韩信、马援、班超等诸名将,无不通书史,晓兵法,知地利,精器械。"(见《盛世危言》)

明冯梦龙说:"必如班定远,方是满腹皆兵,浑身是胆。赵子龙(赵云)、姜伯约(姜维)不足道也。"(见《智囊全集》)

此心光明，亦复何言

——（明）王阳明

　　王阳明是心学之集大成者，由此他与孔子（儒学创始者）、孟子（儒学集大成者）、朱熹（理学之集大成者）并称孔孟朱王。其成就大、地位高，当属名副其实，实至名归。

　　王阳明（1472年—1529年）幼名云，后名守仁，字伯安，别号阳明。浙江绍兴府余姚县人（今浙江宁波余姚）。曾筑室会稽山阳明洞，自号阳明子，亦称阳明先生、王阳明。弘治十二年（1499年）进士，历任刑部主事，庐陵知县，南赣巡抚，两广总督，南京兵部尚书，都察院左都御史，新建伯。他是明代著名思想家、文学家、哲学家和军事家，陆王心学集大成者，精通儒、佛、道。著述有《王阳明全集》《大学问》《传习录》等。

　　求学时期，针对在当时普遍以科举为第一要事，以为读书就要登第、做官的情况，他却认为："登第恐未为第一等事，或读书学圣贤耳。"他的一生曾经沉湎于任侠、骑射、辞章、神仙、佛氏等多个方面；也曾率书生弱兵荡平江西盗贼，击溃宁王朱宸濠的洪都之乱，平复思恩、田州一带土瑶叛乱和断藤峡盗贼，是个全面型的复合人物。

　　心学，也称王学，属儒学一门派，最早源自孟子。他继承陆九渊的"心即是理"的观点，反对程朱通过事事物物追求"至理""穷理"式的格物致知，提出"致良知"，要从自己的内心之中去找寻"理"，理全在人"心"，"理"化生宇宙天地万物，人秉其秀气，故人心自秉其精要。

　　格物是儒学之根本，格物致知，如何去做？王阳明认为圣人之道蕴藏在每个人的心中，向外求理的方法本身就是个错误，应该内求，把关注点放在自己内心，那么每个人都可以成为圣人。据《阳明先生年谱》载：其"忽中夜大悟格物致知之旨，寤寐中若有人语之者，不觉呼跃，从者皆惊。始知圣人之道，吾性自足，向之求理于事物者误也"。"心即理也"的心学就此诞生。在王阳明看来："心即理也"谓物我一体，是不相互独立的一个存在。心学的核心、中心就是:心即理也、知行合一以及致良知。王阳明自谓这个理论是"从百死千难中得来",以此对照,回看以前种种,"失身忘道"。

在知与行的关系上,王阳明强调要知,更要行。知中有行、须行;行中有知,行知,所谓"知行合一",二者互为表里,不可分离。知必然要表现为行,不然则不能算为真知。

在致良知方面,王阳明认为心之良知是谓圣,圣人之学唯是致此良知而已。要学做圣人,只需在自己内心良知上用功去做即可。他把人分成三类:"自然而致之者,圣人也;勉强而致者,贤人也;自蔽自昧而不肯致者,愚不肖者也。"良知是每个人心中固有的为圣之本,一个永恒的实际存在;所以愚人、贤人、圣人可以通过体认良知实现自己的转化。

自嘉靖三年(1524 年)起,王阳明开始讲学并收弟子,传播王学。他的心学(王学)四句的教法是:无善无恶心之体,有善有恶意之动。知善知恶是良知,为善去恶是格物。他以讲学救世"诚得豪杰同志之士支持匡翼,共明良知之学于天下,使天下之人皆知自致其良知……以跻于大同"。参悟万事万物,顿悟人的心理,"圣人与天地民物同体";人性本善,世间任何人都可以被感化,致良知便会循着圣人之道,跻于大同。

王阳明因病逝于平定土瑶叛乱后,临危问有何遗言,王阳明说:此心光明,亦复何言! 想来他是平静而坦然面对死亡,事情做得这般如心如愿、如此完美臻善,斯复何言!

心学讲学之风日盛,王阳明身后在弟子王艮等人的推动下继续传布四方;同时也遭受到越来越多的嫉恨、抹黑。1529 年嘉靖皇帝下诏,斥心学为"伪学",加以禁止。隆庆皇帝即位后(1566 年—1572 年在位)恢复了王阳明的名誉,追赠新建侯,谥文成;也解除了心学之禁。1584 年王阳明从祀孔庙。

王士祯有云:"王文成公为明第一流人物,立德、立功、立言,皆居绝顶。"

清曾国藩说:"王阳明矫正旧风气,开出新风气,功不在禹下。"

清邓之成亦道:"阳明以事功显,故其学最为扎实有用。"

梁启超说王阳明:他在近代学术界中,极其伟大,军事上,政治上,多有很大勋业。阳明是一位豪杰之士,他的学术像打针一般令人兴奋,所以能结束五百年道学,吐很大光芒。

君子疾没世而名不称焉

——（汉）司马迁

伟大的司马迁成就了伟大的《史记》，其人称太史公，历史之父，西汉著名（中国著名）的史学家、散文家。其生于公元前 145 年，卒则不详；字子长。夏阳龙门人（今陕西韩城）。早年受学于大儒孔安国、董仲舒；漫游各地，了解风俗，采集传闻。初任郎中，奉使西征巴蜀以南，安抚少数民族，设置五郡。为承继父亲司马谈的愿望和自己曾经的允诺，又因为要光大祖先为官治史的好传统，他以自己的责任心、使命感和遵守诺言、光宗耀祖的诚信、真心，专门治史，继承父业，当了太史令。

因为秉公抑或出自良心，他为大将李陵陷降之事辩解，得罪了汉武帝，李陵被灭族，司马迁获罪当斩，被捕后的他自请宫刑。司马迁在《报任少卿书》中说道：夫仆与李陵俱居门下，素非能相善也。趣舍异路，未尝衔酒杯，接殷勤之余欢。然仆观其人，自守奇士，事亲孝，与士信，临财廉，取予义，分别有让，恭俭下人，常思奋不顾身，以徇国家之急。又说道：提步卒不满五千，垂饵虎口，横挑强胡，连战十有余日，转斗千里，矢尽道穷，救兵不至，士卒死伤如积；身虽陷败，彼观其意，且欲得其当而报于汉。就上述文字而观，两人之间也没有什么深交，只是佩服其的为人和勇敢，体谅他而为他说说话。但当有人诬李陵在为匈奴练兵以攻汉，汉武帝发怒了，遂作出处理的决定。这事发生在天汉二至三年（公元前 99 年—前 98 年）间。

征和二年（公元前 91 年），司马迁坚持完成了《史记》的编纂。他表示："仆窃不逊，近自托于无能之辞，网罗天下放失旧闻，略考其行事，综其终始，稽其成败兴坏之纪，凡百三十篇"；"仆诚已著成书，藏之名山，传之其人"。（《报任少卿书》）其实在当年他就有过一说："假令仆伏法受诛，若九牛亡一毛，与蝼蚁何之异。"他有着坚强的内心和信仰，忍辱负重，委曲求全，存要做大事、成一番事业之决心，以史上名人遭受挫折亦发愤而为的事迹自励，终于编就《史记》。

"究天人之际，通古今之变，成一家之言"，"述往事，思来者，通其道"，《史记》记载了从上古传说中的黄帝时期到汉武帝元狩元年,长达三千多年的历史,是中国第一部纪传体通史。《史记》的核心思想及要旨是强调天道自然、道法自然,"与时迁移",主张治国要的是富民,满足民之欲望。《史记》颂扬了商汤革命,主张有道伐无道,反对暴政;提倡尊王攘夷,主张大一统的思想;坚持崇让尚耻以褒贬历史人物的标准。《史记》为一百三十篇,共五十二万六千五百余字。设五大部分,包括"十二本纪"(记历代帝王政绩);"三十世家"(记诸侯国和汉代诸侯勋贵兴亡);"七十列传"(记主要人物的言行事迹,以人臣为主;最后一篇为:自序);"十表"(大事年表);"八记"(记各种典章制度,含礼、乐、音律、历法、天文、封禅、水利、财用)。

鲜明的观点,精彩的语言,恰当的褒贬,翔实的资料,《史记》在当时便受到欢迎和赞扬,被称为"实录"、"信史"。班固就这么说:"自刘向、扬雄博极群书,皆称迁有良史之才,服其状况序事理,辩而不华,质而不俚,其文直,其事核,不虚美,不隐恶,故谓之实录。"(《汉书·司马迁传》)清赵翼说:"司马迁参酌古今,发凡起例,创为全史。本纪以序帝王,世家以记侯国,十表以系时事,八书以评制度,列传以专人物。然后一代君臣政事贤否得失,总汇于一篇之中。自此例一定,历代作史者,遂不能出其范围,信史家之极则也。"(《廿二史札记》)梁启超盛赞道,"太史公诚史界之造物主也";"《史记》之列传,借人以明史;《史记》之行文,叙一人能将其面目活现;《史记》叙事,能剖析条理,缜密而清晰";"凡属学人,必须一读"。

果然,读如《陈涉世家》《鸿门宴》《报任少卿书》《孔子世家赞》《细柳营》《项羽本纪赞》《管晏列传》等篇章,那么鲜明的人物形象,惟妙惟肖的勾勒、刻画,只能属于他或他独一个的本人,表情、心态、举止、话语,诚如梁启超所说的:"叙一人能将其面目活现"!《史记》的语言亦极具魅力和艺术性,如"太史公自序"中应答上大夫壶遂的问题时,有复,"唯唯,否否,不然",这种表达、表述实在太妙,如闻其等口吻,如睹其之面目,如临其境一般!《史记》的嘉言妙语名句好辞随处可见,励志、称颂、扬弃、述理贴切到位,如:

"君子疾没世而名不称焉。"

"高山仰止,景行行之;虽不能至,心向往之。"

"盖钟子期死,伯牙终身不复鼓琴。何则?士为知己者死,女为悦己者容。"

"古者富贵而名摩灭,不可胜记,唯倜傥非常之人称焉。"

"浴不必江海,要之去垢;马不必骐骥,要之善走。"

"善者因之,其次利导之,其次教诲之,其次整齐之,最下者与之争。"

"人固有一死,或重于泰山,或轻于鸿毛。"

真正的挂一漏万,有能力者,"必须一读!"

关于司马迁的死因及时间是个谜,有一说因其作《景帝本纪》,极言其短及武帝之过,武帝怒而削删之;又因坐李陵事后仍有怨言,遂下狱死。

关于《史记》也还有个传说:司马迁有一女儿嫁杨敞,杨在汉昭帝时曾官至宰相;外孙杨恽自幼聪颖好学,看了母亲珍藏的《史记》,每每感动,十分钦佩。汉宣帝时杨恽为中郎将、光禄勋,他献呈了《史记》。就此,《史记》天下尽传!

吾书两百年后始显

——（明）王夫之

王夫之(1619年—1692年)字而农,号姜斋,又号夕堂,自署船山病叟、南岳遗民。世称船山先生。湖广衡州府衡阳县人(今湖南衡阳)。四岁入私塾,后随父兄学习。崇祯五年(1632年)中秀才,崇祯十五年(1642年)中举人。关心时局,痛恶清之侵凌,闻崇祯皇帝自缢时,作《悲愤诗》一百韵。参加抗清活动,时天下大乱,虽群雄并起,然难以抱团成气候,被清廷逐一诛除,王夫之的满腔爱国热情无从酬报;局面已定,他坚持不剃头,身着明朝服饰,置身山林,择地隐居。晚年在湖南衡阳县曲兰镇石船山下隐居十七年,著书立说,名著《读通鉴论》《宋论》便成书于此。他的著述等身,如《周易外传》《黄书》《尚书引义》《春秋世论》《永历实录》等等。

作为一个杰出的思想家,他与顾炎武、黄宗羲并称明清之际的"三大思想家",被誉之为宋明道学的总结者、终结者,具有近代人文主义性质新思想的先驱者、开创者。他以"六经责我开生面"自励。主要观点和贡献如下:

反对禁欲主义,认为不能离开人欲谈天理,人欲之中存天理,反对程朱理学的"存天理,灭人欲"。

反对传统思想所坚持的理存在于万事万物之中,先有理而后有物;主张万事万物的存在是事实性的存在,是先有物才有理,而理是存在于世间万物之中的。

反对皇权,主张均天下,反专制,爱国主义。认为天下者是天下人之天下,"平天下者,均天下而已"。

反对生而知之的先验论,认为"耳有聪,目有明,心思有睿知。入天下之声音研其理者,人之道也。聪必历于声而始辨,明则择于色而始晰,心出思而得之,不思则不得也"。强调由感官、心了解万事,重践履重习行,去探究世界及规律。

主张人性是后天形成的,可以自主选择改变,不是天生不变的,"而是日生而日成"。

认为学问、治学是用来经世致用,利济天下、后世。

王夫之于哲学、史学、文学、政治经济、道德伦理、宗教等领域都有涉及,并有心得、见解。清学者刘献廷说:"王夫之无所不窥,于《六经》皆有说明。洞庭之南,天地元气,圣贤学脉,仅此一线。"

王夫之一生写了多少,有几说:一千多万字,种类多、涉猎广,具"百科全书"式;八百多万字,一百多部,四百余卷;五十六种,二百八十八卷,即《船山遗书》。他本人生前说过:吾书两百年后始显。曾国藩钦佩这位百多年前的老乡:"荒山敝榻,终岁孜孜,以求所谓育物之仁,经邦之礼。穷探极论,千变而不离其宗;旷百世不见知,而无所于悔。""先生没后,巨儒迭兴,或……或……号为卓绝,先生皆已发于前。"在处理繁忙的军政事务的同时,大批刊印了王夫之的著述。

有一事可以证明王夫之的心志行迹:晚年的王夫之生活贫困,纸砚笔墨都要靠友人接济,但仍每日著述不止,致腕不胜砚,指不胜笔。时有清廷官员拜访、赠礼问候,他不见人不受物,一次写对联答之,以示自己乃明朝遗民,节操自在:"清风有意难留我,明月无心自照人。"

另,他的一些隽语金句可读:

"学愈博则思愈远"。

"博学而切问,则事之有甚理者可得而见矣。"

"思而得之,学而知其未可也;学而得之,试而行之未可也;行而得之,久而持之未可也。"

"学易而好难,行易而力难,耻易而知难。"

"无尽之财,岂吾之识。"

"上之谋之不如其自谋","若农,则无不志于得粟者矣,其窳者,既劝之而固不加勤,而劝之也,还以伤农"。反对简单划一,课农种植。

"自处超然,与人蔼然,处事断然,无事澄然,得意淡然,失意泰然。"这是在他晚年总结的人生处世的"六然",极富哲理。

过河, 过河, 过河

——(宋)宗 泽

　　宗泽(公元1060年—1128年)字汝霖,婺州义乌人(今浙江义乌)。出身寒门,少年时即随兄长宗沃参加农业劳动,样样都干。平时在祖父、父亲的教导下读书识字作文,有着很强的体魄和文化基础。二十岁不到就外出游学达十多年,对社会和民情有了更多的了解。他不满吏治的黑暗和外夷的入侵,立志要靖边安境,报效祖国,为此发奋读兵书、练武艺,成为一个文武兼备的能人。

　　元祐六年(公元1091年)已经三十三岁的宗泽在殿试时,不顾考试的字数规定,写下洋洋洒洒的万言书,力陈时弊,批评朝廷用人不当等。主考官"以其言直,恐怖旨",将其置于"末科",给以"赐同进士出身"。由此进入仕途的他在二十多年内转任多处为官,勤于职守,体恤民情,清正廉明,在一处任职必造福一方,颇有政绩,风评亦佳。康王(即后来的宋高宗赵构)欲使金,宗泽力劝阻止成行方才免去侮辱羁押,借此以副元帅协从康王,遂由文人为武将。其任东京留守时,联络两河及多处义士,大败金兵,曾十三次连连奏捷,令金军心惊胆寒。又曾二十多次上疏,力主还都,并制定了收复中原的战略方针,但受到主和派的阻挠、谗言和打击,均未被采纳。壮志难酬,一腔热血两行泪! 因积劳成疾,悲切忧愤,患疽于背,病甚之际寄语众将:"汝等能歼敌,则我死无恨!"次日,宗泽连呼"过河,过河,过河!"而卒。

　　作为一代文臣、武将,宗泽均有建树。他亦善诗,数量虽不多,大都写戎马生涯及忧国愤时等,质量上升。如《早发》:"伞幄垂垂马踏沙,水长山远路多花。眼前形势胸中策,缓步徐行静不哗。"好一个"眼前形势胸中策",稳重、大气,行军路上、赴前线之际,路上的一切入眼即为形势,敌我双方,知己知彼,打防攻守,尽在胸臆之中;兵来将挡,水来土掩,全在掌控之中,大将风范跃然纸上。宗泽从农村走出来,身居高位,但他的心里时时挂念顾及体恤士卒。以《晓渡》为例:"小雨疏风转薄寒,驼裘貂帽过秦关。道逢一涧兵徒涉,赤胫相扶独厚颜。"穿戴齐整,暖暖和和的将军面对在严寒中赤脚渡水的士卒,面有愧心有亏,"厚颜"两字,不虚假不做作,难能可贵!而"燕北静胡尘,河南濯我兵。风云朝会合,天地昼清明。泣涕收横溃,焦枯赖发生。不辞关路远,辛苦向都城"。(《雨晴渡关二首》之一)心心念念,除胡尘,洗兵塞外,为之奋力,至死不悔!

《盘豆铺南李翁园》一诗则反映了他的无奈:"李翁卧亭午,春深掩柴荆。忽闻风雨响,莫是勤王兵。"强敌环伺,宗泽没有退缩,往往筹措得宜,指挥恰当,可以一连十三捷;然而不如意之事常有,更大层面上的无奈,"勤王之兵卒无一至者",就那么的功亏一篑!

宗泽还是岳飞的恩师,是他发现并重用了岳飞,使之成为威名赫赫的将帅。当年秉义郎岳飞犯法将刑,宗泽见而奇之并拦下,曰:此将才也!恰逢金人犯汜水,宗泽以五百骑授岳飞,让其立功赎罪;飞大败金人而归。遂升飞为统制,岳飞由此知名。宗泽去世后,泽子宗颖和爱将岳飞扶枢于镇江砚山安葬,并建寺以纪念。

有一则逸事,值得一记:宗泽时有回乡,常购置若干猪肉让乡人腌制,带回部队或食或赠朋友、部属。民间视其为腌制火腿的祖师爷。他的家乡义乌,盛产火腿的金华、东阳、永康等过去都属于旧金华府(即龙游),"金华火腿"由此得名。

小儿辈大破贼

——（东晋）谢　安

　　公元 383 年,前秦出兵八十万(号称百万)伐晋,于淝水一带(今安徽寿县)遭遇东晋的八万兵力抵抗。匪夷所思,前秦居然惨遭失败。这一仗成为我国历史上著名的以少胜多、以弱制强的战例;每每为政治家、军事家念及,甚至恨不己出,成为自己的经验或战功。此战留下了:风声鹤唳、草木皆兵、投鞭断流等等成语,在中国历史、中国文化的发展中留下深刻厚重的印记。

　　这里不能不提到谢安。谢安(公元 320 年—385 年)字安石,号东山。浙江绍兴人,祖籍陈郡阳夏(今河南太康),东晋著名的政治家、军事家。其父谢裒官至太常卿,也是镇西将军谢尚的从弟。少以清谈出名,曾屡屡辞召,隐居会稽,游山玩水,并教育谢家子弟。后出仕,历任吴州太守、吏部尚书、中护军等职。其多才多艺,善行书,通音律;思想敏捷,性情温和,处事公允明断,能顾全大局;出身名门世家,并能光宗耀祖,福泽后辈。

　　淝水之战前,许多人忧心忡忡,但谢安身为征讨大都督,坐镇建康(今南京),运筹帷幄,指挥若定;多人向他通情况,问计策,议结果,他却不动声色。他安排了弟弟谢石、侄子谢玄、儿子谢琰在一线应战。战之初,东晋将帅谢玄语与前秦"君悬军深入,而置阵逼水,此乃持久之计,非欲速战者也。若移阵少却,使晋兵得渡,以决胜负不亦善乎?!"秦将皆曰不可"我众彼寡,不如遏之使不得上,可以万全"。而符坚认为:但引兵少却,使之半渡,我以铁骑蹙而杀之,蔑不胜矣。其弟符能然之,遂令秦兵退之,然不可复止。晋军渡江而杀之,秦兵因退而自乱阵脚,溃不成军;符能死于晋兵之手,符坚所乘云母车被掠获。秦兵自相蹈藉而死者蔽野塞川,生者溃逃之际闻风声鹤唳,咸以为晋兵追至,以为八公山上,一草一木都成了追兵。秦兵日夕惊心,不敢停歇,又因饥冻,死者十之七八。

　　捷报传来时,谢安正与客人在下棋,身边的人心神不宁、惴惴不安。谢安接过捷报看毕随手放在桌边,神情自若照旧下棋。客人当然知道这是战况报告,忍不住发问,谢安居然淡淡地说:"小儿辈大破贼。"客人闻此哪顾得上再下棋,赶着要去传递喜讯。谢安送走客人回内宅,心情也实在太爽、过于兴奋了,过门槛时,踉跄之际把脚下木屐的齿也碰折了,这就是著名的"折履齿"的来历。其口中的"小儿辈大破贼"豪气豪迈,欣矣赞矣,非当事者何以解其意、知其情!谢安在隐居时,抓了对兄弟子女的教育,《世说新语》载:"谢太傅寒雪日内集,与子女讲论文义。俄而雪骤,公欣然曰:'白雪纷纷何所以?'兄子胡儿曰:'撒盐空中差可拟。'兄女曰:'未若柳絮因风起。'公大笑乐。"兄女即公大兄无奕女,左将军王凝之妻也,谓谢道蕴。

又载:"谢公因子弟集聚,问:'《毛诗》何句最佳?'遏称曰:'昔我往矣,杨柳依依,今我来思,雨雪霏霏。'公曰:'吁谟定命,远猷辰告。'谓此句偏有雅人深致。"文中的《毛诗》即《诗经》,遏是谢安侄子谢玄的小名。"吁谟定命,远猷辰告"句意为:国家大计一定要号召,重大的方针政策须及时宣告。谢安作为政治家,他欣赏、赞同的自然是高雅志弘人士的深远思考,大的意趣,尤其关注的是政治层面的东西。

谢安被誉为神识沉敏,而极有胆略,是中国历史上有雅量、有胆识的大政治家。明归有光说:"谢安石高卧东山,本无处世之意。而诸人每恨其不出,为苍生忧。及见登用,镇以和静,御以长算。符氏率众百万,次于淮淝,京师震恐,爽然无惧色。指授将帅,大致克捷,劲寇土崩,中原席卷,江左奠安。岂非实之能副其名者乎?"

唐刘禹锡有诗云:"朱雀桥边野草花,乌衣巷口夕阳斜。旧时王谢堂前燕,飞入寻常百姓家。"(《乌衣巷》)指的就是王导(东晋时宰相)、谢安。乌衣巷,三国时吴国的军营,东晋时已成为王、谢等豪门大族的住宅区。君子之泽,五世而绝。在唐人眼中,就如此这般的沧海桑田。

横戈马上行

——（明）戚继光

　　《马上行》是戚继光的名诗，诗为："南北驱驰报主情，江边花月笑平生。一年三百六十日，多是横戈马上行。"这是他自己的襟抱和辛劳的写照：忠效朝廷，保民除虏，一日一时一刻也不敢懈怠，横戈马上行。

　　戚继光（公元1528年—1588年）字元敬，号南塘，晚号孟诸；山东蓬莱人。家贫喜读书，通晓儒经、史籍等。后承袭祖荫，嘉靖二十三年（1544年）任登州卫指挥签字；此后专事军职历三四十年，其间抗击倭寇及击溃蒙古部落边犯，屡战多胜，官至总兵、太子太保、少保，卒谥武毅。是一位著名的军事家，民族英雄，诗人，书法家。

　　他曾在东南一带：浙、闽、粤沿海诸地率兵抗击倭寇十多年，与名将俞大猷一道，扫除倭寇之患，确保人民的生命和财产安全。在继后于西北方抗击蒙古部落的内犯亦有十余年，彰扬国威，保障了疆域的安定。

　　他带兵有方，训练有素，善于制定阵法；并重视研发和营造兵器、火炮、战舰；注重修建军事工程、工事。作为军事家，有《纪效新法》《练兵实录》《莅戎要略》《武备新书》等著作传世。

　　领军东南十余年间，抗击倭寇大小战事达八十余次。在戚继光以功避诬去守台、金、严三郡时，他不满手下部队之不习战、平庸软弱，而认为金华、义乌之地人士俗称剽悍，遂召募三千人，专门训练，习以阵法，辅以良好的武器装备，初次出战便告捷，这支队伍遂被誉为"戚家军"。在台州之战中，戚继光一马当先，手刃倭寇首领，余部纷纷被逼坠水而亡；旋又痛击来犯之敌，在仙居一带全歼倭寇。接福建告急即挥师赴戎，强攻横屿时，命士卒人手持草一束，填沟壕以前进，遂克敌巢；并一路追击，经横屿到福清至兴化，连破敌营六十余座，斩首数千。几经战斗，闽粤一带倭寇基本肃清。

隆庆元年(公元 1567 年),戚继光和他那支纪律严明,能打胜仗的戚家军奉朝廷命令北上抗击蒙古部落的侵犯,自此又历十余载。其间屡屡获胜,迫使来犯之敌遭受惨败后请罪投降,发誓永不再叛。在确保了蓟门一带的安全之后,戚继光又率军增援辽东,与当地驻军一道击溃来犯之蒙军。由此,戚受封太子太保,继为少保。

朝廷首辅张居正于万历十年(公元 1582 年)病逝后,因其新政十年,揽权行事,威高震主,明神宗对其心存忌惮、蒂芥,"身死未几,戮辱随之",夺封抄家究罪。戚继光因由张所荐所重,亦受牵连,被调往广东。三年后再受弹劾,遭免职回乡;又三年(1588 年)因病弃世。如此英雄,如此结局,令人唏嘘。

戚继光的诗大气壮阔,他诉平生:"封侯非我愿,但愿海波平。"(《韬钤深处》)在蓟门战捷之后,写有《三屯新城工成志喜》诗云:"受降新筑壮三屯,灯火遥连十万村。障燧层峦秦作塞,风云大陆蓟为门。东回地轴山河固,西拥天关宫阙尊。百二城边过质子,千秋万载汉家恩。"其《题武夷》诗为:"一剑横空星斗寒,甫随平北复征蛮。他年觅得封侯印,愿学幽人住此山。"这几首诗同样反映了他的行迹、心态:"但愿海波平"意为应在东南一带平定倭寇;"风云大陆蓟为门"指的是胜利之后的喜悦和自豪;而《题武夷》则冥冥之中有示意,功成,身退,隐居于名山大川。

戚继光被称为:"伟负文武才如公者,一时鲜有其俪。"

清王士祯将其列为古今名将能诗者十一人之一。

古来英雄士，各已归山河

——（元、明）刘伯温

刘基(1311年—1375年)字伯温，处州青田县南田乡人(今浙江温州文成县)，亦称刘青田。洪武三年(1370年)封诚意伯，死后追赠太师，故亦称其为诚意伯、文成公。他是元末明初的军事家、政治家、文学家，明朝的开国元勋，中国历史上的著名人物。

刘基自幼熟读经书，天资聪慧，过目而识其要。十二岁中秀才，人称"神童"。广泛涉猎，诸子百家无一不窥，尤喜好天文、地理、兵法、数学。元统元年(1333年)考取进士，后为江西高安县丞，协助县令处理政务，颇有政绩获得好名声。他先后辞官、复出、隐居，起起伏伏多年。《明史》说其："慷慨有大节，论天下安危，义形于色。"但受到腐朽没落势力的排斥、打击，仕途坎坷，英雄无用武之地。至正二十年(1360年)朱元璋闻其名后刘被请出山，到金陵(今南京)作为谋臣，在短时间内深得朱元璋的信赖和重用。初到朱元璋处，便条陈"时务十八策"，一鸣惊人。并提出平定群雄的策略，他说："天道后举者胜，吾以逸待劳，何患不克，莫若倾府库，开至诚以固士心，伏兵伺隙击之，取威制胜，以成王业，在此一举。"他主持首战龙江、再战鄱阳，击败陈友谅；挥师东下，平定张士诚，继而北伐中原，以成帝业。他为大明开国和巩固，包括复兴科举、制定律历、整肃朝纲等，发挥了巨大的作用。朱元璋称其："我的子房(张良)"。民间亦誉其：三分天下诸葛亮，一统江山刘伯温。

刘伯温坚持"以民为本"，强调国不自富，民足而富；国以民为本，民以食为本，反对"厚利入私家"，主张轻徭薄赋，"推余补不足"。他又敢于直言，坚持自己的主见，如反对朱元璋在凤阳老家建中都，坚持斩杀贪官李彬。在选任宰相的问题上，对朱元璋中意的人选予以客观评判等等，结果既忤了帝意、又得罪了当朝权贵(李善长、胡惟庸之流)。刘伯温的观察、思考是超乎常人的。他明白朱元璋做了皇帝后会有变化：猜忌、杀戮功臣、听不进直言劝谏，自己也会很快被冷落、排斥，甚至更糟;他当机立断,急流勇退;六十岁便告老回乡。虽然他闭门思过,谢绝宾客,不问他事,但祸事还是寻上门来。胡惟庸诬陷刘伯温为自己找了块有"王气"的墓地,且心怀叵测,朱元璋居然相信,遂下旨夺其俸禄。刘伯温见状亦果敢自赴南京请罪明心迹。后刘患风寒,胡惟庸奉旨并带御医前去探望,给药。但其病愈重,刘去觐见朱元璋,告诉胡来了之后及用了药更为不适的情况,朱说了一番让其宽心养病的话。不久刘便因病逝于老家。现有一说,据著名明史专家吴晗(现代)考证,刘的被毒,出于明太祖(朱元璋)之阳谋:让其休矣;胡惟庸旧与刘有仇,遂成其事。呜呼!

有评说刘伯温具有生生不息的天道观;知必有见行的行知观;教为政本,重德致用的教育观;试之事而后识贤的用人观。

其实他在文学方面的成就亦非凡,以诗议政,以词抒情,诗文情理兼胜,寓言文学到了相当之高的程度,表达其对社会各领域、各层面的认识、观念,体现了他的智慧。有《诚意伯文集》二十卷传世,收其赋、诗、词等一千六百多篇(首)、各种文体文章二百三十多篇。

篇首的两句话,出自他的《绝句》诗:"人生无百岁,百岁复如何。古来英雄士,各已归山河。"既是大志,也是感慨;恐怕更是对自己的评价或曰:宽心抒怀之慰、之劝。

他有过许多隽言、颇具睿智的名句,如:

"失意之事,恒生于其所得,惟其见利而不见害,知存而不知亡也。"

"德不广不能使人来,量不宏不能使人安。"

"家有悍妇良友不至,国有妒臣贤士不留。"

"人生旦暮有翻覆,平地倏忽成山溪。"

刘伯温常以"岂能尽如人意,但求无愧我心"自勉;实在难能可贵!

英雄生死路,却似壮游时

——(明)夏完淳

明末清初的夏完淳坚持抗清,不屈而死,年仅十六岁,被誉为民族英雄,中国五千年历史上最年轻的华夏先烈。

夏完淳(1631年—1647年)乳名端哥,别名复,字存古,号小隐,又号灵首。松江华亭府人(今上海松江),祖籍浙江会稽。夏允彝(江南名士)之子,自幼聪明,有神童之称"五岁知经,七岁能诗文",九岁出诗集《代乳集》;十二岁师从陈子龙。十四岁随父抗清,父殉难后,与陈子龙继续坚持抗清,兵败被俘而英勇就义。

崇祯十七年(1644年),农民起义军席卷北方,夏自称"江左少年",上书四十家乡绅,请举义兵。弘光元年清兵下江南,十五岁的他随父、师在松江抗清,失败后其父自杀殉国。其与子龙师联系太湖义军,参谋军事,继续抗清。太湖军兵败,夏泅水脱险,仍不改抗清之心之举。永历元年,南明政权赐谥夏父夏允彝为"文忠"公,遥授夏为中书舍人;夏即书谢表并附志士名单转呈朝廷,后被查获。其本人在当年六月被清当局捕获,旋被押往南京受审。而此时,陈子龙在策反清苏杭提督吴胜北事件中因所谋遭泄而被捕,在押送途中,投水自尽。

在南京,总督军务的洪承畴亲自讯问夏,并劝降说:"童子何知,岂能称兵叛逆?误堕贼中耳!归顺当不失官。"夏完淳直立不跪,佯为不知堂上审讯者为何人,当有人告之,他振声答说:"吾闻亨九(洪承畴的字)先生本朝人杰,松山、杏山之战,血溅章渠;先皇帝震悼褒恤,感动华夷。吾常慕其忠烈,虽年少,杀身报国,岂可以让之。"对当庭人的再次告之,他更是厉声直斥:"亨九先生死王事已久,天下莫不闻之,曾经御祭七坛,天子亲临,泪满龙颜,群臣呜咽。汝何等逆徒,敢伪托其名,以污忠魄。"洪一腔恼怒,无言以对。八十天后,夏被冠以"通海寇为外援,结湖泖为内应,秘其当陈奏疏,列荐文武官衔"的罪名判处死刑,其岳父钱旃等一批英烈同时就义于南京西市。

他的政治观点,坚定又鲜明,文采亦好,善诗、赋、文,为当时著名诗人。他的

《大哀赋》《狱中上母书》《土室余论》以及《南冠草》诗,名声很大。其文其作情景交融,慷慨激昂,清新峻爽,有感时伤怀的悲壮,有寄寓兴亡之叹之恨,歌颂先烈,悼念师友,明示心志,寄语他人,集中体现了他鲜明的爱国主义精神和主题。

他在《大哀赋》中抨击时政,分析亡国原由,面对国家遭难,山河变色,人民受苦遭辱、流离失所的原因,把矛头直接指向最高统治者,皇帝昏聩,塞豆而治,朝议不休,党争激烈,国力空虚,国土沦丧。南明君主更是失德失政,奢侈享乐,文武大臣争权夺利,中饱私囊。虽然自己风胼霜胝,提襟短衣,备人世之艰辛,极忠臣之冤酷,但失望犹心存希望,坚持抗清去虏,收复山河,景、情、义、愤,志毕集一文,为求"乾坤重照,日月双悬"。他在续写父亲的政论文集,分析南明弘光王朝失败原因时见识卓越、一针见血:"南都之政,幅员愈小,则官愈大;郡县愈小,则官愈大;财赋愈贫,则官愈富。斯之谓三反;三反之政,乌有不亡?"

他的诗如《别云间》为:"三年羁旅客,今日又南冠。无限山河泪,谁言天地宽?已知泉路近,欲别故乡难。毅魄归来日,灵旗空际看。"《即事》:"复楚情何极,亡秦气未平。雄风清角动,落日大旗明。缟素酬家国,戈船决死生!胡笳千古恨,一片月临城。"《南宫吕·傍妆台自叙》其二:"两眉鬟,满腔心事向谁说?可怜天地无家客,湖海未归魂。三千宝剑埋何处?万里楼船更几人!(合):英雄恨,泪满巾,何处三亡秦!"《寄荆隐女兄兼武功侯甥》:"门阀推江左,孤忠两难全。十年黄鹤咏,三载蓼莪篇。愧负文姬孝,深为宅相怜。大仇俱未报,仗尔后生贤!"另有《寄内》诗中句:"九原应待汝,珍重腹中儿。"(可惜的是其遗腹子出生后即夭折)。

《土室余论》句录:"呜呼,家仇未报,臣功未成。赍志重泉,流恨千古。今生已矣,来世为期。万岁千秋,不销义魄;九天八表,永厉英魂。先文忠得为皇明臣,淳也得为先文忠子,吞声归冥,含笑入地,呜呼,淳今死矣,抑又何言?"录《狱中上母书》句如下:"呜呼! 双慈在堂,下有妹女,门祚衰薄,终鲜兄弟。淳死不足惜,哀哀八口,何以为生! 虽然已矣! 淳之身,父之所遗;淳之身,君之所用。为父为君,死亦何负于双慈";"但慈君推干就湿,教礼习传,十五年如一日。嫡母慈惠,千古所难;大恩未酬令人痛绝。慈君托之义融女兄,生母托之昭南女弟";"兵戈天地,淳死后,乱且未有定期,双慈善保玉体,无以淳为念。二十年后,淳且与先文忠为塞北之举矣。勿悲、勿悲! 相托之言,慎勿相负!"

如此人,如此文;如此壮烈,如此心曲,令人钦佩直至无语,其实,何庸复语!

不可置海洋于不顾

——（明）郑成功

郑成功是明末军事家，为维系南明政权率军征战，坚持抗清，是一个有声望的名将，民族英雄。

郑成功（公元1624年—1662年）本名森，字明俨、大木。福建泉州南安人，祖籍河南固始。父亲郑芝龙是个驰骋海上亦盗亦商的人物，有财力也有武装力量；母亲田川氏为日本人。郑成功七岁时父亲被明廷招安任官。崇祯十一年（1638年）中秀才，二十一岁入南京国子监，师从钱谦益。

明朝京师顺天府失陷后，郑芝龙等拥立唐王朱聿键于福州称帝，改元隆武；之间有过短暂的北伐以及联寇抗清。郑芝龙将自己的儿子引荐给隆武帝，受到欣赏，赐姓朱，并赐名为成功；由此郑成功也被称作"国姓爷"。次年郑成功开始领军作战。清军大举入侵江南时，隆武帝被俘绝食而死（一说在军中被射杀）。郑芝龙在同乡、清朝大学士洪承畴的劝说利诱之下，冲着三省王爵率众人投降，郑成功力劝无效，只得率部分兵力活动在东南沿海一带抗清。清廷爽约，投降后的郑芝龙被挟带到燕京；故乡南安被攻，郑母田川氏在乱军中自尽。至此，清军占领东南大部，郑成功的军队成为当时南明抗清的主力之一。

"缟素临江誓灭胡，雄师十万气吞吴。试看天堑投鞭渡，不信中原不姓朱。"（《出师讨满夷自瓜洲至金陵》）此乃郑成功作于1659年春夏之交，时其率大小舰船三千余艘，将士十万北上，一路打到金陵城下，长江中下游各地纷纷易帜，响应大军到来。当时守在金陵及附近的清军仅数万人。而月余，郑竟败走，全军撤出长江口，一腔豪情刹时清空，功败垂成。当时及以后，有认为郑指挥失当，骄兵轻敌的；有认为中了清军的缓兵之计，伺机偷袭的；也有认为南明时期内部矛盾复杂，各派势力勾心斗角、互相倾轧所致。郑的仓惶顾自脱离逃遁，也确有拥兵自重的意味。以后在相互有进退的拉锯中，南明与清军互有胜负。尤为可惜的是在与李定国联手合作攻打两广的战役中，相互间往往失约、失期，颇多瑕疵，造成贻误良机，尤新会一战长达数月最终失败，丧师失地，大伤南明元气。以后随着清军势顺，分而围之，击而歼之，抗清力量日渐弱小。永历十六年（公元1662年）永庆帝朱由榔及太子朱慈煊在昆明被吴三桂所弑，明统告终。

金陵兵败之后，郑成功审时度势，因其家族关系、及长期占据厦门、金门一带抗清，熟悉地理及有利条件等，所以把眼光投向了台湾。在永历十五年（公元1661年）他率兵二万五千人，分乘数百艘舰船从厦门、金门出发夺取台湾。当时的台湾自1624年被荷兰殖民者侵占，处在残酷的殖民统治之下。次年荷军投降，台湾自此回归，成为南明抗清的一根据地。郑成功发动垦荒种田，发展生产，发展并促进与菲律宾、日本、越南等海运贸易通商，兴办学校，很快改变了台湾的落后面貌。同年六月，郑成功病逝（一说遭投毒暗害），临死疾呼："忠孝两亏，死不瞑目！天呀，天呀，何使孤臣至于此极，吾有何面目见先帝于地下？"英年早逝的他才三十九岁！留下了许多遗憾。嗣后，郑成功的儿子郑经假借南明朝廷封其父的"延平王"号经营了台湾，基本取了守势，无甚作为。1683年清军占领台湾；1684年（康熙二十三年）台湾正式纳入大清帝国版图，隶属福建省，设台湾府，辖台湾、凤山、诸罗县。

郑成功收复台湾是件功德无量的大事。当时也许是一种战略转移、或寻找新的抗清根据地以奉大明正朔，建立明郑政权，但实质是驱逐了荷兰殖民者，维护了祖国的神圣统一。于前于今都是一大壮举。

郑成功的《满江红》词云："气止惊涛，波澜处，白袍身觅。遥海望，北风狂啸，浪流还击。五十万顷国土裂，七千里路人声寂。仰天叹，三百载轮回，骄阳熄。

祭沧海，行舟疾。假潮水，山路辟。渡我明师，踏浪驱荷夷。血染沧海何畏首，复我华夏犹不弃。期凤愿，秣马厉寒兵，江山易。"可以说这里说的尽是当时他的想法、运作，初衷昭昭。

然而更远一点说，郑成功的经历、眼光和他所处的环境，决定了他是一个具有远见卓识有使命感的人。他说过一段令人有深刻印象、识之难忘的话："欲国家富强，不可置海洋于不顾，财富取自海，危险亦来自海上……一旦他国之君夺得南洋，华夏危矣！"

晚清爱国主义诗人丘逢甲评说郑成功十分到位："由秀才封王，主持半壁旧河山，为天下读书人顿生颜色；驱外夷出境，开辟千秋新事业，愿中国有志者再鼓雄风。"

兴,百姓苦;亡,百姓苦

——(元)张养浩

作为元代著名的政治家、文学家张养浩是一个在历史上值得大书一笔的人物。

张养浩(1270年—1329年)字希孟,号云庄,又号齐东野人,济南人(今山东济南)。元代大臣,历六帝官至礼部尚书、中书省参知政事等。

其正直敢言,为官有政声。曾因批评时政时弊而为权贵所忌,但他一意秉公,为天下苍生执言、谋福。延祐二年(1315年),元朝举办了第一次科举考试,张养浩作为礼部侍郎积极参与其间,促进事成。当登科的士子们要上门拜谢,他婉言谢拒,说道:"只要想着怎么用才学报效国家就好了,不必谢我,我也不敢受诸公之谢!"

至大三年(1310年)的时候,身为监察御史的张养浩上万言书给皇帝,直陈时政"十害",包括赏赐太多,刑禁太疏,名爵太轻,台纲太弱,土木太盛等,因"言皆切直"为"当国者不能容",遭到免职处置,并明确永不得复用。有急智的张养浩深知后果严重,马上改换姓名匆匆离京出走。好在次年新帝(仁宗)即位,因惜其才,方又被召回。

天历二年(1329年),已赋闲八年的张养浩在之前已六次辞聘,而此次因"关中大旱,饥民相食",遂奉旨出任陕西行台中丞。四个月时办理赈灾,夜以继日,操劳过度,病逝任上。消息传开,"关中之人,哀哀如失父母"。(《元史》)

去陕西赈灾前,他把家里的财产分了,"散其家之所有"。星夜登程,一路经洛阳、潼关,前去长安,看到灾民惨状,感念历代兴废,他根据所见所闻又所思所想,写了好几首的元曲(小令),撼动人心。如《山坡羊·潼关怀古》:"峰峦如聚,波涛如怒,山河表里潼关路。望西都,意踌躇。伤心秦汉经行路,宫阙万间都作了土。兴,百姓苦;亡,百姓苦。"小令言简意弘,气势雄大,寓意深远,感情上沉郁悲怆;观照历史,针砭现实;因为急欲去赈灾,担忧灾民,拯物济事的心情亦有所流露。这是他的代表作,影响深远。

同样作于路途之中的还有《山坡羊·骊山怀古》:"骊山四顾,阿房一炬,当时奢侈今何处？只见草萧疏，水萦纡。至今遗恨迷烟树。列国周齐秦汉楚。赢，都变做了土；输，都变做了土。"对封建朝代的奢侈进行了鞭挞，对朝代的更替表示了感慨。

张养浩作为元代著名的文学家，擅长散曲，其《云庄乐府》收有一百五十多首散曲作品。除了上述作品所表达的反映现实的作品外，也有不少写日常生活、闲适心情的。认真翻阅由陈乃乾先生所撰的《元人小令集》（中华书局上海编辑部编辑；1962 年中华书局出版），特从中选几首张养浩的小令供欣赏：

《山坡羊》："天津桥上，凭栏遥望，春陵王气都凋丧。树苍苍，水茫茫，云台不见中兴将。千古转头归灭亡。功，也不久长；名，也不久长。"

《山坡羊·咸阳》："城池俱坏，英雄安在，云龙几度相交代。想兴衰，若为怀。唐家才起隋家败，世态有如云变改。疾，也是天地差；迟，也是天地差。"

《山坡羊·述怀十首之五》："于人诚信，于官清正，居于乡里宜和顺。莫亏心，莫贪名，人生万事皆前定。行歹暗中天照临。疾，也报应；迟，也报应。"

《山坡羊·述怀十首之七》："与人方便，救人危患，休趋富汉欺穷汉。恶非难，善为难。细推物理皆虚幻。但得个美名儿留在世间。心，也得安；身，也得安。"

《喜春来·述怀第四首》（又称《阳春曲》）："无穷名利无穷恨，有限光阴有限身。也曾附凤与攀麟。今日省，花鸟一般春。"

《喜春来·述怀第八首》（又称《阳春曲》）："翻腾祸患千钟禄，搬载忧愁四马车。浮名浮利待如何，枉千受苦，都不如三径菊四围书。"

《山坡羊·述怀》："无官无患，无钱何惮？休教无德人轻慢。你便列朝班，铸铜山，止不过只为衣和饭，腹内不饥身上暖。官，君莫想；钱，君莫想。"

下面这一首也有冠之于张养浩所著，但有异议，故且录下，为其内容及文字好：《山坡羊·述怀》："大江东去，长安西去，为功名走遍天涯路。厌舟车，善琴书，早星鬓影瓜田暮。心待足时名便足：高，高处苦；低，低处苦。"

其实他的许多劝喻世人的散曲、小令、诗歌远比现时的心灵鸡汤、微博微信来得透彻、有味，建议学有余力，时有余暇，财力有余者不妨深入探究一番。

元代苏天爵（人称元代包公）说张养浩："执政牧民为贤令，入馆阁则曰名流，司台谏则称骨鲠，历省台则号能臣，是诚一代之伟人欤！"（见《七聘堂记》，此堂乃纪念张养浩曾六次辞聘，第七次出任陕西行台中丞前往赈灾的祠堂）

明代郑瑛亦云："其为国为民，忧勤惕励之心，蔼然溢于文章政事之间。"

人亡弓,人得之,又胡足道

——(宋)李清照

　　宋之名人夫妇赵明诚、李清照伉俪志趣相投,其之热衷于收集、赏玩金石字画及古物,数十年如一日,难能可贵。

　　李清照自述:经济上不宽裕之时"每朔望谒告出,质衣取半千钱,步入相国寺,市碑文果实归,相对展玩咀嚼,自谓葛天氏之民也"。以后,赵明诚做了官,继"尽天下古文奇字之志",日就月将,渐益堆积,或赏或传或勘,不能自已。"后或见古今名人书画、一代奇器,亦复脱衣市易";曾"有人持徐熙牡丹图,求钱二十万,当时虽富家子弟,求钱二十万,岂易得耶? 留信宿,计无所出而还之,夫妇相向惋怅者数日"。热衷并虔心于此,以致"食去重肉,衣去重采。首无明珠翡翠之饰,室无涂金刺绣之具";每每津津于此道,得之则欣,失之则恨,经年累月,"意会心谋,目往神授,乐在声色狗马之上"。

　　靖康二年(1127 年),"闻金兵犯京师,四顾茫然,且恋恋,且怅怅,知其必不为己物矣","乃先去书之重大印本者,又去画之多幅者,又去古器之无款识者,后又去书之监本者,画之平常者,器之重大者。凡屡减去,尚载书十五车。至东海,连舻渡淮,又渡江,至建康。青州故地尚锁书册什物用屋十余间,期明年再具舟载之。十二月,金人陷青州,凡所谓十余屋者,已皆为煨烬矣"。

　　曾经因"缒城宵遁"表现不佳遭免职的赵明诚又被朝廷任命为湖州知州了,"独赴召,六月十三日,始负担舍舟,坐岸上,葛衣岸巾,精神如虎,双目烂烂射人,望舟告别。余意甚恶,呼曰:'如传城中缓急,奈何?'戟手遥应曰:'从众,必不得已,先弃辎重,次衣被,次书册卷轴,次古器,独所谓宗器者,可自负抱,与身俱存亡,勿忘之'"。

　　后因连遭变故,疲于应对。赵明诚虽复被任命但却一病不起,病亡之后,李清照正处痛悼之中,时局又复紧张。"时犹有书二万卷,金石刻二千卷"等物,遂遣两故吏"送到正在洪州的明诚妹婿(任兵部侍郎)处,金人陷洪州,遂尽委弃,所谓连舻渡江之书,又散为云烟矣"。

赵明诚"疾亟时,有张飞卿学士,携玉壶过视疾,便携去,其实珉也。不知何人传道,遂妄言有颁金语","余大惶怖,不敢言亦不敢遂已,尽将家中所有铜器等物,欲赴外庭投进","后官军收叛卒,取去,闻尽入故李将军家"。

时至此刻,"所谓岿然独存者,无虑十去五六矣,惟有书画砚墨可五七簏"。"在会稽,卜居土民钟氏舍,忽一夕穴壁负五簏去。余悲恸不得活,重立赏收赎。后二日,邻人钟复皓出十八轴求赏,故知其盗不远矣,万计求之,其余遂不可出,今知尽为吴说运使贱价得之,所谓岿然独存者,乃十去其七八。所有一二残零,不成部帙书册三数种,平平书帖,犹复爱惜如护头目,何愚也邪。"

末了,李清照慨然回顾,"三十四年之间,忧患得失,何其多也!然有有必有无,有聚必有散,乃理之常。人亡弓,人得之,又胡足道。所以区区记其终始者,亦欲为后世好古博雅者之戒云"。

细细释读李清照的《金石录后序》(原赵明诚著有《金石录》三十篇,后李清照补写"序"成为后序。时李清照五十二岁,距赵明诚死已有五年之久),凡文中有引号之内的文字均录取于李清照原文,读来感受颇深,其平平叙述,缓和之中涌动激情、无奈,爱恨悲切以及深深的惆怅;晚年的她孤寂无助之中,念兹思兹,过往历历,平生之好、集散逸亡,心血积累,也只能为后世同好者作戒。其勤勉,其曲折,其豁达,跃然纸上,实在动人心魄。尤其末节所表达的胆识、担当、气节,在当时无人可及,在今日也颇为罕见。其实就李清照而言,处事治学诸多方面,拿得起放得下,包括为文作诗填词,理论评判创作,有见识,有主张;遇事临变,进退自如,正所谓气质格局大矣,诚属心大事小之高人。

"人亡弓,人得之"典出汉刘向《说苑·至公》:"楚共王出猎而遗其弓,左右请求之。共王曰:'止!楚人遗弓,楚人得之,又何求焉'?"

智者千虑，必有一失

——（汉）李左军

汉三年（公元前204年）刘邦命韩信、张耳率兵万余翻越太行山，向东进发，目的在于攻打由项羽册立的附庸国赵国。赵军统帅陈余集中兵力二十万，占据有利地形，以逸待劳，准备与远道而来的韩信决战。赵王歇的谋士李左军认为汉军长途跋涉，饥疲力竭，又必定匮粮，只要坚守，可以万无一失。他指出并建议：自己的部队屯兵井陉山口，因路狭窄，骑兵列队、战车双行均不得过，而汉军的粮草辎重必然只能跟在后面，可以派兵抄小路偷袭，截断汉军的粮草及后勤供应，他们一定败走；其本人愿领兵三万去截断汉军的辎重。建议没有被接受，陈余刚愎自用，以为自己占据绝对优势，坚持主战。韩信派兵隐伏在赵军的大营侧翼，并在正面引诱赵军出击。在赵军主力倾巢而出的时候，伏兵占领了赵军大营，前后夹击，大败赵军。韩信斩陈余，擒赵王歇，赵国遂亡。韩因闻悉战前李左军的建议，亦深知其人，便悬赏千金捉拿李左军。

李左军（生卒年不详）西汉柏人（今河北邢台隆尧）。赵国名将李牧之孙，曾佐助赵王歇立下大功，受封广武君，是秦汉时期著名谋士、军事奇才。

重赏之下必有勇夫，很快李左军被擒获。韩信当即为其松绑，请其上座以师礼相待，好言好语，恭恭敬敬地向李请教如何攻打燕、齐两国的方略。李左军说：败军之将、亡国之大夫不可以言勇，也不可以图存。因此不愿赐教。在韩信的再三诣请下，才建议说：今将军欲举倦弊之兵，顿之燕坚城之下，欲战恐久力不能拔，情见势屈，旷日粮竭，而弱燕不服，齐必距境而自疆也。方今为将军计，莫如案甲休兵，镇赵抚其孤，派人以兵威劝降，燕齐可定。李左军劝韩信休养生息，整顿部队，养精蓄锐，以德政安抚赵国人心，以武力为支持作后盾迫使燕国投降；一旦燕国归顺，齐国也必然膺服。韩信采纳了李左军的计谋，燕国从风而靡，不战而降。

在为韩信献策的过程中，李左军说了如此名言："臣闻'智者千虑必有一失，愚者千虑必有一得',故曰:'狂夫之言,圣人择焉'。"(见《史记·淮阴侯传》)李的恭谦,认为自己的建议或曰"所虑"会有得失,可以给韩信(圣人)参考、抑或选择。韩信当然很高兴。借此也给我们后人留下了充满智慧的至理名言。

刘邦为了遏制韩信,不放心李左军长期留在韩信的身旁,便把李左军调去辅佐太子刘盈,他一样尽心尽职。韩信被杀后,李左军辞官隐居,造福梓里。

唐朝诗人胡曾写过一百五十多首《咏史诗》,其中有一首为:"韩信经营按镆铘,临戎叱咤有谁加?犹疑转战逢勍敌,更向军中问左军。"说的就是上述事例。

"智者千虑必有一失,愚者千虑必有一得"可以给我们许多启发,无论什么人,总归要多思多虑,思虑及行事也会有矛盾,但只要了解其中的关系,就会从容、自立自达,不会徒增懊恼、悔恨。

说到这句名言,其实还有故事。其所本及出典至少有两个版本。一说其出自晏婴(春秋齐国著名政治家,人称晏子)的《晏子春秋》,其原文:"景公谓晏子曰:'昔吾先君桓公以书社五百封管仲,不辞而受,子辞之何也?'晏子曰:'婴闻之圣人千虑必有一失,愚人之虑必有一得意者,管仲之失而晏之得耶,故再拜而不敢受命'!"(见《晏子春秋·内篇杂下》)当齐景公闻悉晏子经济窘迫,便赏赐金银财物包括封地等,但晏婴不受,景公以为"管仲也是你的前辈为相者,他都接受了登记在册的五百户的封地,你又何必辞受?"晏子说了这段话,认为管仲之接受是圣人之失,我之如此是愚人之得。其中暗合或讥管仲平素有贪财之嫌。《晏子春秋》历来有认为伪书之说,后经考古发现证明确有其书,是一部后人专门关于晏婴言行的记录之典籍。有学者认为作者为谆于越(战国时齐国博士,秦始皇太子扶苏的老师);又有一说是刘向(汉)整理的。而刘向的生活年代在司马迁之后,所以刘向所整理、编辑的《晏子春秋》中的这段名言是取之于司马迁的《史记》还是《晏子春秋》中原本就有的?!

这样就有二个版本存在了,而好像又以李左军的一例为多用。

人不可貌相,海水不可斗量

——(明)冯梦龙

　　标为题目的这句话出自冯梦龙《醒世恒言》,虽然浅显易懂,但意趣深厚:像愚公移山般去做,穷年累世,子子孙孙也干不成以斗量海水的事;然而对人的难测,观人之面目决不能囿于表象,被表面所欺所惑,或先入为主生出些憎恶、不屑来,其面之不可貌相犹如海水之不可斗量一般。

　　冯梦龙是明代著名的文学家、思想家、戏曲家,是一个作为、作用很大的时代人物。生卒(1574年—1646年)字犹龙,号龙子犹、墨憨斋主人等,南直隶苏州府长洲县人(今江苏苏州),与其兄梦桂、弟梦熊合称"吴下三冯"。

　　其自小好书,"不佞童年受经,逢人问道,四方之秘复,尽得疏观,廿载之苦心,亦多研悟"。(见《麟经指月·发凡》)五十七岁贡生,1634年出为福建寿宁知县,人称"花甲知县",四年后返乡。积极反清,一说于1646年忧愤逝世;一说被清兵杀害。

　　他的名著《喻世明言》《警世通言》《醒世恒言》被称为"三言",与明代凌濛初的《初刻拍案惊奇》《二刻拍案惊奇》合称为"三言两拍"。他从事小说、戏曲、民歌、通俗文学的创作、收集、整理、编辑,尽心竭力,成就非凡。并撰有许多解经、纪史、采风、修志方面的著作,其中《智囊》《古今谈概》《情史》成为又一三部曲作品。另有如《东周列国志》《太平广记钞》等等,他的一生为中国文化、文学作出了独异而不可替代的贡献。

　　他对于人生、世情、江湖的了解和熟悉,深刻到位,刻画则力透纸背,入木三分。他的通俗小说就是人生的百态图,"三言"每"言"各四十篇,计一百二十篇,充分显现了情真、通俗、教化的特点。他认为通俗小说可以使:情者勇,淫者贞,薄者敦,顽钝者汗下。在他的笔下,坚持以"忠孝为醒,而悖逆为醉;节俭为醒,而淫荡为醉;耳与目章,口顺心贞为醒,而即聋从昧,占顽用嚚为醉";张扬"是非善恶之心,孝悌恻隐之心,其诚恻怛之心,忠君爱国之心"。他坚信礼教的作用,认为《六经》《论语》《孟子》等谭者纷如,其目的是:"归于令人为忠臣、为孝子、为贤牧、为义夫、为节妇、为树德之士、为积善之家,知是而已矣!"几百年来,他的许多篇通俗小说被改编为戏曲、说唱、电影等,充分发挥和体现了冯梦龙的初衷,起到了教化作用。

他的《智囊》一书取材上起先秦,下迄明代,收历朝历代智慧故事1 238例,辑为十部二十八卷,分别为"上智、明智、察智、胆智、术智、捷智、语智、兵智、闺智、杂智";涉及政治、军事、外交、社会诸多方面的大智慧,也体现了士卒、漂妇、仆奴、僧道、农夫、画工等等小人物日常生活中的奇智聪慧。他认为"人有智犹地有水,地无水为焦土,人无智为行尸。智用于人,犹水行于地";"吾品智非品人也,不惟其人惟其事,不惟其事惟其智";"子之述《智囊》将令人学智也"。

他长期生活社会底层,又曾被诬品行有污、疏放不羁,舌耕授徒,为书贾为编辑,坎坷不顺,辛苦一生。"人不可貌相,海水不可斗量"这句语也可以说是他自己的写照。如此这般的名言隽语在他的笔下真是非常非常之多,完全可以作专门的辑录编纂。这里,录若干:

"信,国之宝也;民之所凭也。"

"成大事者,争百年,不争一息。"

"早成者未必有成,晚达者未必不达;不可以年少而自恃,不可以年老而自弃。"

"不可以一时之誉,断其为君子;不可以一时之谤,断其为小人。"

"识时务者为俊杰,通机变者为英豪。"

"事不三思终有悔,人能百忍自无忧。"

"水不激不跃,人不激不奋。"

"恩德相结者,谓之知己;腹心相结者,谓之知心。"

"世俗俱知理为情之范,孰知情为理之维乎?"

"人逢喜事精神爽,月到中秋分外明。"

"不经一番彻骨寒,怎得梅花扑鼻香。"

"大厦之成,非一木之材也;大海之阔,非一流之归也。"

"常将有日思无日,莫待无时思有时。"

"刻薄不赚钱,忠厚不折本。"

"智能生胆,但胆不能生智。"

"剑老无芒,人老无刚。"

"一时之强弱在于力,千古之胜负在于理。"

"爱民乃行军第一义。"

"合意友来情不厌,知心人至话投机。"

"逢人且说三分话,未可全抛一片心。"

"爽口物多终作疾,快心事过必为殃。"

"铁怕落炉,人怕落套。"

"幸人之灾,不仁;背人之施,不义。"

"世事纷纷一局棋,输赢未定两争持。须臾局罢棋收去,毕竟谁赢谁又输。"

冤家宜解不宜结

——（明）冯梦龙

"冤家宜解不宜结"语出冯梦龙《醒世恒言》卷二十。原文为："万事由天莫强求，何须苦苦用机谋。饱三餐饭常自足，得一帆风便可收。生事事生何日了，害人人害几时休？冤家宜解不宜结，各自回头看后头。"

但凡世间人、世间事，无论人与人、群与群、大事、小事，总有磕磕碰碰，你输我赢，你争我斗，喋喋不休之类现状或情况存在。因为利益，因为误会，因为赌气，或被利用、受唆使，遭暗算等等而弄出矛盾，生出勃隙来，以致不相往来，直至视若仇雠，不共戴天。所以积怨成仇的事应该避免，不让它发生，要注意消除产生此类事端的基础和条件。即便已经发生了，想要避免也避免不了了，也要本着应解、"宜解"的态度，大事化小，小事化了，变口角为和颜，化干戈为玉帛。只有化除眼前的争端，才会有日后的顺遂。

人生只会量人短，何不回头把自量。在一般情况下，人的心理或基本想法，就所引起、发生的矛盾、争执大都以为自己占理、自己正确，而斥别人的不足、理亏、短处，闹得恶声相向，互相攻讦，最后争端升级，做了冤家。所以需要"回头"，需要"自量"，用现在流行的话来说换位思考，首先心平气和，把态度、立场缓和下来，主动示好、示弱，或大度输诚或一笑弭怨，看到和检讨自己的不足、欠缺，与人为善，从长计议，及时尽早地消除争端，不做冤家。也许如此这般有人会感到吃亏、委屈，旁人也会议论纷纷，这里就需要调整心态，"和为贵"，矛盾双方偃旗息鼓，和气和睦和谐，心情好过、日子好过了，将来必定是福泽绵绵。

冯梦龙的这一首诗要予以整体理解，并有重点，如果冤家开解不了，长期积累成仇，成为死硬的冤家对头，那么"生事事生"，"害人人害"的恶性循环就会延续下去，人无宁日，家无宁日。不过一事当前，没有一定的道德修为，恐怕也难以做到诗末的二句话，或体现其中的精神。

至于更高层面、更大范围的化解则需要大智慧，没有条件要创造条件，难度实在高的可以暂予搁置，以待将来；找一些共同点，觅若干趋同性；避免无长远目光而草率，不但尴尬于今而且遗恨将来。利益的纷争，历史现实的重叠，当事人的眼光胸襟，后世人的评判褒贬，总归是个难题。不过，这好像是另外一个话题了。

冯梦龙不仅是个文学家，还是个社会学家，更可以看作一位合格的心理学家。他所总结的经验、教训，说得很清晰、很在理，既朴素又有智慧，所以流传到今天，并且成为人们耳熟能详、随口而出、顺手拈来的成语、熟语，成为生活中的硬道理。这句话也有人认为出自明朝较冯梦龙更早时期的唐伯虎。诗的前四句稍有不同"万事由天莫苦求，子孙绵远福悠悠。饮三杯酒休胡乱，得一帆风便可收"；后四句则相同。不过以二人的社会阅历以及创作、影响来看，为冯梦龙所作的可能性大一些。

梦里不知身是客

——（南唐）李　煜

　　李煜的《浪淘沙》为："帘外雨潺潺，春意阑珊。罗衾不耐五更寒。梦里不知身是客，一晌贪欢。　　独自莫凭栏！无限江山。别时容易见时难。流水落花春去也，天上人间！"作为丧国之君，归降大宋后，每怀故国江山，且念嫔妾散落，郁郁寡欢。此词以难堪的现实感受与梦中片刻的贪欢享受形成强烈的反差，在鲜明的对比中突出亡国被俘的悲苦之情，反映了作者身心沉浸在深深的愁愤痛切之中。富贵如梦，醒来只剩凄楚；人生如幻，备尝忧乐甘苦。无限江山亦带来无限惆怅，更是无限伤心！别时容易见时难，言中自有不复再见之意；水流之尽，花落之尽，春暮之尽，人亦寿将之尽。那种故国之思、亡国之恨、忆旧之怆、惜离之哀，彻骨透髓，此词后半阕尤悲！全词声情凄恻，极具感染力。"绵邈飘忽之音，是为感人之至"，李后主之"梦里不知身是客，一晌贪欢"，"所以独绝也"。（清郭麐《灵芬馆词话》）

　　李煜（937年—978年）字重光，号仲隐，莲峰居士，南唐元宗李璟（南唐中主）第六子，公元961年即位，在位十五年。世称南唐后主、李后主。北宋紧逼，李煜屡屡输诚示弱，宋太祖言："卧榻之侧，岂容他人酣睡。"金陵被围，李煜料无幸免，遂积薪宫中，誓言若城破社稷不守，当携血属赴火。城陷其却肉袒出降，被宋太祖封为违命侯。其人好读书，工绘画，通音律，能诗善词，尤以词的成就为高。作为国君有人疑其能力、作为，据史载：宋太宗赵光义曾问南唐旧臣潘慎修，李煜果真是个暗懦无能之辈？潘回答道：若真是无能无识之辈，何以能守国十余年。

　　李煜的词语言明快，形象生动，风格鲜明。亡国之前的词以宫廷生活，男女情爱为主，绮丽柔靡，在人物、场景的描写上有较好的艺术概括力；亡国之后的词题材广阔，以含意、含蓄深沉为著，在唐五代别树一帜，对后世词坛影响深远，其亦有"词帝"之称。入宋后痛定思痛，其对亡国破家更是耿耿于怀，颇生恨意，屡屡在词中有所表达："一任珠帘闲不倦，终日谁来？""此中日夕，只以眼泪洗面"；"剪不断，理还乱,是离愁";"触目愁断肠";"肠断更无疑";"故国梦重归,觉来双泪垂";"往事只堪哀";"回首恨依依";"多少恨,昨夜梦魂中";"离恨恰如春草,更行更远还生";"自是人生长恨水长东"等等。宋太祖曾遣南唐旧臣徐铉去探望李煜,两人"相持大哭,坐默不语",太祖闻之不悦。

李煜四十二岁生日,在住所聚会后妃,作《虞美人》词,追忆往事,怀念故国,并命南唐故妓咏唱。太宗闻其事怒,又得其词更恼怒万分,诸罪并罚,赐牵机药鸩杀李煜。《虞美人》词为:"春花秋月何时了,往事知多少。小楼昨夜又春风,故国不堪回首月明中。　雕栏玉砌依然在,只是朱颜改。问君能有几多愁,恰似一江春水向东流。"想想也是问题,时李煜羁汴京,又是往事又是故国;濒临黄河,又说什么"一江春水",其意为指代,当然说江南,"朱颜改"又可谓之江山易人而改为赵姓。因文因词殒命,当然还有其他原因,然毕竟可悲可叹!

清周之琦:"予谓重光天籁也,恐非人力所及。"

清陈廷焯说:"李后主、晏叔原,皆非词中止声,而其词无人不爱,以其情胜也。"(《白雨斋词话》)

王国维则说道:"温飞卿(温庭筠)之词,句秀也,韦瑞己(韦庄)之词,骨秀也,李重光之词,神秀也。""词至李后主而眼界始大,感慨遂深,遂变伶工之词而为士大夫之词";"后主之词,真所谓以血书者也";"主观之诗人,不必多阅世,阅世愈贱,则性情愈真,李后主是也";"唐五代之词,有句而无篇;南宋名家之词,有篇而无句。有篇有句,唯李后主之作及永叔、少游、美成、稼轩数人而已"。(《人间词话》)

沉舟侧畔千帆过,病树前头万木春

——(唐)刘禹锡

　　这是刘禹锡与白居易初次见面时酬答白居易赠诗一诗中的二句。说来其中有个故事。

　　唐敬宗(李湛)宝历二年(826年),刘禹锡从和州(今安徽和乐)刺史任上奉召回洛阳,途经扬州时与白居易相遇;其时白居易因病辞罢苏州刺史返回洛阳,两人神交已久如今方才相见。宴会上众人推杯换盏,白居易作诗《醉赠刘二十八使君》:"为我引杯添酒饮,与君把箸击盘歌。诗称国手徒为尔,命压人头不奈何。举目风光长寂寞,满朝官职独蹉跎。亦知合被才名折,二十三年折太多。"白居易尊刘禹锡为国手,认为刘才高但蹇于命运,被压制、困顿竟达二十三年之久,而那些远不如刘的官员依然如愿如意地在为官;但毕竟时光在流,风教在变。诗写得很有诚意,也很全面,开头写了双方之间的敬重;接着写了对对方的钦佩、评价;为对方的遭遇抱屈、不平;同时还寄以期望、好的祝愿。

　　刘禹锡即席赋诗《酬乐天扬州初逢席上见赠》:"巴山楚水凄凉地,二十三年弃置身。怀旧空吟闻笛赋,到乡翻似烂柯人。沉舟侧畔千帆过,病树前头万木春。今日听君歌一曲,暂凭杯酒长精神。"

　　刘禹锡(772年—843年)字梦得,彭城人(今江苏徐州)。(其籍贯有几说)唐代著名文学家、哲学家。唐贞元九年(793年)进士及第;又中博学鸿词科,授监察御史。和柳宗元等参加主张革新政治的王叔文集团,改革虽见效,但遭到藩镇和官僚利益集团的反扑而失败。刘禹锡被贬郎州司马,后历任连州、和州刺史,主客郎中、礼部郎中,检校礼部尚书。

　　刘禹锡对自己的经历,遭际感慨万千。二十三年间,当初的那些人王叔文、王伾、柳宗元等等都已逝世,如今自己北归,恍如隔世。不平之心、不平之鸣自然有之;然而他的倔强劲头又来了:以"沉舟"、"病树"自喻,过去的事情、过去的时光,就那么回事了。现实的情况是千帆竞发,万木葱茏。我本欲倦极思静,但好友相聚,听了如此之诗,喝了这样的酒,我当精神大长、大振,初心不改!刘禹锡也是有心之人,诗的末联化用了白居易当年从江州奉召回京,初加朝散大夫又转上柱国时所写的诗句"得水鱼还动鳞发,乘轩鹤亦长精神";盖当时白居易大感转机在握,时运来矣,为云龙为风鹏,勃然奋发,陈力以出。白居易当然知道这其中的奥秘,也明白刘禹锡的这种交心输诚举止,双方的接纳门户大开,真正的心有灵犀。

"沉舟侧畔千帆过,病树前头万木春"历来有多解,诗无达诂,见智见仁、见树见木均可。然而其中所表达的演进、变化、发展之意健康、向上,虽然说的是自然界、自然物,但可以延伸,多喻,应用宽泛。

白居易曾在《刘白唱和集解》序言中说:"彭城刘梦得,诗豪者也。其锋森然,少敢当者。予不量力,往往犯之。夫合应者声同,交争者力敌。一往一复,欲罢不能。""梦得梦得,文之神妙,莫先于诗。若妙与神,则吾岂敢? 如梦得'雪里高山头白早,海中仙果子生迟';'沉舟侧畔千帆过,病树前头万木春'之句之类,真谓神妙矣! 在在处处,应当有灵物护之。"

刘禹锡是个刚毅硬气之人,对所认定的事不改弦更张。元和九年时(815 年),刘禹锡、柳宗元等曾奉召回京。他写下了《元和十年自朗州召至京,戏赠看花诸君子》一诗。云:"紫陌红尘拂面来,无人不道看花回。玄都观里桃千树,尽是刘郎去后栽。"诗中明显表达了对新贵满朝的讥讽和不满。此举自然得罪执政,遂遭贬远州。十四年后,复职任主客郎中,其再游玄都观,又写一诗作为前诗的续篇。诗前有序为:"余贞元二十一年为屯田员外郎时,此观未有花。是岁出牧连州,贬郎州司马。居十年,召至京师。人人皆言有道士手植仙桃满观,如红霞,遂有前篇,以志一时之事。旋又出牧。今十有四年,复为主客郎中,重游玄都观,荡然无复一树,惟兔葵、燕麦动摇于春风耳。因再题二十八字以俟后游。时大和二年三月。"诗为:"百亩园中半是苔,桃花净尽菜花开。种桃道士归何处? 前度刘郎今又来。"(《再游玄都观》)

将此二诗联系"沉舟侧畔千帆过,病树前头万木春"二句来读,可以体会作者无论如何不改故我,不悔当初的心志和行迹。关于这一点,还可以参考一佐证,摘《酬乐天咏老见示》诗句:"经事还谙事,阅人如阅川。细思皆幸矣,下此便翛然。莫道桑榆晚,为霞尚满天。"内含并张扬了一种积极进取,豁达乐观的人生态度,心气浩然,雄风犹在,反映在诗文之中,真就是白居易说的"诗豪"也!

兼相爱，交相利

——（春秋）墨　子

墨子（约公元前 480—前 420）名翟、乌，春秋末期战国初期鲁国人（一说宋国人），担任过宋国大夫。春秋战国之际杰出的思想家、政治家、军事家、科学家，墨子学派的创始人。

墨子祖上曾是贵族，做过大官，后因故被降为平民。年轻时的墨子做过牧童、木匠，生活刻苦，自称鄙人（贱人）。他曾经师从史角"学儒者之业，受孔子之术"，因不满其"礼"之学说，另立新论。他聚徒讲学授道，宣扬仁政，吸引了大量的手工业者和下层士人，形成"墨学"，与儒家势均力敌，在当时被视为"显学"，并成为儒家的第一个反对派。墨子主要代表了当时手工业者的诉求和利益，提出"兼爱""非攻""尚贤""尚同""节用""节葬""非乐""非命""尊天""明鬼"等主张。"兼爱"是墨子思想的核心，他从所处的"国与国之相攻，家与家之相篡，人与人之相贼；君臣不惠忠，父子不慈孝，兄弟不和调"的乱世乱象出发，认为根本原因在于缺少爱，"以不相爱生也"，所以主张"以兼相爱，交相利之法易之"，"有力者疾以助人，有财者勉以分人，有道者劝以教人"，营造一个"天下之人皆相爱，强不执弱，众不劫寡，富不侮贫，贵不敖贱，诈不欺愚；凡天下祸篡怨恨，可使毋起"的大同世界。他反对儒家的"爱有差等"之说，不搞亲疏、厚薄、远近、上下那一套，而是提倡去爱所有的人，全天下一视同仁。

倡导兼爱，从兼爱出发，必然就会反对战争这个最大的祸害，它破坏生产，贻误农事，抢劫财富，残害无辜，所以墨子有针对性地提出"非攻"，反对攻伐掠夺的不义之战，讲德义，反侵略，以兼爱来消弭战争，止攻去乱；并支持正义的防御和诛伐无道。墨子对于"深谋备御有着深刻的研究和丰富的实践，对于兵力、粮草、地形、防御、作战、兵器以及战术、战法等均有充分的展开和涉猎，总结过固守围城之法，完善了传统的兵学兵法"。

"尚贤"和"节用"是墨子思想的两个重点,堪称支柱。在墨子看来,"尚贤者,政之本",一个国家贤良之士多了,政权就牢固;反之,则脆弱。所以必须延揽罗致人才,"富之贵之,敬之誉之",使贤者趋之,多之,众之,"以德就列,以官服事,以劳殿赏,量功而分禄";"有能则举之,无能则下之"。这种不论贵贱,去除私怨,广取人才的用人原则和思想在当时具有极大的进步意义。

　　国家得到人才,人才保障治理,才能走向"尚同",崇尚同一,包括思想、言论、行为向上统一于上位者,达到长治久安的目的。这当然也是墨子所代表的手工业者关于社会的一种理想。

　　所谓"节用"是针对儒家繁文缛节、铺张浪费而提出的。去无用之资、无用之器具,在饮食、穿戴、武装、车船、宫室、葬礼等诸多方面都要讲究实用,反对奢靡。在节用方面有一个侧重点就是节葬。墨子针对当时丧葬礼仪盛行的厚葬、处丧、久丧进行了批判,提出丧葬从简的观点,反对和抵制大量财富陪葬、甚至杀人殉葬和长期服丧而耽误劳动生产及社会秩序的正常运行的现象。按照周礼,办理丧事的方法详之又详,细之又细,连哭、守、衣、食等等都有明文规定,尤居丧规定为:国君死了,必须服丧三年;父母死了,必须服丧三年;妻子和长子死了,必须服丧三年。此五者都是一等一的服丧三年。其次是伯父、叔父、兄弟、庶子死了,必须服丧一年;同族人死了,必须服丧五个月;姑姑、姐姐、外甥、舅父死了,也都要服丧几个月。这样人的一生之中有多少时间要投放其中:服丧!倘若事有凑巧,那么可能就是十年、十几年无法正常工作。服丧如此,费用又如何呢?"棺椁必重,埋葬必厚,衣衾必多,文绣必繁,丘陇必巨",于是匹夫贱民死者,必然殚竭家室;王公诸侯死者,必然虚空库府。他更尖锐地指出:若以主张厚葬久丧的人来当政,"国家必贫,人民必寡,刑政必乱!"

　　墨子在逻辑学、认识论等方面均有贡献和建树。他强调"耳目之实"是认识的基础,可以闻知、说知、亲知;而闻知又可分为传闻、亲闻;要循所闻而得其义,进一步思索、考察、接受(检验)、发扬。在逻辑方面提出"类"(指事物的种类)、"故"(指理由)、"悖"(指自相矛盾)等的逻辑范畴以及一系列的论证方法,如"爱人者,人亦从而爱之;利人者,人亦从而利之;恶人者,人亦从而恶之;害人者,人亦从而害之。"这段话在条分缕析地推进,体现了逻辑的力量。墨子强调教育要着重于:艰苦实践,服从纪律,"兴天下之利,除天下之害"。

墨子为实现自己的政治主张,东奔西跑,周游列国,也不见有大的成功。他也时有推荐自己的门徒、弟子出去做官谋事或参加防御战争、反击不义之征,他们都非常勇敢弘毅,"赴火蹈刃,死不还踵"。墨家有严密的组织形式,弟子收入要交一部分归团体公用;有了过失要受处罚;有着浓厚的宗教色彩。秦汉时期墨家沦为游侠,之后日见式微。

墨子、墨家作为时代的产物,有进步意义和先进性,但也存在偏颇并受到非议。孟子就对其"兼爱"及反对"爱有差别"的说法,攻击其"无父"。庄子认为墨子的"节用"之说以实用为原则太过,有违普天下之人的爱美之心。荀子则针对墨子认为音乐是一种奢侈浪费、没有益处而主张"非乐"的说法、做法,专门写了《乐论》,对墨子进行了批驳。

未有穷其下而能无危者也

——（春秋）颜　子

　　颜回亦尊称为颜子，是孔子的好学生，七十二贤才之首座。孔子对颜回不吝辞色，青眼有加。一部《论语》有二十多处讲到颜回。其实孔子对颜回也有个认识、认可的过程。《论语·为政》有载："子曰：'吾与回言终日，不违，如愚。退而省其私，亦足以发，回也不愚'。"师生之间谈上一整天，听不到有什么相反的意见，颜回真是个傻瓜！谈话散后老师悄悄地观察学生的情况，发现他还是能够充分发挥的，这个颜回呀并不傻。继而孔子发现并欣赏颜回"闻一以知十"，远胜子贡的"闻一以知二"。《论语·子罕》云："子谓颜渊，曰：'惜乎！吾见其进也，未见其止也'。"老师被学生的好学不倦的钻研精神及不断增进的学识所感动。孔子还曾经由衷地表示："吾有回，门人益亲。"颜回死了，孔子极其悲伤，仰天叹道，"噫，天丧予，天丧予"，并"哭之恸"，从者曰："子恸矣！"孔子曰："有恸乎？非夫人之为恸而谁为？"面对颜回英年早逝，孔子认为老天爷要亡自己了，为之痛悼，并表示不为颜回这个人哀痛还能为谁哀痛呢？

　　鲁哀公及大夫季康问孔子：弟子孰为好学？孔子回答说："有颜回者好学，不迁怒，不贰过。不幸短命死矣；今也则亡，未闻好学者也。"孔子甚至还说："回之仁贤于丘也。"（见《列子》）

　　颜回（公元前 521 年—前 481 年）字渊、子渊，春秋末期鲁国人（今山东曲阜邹城）。他十三岁（一说十四岁）拜孔子为师，终生师事之；其父颜路亦同为孔子弟子。颜回勤勉好学，忠厚内向，安贫乐道，志向高尚，深得孔子信赖和器重。《论语·雍也》有云："子曰：'回也，其心三月不违仁；其余则日月至焉而已矣'。"颜回曾经随孔子奔走六国，长达十四年之久。回到鲁国后也没有出去做官，不是没有机会，也不是没有需要，而他甘愿追随老师孔子："夫子步亦步也，夫子言亦言也，夫子趋亦趋也，夫子辩亦辩也，夫子驰亦驰也，夫子言道回亦言道。"孔子赞扬颜回："贤哉，回也！一箪食，一瓢饮，在陋巷。人不堪其忧，回也不改其乐。贤者，回也！"据《庄子》载云："孔子谓颜回曰：'回，来！家贫居卑，胡不仕乎？'颜回对曰：'不愿仕。回有郭外之田五十亩，足以给餔粥；郭内之田十亩，足以为丝麻；鼓琴足以自娱；所学夫子之道足以自乐也。回不愿仕。'孔子愀然变容，曰：'善哉，回之意！丘闻之：知足者，不以利自累也；审自得者，失之而不惧；行修于内者，无位而不怍。丘诵之久矣，今于回而后见之，是丘之得也'。"

穷居陋巷，箪食瓢饮的他以德行为先，按照"仁"、"礼"的要求，"敏于事而慎于言"，处乱世而不改其志。他虔心"尚三教"（即夏教忠、商教敬、周教文），以舜为范、为志，"内修己德，外施爱民之政"。颜回之德及行的核心是仁。《论语·颜渊》载："颜渊问仁。子曰：'克己复礼为仁。一日克己复礼，天下归仁焉。为仁由己，而由人乎哉？'颜渊曰：'请问其目。'子曰：'非礼勿视，非礼勿听，非礼勿言，非礼勿动。'颜渊曰：'回虽不敏，请事斯语矣'！"于是他一心向仁，一意笃行，把孔子的"仁"真正落实、体现在个人的言行之中。在孔子的眼中、心目中，颜回就是德行的代表，具备了君子的"四德"："强于行义，弱于受谏，怵于待禄，慎于治身。"孔子死后，儒分八派，颜子之儒的特点为重于立德、重在德行。

颜回终生师事孔子，执礼甚恭，其之敬、其之诚除了前面有所引述外，《论语·子罕》有载："颜渊喟然叹曰：'仰之弥高，钻之弥坚，瞻之在前，忽焉在后。夫子循循然善诱人，博我以文，约我以礼，欲罢不能。既竭吾才，如有所立卓尔。虽欲从之，末由也已'！"文中充满了对老师的崇敬、感激，为世人树立了尊师崇教的典型；也刻画出学生应取、应为的绳戒！

颜回胸怀天下，他认为："夫道之不修也，是吾之丑也；道即已大修而不用，是有国者之丑也。"他向往出现一个"君臣一心，上下和睦，丰衣足食，老少康健，四方咸服，天下安宁"，既无战争又无饥饿的理想社会。他敢于向统治者直谏，他曾对鲁定公慨然言道："臣闻之：鸟穷则啄，兽穷则攫，人穷则诈，马穷则佚。自古及今，未有穷其下而能无危者也。"好像不见有效，济世不行，诚如孔子称道颜回所语："用之则行，舍之则藏；惟我与尔有是夫！"于是，顺应自然，有志向但守道乐道不移志，以"愿贫如富、贱如贵，无言而威，与士交通，终身无患难"自慰自励。他调适心态，达与不达不屈志失意，"吾昔闻夫子曰：'乐天知命，故不忧，回所以乐也'"。宋朱熹亦对其赞曰：胸中泰然，岂有不乐。

东汉王符称颂颜回:"困馑于郊野,守志笃固,秉节不亏。宠禄不能固,威武不能屈。虽有南面之尊、公侯之位,德义有殆,礼义不班,挠志如芷,负心如芬,固弗为也。"(见《潜夫论》)

颜回一生没有做过官,也没有著作传世,他的一些言论,分别被收录在《论语》《孔子家语》等之中。这里录其一句,亦可获益不浅:"一言而有益于智莫如豫,一言而有益于仁莫如恕。"

颜回被尊为复圣,自汉起配享孔子庙,祀以太牢;千百年来,称颂景仰不断,成为中华一代大儒、万世师表。

举贤才而授能

——（楚）屈 原

"举贤才而授能兮,循绳墨而不颇"是屈原的政治主张。选拔有才有德的人,重用这些人,把职务、岗位交给他们;反对世袭,限制和打破旧贵族阶层对权位的垄断。修明法度,从上到下遵循法度而不能有丝毫的偏差、错离和不平。屈原提出和坚持这样的"美政"理想,在当时是先进的;到今天看来也不差,完全符合实际和需要。

屈原(约公元前340年—前278年)名平,字原;又自云名正则,字灵均。出生于楚国丹阳秭归(今湖北宜昌)。少时受到较好的教育,博闻强识,志向远大。因受楚怀王信任,任左徒、三闾大夫,兼管内政外交,"明于治乱,娴于辞令"。对内主张举贤任能,修明法度;对外力主联齐抗秦。由于受到贵族、权臣的排挤、诽谤,先后遭受流放,去了汉北、沅湘流域。楚国郢都被秦军攻破后,他自沉于汨罗江,以身殉国。他是一个政治家、改革家;也能聚义兵、打仗。然而他更是中国历史上第一个爱国主义诗人,中国浪漫主义文学的奠基人,创立了"楚辞"文体。

在治国理政方面,他积极向朝廷建言献策,对存在的不足,敢于进谏,虽不待见,但一心一意持之以恒。他提倡奖励征战、奖励农耕,让当兵出征、种田务农的各种人都有盼头,有好的待遇,以达到富国裕民强军的目标。他强调要选用人才,唯才是举。他指出要破除君王被奸佞所包围的局面,既反壅蔽,又要消除君臣、百姓之间在沟通上的障碍。他重视法制,明确要禁朋党、明赏罚,什么该做、什么不该做,执行法律而不发生偏斜,避免不公不平。他倡导移风易俗,营造清正的社会风气。

屈原出生后不久,就居住在乐平里。周显王四十八年(公元前321年)秦军犯境,时屈原才十八九岁,他组织乐平里的青年奋力抗击,在鼓励鼓动的同时运用战术,给敌人以沉重的打击,显示了他的军事指挥才能。他对秦国有深刻的认识,积极主张抗秦。当秦昭王约楚怀王会武关,他坚决予以反对;而楚怀王一入武关,就被秦国扣留。楚国王位据此更迭,三年后楚怀王客死于秦国,楚国人以为耻辱;秦楚遂绝交。在秦将司马错、白起的相继攻打下,楚兵败而亡国,仅一仗秦军以水攻城,淹死百姓数十万人。楚国人民更加仇恨秦国。当时楚国有个叫南公的人说:"楚虽三户,亡秦必楚。"意思是哪怕楚国只剩下三个氏族,也都会同仇敌忾,消灭秦国。事也有巧合,大泽乡率众起义的陈胜是楚人,他打的旗号为"张楚";项羽也是楚人,起兵后即把楚怀王的孙子熊心亦立为楚怀王,政权为"西楚";刘邦同样是楚人! 他与项羽既联手又抗衡,最终取代秦朝,成为大汉王朝的创始人。

屈原高洁、耿介,敢于担当,忠君爱国爱民敬神,尤爱国主义浓郁坚定,可谓至深至切。虽然屡受打击,但从不萌生去意。在当时只要有才能,可以被用于各国,如张仪、苏秦之类,"楚才晋用"是当时的特点。而他热爱祖国,对自己的祖国始终不离不弃。

屈原的文学作品想象丰富,词采瑰丽,充满着浪漫主义精神;运用比兴手法,表情达意,形象生动。如以香草美人喻君子,以恶木秽草喻小人。他的代表作品如《离骚》《天问》《九歌》各具特色。《离骚》与《诗经》并称为"风骚",因为《离骚》的关系,诗人也被称为"骚人"。《离骚》以屈原自己的理想、遭遇、痛苦,用热情和生命熔铸而成,具有鲜明的个性,有事可据,有义可陈,忠心赤胆,赫然纸上。

他的名言很多,仅录:

"世溷浊而不清:蝉翼为重,千钧为轻;黄钟毁弃,瓦釜雷鸣;谗人高张,贤士无名。"(见《卜居》)

"举世皆浊我独清,众人皆醉我独醒。是以见放。"(见《渔父》)

"长太息以掩涕兮,哀民生之多艰。"(见《离骚》)

"路漫漫其修远兮,吾将上下而求索。"(见《离骚》)

"亦余心之所善兮,虽九死其犹未悔。"(见《离骚》)

"登昆仑兮食玉英,与天地兮同寿,与日月兮同光。"(见《涉江》)

天命即在人事之中

——（清）曾国藩

　　曾国藩晚清重臣，出身耕读之家，道光十八年（公元 1838 年）进士，此后十年七迁，官至二品，后又封一等侯，权倾一时；湘军在握，号称三十万人，门生部曲遍布，能武则将，能文则臣。但他始终保持清醒头脑，做好自己该做的事。在清朝数代皇帝和慈禧的又用又防，以及其他清廷权贵虎视眈眈的环伺之下，得以善终，诚属不易。

　　曾国藩（公元 1811 年—1872 年）初名子诚，字伯涵，号涤生。湖南长沙府双峰县荷叶镇白杨坪人（今湖南省娄底市双峰县）。祖辈以务农为主，生活较为宽裕，父亲曾麟书为塾师秀才，兄妹九人，曾为长子。五岁启蒙，六岁入私塾，勤奋好学。二十多岁中进士又入翰林院，为军机大臣穆彰阿门生。累迁内阁学士、礼部侍郎，署兵、工、刑、吏部侍郎，两江总督，直隶总督。

　　其人中智，克苦勤勉自律，花比别人更多的精力、时间去做好每一件事，持之以恒，奉行以耐烦为第一要义；并审时度势，张弛有控，终得机遇，成就一番事业。

　　咸丰元年（1851 年），洪秀全金田起义，曾国藩向朝廷进言：今日急务，首在用人。又上书《敬陈圣德三端预防流弊疏》，指出皇帝及朝廷的得失：苛求小求，疏于大计，应防琐碎之风；文过饰非，不求实际，应杜文饰之风；刚愎自用，骄傲自满，应防骄矜之风。咸丰皇帝"怒掷其折于地"，欲办其"狂悖"之臣罪，在他人的劝谏下，也许在用人之际，咸丰总算息怒。上书的第二天的上朝时，曾国藩居然又出班奏事，把全文又背了一遍。与此同时，他也将奏章抄录送回老家，一改其平日里小心谨慎的做法。此举得到了湖南老乡、诸多读书人以及官僚等一大批人的佩服，他的领头羊的地位得以确立。

　　次年，曾国藩奉命回乡办团练，依靠和通过师徒、亲戚、好友、同窗等重重关系，建立了湘军的前身——地方团练：湘勇。他将五千人马分成十个营，知人善任，加强练兵,购置先进武器,筹建水师。起兵之初,对阵太平天国曾遭几度兵败,陷入困境,也曾投水自杀,但被部下拉住或救起。文人为将有个过程,乡勇之军也须磨练。以后胜仗多起来了,适逢太平天国内讧,于是日见主动,仗越打越大、越打越顺(胜)。麾下曾国荃、胡林翼、左宗棠、李鸿章等人更执一端,担起重任,局面初定。同治三年(1864年)湘军破天京(即南京),杀及伤人无数。其实在对付太平天国的十几年内,曾国藩对外艰难地作战,对内又要当心、防备清廷的不信任和清军精锐部队的钳制。当初曾国藩攻下武昌,咸丰兴奋之余任命其为湖北巡抚,不料身边的近臣说道:曾国藩仅为侍郎一职,居间里,登高一呼,四方响应,这恐怕不是件好事。咸丰当即警醒:不要"走了半个洪秀全,又来一个曾国藩",于是又下令免去其巡抚之职,"立即整师东下,不得延误"。这种又用又防,始终放心不下的状态终咸丰一生,打仗不给实权,经常断饷断粮,在内在外设置其他力量以图牵制。咸丰临终前发话,克复天京者为王。数年后,曾国藩拿下天京,但大权在握的慈禧只给了个"一等侯"的爵位。

曾国藩为官尤留心天下人才,他观人用才比较全面、实在,"功名看器宇,事业看精神,条理看语言",所以在他的身边聚拢了一批干练的将帅之才,贤士名人。除了曾家四个弟弟,左、胡、李之外,如沈葆祯、郭嵩焘、李瀚章、彭玉麟、李元度、鲍超以及名士王闿运等等。《清史稿》中论其:尤胜于慧眼识人,知人善用,至功成名立,汲汲以荐举人才为己任,疆臣阃帅几遍海内。

那么多的部曲故旧,能人强人目睹一切,心明眼亮,他们对清廷、对社会、对曾国藩这个领头羊都有想法。希望曾国藩能起事,一些人曾多次密谋、劝勉,但曾国藩表明心迹,把住底线,坚决不干。他的密友,湖北巡抚胡林翼鼓动道:天下糜烂,岂能安坐而事礼让?当以吾一身任天下谤。又提议:用霹雳手段,显菩萨心肠。彭玉麟写信,直奔主题:东南半壁无主,老师岂有意呼?左宗棠让胡林翼带诗给曾:神所凭依,将在德矣。鼎之轻重,似可问焉。意思十分明白,可以问鼎天下了!然而如此种种,曾国藩心如明镜:一则为臣要忠;二则看天下,湘军虽盛,但腐败日甚,而且内部也不是铁板一块;朝廷忌惮,清军精锐时时在予以节制;三则南人北就,难题多多。遂以"倚天照海花无数,流水高山心自知"以对之。此事遂冷遂罢。胡林翼先死,左宗棠、沈葆祯等与曾便渐行渐远。为使朝廷放心,他自削兵权(克复天京当年即裁军二万五千人,以后又裁兵大部)、减财权,节制部属,最最重要的是归功劳及一切于朝廷、于皇帝。

左宗棠与胡林翼交厚,曾国藩由此亦看重左,作为恩师对这位幕僚、部下一有机会就提携帮衬,左就不断发展,从有平台到有更大的舞台。左有才气、能耐,眼高于顶,林则徐、曾国藩方在其眼中,而在郭嵩焘(左的另一密友)看来"宗棠向喜与国藩争,国藩尝礼下之";"而自太平天国之后,则与曾氏交恶"。天京攻陷,洪秀全的儿子幼天王洪天富贵出逃,而曾国藩部下邀功谎称已焚火自尽,并上报朝廷。而左宗棠明知实情,不向曾报告,反密奏朝廷,朝廷怪罪下来,曾、左两人在皇帝面前打口水战、笔战,左指责曾有欺君之嫌。又因为其他一些事也存有勃谿,就此两人不再联系,没有书信。但曾对左仍有默契、关照;左心里也明白,在给朝廷的奏章中也讲到:臣与曾国藩议论时有不合……其谋国之忠,知人之明,非臣所及。

曾国藩以直隶总督身份处理天津教案,洋人气盛,民意汹汹,处理的结果不被民众接受,背负骂名便自引其咎,本已患病又因心情糟糕乃致病体不支,虽仍处置政务,但未能恢复,1872年因病去世。朝廷闻讯,辍朝三日,追赠太傅,谥号:文正。已经八年没有来往的左宗棠给恩师送了挽联:"谋国之忠,知人之明,自愧不如元辅;同心若金,攻错若石,相期无负平生。"以后左对曾的子侄也有关照。

综观曾国藩克己奉公,兢兢业业,"立德立功立言",成为一个杰出的政治家、战略家、军事家、文学家、理学家的一生,真正做到了他自己所说的那样:"君子但尽人事,不计天命,而天命即在人事之中!"

安得猛士兮守四方

——（汉）刘　邦

"大风起兮云飞扬，威加四海兮归故乡。安得猛士兮守四方！"这是大汉王朝的开创者、汉高祖刘邦的《大风歌》。

刘邦出身平凡，虽为亭长也属草根之类，杂糅无赖泼皮之味，但他又是一个最厉害的封建帝王。英国著名历史学家约瑟·汤因比说过："人类历史上最有远见、对后世影响最大的两位政治人物，一位是开创罗马帝国的恺撒，另一位便是创建大汉文明的汉高祖刘邦。"此言诚哉、至哉、伟哉！

刘邦（公元前256年—前195年；一作前247年—前195年）字季，沛县人（今江苏）。曾为泗水亭长。秦二世元年，陈胜、吴广大泽乡起义后，刘邦起兵于沛，自称沛公。其初属项梁，后与项羽成为反秦主力。前206年即子婴元年，刘邦率军攻占咸阳，俘获子婴，推翻秦王朝；并约法三章（即"杀人者死，伤人及盗抵罪"），废除严刑苛法，得到人民拥护。同年，项羽入关，自立为西楚霸王，封刘邦为汉王，领巴蜀、汉中之地。刘邦遂以汉中为基，招兵买马，广纳谋士，与项羽进行了长达五年的"楚汉战争"。前202年破项羽于垓下，即皇帝位，建立汉王朝，定都于长安。汤因比这样说他："亲手缔造了一个昌盛的时期，并以极富远见的领导才能，为人类历史开创了新纪元。"

刘邦实行中央集权制度，先后消灭了韩信、彭越、英布等异姓王。《大风歌》作于公元前195年，时值刘邦大败淮南王英布凯旋，收兵路过家乡，便召集父老子弟欢宴，酒酣耳热，刘邦乃击筑而歌此。虽然《大风歌》仅三句，但慷慨激越，气势强盛，朕即国家之得志、得意满溢其间；抚今思昔更虑长远，既有胜利者的自豪又兼有守卫疆土防外夷侵略的担忧，歌之咏之，极具感染力。

小吏萧何，狱卒曹参，屠夫樊哙是他的老朋友、老班底，他手下的江淮人才并不多；在以后的日子，他不断接纳收用楚营人士、中原的游民，秦国的仇人等，包括张良、陈平、韩信、彭越、英布等,对他们放手任用,破格提拔,使之效力效命,屡建奇功,不断改变战争、势力的格局,最终成就霸业。草民皇帝、布衣天子刘邦是个有大智慧的人,当韩信拥兵居功欲以"假齐王"酬己时,刘邦虽大不悦,尽管恼怒但仍顾全了大局,在张良的提点下,干脆立其为齐王,以确保为己所用,让韩信在满足私欲的情况下去建更大更多的功勋。韩信是个常胜将军,十足的军事家,自重自负,认为自己将兵,多多益善;然而面对刘邦则不得不服,他说:"陛下不能将兵,而善将将,此乃信之所以为陛下禽也。且陛下所谓天授,非人力也。"(《史记·淮阴侯列传第三十二》)而刘邦说:"夫运筹帷幄之中,决胜于千里之外,吾不如子房(即张良)。镇国家,抚百姓,给馈饷,不绝粮道,吾不如萧何。连百万兵,战必胜,攻必取,吾不如韩信。此三者,皆人杰也,吾能用之,此吾所以取天下也。"(《史记·高祖本纪第八》)

刘邦唱《大风歌》时,韩信已被杀并诛三族;思猛士之际不知会否忆及韩信?

前195年,刘邦曾杀白马为盟,订下誓约:"非刘氏而王者,天下共击之。"这就是历史上有名的"白马之盟"。刘邦登帝后,王后吕雉改称皇后,太子刘盈立为皇太子。刘邦晚年宠爱戚姬及其子赵王如意,疏远吕后,曾几次想废黜吕后所生的太子刘盈。"汉十二年,刘邦剿平英布回;疾益甚,愈欲易太子,及宴,置酒,太子侍,四人者随从太子,年皆八十有余,须眉皓首,衣冠甚伟。为寿已毕,趋去。刘邦目送之,召戚夫人指视之并曰:'我欲易之,四人为之辅,羽翼已成,难动矣!'戚夫人泣涕,刘邦曰:'为我楚舞,吾为若楚歌'。"(见《汉书》)

刘邦唱的是《鸿鹄歌》:"鸿鹄高飞,一举千里。羽翼已就,横绝四海。横绝四海,又可奈何!虽有矰缴,尚安所施!"指的是太子已长大,有四皓辅佐,虽然还可以有手段(矰缴:射鸟用器具),但另立太子的事没有办法,已无可奈何了!

太子身边的四老,被称为"商山四皓",为东国公唐秉,夏黄公崔广,绮里季吴实,角里先生周术,秦末四位信奉黄老之学的隐士,秦始皇时的博士官,刘邦曾礼请他们出山为官,但遭到拒绝。如今他们出现在太子刘盈身边为刘邦始料未及,不禁无语,恐怕这些也还都是操文布道的"猛士"!这里有个故事,刘邦欲换太子早已不是新鲜事、秘闻之类了,吕后惶恐之余请教张良,张良出谋让太子卑词安车厚礼,降低身段,虚心与四人结交,如此一番克己复礼,让四老认可了刘盈。而刘邦看到此四老出山辅佐太子,再去废立不可行了。刘邦死后,太子即位,吕后也是厉害角色,杀赵王如意,将戚夫人剜眼熏耳,砍去手足,逼饮哑药,置于厕所,并称"人彘"。争夺太子之战以吕后全胜告结束。

刘盈即位为汉孝惠帝,在强势母后独掌大权的情况下,益发软弱,不愿处理政事,吕后居然将自己的外孙女才十三岁的张氏(其母鲁元长公主为吕后亲女儿)立为刘盈的皇后,亲外甥女为皇后,刘盈虽不愿意但又无奈。惠帝七年(公元前188)儿皇帝死立刘恭为帝,自己临朝称制,打击诸侯王,重用党羽,分封吕姓侯、王;又废、杀刘恭。面对吕后公然违背"白马之盟":"非刘氏而王者,天下共击之"以及诸多行事,刘氏一党及正直的大臣敢怒而不敢言。高后八年(前180)吕后病逝,她虽有所布局,但总归没能完成自己的政治计划或盘算。曾经随汉高祖打天下的陈平,以及刘邦临死前对吕后等明示"忠诚老实,文化不高,但是安定刘氏必然是他"的周勃,联手刘姓王及众臣,群起杀诸吕,迎立汉文帝,归权刘家。

观此,应该说周勃是一个更重要的"猛士"了!而且早布局、众人知晓,十多年后才收效!

竖子不足与谋

——（秦）范　增

　　项羽身边的谋臣范增在鸿门宴后十分无奈，慨然道："唉，竖子不足与谋。夺项王天下者，必沛公也。吾属今为之虏矣！""竖子"是古时候对人的一种蔑称，这里特指项羽。

　　范增（公元前277年—前204年）居鄛人（今安徽桐城南），喜好机谋。秦末，项羽与他叔叔项梁举兵起义时，他劝项梁立楚怀王孙子熊心为王，以图长远并增强号召力。项梁战死后，其成为项羽的谋士，辅佐项羽称霸诸侯，被尊为"亚父"。他屡劝项羽除去刘邦，但项羽听不进。其中鸿门宴就是一个极好的机会。

　　刘邦（沛公）破咸阳后屯兵十万于灞上。范增对项羽说："沛公居山东时，贪于财货、好美姬。今入关，财物无取，妇女无所幸；此其志不在小。吾令人望其气，皆为龙虎，成五采，此天子之气也，急击勿失。"（《史记·项羽本纪》）此时项羽率部四十万驻扎在新丰鸿门，他让刘邦来见。宴席之间，范示意项羽杀刘邦，但项羽默然不应。范增遂让项庄舞剑，貌似为酒席助兴，实欲伺机杀刘，这就是成语"项庄舞剑，意在沛公"的由来。此举被项伯（亦项羽叔父，后颇受刘邦重用）阻挡未遂。刘邦伺机脱逃时，让人将白璧玉斗献给项羽、范增，项羽欣然接受，范增却将玉斗掷于地并用剑击毁，说了篇首的那段话。

　　项羽（公元前232年—前202年）名籍，字羽，楚国下相人（今江苏宿迁）。早年随叔父项梁在吴中（今苏州）起兵反秦。项梁阵亡后其率部于巨鹿击溃秦军主力。秦亡后称西楚霸王，定都彭城（今江苏徐州），实行分封制，封灭秦功臣及六国贵族等为王，刘邦被封为汉王。在长达五年之久的楚汉战争中，虽然有胜绩但终因乏补给、用人疑、失战机等，最后兵败垓下（今安徽灵璧县南），突围至乌江（今安徽和县乌江）镇边，时乌江亭长舣船相待以渡江，项羽不愿渡江，笑曰：天之亡我，我何渡为……纵江东父兄怜而王我，我何面目见之？纵彼不言，籍独不愧于心乎！项羽又对亭长说:吾知公长者,吾骑此马(即乌骓马)五岁,所当无敌,尝一日行千里,不忍杀之,以赐公。项羽旋与汉军短兵相接,独杀数百人,身受十多处创伤后自刎。而在此之前的垓下之围中,项羽身边的虞姬见项羽败势已呈,歌之:"汉兵已略地,四方楚歌声,大王意气尽,贱妾何聊生。"遂自刎而死。

项羽是武将,也是军事家,他自己说过,起兵八年,经七十余战,抵挡我的人都被我攻破,我打击的人都表示臣服,未尝败北,遂称霸天下。然后他的为人处事远不及刘邦。当年刘邦在咸阳看到秦始皇时,表示:大丈夫当如此也!项羽在浙江见到秦始皇时,说道:彼可取而代也。气魄、格局高下立判。刘邦审时度势,知人善任,从谏如流,仁而有义,而且随着事业的发展不断站位于新的高度。项羽有勇少谋,不讲信用,杀人如麻(仅一次便坑杀秦兵降卒二十多万人),秉性多疑;他还慕尚虚荣,有人劝他"自王关中"可成霸业,但他认为:"富贵不归故乡,如衣锦夜行,谁知之者!"处鼎盛之际,他不断失机失策失人失利,最终路走不下去了。有人评说:"项羽妒贤嫉能,有功者害之,贤者疑之,战胜而不予人功,得地而不予人利,此所以失天下也。"(《史记·高祖本纪》)他也有"妇人之仁","项王见人恭敬慈爱,言语呕呕;人有疾病,涕泣分食饮"。(韩信语)但这最终无济于事。

刘邦在与项羽的楚汉之争中,数度受挫,他接受了陈平的计策,离间项羽、范增,居然奏效。生性多疑的项羽闻讯获悉并信而怀疑范增与刘邦有勾结,剥夺了范增的权力;范增气愤之余,说道:天下事大定矣,君王自为之,愿赐骸骨归卒伍。项羽允之。范增便在返乡途中病逝。刘邦对此说过:"项羽有一范增而不能用,此其所以为我擒也。"

宋代李清照有诗:"生当作人杰,死亦为鬼雄。至今思项羽,不肯过江东。"(《夏日绝句》)就此诗而言,除去李清照寄托的寓意外,其实,即使项羽过江东,以其一贯而观之,未必能东山再起;何况刘邦已非昔日。最要紧的还是范增的那句话:竖子不足与谋!项羽成不了气候。

爵高志下，官大心小，禄厚施博

——（楚）孙叔敖

孙叔敖的这几句话已经简约了，如同现时的关键词。其出处和原文字为："孙叔敖遇狐丘丈人。狐丘丈人说：'仆闻之，有三利，必有三患，子知之乎？'孙叔敖蹴然易容曰：'小子不敏，何足以知之！敢问何谓三利？何谓三患？'狐丘丈人曰：'夫爵高者，人妒之；官大者，主恶之；禄厚者，怨归之。此所谓也。'孙叔敖曰：'不然，吾爵益高，吾志益下；吾官益大，吾心益小；吾禄益厚，吾施益博。可以免于患乎？'狐丘丈人曰：'善哉言乎！尧、舜其犹病诸。'"这段对话见诸《列子·说符》。作为高人名士的狐丘丈人出了题目，孙叔敖从容以对：爵位高了，会带来嫉妒，那么我心志下沉、趋低；官做大了，帝王会厌恶，那么我注意克制野心、以平常心行事；俸禄多了，那么我布施广泛。狐丘丈人认为孙叔敖解决了连尧、舜这样的圣人都难以处理的矛盾和问题，"善哉言乎"！

孙叔敖（约公元前 630 年—公元前 593 年）蔿姓，因避难，改为孙叔敖，字艾猎。楚郢都人（今湖北荆州）。曾因淮河洪灾频发，其主持治水，组织民工，历时三年，筑成中国历史上第一处水利工程：芍陂（至今仍有部分存在曰：安丰塘），借淮河故道泄洪，筑陂塘灌溉，造福黎民百姓。两千五百多年后，犹在发挥作用。因其具备出色的治水、治政理国和军事才能，所以不断受到重用，官拜令尹（宰相），佐助楚庄王成为春秋五霸之一。

司马迁在《史记》的"循吏列传"中将孙叔敖列为第一。说他，"三为楚相，施教导民，上下和合，世俗盛美，政缓禁止，吏无奸邪，盗贼不起"；"秋冬则劝民山采，春夏以水，各得其所便，民皆乐其生"。

孙叔敖"三上三下"为相，但不知宠辱，不畏时议，因为"三得相而不喜，知其材自得之也；三去相而不悔，知非己之罪也"，而依旧尽心竭力。其为人生性俭朴，谢绝封赏；持廉到死，家无余财；妻子穷困，负薪而食，也就是担柴沽而获食。孙叔敖将死,戒其子说:"王数封我矣,吾不受。我死,王则封汝,必无受利地。楚、越之间寝之丘,其地不利,而名甚恶,可长有者,其唯此也,果然全被其料准,王封之美地,其子孙安坚辞,请得寝之丘;并泽延后辈。《吕氏春秋》认为孙叔敖的智慧在于,了解不以利为利,以人之所恶为己之所喜,所以才能长久持之,不会让人眼红心动、占为己有。

明冯梦龙从另一角度称颂了孙叔敖,其文有理有趣,正话反说,左右印证,颇可玩味。"贪吏不可为而可为,廉吏可为而不可为。贪吏不可为者,污且卑;而可为者,子孙乘坚而策肥!廉史可为者,高且洁;而不可为者,子孙衣单而食缺!君不见楚之令尹孙叔敖,生前私殖无分毫,一朝身没家凌替,子孙丐食楼蓬蒿!劝君勿学孙叔敖,君王不念前功劳。"(见《东周列国志》)

孙叔敖的那段话显示出了他的高度和境界,他那么说又那样做,自律自惕,表现了他的操守和秉性。这些无论在何时何地都是难能可贵的。司马迁作为史学家,阅人多矣,将其褒掖为循吏之第一,亦无虚幻之处!

因为孙叔敖以民为本,布政于道;止戈为武,休养生息,农商并举,各行其便,得到人民拥戴,尤其他的治水功劳赫赫然。以致孟子在《孟子·告子下》中称赞孙叔敖,将其与舜、傅说等列举,"孙叔敖举于海……然后知生于忧患而死于安乐也"。

敕戒藩臬郡县官吏,痛改旧习

——(明)霍　韬

　　霍韬在明世宗嘉靖皇帝朱厚熜欲尊文兴献王朱祐杬为皇考的"大礼朝议"中立下功劳:嘉靖元年(1522 年),霍时为兵部主事,明世宗欲尊生父为皇考,但当时的皇室、朝廷群臣同议,咸曰"兴献王"宜为皇叔考;霍韬力排众议,说古论今,引经据典,最终顺遂了帝意。事后明世宗三次任其高位,霍均坚辞不就,直到嘉靖十五年(1536 年)才官至礼部尚书,太子少保。

　　明世宗在位四十五年,属有作为的帝王。而霍韬等一批臣子,也尽心辅助。针对朝廷上下的积弊旧习,他要求世宗效法"太祖旧章,敕戒藩臬郡县官吏,痛改旧习,毋纵贪风,以残百姓;往年过失,且不究治,责令更新"。他强调朝廷要发挥内阁大臣的作用,警惕和防止宦官干预政治,对奏章建议召大臣面议决定施行,众议而公驳之。他认为锦衣卫不当典刑狱,东厂不当干预朝议。世宗纳其谏言而行之。

　　霍韬对锦衣卫的危害看得十分清楚,他也不怕得罪人。据明张燧《千百年眼》载:"正德间,朝官有罪,辄命锦衣卫校官擒拿。霍韬上书曰:'天下刑狱,付三法司足矣。锦衣卫复兼刑狱横挠之,越介胄之职,侵刀笔之权,脱冠裳以就锁梏,屈礼貌以听武夫,朝列清班,暮幽污狱,刚气由此折尽。或又暮脱污狱,朝立清班,解下拘挛,便披冠带,使武夫悍卒指之曰:某也吾辱之矣,某也吾将辱之矣。小人遂无忌惮,君子遂昧良心,豪杰所以多山林之思,变故所以少节概之士也'。"矛头指向要害,后果之严重,长此以往当可谓国不将国,"小人遂无忌惮,君子遂昧良心,豪杰所以少山林之思,变故所以少节概之士也",令人心惊、后怕。同时疏状具节奏感,对比、反复,一气呵成,又颇具文采。

　　有明一代,锦衣卫一直存在。它肇始于明太祖朱元璋设立的"拱卫司",洪武十五年(1382 年)改为锦衣卫。作为皇帝侍卫的军事机构,"掌直驾侍卫,巡查缉捕",可以逮捕任何人,包括皇亲国戚,并且可施行酷刑,可不公开审讯,直接对皇帝负责。洪武二十年(1387年)朱元璋为让太子朱标继位作铺垫,废除锦衣卫,焚毁其刑具,将所押囚犯移至刑部审理,下令内外狱全部归三法司审理。明成祖朱棣兴兵登基后,为了巩固政权恢复了锦衣卫。明初两代皇帝重用锦衣卫,开了一个很不好的头。明成祖时又设厂,厂、卫同存并称。所谓"厂"是指东厂、西厂、内行厂,是"宦官机构",厂卫职能有所类同,也有区别,亦有联系。锦衣卫设在宫廷之外,不如内廷宦官之厂如臂使指那样方便,其权威又高于锦衣卫,对锦衣卫有牵制、监督作用。

霍韬的严辞批判应该说有胆有识,为国计为朝廷计,为正义为人的尊严言。他又是个大学者,学问广博、著作甚多,有《诗经注解》《象山学辩》《程周训释》等。他的家训便极具特色:从小严格教育子弟,对言行举止、仪容仪表有要求;对子弟如何尊师重道、孝敬亲人、友善朋友有要求;对后世子弟学习技艺有要求。其中言及:"头口手足,身之物也;貌容气色,身之章也;视听言动,坐立行寝,身之用也;统会之者,心也。道之所以流行,天命之所以穆不已也。童蒙习之持之,悠悠不息焉。""孝亲仁之始也,弟长礼之恒也,尊师义之实也,敬友智之文也。仁义礼智,心之畜也。童子习之,所以正心也。""诵读,所以致知也;字画、咏歌、习礼,所以游艺也。致知者也,开明心者也;游艺也者,存养心者也。童而习之,长而安之。"

霍韬(1487年—1540年)字谓先,号兀崖,又称谓崖先生。南海县石头乡人(今广东佛山)。明正德九年(1514年)会试第一,成"会元"。历任兵部主事,礼部尚书,太子少保。嘉靖十九年(1540年)逝于任上,被追封为太子太保,谥文敏。

疾风知劲草,板荡识诚臣

——(唐)李世民

"疾风知劲草,板荡识诚臣"出自唐太宗李世民的《赠萧瑀》,共四句,后二句为:"勇夫安识义,智者必怀仁。"

萧瑀(575年—648年)字时文;是个大有来头的人物:南朝梁明帝萧岿第七子,梁靖帝萧琮的异母弟,萧皇后(嫁隋炀帝杨广)之弟。唐高祖李渊与萧瑀的妻子是姑表亲,他还是李世民的姑父。其人善于学习,以孝道闻名,忠诚耿直,刚正不阿,光明磊落。萧皇后甚善其弟,萧瑀亦深得隋炀帝喜欢,但他屡屡针对杨广的骄奢无道进行劝谏,弄得杨广很不高兴。

他承招归唐,对于李渊来说如虎添翼,而他也费心尽力为李唐家出力,获封宋国公。武德九年(626年),太子李建成和李元吉密谋杀害李世民未成,又在李渊面前大肆诋毁、诬陷李世民,李渊一度下决心惩处李世民,萧瑀据理据实力劝,李渊才未处罚李世民。玄武门事变后,李世民为太子,萧又劝说李渊交权给李世民;次年,李世民登基,改元贞观,萧为宰相。说来也怪,李世民对这位大恩于其的姑父又爱又怨又恨,曾经五度拜相、五度罢免,严重时遭削爵贬出京城。耿直,又与房玄龄、魏徵不合,所以虽在政治中心的他,亦时有坎坷;也担任过太子太傅,也照旧尽心尽力尽职尽责,把工作做好。

李世民在公元653年写了这首诗赠送萧瑀,并且说:卿之忠直,古人不过。诗的第一句典出南朝宋范晔的《后汉书·王霸传》,系汉光武帝刘秀称赞王霸的话:"颍川从我者皆逝,而子独留努力,疾风知劲草。"第二句典出《诗经·大雅》的二首诗《板》《荡》,两诗开头为"上帝板板""荡荡上帝",用来批评周厉王乖戾骄纵无恶不作,后来用此代指政局动乱。两句说明在动乱之中,在严峻的考验之下才能看出一个人的忠诚、坚定、可靠,并以此来称赞萧瑀。三四句一正一反,补充说明匹夫之勇不是真正的勇或勇士,真正的勇士有智有勇,懂得仁义,有高尚的节操、品质、人格,

"智义仁勇",这也是进一步赞扬了萧瑀。整首诗持论精辟,格局宏大,千百年来广为人知,成为名句、格言,尤其在国难家仇、遭遇灾祸的时候使用频率更高,往往"脱口而出"、"异口同声"用来表示心声、意志。

李世民也是个文人、诗人,在勤于政事的同时也常与人讨论典籍,杂以文咏。《全唐诗》录其诗近百首。如《过旧宅》可以一读,其一:"新丰停翠辇,谯邑驻鸣笳。园荒一径新,苔古半阶斜。前池消旧水,昔树发今花。一朝辞此地,四海遂为家。"其二:"金舆巡白水,玉辇驻新丰。纽落藤披架,花残菊破丛。叶铺荒草蔓,流竭半池空。纫珮兰凋径,舒圭叶翦桐。昔地一蕃内,今宅九围中。架海波澄镜,韬戈器反农。八表文同轨,无劳歌大风。"诗中体现了他的自豪、豪迈、勇毅。公元 599 年李世民出生在陕西武功别馆,十八岁起兵;贞观六年(632 年)重返故里,君临武功旧宅,诗中借用刘邦在西安新丰筑建如同沛县老家样式的房子,以慰刘老太公思乡念旧之情及以曹操老家谯邑(即安徽亳县)喻之,诗里的"新丰""谯邑""翠辇""金舆""玉辇",点出、指代自己的皇帝身份,此行系帝王之巡;而且表明自己当年"一朝辞此地,四海遂为家",干大事去了。如今武功平隋乱,文治致太平,四海波平,化戈为犁;从昔日一蕃、一隅之地到现今的"宅九围"(九围即九州),同文同轨,天下在握。功成名就的他,不输刘邦,也不必再唱什么"大风歌",可以说那时节的他意气风发,豪情万丈,精气神无与伦比。

唯正己可以化人，唯尽己可以服人

——（清）曾国藩

曾国藩的自勉和自律，大概比得上的不会多，即便"吾日三省吾身"的曾子恐怕也未必有其那么精、深、细、微，无所不至。

他以事功显，立德、立言亦大有可观。1872 年其死后，李瀚章、李鸿章整理出版了曾国藩的《全集》，并专门搜集数百万字当中关于家训的妙语、精华，在《全集》中列有"曾子家训"一章。后不断有人编著结集，梁启超有编著过《曾文正公嘉言钞》，主体仍为家训方面的言论。其实曾国藩本人关于言行举止、个性修养、交友处世、出仕从政、率兵出战、建功立业、治学理家等等方面的嘉言妙语金句更多。他能够做到几十年如一日，每天读书写书法，而记日记则从进学到为官到生命结束，总是在静思自省，在总结提高，如此谨慎小心一辈子，难能可贵之极。

他的自勉自律在于大处着眼，如：第一要有志，第二要有识，第三要有恒。又如：士有三不斗，毋与君子斗名，毋与小人斗利，毋与天地斗巧。再如：天道忌巧，天道忌盈，天道忌贰。

在个人修养方面：他说，"二十年来治一怒字，尚未清磨得尽，以是知克己最难"；"气为心害，养心当先制气"；"志不可一日坠，心不可一时放"；"行事不可任心，说话不可任口"；"尽人事以听之，吾唯日日谨慎而已"；"气忌盛，心忌满，才忌露"。

在待人接物方面：他讲，"轻财足以聚人，律己足以服人，量宽足以得人，身先足以率人"；"小事多忽，忽小则失大；易事多忽，忽易则失难"；"凡人皆不可侮，无用人尤不可侮"；"功不独居，过不推诿"；"凡事留余地，雅量能容人"；"和以处众，宽以接下，恕以待人，君子人也"；"好便宜不可与共财，狐疑者不可共事"。

在学识事业方面：他认为，"举世唯一真字难得"；"定静安虑得，此五字时时有，事事有，离了此五字，便是孟浪做"；"省事是清心之法，读书是省事之法"；"人之处于患难，只是一个处置；尽人谋之后，却须泰然处之"；"贤而多财，则损其志；愚而多财,则益其过";"久视则熟字不识,注视则静物若动;乃知蓄疑者乱真,过思者迷正应";"能忍人者方能胜人";"独立之行,不徇流俗,然怨不可不恤也。高义之事,弗避小嫌,然累不可不虑也";"当至忙促时,要越加检点;当至急迫时,要越加饬守;当至快竟时,要越加谨慎";"人之精神不可无所寄"。

在家教家训方面:他指出,"人生一日或闻一善言,见一善行,行一善事,此日方不虚生。遇富贵人宜劝他宽,见聪明人宜劝他厚";"凡遇事须安详和缓以处之,若一慌忙,便恐出错。盖天下何事不忙中出错?故从容安详,为处世第一法";"久利之事勿为,众争之地勿往。物极必反,害将从矣";"人该省事,不该怕事;人该脱俗,不该矫俗;人该顺时,不该趋时";"好胜人者,必无胜人;能胜人,自不居胜"。

录若干箴言:

"为善最乐,是不求人知。为恶最苦,是惟恐人知。"

"薄福之人过享其福,必有忽然之祸。贯贫之人不安其贫,必有意外之忧。"

"诚无悔,恕无怨,和无仇,忍无辱。"

"利可共而不可独,谋可寡而不可众。独利败仗,众谋则泄。"

"与多疑人共事,事必不成;与好利人共事,己必受累。"

"为善者常受福,为利者常受祸;心安为福,心劳为祸。"

"胸怀广大,须从平淡二字用功。"

最后以下面一段话收尾,可以发人深省,可以对照去做,可以受用一辈子;真的做了、做到、做好,恐怕不是圣人的话,也至少是个大大的贤人了:"静坐然后知平日之气浮,守默然后知平日之言躁,省事然后知平日之费间,闭户然后知平日之交滥,寡欲然后知平日之病多,近情然后知平日之念刻。"

无友不如己者

——（春秋）孔　子

　　友，属于孔子的伦理思想范畴，被列入儒家伦理道德"五伦"之一，是一个孔子十分看重的方面。作为一个社会人，总存在人与人之间的关系。交友之道便成为人际关系中不可或缺的部分。

　　无友不如己者。《论语·学而》载："子曰：'君子不重则不威，学则不固。主忠信，无友不如己者。过则勿惮改'。"可译如下：君子如果不庄敬自重，就会没有威信；即便读书、学习，也不能将所学到的东西巩固下来。（君子）要秉持忠和信这两种道德。不与不如自己的人去交朋友。有了过错，就不要害怕改正。寥寥数语信息量大，内涵深厚，涉及人的自立、自律以及为人处世、待人接物等等。其中的"无友不如己者"有不一样的解释，如：不要交不同道的朋友；反对违心地交友；不要交于己无益有损之友；不交德行不如自己的人；没有朋友不如自己的等等。其实差距也不太大，观近人杨树达《论语疏证》，得言："譬之，若登山，登山者处已高矣，左右观，尚巍巍焉山在其上，贤者之所与处，有似于此。身已贤矣，行以高矣，左右视，尚尽贤于己。故周公旦曰：'不如吾者，吾不与处，累我者也；与我齐者，吾不与处，无益我者也'。惟贤者必与贤于己者处。"君子不交不如己者，怕累己或拖累，友邪则己僻，所以君子慎取友。而杨树达先生又有一说："友谓求洁纳交也。纳交于胜己者，则可以进德辅仁。不如己之人而求与之交，无谓也。至不如我者，以我为胜彼，而求与我交，则义不得拒也。"这个话说得全面、准确，含义清晰，涉及正反：无友不如己者，可以；你不与差于你的人交友，好的；那么胜于你的人也和你一样秉持不与差于己的人交友，那又会怎样呢？一笑，笑过。

　　择友之术。看来，交友总得有个标准或要求。"益者三友，损者三友。友直、友谅、友多闻，至矣。友便辟、友善柔、友便佞，损矣。"（《论语·季氏》）有益的朋友有三种，要去交正直、诚信、见闻广博的益友。有害的朋友也有三种，要警惕那些惯于奉承、当面一套背后一套、花言巧语的损友。当然要交好的朋友、有益之友！

"乐道人之善，乐多益友。"（《论语·季氏》）在赞扬他人的长处、优点的同时，可以看到自己与之的差距，反省而鞭策自己，以人为友、与人为友；多交一些贤良之友，那更是一件好事，获益多多。

"子曰：'巧言、令色、足恭，左丘明耻之，丘亦耻之。匿怨而友其人，左丘明耻之，丘亦耻之'。"（《论语·公冶长》）左丘明，鲁太史，《左传》作者，是孔子敬重效法的人；他们共同对花言巧语、表情丰富、过分卑谦的人，对心怀怨恨却面上十分要好的人看不惯，容不了，以为可耻，属不能与其相交的另类。"子曰：'君子食无求饱，居无求安，敏于事而慎于言'。"（《论语·学而》）这种类型的君子自然位择友之优行列了。

交友之道。"与朋友交而不信乎？"（《论语·学而》）"君子以文会友，以友辅仁。"（《论语·颜渊》）"有朋自远方来，不亦乐乎？"（《论语·学而》）"子曰：'不患人之不己知，患不知人也'。"（《论语·学而》）"子曰：'始吾于人也，听其言而信其行；今吾于人也，听其言而观其行'。"（《论语·公冶长》）

"可与言而不与之言，失人；不可与之言而与之言，失言。知者不失人，亦不失言。"（《论语·卫灵公》）人生至理，极富操作性。

"子曰：'视其所以，观其所由，察其所安。人焉廋哉？人焉能廋哉'？"了解一个人，对他的所作所为，包括动机、方法、手段、目的都要予以观察了解，这样做了，他的本来面目就隐藏不了，观人如此，交友亦如此！

"子曰：'巧言令色，鲜矣仁'。"（《论语·学而》）花言巧语，夸夸其谈，明明无甚诚意却又笑意连连，这种人的仁德是很少的！"子贡问友。子曰：'忠告而善道之，不可则止，毋自辱焉'。"（《论语·颜渊》）朋友有过，要行忠告，善言以道；如若不从不纳，也就罢手，不然只会自讨没趣，自取其辱。

"子曰：'君子周而不比，小人比而不周'。"（《论语·为政》）这也就是孔子的交友之道或曰原则。忠信为周，阿党为比，可以解释为：以义合者为周也，以利合者为比也。亦可以理解为：坚持忠诚信实的道义原则交友，不以暂时的利益结党。

如上那么多的交友金言，很明白，很实在，很重要，但却很难去做，很难做到，很难做好；所以只好"学而时习之"了！

生我者父母也，知我者鲍子也

——（春秋）管　仲

　　管鲍之交在当时即为美谈，令人艳羡；在以后令人向往，但往往有求而未必能遇。所以杜甫说："君不见管鲍贫时交，此道今人弃如土。"（《贫交行》）

　　鲍叔牙，又称鲍叔、鲍子；春秋齐国人，以知人著称。少时与管仲相善，曾一起经商。管仲少即丧父，家道中落，而鲍叔牙较为富有，经商之中往往是管仲获利多，多占多拿，鲍叔牙的手下不满于此，但叔牙说：他家中困难，是我愿意多给他一点。管仲也想为鲍叔牙办一些事，但往往办砸，鲍反过来劝他：没有关系，时机不对，而不是你的主意不好。管、鲍都当过兵，但几次被人发现管仲退缩，临阵畏死，鲍叔牙听到后为他辩护：管仲家中有老母要侍奉，他要尽孝心，而不是怕死。管仲也做过几次官，但均被免官去职，而鲍叔牙认为：不是他没有才能，而是没有遇到赏识他的人。鲍叔牙的这种种维护、爱惜管仲的做法、说法深深感动了管仲，所以管仲慨然叹曰："生我者父母也，知我者鲍子也！"

　　齐僖公在公元前 698 年驾崩，太子诸儿即位即齐襄公；其无后，公子纠、公子小白为其异母兄弟。管仲对鲍叔牙说：将来继王位无非是公子纠、公子小白，我你各辅佐一人。他建议鲍叔牙辅佐公子小白。齐襄公昏庸残暴，公子纠去了鲁国，公子小白去了莒国，既是避祸也是在等待时机。数年后，齐襄公被公孙无知所杀，不一月，公孙无知亦被杀。在外的公子纠、公子小白均急匆匆赶回齐国。管仲先行在路上阻止了鲍叔牙及公子小白，并伺机箭射公子小白，却只是射中衣带钩，小白趁机诈死，骗过管仲、公子纠及鲁国。小白归国，鲍叔牙劝说众大臣让其即位，成为历史上有名的齐桓公！时，齐桓公欲以鲍叔牙为相，其坚辞。

　　相信公子小白已死，鲁庄公几天后才率军来到齐国，以为可让公子纠当上国君；一看情况愤然开战。不料被打得大败，鲁庄公刚逃回国内，齐军又打上门来，强令鲁杀公子纠、交出管仲。鲁庄公无奈，只得又杀人又放人。有大臣劝鲁庄公不能用管仲的话不如杀了他,让其归齐,威胁大了去了。而此时,鲍叔牙又使人告鲁:管仲是齐桓公志在必得的仇人,欲杀之而后快。鲁庄公也只能放了管仲。那边鲍叔牙迎接管仲,安排住下,并急忙向齐桓公推荐管仲。乍闻仇人之名,齐桓公亦大怒,鲍叔牙进言:彼时各为其主,若你欲富国强兵、成就霸业就要重用管仲,他会为你射得天下,哪会只射中一个衣带钩。

鲍叔牙识人又会说话,劝得齐桓公回心转意,隆重举事,出城亲自迎接管仲,让管上车同行。两人一个谢罪,一个请教,相见恨晚,据说谈了三天三夜。于是拜管仲为相,并尊称"仲父"。

管仲相齐桓公四十一年,终成霸业,使齐国成为春秋战国时期一等一的强国。而鲍叔牙位居管仲之下,尽心尽力为齐桓公效命。管、鲍相交依旧,还是昔日当初的"管鲍之交"。

管仲临终,齐桓公问征相者为谁,并问及鲍叔牙之为人,属意应当明朗,然管仲居然推荐他人。此事在明张燧的《千百年眼》中述之颇详,来龙去脉如在眼前:"鲍叔固已识管仲于微时,仲相齐叔荐之也。仲既相,内修政事,外联诸侯,桓公每质之鲍叔,鲍叔曰:'公必行夷吾之言。'叔不惟荐仲,又能左右之如此,真知己也。及仲寝疾,桓公询以政栖所属,且问鲍叔之为人,对曰:'鲍叔,君子也,千乘之国,不以其道予之,不受也。虽然,其为人好善而恶恶之甚,见一恶终身不忘,不可以为政。'仲不几负叔乎?不知此正所以护鲍叔之短,而保鲍叔之令名也。叔之知仲,世知也,孰知仲之知叔之深如是耶!曹参微时,与萧何善,及何为宰相,与参隙。何且死,推贤惟参。参闻,亦趣治行:'吾且入相。'使者果召参。参又属其后相,悉遵何约束,无所变更。此二人事,与管仲相反而实相类。"

也许,管仲和鲍叔牙,这更是真正的"管鲍之交!"

我劝天公重抖擞，不拘一格降人才

——（清）龚自珍

　　龚自珍（1792年—1841年）字璱人，号定庵，仁和人（今浙江杭州），清代思想家、诗人。他从自己的切身经历及对社会的关注，痛恶于当时的学子士人受制于科举、八股、经学、礼教以致无生趣、缺活力、少个性的现状，写下《病梅馆记》，对扭曲梅的天性甚表不满，然而他剑另有所指，"天地之间，几案之侧，方何必皆中圭？圆何必皆中璧？斜何必皆中弦？直何必皆中墨？"以喻科考之下乏人才以及难堪、变异的学子众生相。他在《己亥杂诗》中更是大声疾呼："九州生气恃风雷，万马齐喑究可哀。我劝天公重抖擞，不拘一格降人才。"

　　人才的重要性太大，历览纵观，得人才者得天下。熟悉历史的龚自珍自然知晓齐桓公之得管仲、魏国之用李悝争强图霸的事例，也了解汉刘邦、唐李世民拥有一大批杰出人才创业建国的史实；目睹自己身处的时代、社会以及自己胸中的抱负，必须从上到下，由天公重抖擞，降人才，用人才，才能图强、再兴！

　　司马光认为治国之道有三：一曰官人，二曰信赏，三曰必罚。这是领导者、国君的管理要诀，体现在用人上，用什么样的人，让其担当什么样的官职。得其所哉，用好人便是人君治国的关键。的确如此，刘邦从起兵到坐江山，从一个不入流的亭长到煌煌大国的皇帝，就是用对了人，著名的"汉初三杰"，为他运筹帷幄决胜千里的张良，为他镇守国家、安抚百姓、供给军需的萧何，为他率兵百万、战必胜攻必取的韩信以及其他为数众多的谋臣良将，所以取天下也！而对手项羽连一个范增也容不下，用不好，如此巨大的差距也说明了人才的重要。

　　唐太宗李世民于贞观二十一年总结自己的成功之道时，讲了五条驭人之道（法）：一是用比自己强的高人；二是用有缺点的能人；三是用人之长、弃人之短；四是重用最讲真话的人；五是用人不讲出身，华夷一家，不搞小圈子。

　　"不拘一格"，那么就带来了一个识人的问题，用人的前提是识人，必须有一个标准、要求，用一贤而群贤毕至。春秋时期魏国著名的政治家李悝就提出了"识人五法"：一是居视其所亲，二是富视其所与，三是达视其所举，四是窘视其所为，五是贫视其所不取。人的品行、才能往往不能光听其说或听旁人说，而要细加观察，严格考核，大处小节，举止行为，日常习惯，见微知著，去伪存真，全面了解，才能更好地知人用人，用好人才。于是种种考察人的方法层出不穷，如庄子的《九征》《吕氏春秋》的"八观六验"、诸葛亮的"识人七法"、魏徵建言唐太宗的那番"观人七法"。唐陆贽说过："人之才行，自昔罕全。苟有所长，必有所短。若录长补短，则天下无不用之人；若责短舍长，则天下无不弃之士。"清魏源亦说："不以细行律身，不以细行取人。"然而这里大体不出李悝之说。

其实，除此之外，还要透过现象看本质，往往在现实生活中出现"贪人廉，淫人洁，佞人直"的情形，（见宋王安石《示人》）以及"王莽谦恭未篡时"的现象。

汉东方朔在《答客难》中讲道："遵天之道，顺地之理，物无不得其所；故绥之则安，动之则苦；尊之则为将，卑之则为虏；抗之则在青云之上，抑之则在深渊之下；用之则为虎，不用则为鼠；虽欲尽节效情，安知前后？"

林则徐和曾国藩之识人用人亦有特色。林则徐对魏源有知遇之恩，在贬戍新疆的路上，于镇江见到魏源，针对英国的侵略行径，告魏曰：患无已时，且他国效尤。并将自己手头的《四洲志》及其他资料交魏，嘱其要知己知彼，魏最终完成了《海国图志》的编撰。有人荐左宗棠于林则徐，一次林路经长沙约左宗棠到船上作彻底长谈，交流对时局、对人物、对策略应对的看法，时林年六十四岁，左三十八岁，诸多的不谋而合，让林万分高兴，林告诫左：新疆是个大问题"终为中国患者，其俄罗斯乎？吾老矣，空有御俄之志，终无成就之日，数年来留心人才，欲将此重任托付……而定新疆，舍君莫属！"之后的历史事实证明，左宗棠没有辜负林则徐的厚望、重托！

曾国藩选人用人，于文武两道，成就突出。其说法和方法：广收——人才以陶冶而成，不可眼孔太高，动谓无人可用。慎用——收之欲其广，用之欲其慎，吾辈所慎之又慎之，只在用人二字上，此外竟无可着力之处。勤教——选对人，加强培训、历练。严绝——不用表现欲极强的人，或有大才但性格偏急的人，抓好队伍管理。他先后举荐达千人，官至疆臣阃帅者亦有数十人之多。

清重臣胡林翼有一段关于人才的话，甚在理："国之需才，犹鱼之需水，鸟之需林，人之需气，草木之需土。得之则生，不得则死。才者无求于国家，谋国者当自求之。"

"人才者，求之者愈出，置之者愈匮。"（魏源）说得也真对！

穷当益坚,老当益壮

——(汉)马 援

      "丈夫之志,穷当益坚,老当益壮。"字里行间,豪迈大气直抒胸臆。说的是一个人穷的时候,或者说在越来越穷的情况下,意志要越发坚定、志节不懈不怠;一个人老了的时候,不能因为老而失意失态,而是要越老越不能失去精神、斗志,要做到不减当年,精神矍铄。马援在说这话时尚未发迹,在北方带着一些人在畜养牛羊,他就是一个有大志向的人,自勉自律。读他这段话,往往令人联想起孟子和曹孟德的相类的名言!后来唐王勃在写《滕王阁》赋时,将此句意演化、更改为"老当益壮,宁知白首之心;穷且益坚,不坠青云之志";一样刚劲激烈,动人心魄。

      马援(公元前14年—49年)字文渊,扶风茂陵人(今陕西杨凌西北)。其少即有志向,不拘泥于诗文章句,欲去北方郡落养牧耕作。在他当了郡督邮后因私放囚犯逃亡到北地郡。天下大赦后即在当地耕耘畜牧。他的仗义、大气、有头脑、会经营的名声传开后,归附他的人便多了起来。他亦常将财物分赠兄弟朋友,自己过着清简的生活,不甘做守财奴;而"大丈夫的志气,穷当益坚,老当益壮"就是他经常挂在口头的话、盘桓在心头的志向。不久从戎,多方转折变迁,后投奔刘秀,得到重用。

      王莽新政末年,天下大乱。马援初为陇右军阀隗嚣的部属,有功有主见而不见容于隗嚣;归顺刘秀后战功显赫。天下一统后其虽年迈但依旧老当益壮,雄心赳赳,请缨东征西讨,西破羌人,南征交趾;官至伏波将军,封新息侯。在他出征交趾大功告成返回时受到热烈的庆贺,当时有友人劝他可以在家好好休养时,马援却说,现在匈奴和乌桓还在侵扰北部边境,他正要向皇上请战,"男儿要当死于边野,以马革裹尸还葬耳"。建武二十四年(公元48年)南方武陵发生暴动,已经六十二岁的马援再次挂帅出征,因酷暑、流行瘟疫,进军不利,被人谗言怪罪,刘秀派了女婿梁松前去责问并监军。此人虽系马援老友之子,但有隙。梁松到前方军中时马援因染上瘟疫已逝；但梁仍诬陷、归罪他，并称其在外征战的同时搜刮财宝。刘秀大怒之下废了马援的爵位，并明令追究；马援的家人不敢将灵柩运回祖坟，将其草草葬在城西，真正是"马革裹尸"归葬！

马援生性耿直，不搞亲亲疏疏的小圈子，他不屑与某些人为伍；又因为功高爵显招人忌妒，所以他一直有忧虑、防范，劝诫子侄交好友，不要画虎不成反类犬。就在最后一次出征时，他还说道：余日无多，常恐不得死国事，今获所愿，甘心瞑目。似有一言成谶之意味。清人王先谦说他"马革裹尸，恰慰生平"。但总让人抱以惋惜和留有遗憾。

刘秀了解情况后，才正式安葬了马援。后来马援的女儿做了刘秀的媳妇。刘秀薨后，其子刘庄继位为汉明帝，马的女儿成为皇后，此时才获昭雪，还其旧封，谥为忠成侯。此距马援之死已三十年。作为东汉开国（中兴）功臣之一，西汉末至东汉初著名的军事家，他在以后得到了更大的荣誉和尊崇。

有几个关于马援的小故事：堆米成山。刘秀领军讨伐隗嚣，因情况不明，难卜胜负，而马援成竹在胸，令人取米，用米堆成山谷沟壑等地物地形，然后指点山川形势，标示敌我所处，点明部队的进退往复，情况明、地势清、预测准、条分缕析、透彻到位。第二天果然打了个大胜仗。其实这也就是后世的作战地形图。但在当时是一个创举，具有重要意义。

马援在陇西时曾上一书，建议朝廷仍旧铸五铢钱，但没见回应此事遂罢。等到马援回朝，看到前所上报的奏折，针对上面批注的十多条反对意见，一一认真改进、解释，并重新再予上疏。刘秀同意了他的主张，百姓们都感到了方便。

虮虱无依：一次马援在平乱时上表皇帝，说道：破贼须破巢，除掉山林竹木，敌人就没有藏身之处（地），好比小孩头上生了虮虱，剃个光头，虮虱就无所依附了。据说光武帝刘秀看了，认为他的话、比喻、方法都很好，便下令把宫中小黄门头上有虱子的一律剃成光头。

屈节辱命,虽生,何面目以归汉

——(汉)苏 武

历朝历代,坚持民族气节的杰出代表大有人在,然而苏武是其中最为著名的人物之一。

苏武(公元前 140 年—前 60 年)字子卿,杜陵人(今陕西西安)。出身官宦之家,以承袭父荫在汉武帝朝时为郎。汉武帝时讨伐匈奴,双方均常有使节往来或沟通或侦察。天汉元年(前 100 年)且鞮侯单于即位,其恐受汉朝攻击便认汉天子为长辈,送还以前扣押在彼处的使臣等,武帝嘉许之,派苏武以中郎将身份持节护送同样扣押在汉的匈奴使者回国,并赠予礼物。苏武率副中郎将张胜、使臣常惠及随从百余人同行。

到了那里,不料其时匈奴上层乱起,缑王、虞常等谋乱,其中虞常与张胜有旧,私下见张并告之其事,张表示可向朝廷请功。但就在起事的前一天被人告发,缑王战死,虞常被捉。张胜惊恐之余遂将情况汇报苏武。果然虞常供出了张胜,单于欲杀汉使,召苏武受审。苏武对常惠说:"屈节辱命,虽生,何面目以归汉。"遂拔剑自杀。经抢救已经停止呼吸的苏武被救了回来。单于也弄清了情况,佩服苏武的节操,早晚派人探望问候;张胜被监禁。单于派了汉朝的降将卫律去劝降苏武,苏严辞斥其:你为人臣子,不顾恩义,背叛君主和父母,投降蛮夷做俘虏;你明知我不会降,若要杀我,就会招致两国开战,匈奴的覆灭就从我开始吧!

单于见苏武如此忠贞刚直越发要迫其投降,因其于露天的大地窖,不给吃喝。天雨雪,苏武就雪水吞嚼毡毛以果腹,竟几日不死,匈奴以其为神。继而迁其去北海,说羝有乳(指待公羊生小羊后)才可以放他归汉;同时将部属常惠等安置在他处。于是苏武持节牧羊,没有粮食,掘挖野鼠所贮藏的果实以充饥。单于弟于靬王去北海打猎,遇之尊重并善待苏武,给了食物、衣被、马匹、穹庐。好景不长,于靬王亡故后,苏武又遭受盗窃,重新陷入困境。

汉将李陵天汉二年(前99年)兵败投降了匈奴。单于令其劝降苏武。李陵在北海设宴劝其:"乃兄苏嘉、弟苏贤均因侍奉皇室不周而死于非命,乃老母已仙逝,闻兄妻亦已改嫁,只剩下两个女儿一个儿子,还有两个妹妹,但也不知情况如何?你离家十多年了,人生如朝露般短暂,为什么要受这样的苦? 我并不想投降,但事出无奈:老母被留在那里;现陛下年事已高,法令无常,大臣们没有犯罪就被灭族的有数十家。你就听我的建议投降吧。"苏武说:"我苏家因为陛下才能获爵封侯,兄弟为近臣。臣子事奉君主如同儿子事奉父亲,儿子为父亲而死没有什么遗憾。"苏武谢绝了李陵的所谓建议。隔了几天,李陵又上门来劝降,苏武凛然作声:"我早已死了,如果一定要我投降,就停下今天宴席,我直接死在你面前!"李陵喟然长叹:"真义士! 我与卫律的罪过上通于天。"后李陵又至北海告诉苏武,汉武帝驾崩,苏闻讯向南大哭并呕血,每天早晚哭吊达数月之久。

昭帝即位,索要苏武,匈奴诡称苏武已死。汉使到匈奴,常惠设法求见告之苏武情况,并献策:可以说汉天子射猎,得一大雁,足附帛书言苏武在北海。如此苏武才得以归汉,随其归者有常惠等九人。

苏武归,昭帝令其拜谒武帝园庙,归奉那根代表汉朝的旄节(旄节上挂着的牛尾装饰物件都已掉光)。官封典属国并有赏赐。后苏武之子苏元涉谋反被杀,而苏武又与谋反者上官桀、桑弘羊等有旧,遂被免官职。元平元年(前74年)宣帝即位,赐苏武关内侯,并对其子侄有所封赐。甘露三年(前51年),匈奴归降,宣帝刘询忆及辅佐有功之臣,让人画了十一位名臣于麒麟阁以示表彰和纪念,苏武列在其末。

汉班固说:"使于四方,不辱使命,苏武有之矣。"(《汉书·卷五》)

宋文天祥《题苏武忠节图》诗曰:"独伴羝羊海上游,相遇血泪向天流。忠贞已向生前定,老节须从死后休。不死未论生可喜,虽生何恨死堪忧。甘心卖国人何处,曾识苏公义胆不。"

明徐均亦有诗云:"胡沙不隔汉家天,一节坚持十九年,白首微官甘属国,耻随李卫老戎旃。"

持汉节而不失

——（汉）张　骞

"第一个睁眼看世界的中国人"张骞是一个名副其实的外交家、旅游家、探险家，更是一个"丝绸之路"的开拓者。

张骞（公元前164年—前114年）字子文，汉中郡城固博望村人（今陕西汉中城固县）。因两度奉命出使西域，屡建奇功，官至大行封博望侯。

楚汉战争时期，匈奴冒顿单于趁机扩大势力，控制了中国东北部、北部及西部广大地区。西汉初，冒顿单于征服西域，向各国征收赋税；匈奴又以西域为据点，经常侵犯汉朝的领土，骚扰和掠夺中原居民。汉武帝刘彻即位后，意识到西域的重要性，又获悉西域的大月氏与匈奴有深仇大恨，便决定联系大月氏，相约共同夹击攻打匈奴，以断其臂扼其势。建元二年（公元前139年），张骞奉汉武帝命出使大月氏，同行有胡人甘父为向导，随从百余人。

途中张骞一行被匈奴骑兵抓获并扣押，不仅不放其等去大月氏，还狂言诘之。匈奴单于用尽威逼利诱之各种手段，张骞"持汉节而不失"，坚持自己所肩负的通使大月氏的使命和决心，在匈奴留置前后达十一年之久。其间，匈奴方面令其妻匈奴女，并生儿，此乃一为监视其举止行动，二为使其消磨意志。张骞趁匈奴放松对其的监管之机，带随从及妻儿脱逃。时大月氏已又向西迁移，征服大夏国，建立了新的家园。于是张骞一行折向西南，经多地后抵达大宛国（今乌兹别克斯坦费尔干纳盆地）。一路风餐露宿，艰苦备尝；不少人因饥渴、体力不支葬身黄沙、冰窟。大宛国王接待了张骞，表示要与汉朝往来，并派员护送其等去康居、大月氏。时过境迁，此刻的大月氏不愿再与汉联手攻击匈奴，张骞劝说无益。返国途中又被青海地区的羌人俘获，已经成为匈奴附庸的羌人将张骞交给了匈奴。不久匈奴内乱，张骞带着妻儿和甘父逃回长安。届此，张骞在外历时十三年，其百余人往，仅二人归。

张骞向汉武帝报告一路所行所见所闻以及各国、各地的情况，包括葱岭东西、中亚、西亚和安息、印度诸国的位置、人口、城市、兵力及物产等。武帝极其高兴，这位想作为有作为的杰出皇帝眼前出现了一片新天地。这也是中国历史上第一次对外部世界的了解。张骞、甘父俱获封赏。

元狩四年(公元前119年)汉武帝命张骞为中郎将，率三百多名随员携带大量的金银丝帛、牛羊等物第二次出使西域以求联合乌孙国攻打匈奴，并宣扬大汉国威。张骞派出副使多人多路分赴大宛、康居、大月氏、安息，足迹遍布西亚、中亚，最远的使者到达地中海沿岸的罗马帝国和北非。四年后张骞偕乌孙国使者回到长安。此行促进了汉与各国的联系和贸易往来，以致"商胡贩客，日款于塞下"。汉王朝又先后下嫁汉公主与真心输诚的乌孙国王昆莫、岑陬。汉武帝还两次派兵西征大宛，破除匈奴对其的控制，并俘获大量的汗血马。各国震惊之余，纷纷与汉结交。汉政府在楼兰、渠犁(今甘肃塔里木河北)、轮台(今新疆库车)驻兵屯垦，这样为以后设置西域都护府打下了基础。以后汉使又出访了安息(今伊朗境内)，双方礼尚往来。如此标志了连接东方中国和西方罗马的丝绸之路正式建立。

张骞的两次出使西域，沟通中国与西亚、中亚、欧洲的交往，中国的丝绸织品等从长安往西，经河西走廊(今甘肃境内)，到安息(今伊朗高原和两河流域)，再从安息到西亚和欧洲的大秦(罗马帝国)，形成了著名的丝绸之路，有效促进了东西方的经济发展和文化交往。

张骞于第二次出使西域之前，他又为连通西南作了探索，与滇越、夜郎及其他少数民族地区建立联系。元鼎元年(前111年)汉王朝正式设置了越嶲、沈黎、汶山以及益州、交趾等郡，基本上完成了对西南地区的开拓和规整。

在张骞到达中亚各国的一千一百多年后，马可·波罗才到了中国；一千三百多年后，哥伦布的船才驶向东方。

史书誉张骞：为人强力，宽大信人。

司马迁称他出使西域，取"凿空"之效，即打通了通道。

有人将其与苏武相比，以为张骞的作用、历史地位不亚于苏武，他更应该进入汉宣帝时的麒麟阁。然而缘于时位迁易、或各人眼中的评判功劳的标准不一等等，有些事、有的人没法比。不过不管怎样，张骞和苏武都是中华名人，各有千秋。

不能清中原而复济者，有如大江

——（晋）祖 逖

祖逖率部渡江北上，在中流处敲打船楫，朗声发誓："祖逖不能清中原而复济者，有如大江!"其言其势，铿锵有力，尽表一往无前，若不成功就像那江水一去而不复返的决绝、决心! 这就是著名的"中流击楫"，当可谓豪气贯长虹，壮举天下闻。

祖逖（266 年—321 年）字士稚，称祖生，范阳逎县人（今河北保定涞水县）。年轻时不拘小节，重义轻财；成年后发愤读书，操文习武，志在匡时济世。先后任：司州主簿、太子中舍人、奋威将军、豫州刺史。死后追赠车骑将军。

元康元年（公元 291 年）"八王之乱"爆发。祖逖的英勇善战名声在外，先后被召或重用，效命多王。后被琅琊王司马睿所用，任命为徐州刺史，军谘祭酒，率部屯驻京口（今江苏镇江）。他建议司马睿北伐，祖逖说"晋室之乱，非上无道而下怨叛也，由宗室争权，自相鱼肉，遂使戎狄乘隙，毒流中土。今遗民既遭残贼，人思自奋，大王诚能命将出师，使如逖者统之，以复中原，郡国豪杰，必有望风响应者矣"。（见《资治通鉴》）他大声疾呼"庶几国耻可雪，愿大王图之!"彼时司马睿意在开拓江南，虽不愿北伐又不能反对，遂命祖逖为奋威将军、豫州刺史，但只给了他千人之粮饷、三千匹布帛，让他自行募兵，自铸武器。好像有一点如同现时的承包性质!

祖逖没有灰心，毅然领命北伐。建武元年（公元 317 年），他率领自己的宗族、部曲百余家，从京口渡江北上。船行至中流，他顾念北地百姓之苦、王命之重，热血沸腾，豪气干云，击楫发誓，表达了自己的心愿、决心，若不能收复失地，平定中原，救百姓于水火、倒悬，就如同大江一样，"逝者如斯"，有去无回!

祖逖有勇有谋，善于用兵，并且体恤部曲，礼贤下士，奖罚公开，深得民心。渡江北上后，先后收复豫州等地，打通北伐通道；在北地人民的响应、支持下，数年间收复了黄河以南的大片土地，迫使外夷不敢南侵。

太兴元年（公元 318 年）司马睿在建康（今南京）称帝，建立东晋。太兴四年（公元 321 年)朝廷任命戴渊为征西将军,都督司兖豫并雍冀六州诸军事、司州刺史,出镇合肥,让祖逖边缘化,并受到牵制。祖逖目睹朝内争斗,国是日非,担忧北伐受阻;不久忧愤而逝,壮志难酬;北伐功败垂成。

关于祖逖还有个故事:闻鸡起舞。祖逖在任司州主簿之时有个叫刘琨的和他同为主簿,二人志同道合,有感时局,慷慨激昂,常存报效国家之心,亦时时相互勉励干一番事业。他们住在一起,中夜闻鸡鸣,祖逖踢醒刘琨,二人披衣起床,拔剑练武。刘琨后来听说祖逖被任用,给亲友写信,言道:"吾枕戈待旦,志枭逆虏,常恐祖生先吾着鞭。"二人意气相投如此,争先恐后为国效命!刘琨乃西汉中山王刘胜之后,晋朝政治家、军事家、文学家、音乐家,官职高过祖逖,经历丰富,但能力、名望则不及祖逖。

文天祥有《祖逖》诗云:"平生祖豫州,白首起大事,东门长啸儿,为逊一头地。何哉戴若思,中道奋螳臂。豪杰事垂成,今古为短气。"

清魏源有评论,"古豪杰之用也,有行事可及,而望不可及者,何哉?同恩而独使人感,同威而独使人畏,同功而其名独震,同位而其势独崇,此必有出于事业名位之外者矣,有德望,有才望,有清望";而他明确点出,"祖逖""其有才望也"。

岂有堂堂中国空无人

——（宋）陆 游

受父辈及老师的影响,陆游始终坚持抗金主张,他身体力行:曾经在王炎军中任职,到过大散关等抗金前线,随范成大入蜀多年。军中生涯丰富了他的阅历,他诗歌的作品自然多了忠君爱国,驱虏建功的内容,呈慷慨激越,悲壮雄浑的风格。尽管受打击和排斥,但他不改初衷。作为诗人、作为爱国主义诗人,就两者统而言之,整个宋朝陆游是最杰出的;作为词作大家,成就也同样突出。

《金错刀行》:"黄金错刀白玉装,夜穿窗扉出光芒。丈夫五十功未立,提刀独立顾八荒。京华结交尽奇士,意气相期共生死。千年史册耻无名,一片丹心报天子。尔来从军天汉滨,南山晓雪玉嶙峋。呜呼,楚虽三户能亡秦,岂有堂堂中国空无人!"诗中激荡的劲节,燃烧的斗志,夺人心魄。尤其末二句:楚虽三户能亡秦,岂有堂堂中国空无人。此诗运用战国时期秦楚相争,楚为之激烈抵抗的事例,以示中华有人,国脉不绝;大义凛然,大气磅礴;无论在当时、现今以及将来,均足以惊天地泣鬼神,压倒一切。

陆游(1125年—1210年)字务观,自号放翁,山阴人(今浙江绍兴)。从二十岁时有志"上马击狂胡,下马草军书",终其一生,忧民、报国、反金一以贯之。上述《金错刀行》作于其四十九至五十岁间。五十二岁时,诗人遭贬官又值病,写下《病起书怀》,诗云:"病骨支离纱帽宽,孤臣万里客江干。位卑未敢忘忧国,事定犹须待阖棺。天地神灵扶庙社,京华父老望和銮。出师一表通今古,夜半挑灯更细看。"处境不佳之际仍心忧天下,自己"位卑未敢忘忧国",到入棺下土方言停(定)!"京华父老望和銮",希望天子亲征,收复失地。并以诸葛亮为榜样,寻觅大略、良机去济世匡时。诗中的第三句成为历来的名言警句,感动和影响了多多少少的学子、壮士、草民、士卒!

陆游在六十二岁时写下《书愤》一诗,诗中有句:"楼船雪夜瓜洲渡,铁马秋风大散关",忆及并以当年在瓜洲渡和大散关对金开展激战并取得胜利的事实自励,虽时局变幻,但作者不改初衷,壮志在怀:驱虏,驱虏!

晚年虽然生活闲适,但他心头的大石未卸:"僵卧孤村不自哀,尚愿为国戍轮台。夜阑卧听风雨声,铁马冰河入梦来。"(《十一月四日风雨大作》)虽有壮怀、豪情但被逼无奈,人微言轻,无法挽狂澜,他写下《诉衷情》词:"当年万里觅封侯,匹马戍梁州。关河梦断何处,尘暗旧貂裘。   胡未灭,鬓已秋,泪空流。此生谁料,心在天山,身老沧州。"悲愤今昔相同,热血秉性依旧。

陆游一生作诗万余首,最后一诗就是《示儿》:"死去元知万事空,但悲不见九州同。王师北定中原日,家祭无忘告乃翁。"不事雕琢,直抒胸臆,充满了纵贯一生的浓郁的爱国精神:戎马报国有过,献计谋划有过,毕竟九州未统,悲痛!

陆游的其他一些作品,散见一些大气、激越的句子,如珍珠般闪烁光芒:"壮岁从戎,曾是气吞残虏";"自许封侯在万里";"有谁知,鬓虽残,心未死";"羽箭雕弓,忆呼鹰古垒,截虎平川";"君记取,封侯事在,功名不信由天";"山中有异梦,重铠奋雕戈";"熊罴百万从銮驾,故地不劳传檄下"。

是故陆游诗的豪放悲壮难以超逾。梁启超有诗赞之:"诗界千年靡靡风,兵魂销尽国魂空。集中十九从军乐,亘古男儿一放翁。"(见《读陆放翁集》)

朱自清也极其认可陆游,其一说法稍过却也属实:"过去的诗人里,也许只有他才配称为爱国诗人!"

死而后已,岂受若等胁邪

——(唐)颜真卿

颜真卿(709年—785年)字清臣,别号应方,别称颜鲁公,颜平原。京兆万年人(今陕西西安),祖籍琅玡临沂(今山东临沂)。开元二十二年(734年)登进士第,历任县尉,监察御史,殿中侍御史,平原太守,吏部尚书,太子少师,太子太师。死后追赠司徒,谥"文忠"。他是唐代著名的政治家、书法家;亦是颜门子孙,颜之推(《颜氏家训》作者)的五世孙,司徒颜杲卿(常山)从弟。

颜真卿为人刚直不阿,在朝、外黜、复还朝,得罪过多位宰相:杨国忠、元载、杨炎、卢杞等,但他从书生到斗士到统帅到名臣,不改初衷,不随炎附势。颜真卿被贬为平原太守时,该地属安禄山辖区;在颜的眼中,安禄山谋反迹象已显,颜假托阴雨不断,暗中加高城墙,疏通护城河,招募壮丁,储备粮草。安禄山叛,其据平原而奋力抵抗,时河北二十四郡均陷入叛军之手,而独独平原郡巍然在。唐玄宗接讯报,慰甚:"朕不识颜真卿形状如何,所为得如此!"颜杲卿是他的堂兄,时为常山(现河北正定)太守,不畏强敌,杀叛军将领,智勇双全,使十七郡重新归顺朝廷,推举颜真卿为盟主,聚兵二十万,有力抵制、阻击了叛乱。

肃宗时复其为御史大夫,因建议太庙筑坛等得罪宰相,被贬为冯翊太守,继为饶州刺史。其间又奉诏入京,遭李辅国恶,由刑部侍郎出降为蓬州刺史。代宗时,身为刑部尚书的颜真卿上书参奏时任宰相元载阻塞言路,元载认为其诽谤,遂又被贬为吉州司马,三年后改抚、湖两州刺史。后又因不见容于权相杨炎,由吏部尚书移换任太子少师。

颜曾久任礼仪使,对参与制定礼仪有建树。建中三年(782年)他向德宗建议:追封古代名将六十四人,并为他们设庙享奠。德宗采纳了他的建议。此举对于当时、后世影响非凡。宰相卢杞擅权时,移其为太子太师,并欲去其,另作安排。颜真卿找上门去,慨然言道:你父卢中丞的头颅送到平原郡时,脸上满是血,我不忍心用衣服擦，用舌头舔净；你就忍心不容我？杞蘷然下拜，而衔恨切骨。在朝廷削藩斗争中，淮西节度使李希烈勾结其他藩镇叛乱，这位卢宰相力劝德宗派颜奉敕宣慰，众人哗然；而颜奉旨毅然前行。李希烈竭力予以拉拢，许以宰相位，威胁利诱，他毅然回答：若等闻颜常山否？吾兄也，安禄山反，首举义师，后虽被捕，骂贼不绝于口。吾年近八十，官太师，吾守吾节；死而后已，岂受若等胁邪？颜真卿坚贞不屈，他毅然赴死，曾自蹈火阵被阻；最后被李希烈下令缢死。消息传出，朝野悲恸。半年后，李希烈为部下所杀，颜真卿的灵柩被送护回京。德宗皇帝下诏停朝五日，并亲颁诏文："才优匡国，忠至灭身，器质天资，公忠杰出，出入四朝，坚贞一志，拘胁累岁，死而不挠，稽其盛节，实得犹生。"

宋文天祥有《过平原作》诗，盛赞颜真卿。诗云："平原太守颜真卿，长安天子不知名。一朝渔阳动鼙鼓，大江以北无坚城。公家兄弟奋戈起，一十七郡联夏盟。贼闻失色分兵还，不敢长驱入咸京。明皇父子将西狩，由是灵武起义兵。唐家再造李郭力，若论牵制公威灵。哀哉常山惨钩舌，心归朝廷气不慑。崎岖坎坷不得志，出入四朝老忠节。当年幸脱安禄山，白首竟陷李希烈。希烈安能遽杀公，宰相卢杞欺日月。乱臣贼子归何处，茫茫烟草中原土。公死于今六百年，忠精赫赫雷当天。"生平、功绩尽颂，贼子、奸臣斥遍，英雄不死，忠节常在。

宋洪迈则说："颜鲁公忠义大节，照映今古，岂唯唐朝人士罕见比伦，自汉以来，殆可屈指也。"（《容斋随笔》）

颜真卿自小随外祖父习字，宗二王，初师褚遂良，后师张旭，创出"颜体"楷书，与赵孟頫、柳公权、欧阳询并称"楷书四大家"。苏东坡评判为："诗至于杜子美，文至于韩退之，画至于吴道子，书至于颜鲁公，而古今之变，天下能事尽矣。"

欲以性命归朝廷

——(明)杨　涟

　　杨涟铮铮铁骨,身为左副都御史,一个谏官,他不畏魏忠贤及其阉党的淫威,毅然上书。但受到了被免职、遭诬陷,严刑加身,最后被杀。然而他不改初衷,在狱中留下血书。

　　血书全文:"涟今死杖下矣!痴心报主,愚直仇人,久拼七尺,不复挂念。不为张俭逃亡,亦不为杨震仰药,欲以性命归朝廷,不图妻子一环泣耳。

　　"打问之时,枉处赃私,杀人献媚,五日一比,限限严旨。家倾路远,交绝途穷,身非铁石,有命而已。雷霆雨露,莫非天恩,仁义一生,死于诏狱,难言不得死所,何憾于天?何怨于人?

　　"惟我身副宪臣,曾受顾命。孔子曰:'托孤寄命,临大节而不可夺!'持此一念,终可以见先帝于在天,对二祖十宗与皇天后土、天下万世矣。大笑、大笑、还大笑!刀砍东风,于我何有哉?"

　　读此狱中血书,悲愤悲壮悲情,齐齐涌上心头,充斥胸臆,其势其气如雷贯耳,撼动六合。痴心报主,舍命维护皇权朝廷;因受顾命,大节不可夺;刀砍东风,于我何有哉!面对魏忠贤此等阉党及其恶行劣迹,大笑大笑还大笑!看你等还能横行到何时。真不知当初若让魏忠贤及其党羽见之,会作何想?作何反应?

　　杨涟(公元1572年—1625年)字文孺,号大洪,湘广应山人(今湖北广水)。万历三十五年(1607年)进士,初任常熟知县,举全国廉吏第一。入朝后任户科给事中,兵科给事中,官至左副都御史。尽心辅助光宗朱常洛、熹宗朱由校。是明代著名的谏臣,"东林六君子"之一。

　　明神宗朱翊钧长时间不理朝政,又因病后宫干预政事;杨涟力主太子朱常洛侍从周围。为确保太子顺利登基,他挺身而出,力阻内宫、宦官干扰,呕心沥血,几乎夜夜不睡。太子登基即位为光宗,数日又因病疾,临终召见杨涟指定其为顾命大臣,托孤太子。从光宗登基驾崩到熹宗朱由校即位,前后共六天。史书称其:六天内"涟须发尽白,帝亦数称忠臣"。

宦官魏忠贤勾结朱由校乳母容氏,在朝中独揽大权,肆意为虐。一些大臣、官吏纷纷投靠魏,结合"阉党",形成"五虎""五彪""十狗""十孩儿""四十孙"等势力,迫害正直的大臣、官员,打击东林党人。其党羽先后给识字不多的魏忠贤炮制了:《缙绅便览》《同志录》《东林点将录》,按《水浒传》方式列了一百零八将,遍及东林党人和与魏忠贤作对的官员名单;又呈上《天鉴录》,记载忠于魏忠贤的人,魏据此杀伐或任用。其一手遮天,以至被称为九千九百……岁,仅差皇帝百岁;各处建其生祠,连花费几十万的都有。天启四年(公元1624年),杨涟上书弹劾魏忠贤,列举其二十四大罪状,揭露其迫害先帝旧臣,干预朝政,逼死后宫贤妃,操纵东厂滥施淫威,造成"宫中、府中,大事、小事,无一不是忠贤专擅"的局面;尖锐指出"致掖廷之中,但知有忠贤,不知有陛下,都城之内,亦但知有忠贤,不知有陛下";恳切盼求熹宗"大奋雷霆,集文武勋戚,敕刑部严讯,以正国法"。魏忠贤闻之大骇,在熹宗面前掩饰、叫屈、诉冤;朱由校反而"严旨切责"杨涟。不久魏矫旨以"大不敬""无人臣礼"为由,将杨削职为民。

杨涟在魏的心目中自然属置之死地而后快的头号仇人。在魏的授意下,锦衣卫北镇抚司指挥许显纯诬陷杨受贿两万两银子,并将其与"东林六君子"中的其他五人一并收押。严刑用遍:钢针作刷,铜锤击胸,土囊压身,铁钉贯耳,令杨无法坐、立;但他仍不屈服,最后由许显纯亲自动手,把一根大铁钉钉入杨的头部致死,并暴尸六昼夜,蛆出穿穴,惨毒之状可怖!时天启五年(公元1625年),杨涟五十四岁。

杨涟在临死之前,咬破手指,写下上述血书。死后,看守在搜查时于其床席下发现血书,但没有上交藏在家中。在杨涟昭雪后才公之于众。

如此之人,如此之状,如此胸怀,当属:惊天地,泣鬼神。后人亦誉之:千年之下,终究不朽。

蒲松龄赞他:公生为河岳,没为日星。

朱纯臣说他:"涟事母至孝,为人忠贞孤介,慷慨自许,嫉恶如仇,故群奸百计诬挤,必欲死之。"(见《明熹宗悊皇帝事实录·卷六十一》)

明毅宗朱由检论其:"皇考违和,以笃祜切经心之痛;熹皇御极,以沉忧奠磐石

之安，一议而正名定分攸关。再疏而保身保家莫顾，群凶构陷，锻炼骈多，而尔肉绽而忠弥完，身忘而志如在。"(《崇祯诰命》)

　　杨涟之冤案在崇祯元年(公元 1628 年)平反，其被追赠为太子太保，兵部尚书；谥号忠烈。

苟利国家生死以

——（清）林则徐

知道林则徐，大多系由虎门销烟开始，围绕禁烟、销烟的斗争惊心动魄。其实这只是他几十年从政经历中的片断。综观他的一生，林则徐真可谓中国历史上一个杰出的具有大胸怀、大智慧、大眼界的思想家、政治家、诗人。

林则徐（公元 1785 年—1850 年）福建侯官人，字元抚，又字少穆、石麟，晚号俟村老人等。曾任湖广总督、陕甘总督、云贵总督，两次受命钦差大臣，官至一品。因其主张禁烟，有中国"民族英雄"之称；又因其在反对侵略的同时，对西方的文化、科技和贸易持开放态度，主张学其优而用，被誉为近代中国开眼看世界的第一人。

1839 年，广州禁烟，林则徐主其事；先前做了不少"功课"和铺垫工作，了解掌握情况后，下令收缴鸦片；同年 6 月 3 日在虎门进行销毁。此举震惊朝野，赞之者、毁之者都有，在大张中国人志气的同时，得罪了英国，中英关系就此破裂，禁烟销烟成为他们侵略中国的借口，第一次鸦片战争就此爆发。道光皇帝旻宁对此态度起了变化，又因为身边一些大臣的谗言构陷，1841 年 9 月道光皇帝以办理禁烟不善为由，下诏对林则徐和时任闽浙总督邓廷桢严加议处、随之革职。次年 5 月，广东战败，朝廷及权贵又将责任推卸给林则徐，革去林则徐的四品卿衔，充军新疆伊犁。行前，林再度上书，力言必须禁烟和重视海防，但却被道光皇帝斥为一派胡言。

去新疆途中，他感慨万千，写下《赴戍登程·口占示家人》一诗："力微任重久神疲，再竭衰庸定不支。苟利国家生死以，岂因祸福避趋之。谪居正是君恩厚，养拙刚于戍卒宜。戏与山妻谈故事，试吟断送老头皮。"诗所蕴藉的信息很多，对皇帝、对家人，谈志向、谈近况，有直诉亦有曲笔，但大气昂然。尤第三、四两句，极有分量，也有出典。崇祯皇帝朱由检（明毅宗）在为大臣杨涟平反并予以褒扬时就说过："苟利社稷，不惜一死。"其实早在东周春秋时期郑国的主政大臣子产就针对施政中有人攻击其及其父的言论说，"何害？苟利社稷，死生以之"，照样按规定办事，不畏个人生死。这大概是最早的出典了。林则徐用此来表明心迹，自我激励。也是在去新疆的途中，林被调遣去（戴罪）治理黄河水患，辛苦劳碌历时半年，消弭了水灾，却依旧"仍往伊犁"，众人不平，本人伤心，一时间情绪消沉。

　　清朝的杰出人物魏源因为父亲魏邦鲁曾是林则徐的部下，所以认识。魏源敬钦林则徐，而林亦一直看好他，推荐他去主战派人物两江总督裕谦处为幕僚，也算投笔从戎。他在为林则徐送行时，林则徐交代他要将海外列强经济、文化、科技收集编辑成书，"以期能开吾国民眼界，悟得御侮之道！"并同时交给自己的手稿《四洲志》及许多资料。事后魏源不负厚望，出版《海国图志》，提出"师夷长技以制夷"等命题、观点，在当时掀起轩然大波，并影响到日本。这是林则徐去新疆之前的事。

　　道光二十五年（公元 1845 年）林则徐被重新起用，他在新疆留下的政绩、口碑至今在传颂。离开新疆后出任多处总督，处置大事、难事，诸如治理水利，剿匪平叛，赈灾抚民，保疆惕敌等等。其间，他因老友胡林翼的推荐与左宗棠见了一面。一老一少一边喝酒一边纵论天下，通宵达旦，林亦极其认可这位后进俊杰，予以点拨及教益，并就自己在新疆的实践和观感，郑重提出要提防沙俄的野心，甚至说到西定新疆，舍君莫属！真是慧眼识英才，料事如神一般的神来之笔。几十年后左大将军平定了由沙俄支持的阿古伯的叛乱，收复新疆全境！

　　林则徐作为一个伟大的爱国者，又是一个赤诚的忠臣，不论顺蹇，不论处境，"无一事不认真，无一事无良法"，一生从政四十年，历官十三省。在皇帝的眼中和心目中，要的只是能办事、不添麻烦的贤臣能吏，如同一块砖，哪里需要往哪里搬，"能者多劳"。林则徐也就成为一个中规中矩的大臣。道光三十年（1850 年）林则徐病逝，终年六十六岁。死后获晋赠太子太傅，历任一切处分悉行开复，谥文忠。

　　作为思想家、诗人、家长，林则徐的一些言论很有道理，充满睿智、哲思。如：

　　"海纳百川，有容乃大；壁立千仞，无欲则刚。"

　　"海到无边天作岸，山登绝顶我为峰。"

　　"子孙若如我，留钱做什么，贤而多财，则损其志；子孙不如我，留钱做什么，愚而多则，益增其过。"

　　"存心不善，风水无益；父母不孝，奉神无益；行止不端，读书无益；时运不济，妄求无益；妄取人财，布施无益；不惜元气，医药无益。"（见其《十无益》节录）

文臣不爱钱,武官不惜死

——(宋)岳　飞

题目完整的表述为:"文臣不爱钱,武官不惜死,不患天下不太平!"这是数次投戎,经历大小战斗几百次的岳飞,在洞悉了战场、官场里外暗明,熟谙那些主和派、投降者的伎俩,并根据自己的经历、体悟,发出的大声呐喊!这一呐喊一直延宕、回响至今,实在是至宝、圭臬,振聋发聩,夺人心魄。

岳飞(公元 1103 年—1142 年)字鹏举,相州汤阴人(今河南安阳汤阴),著名的军事家、战略家、书法家、诗人、民族英雄。

其少时务农,家贫力学,事母甚孝。熟读《左氏春秋》,深研《孙子兵法》,功底厚实,胸有深韬大略,应募从军,参加灭辽之役,后参加抗金。"靖康之变"后,康王赵构即位为宋高宗,时年二十五岁因军功升迁武翼郎的岳飞不顾人微言轻,向皇帝上书数千言:陛下已登大宝,黎元有归,社稷有主,已足以伐虏人之谋,而勤王御营之师日集,兵力渐盛。彼方谓吾素弱,未必能敌,正宜乘其怠而击之。为今之计,莫若请车驾还京,罢三州巡幸之诏,乘二帝蒙尘未久,虏穴未固之际,亲率六军,迤逦北渡,则天威所临,将帅一心,士卒作气,中原之地指期可复。

耿耿丹心之人,披肝沥胆之言,岳飞得到的是:"书奏,大忤用事之臣,以为小臣越职,非所宜言,夺官归田里。"被夺军职,去军籍,逐出军营,"因上书论事,罪废,偶幸逃死,孤子一身,狼狈羁旅"。(岳飞自言,见《金佗粹编》)

岳飞另觅出路,但屡屡发达,一度深得高宗信赖。然他一以贯之,坚持抗金,念念不忘北伐,收复失地。绍兴十年(1140 年)岳飞率部先后收复郑州、洛阳等地,又在郾城、颍昌大败金军,金兀术哀叹自己起自北方,未有今之屡见挫衄。他准备回撤了,在岳飞的步步紧逼下,秦桧之流起到了金兵所起不了的作用,继朱仙镇大败金兀术十万兵后,高宗赵构及奸相秦桧一意求和,不愿看到如此局面,以一日降十二道金牌下令岳飞班师。岳飞万般无奈,沉痛万分而泣道:"十年之功,废于一旦!"

局面一下子翻转。金兀术又有信遗秦桧："尔朝夕以和请,而岳飞方为河北图,且杀吾婿,不可不报。必杀岳飞,而后和可成也。"(《金佗粹编》)以后岳飞遭诬陷入狱,并以莫须有的罪名与长子岳云、部将张宪一同被害。几十年后,孝宗予其平反;后宋宁宗诏复其官,追封鄂王。

岳飞文武双全。作为文官,他轻财更不贪,所获赐赍率以犒将士,用私人财物(产)补助军用,为军队造弓二千张。当时宋高宗要在杭州为岳飞建宅,岳飞说:北虏未灭,臣何以家为?

岳飞从严治军,"贵精不贵多,谨训习,赏罚公正,号令严明,严肃纪律,同甘共苦";"冻杀不拆屋,饿死不虏掠"。以至在金人眼中亦惊赞:"撼山易,撼岳家军难。"

作为军事家,他的观点明确而犀利:

"善观敌者,逆知其所始,善制敌者,当先去其所恃。"

"谋者胜负之机也,故为将之道,不患无勇,而患无谋。"

"勇冠不足恃,用兵在先定谋。"

"正己而后可以正物,自治而后可以治人。"

"阵而后战,兵法之常;运用之妙,存乎一心。"

岳飞作为诗人(词人),他的《满江红》是名作:"怒发冲冠,凭栏处,潇潇雨歇。抬望眼,仰天长啸,壮怀激烈。三十功名尘与土,八千里路云和月。莫等闲,白了少年头,空悲切。

靖康耻,犹未雪,臣子恨,何时灭!驾长车、踏破贺兰山缺。壮志饥餐胡虏肉,笑谈渴饮匈奴血。待从头、收拾旧山河,朝天阙。"通篇高昂激烈(越),一气呵成,完整地表达了作者的心情和意志。"千载后读之,凛凛有生气焉。"(清陈廷焯)此作遂成为壮士的共同心声。他的《小重山》词:"知音少,弦断有谁听!"则坦露了他对投降派的愤怒和对时局的无奈。

他尊师重教,如对老师周侗。事母甚孝,接母亲在军营内一起生活,每每处理了军务,便去母亲处请安问候,病时奉侍汤药,寝而蹑足轻声。民间有岳母刺字一说,元人修《宋史》本传:初命何铸鞠之,飞裂裳,以背示铸,有尽忠报国四大字,深入肤理。

《宋史·岳飞传》有云:"求其文武全器,仁智并施如宋岳飞者,一代岂多见哉。"

文天祥云:"岳先生,我宋之吕尚也。建功树绩,载在史册,千百世后,如见其生。至于笔法,若云鹤游天,群鸿戏海,尤足见千城之选,而兼文学之长,当吾世谁能及之。"(见"岳飞书《吊古战场文》跋")

要留清白在人间

—— (明)于 谦

  于谦的《石灰吟》为："千锤万凿出深山，烈火焚烧若等闲。粉骨碎身全不怕，要留清白在人间。"此诗一说作于其十六岁时，为明心志；另一说作于其五十岁，时为巡抚山西、河南，十七年返京，因未送厚礼给权臣，遂遭其等诬陷入狱（因众情汹涌，数月后释出）之际，借誉石灰的清白来表示自己的刚正清廉，抒怀言志。于谦他一生以文天祥为榜样，钦佩岳飞；十五岁即中秀才，写诗言志的基础在那里。

  于谦(1398 年—1457 年)字廷益、号节庵，杭州府钱塘县人(今浙江杭州)。永乐十九年(1421 年)登进士第；宣德元年(1426 年)以御史职随明宣宗平定汉王朱高煦之乱，派任巡抚江西。后以兵部右侍郎巡抚山西、河南等地。其间受权臣王振迫害入狱，数月后复职。土木堡之变，明英宗兵败被俘，其力排众议，力挽狂澜，并以南宋为鉴，反对迁都，坚清固守。升任兵部尚书。明代宗即位，积极佐助，组织兵力二十余万，列阵北京九门外，抵抗瓦剌大军。瓦剌挟英宗逼和，于谦刚毅执言：社稷为重，君为轻，不许。瓦剌被迫释回英宗。于谦仍未敢松懈，积极备战，遣兵出关屯守。其号令明审，令行政达；忧国忘己，口不言功。又因个性耿直，为官清正，不谋私利，招众人忌恨。

  天顺元年(1457 年)英宗复辟，于谦被诬陷"谋逆"，含冤遇害，家被抄，时谦居高位，亦便服，骑瘦马，"死无余赀"；家人亦被贬戍边。当时有人攻讦其罪该灭族、其所推荐的文武大臣该诛；又有人要求榜其罪于天下。一时间希旨取宠者，都以谦为口实相邀。明宪宗时复官赐祭，《明史》称其：忠心义烈，与日月争光。其亦被称作志向高远，文武全才的明代三伟人之一。又与岳飞、张煌言并称"西湖三杰"。

  于谦治军有个显著的观点：管军者知军士之强弱，为兵者知将帅之号令。其治政认真，考虑周详，督促有力。清纪昀说他："谦遭时艰屯，忧国忘家，计安宗社，其忠心义烈固已昭著史册。而所上奏疏，明白洞达，切中时机，尤足觇其经世之略。

至其平日不以韵语见长,而所作诗篇,类多风格遒上,兴象深远,转出一时文士之右,亦足见其才之无施不可矣!"明王世贞曰:"少保负颖异之才,蓄经纶之识。诗如河朔少年儿,无论风雅,颇自奕奕快爽。"

可以读其若干诗。《咏煤炭》:"凿开混沌得乌金,藏蓄阳和意最深。爝火燃回春浩浩,洪炉照破夜沉沉。鼎彝元赖生成力,铁石犹存死后心。但愿苍生俱饱暖,不辞辛苦出山林。"此诗与《石灰吟》一黑一白,均为借物喻志。

《上太行》:"西风落日草斑斑,云薄秋空鸟独还。两鬓霜华千里客,马蹄又上太行山。"此诗作于因忤王振入狱,数月后释出复原职,又重新巡抚山西、河南之际,不改初心。

《荒村》:"村落甚荒凉,年年苦旱蝗。老翁佣纳债,稚子卖输粮。壁破风生屋,梁颓月堕床。那知牧民者,不肯报灾伤。"他同情生活在灾年、荒年的农民,看到他们的困境、窘迫,不由义愤,那些当官的人,当政的人不但不帮助他们,而且不肯据实上报治下的灾情及民众的损失。忧国的同时忧民,为民请命!

《惜春》:"无计留春住,从教去复来。明年花更好,只是老相催。"时光流年催人老,花儿照样开。伤时感怀。

他还有《悼内》诗十一首,情真意切。录其四:"尘寰冥路两茫茫,何处青山识故乡?破镜已分鸾凤影,遗衣空带麝兰香。梦回孤馆肠千结,愁对惨灯泪千行。抱痛苦嫌胸次窄,也应无处著凄凉。"睹物思人,梦回肠断,悲从中来,哀哉痛煞人!

留取丹心照汗青

——（宋）文天祥

　　文天祥诗《过零丁洋》为："辛苦遭逢起一经，干戈寥落四周星。山河破碎风飘絮，身世浮沉雨打萍。惶恐滩头说惶恐，零丁洋里叹零丁。人生自古谁无死，留取丹心照汗青。"这是一首千百年来极负盛名的壮烈之歌，真实写照，真情表露；高亢峻雄，大义凛然；光明磊落，气冲云霄。是民族气节和舍生取义的生死观的展示，充满了中华志士难能可贵的爱国主义激情。诗作于祥兴二年（公元1279年）正月，此前不久在海丰五坡岭不幸被俘的文天祥被押赴崖山，元朝都元帅张弘范命其写信劝降张世杰、陆秀夫（均为南宋将帅），文天祥大义凛然坚拒之，并写下此诗以明心志。全诗述事简扼，工整、形象，用词精准，气格轩昂，内涵博大，寓意深刻。尤其尾联，蓦然坚挺，朗朗上口的"人生自古谁无死，留取丹心照汗青"令人感到震撼，如撞钟之清音穿透空气、时光。据说敌帅张弘范看后亦连连说：好人，好诗！

　　文天祥（1236年—1283年）初名云孙，字宋瑞、一字履善，道号浮休道人、文山。江西吉州庐陵人（今江西吉安）。宋末政治家、文学家、诗人，抗元名臣，与张世杰、陆秀夫并称"宋末三杰"；官至右丞相，封信国公。

　　文天祥于宝祐四年（1256年）为新科状元，由宋理宗殿试钦定。旋因父丧守孝。开庆元年（1259年）补授承事郎，签书宁海军节度判官；同年，忽必烈率军攻鄂州（今湖北武昌），宦官董宋臣主张迁都，文上疏请斩董宋臣，并上御敌之计，未被采纳。后历瑞、赣等州。咸淳六年（1270年）任军器监，兼权直学士院，因草拟诏书有讽权相贾似道之语，被罢官。德祐元年（1275年）元军沿长江而东下，其罄家财为军资，招勤王兵至五万人，入卫临安。上书力陈将全国分成四镇，集中财力、兵力抗元；不见用。德祐二年（1276年）正月文天祥担任临安知府。不久宋朝请降，文天祥以右丞相兼枢密使身份奉命去元军议和，他当面斥责顶撞元丞相伯颜而被拘，押解北上途中逃归。五月，他与陆秀夫、张世杰及右丞相陈宜中等拥立益王赵昰为帝,在南平抗元兵败后继江西、广东抗元。祥兴元年(1278年)十二月在五坡岭被俘。后被押解至元大都(今北京),元世祖忽必烈亲自劝降,许以中书宰相之职,文天祥宁死不屈"愿与一死足矣"。至元十九年(1283年)已被监禁数年的文天祥慷慨赴义,临刑,谓吏卒曰:吾事已毕。问了南向,再三拜之。几日后其妻收尸,见其衣带中有赞:"孔曰成仁,孟曰取义;惟其义尽,所以仁至。读圣贤书,所学何事。而今而后,庶几无愧!"

文天祥在狱中收到女儿柳娘的信,知妻子及两个女儿在宫中为奴,他明白只要投降,家人便可团聚,但他不愿因此失节。他在写给妹妹的信中说:"收柳娘信,痛割肠胃,人谁无妻儿骨肉之情?但今日事到这里,于义当死,乃是命也。奈何?奈何?可令柳女、环女做好人,爹爹管不得。泪下哽咽、哽咽。"真是一个有情有义,但又以大局、大事为重的本色英雄。

文天祥作为文学家,作品亦多,如《文山诗集》《指南录》《指南后录》《正气歌》等。

《宋史》有言云:"宋至德祐亡矣,文天祥往来兵间,初欲以口舌存亡,事既无成,奉两孱王崎岖岭海,以图兴复。观其从容伏质,就死如归,是其所欲有甚于生者,可不谓之'仁'哉。"

明于谦赞其,"殉国亡身,舍生取义,气吞寰宇,诚感天地";"宁正而毙,弗苟而全。南向再拜,含笑九泉。孤忠大节,万古攸传"。

烽火连三月,家书抵万金

——(唐)杜　甫

　　杜甫的《春望》诗为:"国破山河在,城春草木深。感时花溅泪,恨别鸟惊心。烽火连三月,家书抵万金。白首搔更短,浑欲不胜簪。"

　　唐天宝十四年(公元755年),安史之乱爆发,次年叛军攻下长安。当杜甫闻知太子李亨在灵武即位(为唐肃宗)的消息后,把家小安置在鄜州的羌村,去投奔唐肃宗。路上被叛军俘获,带到长安。《春望》即写于757年的3月。又一次置身于长安,此时的长安变得太多太多了,太平盛世的繁华富庶的景象一扫而光,如今一片疮痍、满目凄凉。触景生情,念及国事、家事,悲国之破,伤亲人别,痛民疾苦,感慨万千。

　　《春望》全诗中无一"望"字,但明显传达了那种由远及近的距离观感和由弱变强的情感力度。眼前风光,心中忧伤。国破、城荒、草木丛深,一个"破"字,一个"深"字,惊心动魄;昔日之华都,今朝居然人烟稀少,一片荒凉。战乱带来的灾害和后果,即便在春天,花溅泪,鸟惊心。这里以景物拟人,以花鸟的惊悚失色之状、极言亡国去乡之苦之痛。

　　战乱之中,杜甫开始流亡生活,离乡背井,死亡的威胁近在咫尺。借助亲戚的帮助,从奉先到白水,从白水到鄜州又欲去灵武,半道上却被押解长安,家人四散,音讯杳无,牵肠挂肚的思念:可安好? 人如何? 饮食起居怎样? 战火割断了联系,辗转而至的家书太珍贵了,哪怕就是报平安、述事端、诉相思,直抵万金! 因为忧愁,磨难,白发稀疏,日见其少,连簪子也都插不上了,言尽悲凉、乃至心累!

　　此诗借景抒情,情景结合;以正衬反,以反悖正;对照强烈,对仗工整。虽然短小精悍,言简意赅,但深刻生动,涵盖无尽。忧国伤时念家悲己,含蓄自然,极具感染力。杜甫作为一个伟大的爱国主义诗人,作诗多多,此亦为其名品、代表作之一,体现了他浓郁顿挫的风格和驾轻就熟的功力。明胡震亨说及此诗:"对偶未尝不

精，而纵横变幻，尽越陈规，浓淡浅深，巧夺天工，百代而下，当无复继。"(《唐音癸签》)

自中国古代至近、现代，通讯方法随时代的进步而进步，随科技的发展而发展。从烽火台报信息，从击鼓传消息，从鸿雁传书，从青鸟递信，从鱼传尺素，风筝报讯，竹筒流传，从鸽、鹰、狗、马，从飞箭、飞刀，从邮驿(唐时陆驿、水驿及水陆兼办的驿站有 1600 多处)到邮政；以及发展到后来的电报、电话、传真、手机、网络、邮箱、短信、微博、微信、视频等等，将历史上一个刻骨铭心的环节一下子颠覆了：极其方便、极其之快，"烽火连三月"，家书时时阅。

杜甫(712 年—770 年)字子美，自号少陵野老，后世有称：杜拾遗、杜工部、杜草堂。原籍湖北襄阳，后徙河南巩县。唐代伟大的诗人，与李白齐名；李为诗仙，杜为诗圣。杜甫的诗如同百科全书，涉及方方面面，亦被誉诗史，其中对国家命运，战争灾难，民众疾苦，统治者的高高在上，达官贵人的骄奢淫逸等都有反映，对人生羁旅山川草木亦多有涉及，描述刻画入木三分，细节真实把握自如。著名的《北征》《三吏》《三别》，就是反映了国家、社会的动乱带给人民的痛苦和挣扎，忧国忧民，并将真情实事禀报皇帝、揭示于大众。

这里讲一下他的《登高》和《闻官军收河南河北》两诗。

《登高》："风急天高猿啸哀，渚清沙白鸟飞回。无边落木萧萧下，不尽长江滚滚来。万里悲秋常作客，百年多病独登台。艰难苦恨繁霜鬓，潦倒新停浊酒杯。"登高远眺之际，面对景物的同时，漂泊、孤愁、老病齐齐集在周遭，诗人的心情与景致相通：秋、愁，多病残生，潦倒他乡，艰难时局，苦恼人生！悲凉之景之境之情之心加之因病因贫因艰辛因濒老而苦恼、而断酒，情真词切，夺人心魄，真是个言者、闻者心情之恶劣、之难受无以复加。此诗的另一特色：八句都对，一篇中、一句中，意对、字律，十分讲究。每句都是流传千年的佳句名言。此诗被推为"杜集七言律诗第一"。(见清杨伦《杜诗镜铨》)明胡应麟谓此诗：精光万丈、旷代之作，古今七言律诗之冠。(见《诗薮》)

《闻官军收河南河北》一诗脍炙人口，历来被判为杜甫"生平第一首快诗也"。(见清浦起龙《读杜心解》)诗云："剑外忽传收蓟北，初闻涕泪满衣裳。却看妻子愁何在，漫卷诗书喜欲狂。白日放歌须纵酒，青春作伴好还乡。即从巴峡穿巫峡，便下襄阳向洛阳。"诗中那种一气呵成的旋律，欣喜欲狂的心情，感染力极强，它牵引人们的耳目心神欢快、跳跃地前行,那些个动感极强的词:"传"、"闻"、"穿"、"向"呈一波又一波、一浪又一浪的态势,将喜悦欢快引向极致。诗人喜,妻子喜,饱受战乱祸害之苦之累的人们喜,闻之读之的人亦喜,真正的感同身受:喜,同喜;大喜,喜若狂!苦尽甘来,甘苦备尝,否极泰来,福兮祸伏!纵酒,放歌,回乡;回乡,放歌,纵酒。心情欢快,节奏欢快,诗之词、情、意及整体格局、氛围洋溢着无尽的活泼、灵巧、欢快!放眼古往今来,如此快诗有几何?!

心安即是家

——(唐)白居易

典出白居易《种桃杏》诗:"无论海角与天涯,大抵心安即是家。路远谁能念乡曲,年深兼欲忘京华。忠州且作三年计,种杏栽桃拟待花。"(这是一首七言小律,只有六句三联,也称三韵小律,产生于六朝,兴于中唐,但后世多不传。)白居易还有《吾土》诗:"身心安处为吾土,岂限长安与洛阳。水竹花前谋活计,琴诗酒里到家乡。荣先生老何妨乐,楚接舆歌未必狂。不用将金买庄宅,城东无主是春光。"两诗表达白居易身居官场却萌生别意,追求宁静,向往如家一般的生活。人在仕途往往身不由己,种桃杏,水竹花,琴诗酒,谋活计,三年计,不念乡曲,心安为家,诸事且为乐,城外春光好。安心、心安,干该干的事,该干的活,除却烦恼和羁绊,调整心态,外适内和。白居易是一个不管顺境逆境既能管住自己又能放得开的高人。

白居易,字乐天。与李白、杜甫同为唐代伟大诗人。其生于722年,卒于846年,活了七十五岁,在唐诗人中属长寿又高产者。他的一生并不平坦,幼学贫苦遂矢志致学,勤奋克苦,又因体弱,疾病缠身,"昼课赋,夜课书,间又课诗,不遑寝息"所以很早就白了头。在以后的生活、创作及仕途中也时有阻滞,但仍一以贯之地从容以对。

他有志向。"仆志在兼济,行在独善。奉而始终之则为道,言而发明之则为诗。谓之讽喻诗,兼济之志也;谓之闲适诗,独善主义也。""文章合为时而著,歌诗合为事而作";"总而言之,为君、为臣、为民、为物、为事而作,不为文而作"。(见《与元九书》、《新乐府序》)

他有辉煌。著名的《琵琶行》《长恨歌》《卖炭翁》以及《秦中吟》《新乐府》等是唐诗中的瑰宝;他的诗以通俗平易著称,叙事抒情俱为上乘,情、境、意融为一体,有着很高的艺术成就。他的近三千首诗名篇、佳句迭现,"大珠小珠落玉盘",体现了白诗的功力、魅力。白居易的离世惊动了皇帝,唐宣宗李忱赋诗悼其:"缀玉联珠六十年,谁教冥路作诗仙? 浮云不系名居易,造化无为字乐天。童子解吟《长恨》曲,胡儿能唱《琵琶》篇。文章已满行人耳,一度思卿一怆然。"如此隆重、器重,当为少见。

他有政声。其曾主政忠州、杭州、苏州等,尤其杭州为其福地,也是他体现"达"、"济"能力的一个亮点。刚到杭州,他以诗明志"苏杭自古称名都,牧守当今做好官";针对西湖的泛滥,他力排众议,筑堤捍湖,兴修水利,灌溉农田,疏通六井,解决饮水,安排居民近湖而栖,安居乐业。他把自己俸禄的大部拿出来留充疏浚西湖的基金,这些都得到了百姓的好评。三年刺史,关心民生、为官清廉。白居易及以后的苏东坡作为大文豪,留下许许多多脍炙人口关于杭州、西湖的诗文墨宝,为西湖、杭州扬名立万长脸,功在千秋,以至有人说:"杭州若无白与苏,风光一半减西湖。"

他有烦恼:白居易曾上疏请捕刺杀宰相武元衡之凶而获权贵嫌恶,又有好事者诬其母亲因爱花坠井逝亡而却作《赏花》《新井》诗有伤名教,于是被奏贬刺史,继又被指摘"不当治郡"便改为江州司马。江州,今江西九江,白居易在彼虽不得志,但大体过得去,留下了《琵琶行》等诗,"同是天涯沦落人,相逢何必成相识","坐中泣下谁最多,江州司马青衫湿"是对自己处境、心情的写照。

他有法宝。一曰:诗酒人生。白居易自己说:"性嗜酒,耽琴淫诗,凡酒徒、琴侣、诗客多与之游";"每良辰美景或雪朝月夕,有好事者相遇,必为之先拂酒量,次开诗筐";"吟罢自哂,揭瓮拨醅,又饮数杯,兀然而醉,既而醉复醒,醒复吟,吟复饮,饮复醉……陶陶然,昏昏然,不知老之将至,古所谓得全于酒者,故自号'醉吟先生'。"(见《醉吟先生传》)他自酿美酒,自饮饮人,无论穷通聚散,得意失意;耽于政事,针砭时弊;寄情山水,暇整闲适;呼朋唤友,诗词娱乐;养性益寿,安享晚年,统统离不开酒,少不了酒。人生一杯酒中尽,白居易的酒味、酒趣、酒意真够浓的!

二曰:养生有道。白居易重视摄珍养生,讲究体宁心恬。眼病是白居易的一大患:"早年勤倦看书苦,晚年悲伤出泪多。眼损不知多处取,病成方悟欲如何? 夜昏乍似灯将灭,朝暗长疑镜未磨。千药万方治不得,唯应闭目学头陀。""眼藏损伤来已久,病根牢固去应难。医师尽劝先停酒,道侣多教早罢官",(均录自《眼病》诗)怎么办呢?"目昏安寝即安眠,足软妨行便坐禅。身作医王心是药,不劳和鹊到门前。"(《病中五绝句》其四)久病亦成医,悟道无先后。养生、锻炼、早起静坐叩齿饮茶食粥,一点不比现时养生锻炼的人们来得差! 白居易对气功有研究,奉行之余亦有心得,那种入定,意在气先,气意相融,百骸舒畅,身心皆和的感受是他经常的功课。

三曰:调适心态。可以晨练,可以斋食,可以餐药酒茶诗琴,可以"老去身闲百不为",关键在心态,心静心闲,修身养性,识分知足,自己心安,"放怀常自适",而且劝慰同辈偕老均快乐安康,"远行将近路",过好每一天。他的几首写于晚年的诗,如《对酒闲吟赠同老者》《闲居自题》《冬夜闻虫》等恬淡语真,静心怡人值得一读再读。其中所言比之于较之为先的那种:力践养生、心、性之道"外以儒行修其身,中心释教治其心,旁以山水风月歌诗琴酒乐其志"的养老要平淡、平静、平和得多了。

白居易的修为俨然大家,风范一流,离开仕途或即便人在仕途,他的"独善其身"也不是苦行僧式的独善其身,而不是"穷"或"不达",而是知天命,不逾矩,善于排遣人生烦忧,处处事事皆乐天。晚年的他尤其洒脱,放妓卖马,出资凿除巨岩暗礁,变险滩为舟行通道等,造福他人,造福社会。还是他本人说得好:"有书有酒,有诗有弦,有叟在中,白须飘然。识分知足,外无求焉。"如此境界,唯其可达!

载不动许多愁

——（宋）李清照

李清照的《武陵春·春晚》一词作于其南渡后避乱到金华时[宋高宗绍兴五年（1135年）]所作。词为："风住尘香花已尽，日晚倦梳头。物是人非事事休，欲语泪先流。　　闻说双溪春尚好，也拟泛轻舟。只恐双溪舴艋舟，载不动许多愁。"

流寓在外，国破家亡夫死无嗣，物是人非，愁绪万丈。虽然是春天，但已是暮春，春的尾声，春花凋零，芳香已逝于尘土。日高三丈依然无意梳头妆扮，"女为悦己者容"，斯人已逝，自己已无意费心劳力于此，"旧时天气旧时衣，只有情怀不如旧家时"，（《南歌子·天上星河转》）景物如旧，念及往事，如梦如幻，悲从中来，双泪流淌。双溪在金华城南，因东阳、永康二水汇合而得名，听闻那里还是不错的；日子总归要过下去，精神需要振奋，走出无尽的思念、伤感。"春尚好"，"泛轻舟"有点轻松、亮色，隐约表露了作者想去那里看看，坐上船儿在溪水中漂流，探春、访春，以舒情怀的想法。然而只"拟"而不是思定而行，转头又有变化：呵，那里的舴艋舟是否过于狭小，我的愁苦辛酸那样的多而且重，一叶扁舟又如何能载得动呢？沉甸甸的苦楚压垮了春天、扁舟。整首词表达的是作者的经历、思想和感情。

李清照（1084年—约1151年）号易安居士，出身名门，父亲李格非进士出身，苏轼的学生，官至吏部员外郎，母亲系状元王拱辰的孙女。自幼聪慧有才藻，工诗善文，尤长于词。十八岁时嫁赵明诚，夫唱妇随，琴瑟和鸣。赵明诚出游，易安时有词作送达，情意缠绵。一次她将《醉花阴》词函致赵明诚，明诚思胜之，遂杜门谢客、废寝忘食三日，得词五十余阕，杂以易安之作示友人，友人玩诵再三，说有三句乃绝佳。明诚诘之，其友乃曰："莫道不消魂，帘卷西风，人比黄花瘦。"明诚无语。易安的《醉花阴》为："薄雾浓云愁永昼，瑞脑消金兽。佳节又重阳，玉枕纱厨，半夜凉初透。　　东篱把酒黄昏后，有暗香盈袖。莫道不消魂，帘卷西风，人比黄花瘦。"此实为千古名篇。李清照的作品，据史料记载有《文集》七卷，《词》六卷，今均不传。

清时修《四库全书》从《永乐大典》中辑录了许多佚书，但馆臣对李清照的作品却未加辑录，这是极为可憾之事。如今流传的有词七十多首，其中差不多一半被疑非其作品；诗十多首、文三篇等，远不是她的全部。

南渡之前（以 1127 年为界），李清照的词风相对狭隘，多饮酒、惜花、风光、离别相思类。然若干词作脍炙人口，引起轰动。《如梦令·昨夜雨疏风骤》即是一例。该词："昨夜雨疏风骤，浓睡不消残酒。试问卷帘人，却道海棠依旧。知否，知否？应是绿肥红瘦。"

北宋末的大变化改变了李清照的家庭和思想。赵明诚曾为建康知州，闻报辖下有起兵叛乱之迹却不予采信，更无防范。兵变之际，与其同僚数人在夜间用绳子爬到城外"缒城宵遁"，遂遭罢免。后又被复用为湖州知州，在赴任路上一病不起亡故，长期收集的金石书帛在战火及逃难之中几乎丧失殆尽，身心凄苦，此番种种在她的创作中得到深刻又强烈的反映，其词风为之大变。著名的《声声慢》即作于南渡之后："寻寻觅觅，冷冷清清，凄凄惨惨戚戚。乍暖还寒时候，最难将息。三杯两盏淡酒，怎敌他晚来风急！雁过也，正伤心，却是旧时相识。　　满地黄花堆积，憔悴损，如今有谁堪摘？守着窗儿，独自怎生得黑！梧桐更兼细雨，到黄昏、点点滴滴。这次第，怎一个愁字了得。"叠字一用七对，道尽背景、心情、曲折、难以言传的哀愁连接家国弥漫了全词。在对生活情景铺陈描绘后，一个"黑"，一个"愁"，把气氛和情感渲染至无以复加的地步。易安在这种场景下创造性使用了叠字，符合形式为内容服务的原则，所取得超常的效果令人惊讶，为此有人评说"真有大珠小珠落玉盘之味"。

约在赵明诚死后三年，出自诸多缘由李清照改嫁张汝舟，未几张因贪图李的财产和金石书画未遂，恶言恶行甚至拳脚相加，李无奈之余提出离婚诉讼，并状告张劣迹。按宋律妻告夫要坐罪，李自己在受了数日的牢狱之苦后，幸获友人援手而脱离苦海。《武陵春》当作于此事之后，如此种种的变幻、苦楚，"物是人非"，居乱世如何能安，心情又怎么会好！

从当初的名门闺秀、贵妇人，著名词人，金石大家到晚境惨淡，孤寂一人，又陷改嫁非善之辈张汝舟案由的人生来看，易安的心是苦的、痛的，所以这样才能更好地理解《武陵春》《声声慢》以及她晚年的一些作品。

断肠人在天涯

——（元）马致远

马致远（生卒约 1250 年—约 1321 年），号东篱（一说名千里，字致远）；元大都人（今北京），原籍河北省东光县马祠堂。青年时刻苦学习，热衷功名，但受限于当时的政制，仕途坎坷。中年中进士，在浙江为官，官至工部主事。五十岁左右不满时政，隐居山林。

作为元代著名戏曲家、散曲家，他先后创作杂剧十五种，散曲一百二十多篇。其中他的杂剧《汉宫秋》、小令《天净沙·秋思》及套曲《秋思》成为其艺术创作的三大高峰。然而又以《天净沙·秋思》最为著名。"枯藤老树昏鸦，小桥流水人家，古道西风瘦马，夕阳西下，断肠人在天涯。"全部就二十八个字，白描写实的手法，紧凑精巧的结构，言简意绵的蕴藉。可以看成写生、作画，多景多物并置呈现，游子倦怠，苦于羁旅，伤于悲秋，凄凉飘零，如此种种汇聚交集；以景托情，寓情于景，各美其美，益景益情。小令的五句中，前三句，聚九物件：枯藤、老树、昏鸦、小桥、流水、人家、古道、西风、瘦马。言尽京西古道沧桑、苍凉，又以"夕阳西下"承接，添上一物"夕阳"，又以此一统，在萧索凄清的气氛和环境中，带出"断肠人在天涯"的主旨、重点。《天净沙》乃曲牌名，又叫《塞上秋》，此曲二十八个字中不见"秋"字，却尽得秋兴秋意秋趣秋思，囊括秋之奥妙！小令而已，当可谓：小身材，大容量。

对《天净沙·秋思》的评价历来很高。明王世贞认为它是"景中雅语"。（《曲藻》）元末周德清在《中原音韵》中将《天净沙·秋思》誉为"秋思之祖"。明王骥德评其："有比之于诗中杜甫。"（《曲律》）王国维则说："《天净沙》小令，纯是天籁，仿佛唐人绝句。"（《宋元戏曲考》）又说它"深得唐人绝句妙境。"（《人间词话》）

其实在马致远之前的有董解元《西厢记》中一曲《赏花时》，另有元代无名氏的《醉中天》两者与《天净沙·秋思》相似度极高。董解元的《赏花时》为："落日平林噪晚鸦，风袖翩翩吹瘦马，一经入天涯，荒凉古岸，衰草带霜滑。瞥见个孤林端入画，篱落萧疏带浅沙。一个老大伯捕鱼虾,横桥流水。茅舍映荻花。"无名氏的《醉中天》云:"老树悬藤挂,落日映残霞。隐隐平林噪晓鸦,一带山如画,懒设设鞭催瘦马。夕阳西下,竹篱茅舍人家。"

相比较而言,马致远的曲章更精炼,自然、简朴、纯粹,没有拖泥带水。固然其受到董解元的启发、影响,只不知那位无名氏与马致远在世或为文孰先孰后,但可以肯定的是,马致远从自己的经历、感观、思绪出发,再创作,铺排至极,点出主题,取得了非同寻常的效果。

综观马致远的作品,其散曲内容主要包含:写景、叹世、闺情、世象等方面。文辞优美,豪放有,亦多愤世嫉俗之作,也存有逃避现实的消极思想。套曲《秋思》对此亦有反映。他晚年不满现实,归隐山林,避祸全身后也有一些作品可以欣赏。如《四块玉·带月行》:"带月行,披星走。孤馆寒食故乡秋,妻儿胖了咱消瘦。枕上忧,马上愁,死后休。"又如《清江引·野兴》:"林泉隐居谁到此?有客清风至。会作山中相,不管人间事。争什么半张名利纸?"

马致远的作品好,也给他的乡亲带来福祉。当年,明初靖难之役,由朱棣(后称明成祖)发兵攻打建文帝,在河北、河南、山东等地因战火燃及,百姓惨遭杀害。朱棣因学过、熟悉马致远的杂剧、散曲,喜爱并对马怀有崇敬,得知河北东光是马的故乡,便下令"逢马不杀",当地百姓借此避去杀身之祸,保全了大批马姓人们的性命。这是一个故事,也是马致远的作品的魅力所致,可以说是文化的力量。

明朱权在《太和正音谱·群英所编杂剧》中指出:"马东篱之词,如朝阳鸣凤,其词典雅清丽……有振鬣长鸣万马皆瘖之意,又若神凤飞鸣于九霄,岂可与凡鸟共语哉?宜列群英之上。"

夕阳无限好,只是近黄昏

——(唐)李商隐

李商隐的《登乐游原》为:"向晚意不适,驱车登古原。夕阳无限好,只是近黄昏。"心情不适,不问缘由;既然如此,那就排释不爽,放松心情。驱车外出,登乐游原,依旧灿烂的夕阳照耀的景色,美丽、美好无限,于是心情亦为之大好;但又想到毕竟是黄昏了,金乌西坠在即,于是便对时光的流逝、美景的不再顿生惋惜、感慨,一腔淡淡的忧伤。此诗当然不仅仅为写景状物,清纪昀就说其百感茫茫,一时交集。谓之悲身也可,谓之忧时事亦可。这是李商隐少有的不用典,口语式的大白话诗,没有雕饰堆砌,不见艰涩的用典,节奏明快,寓意颇深,状日常景致却富于哲理。尤第三四句成为千百年来的名言,引用、引申、升华或反其意而用之者之广之频,当为唐诗中之罕见。

李商隐(812年—约858年)字义山,号玉溪生,怀州河内人(今河南沁阳)。出生于低层官僚、破落贵族家庭,终其一生坎坷不幸。九岁父殁,勤奋好学,一边攻读一边"佣书贩舂"谋生。先后考取进士和博学鸿词科,因为恩师令狐楚,因为娶妻王茂元女儿,陷入牛李党争,双方均不认其为己党,遭受排挤和打击。他想有所作为"欲回天地",有过豪情"且吟王粲从军乐,不赋渊明归去来"。曾经潜心学问,隐居学道,弃道就佛。在他的身上积极用世和消极遁世的矛盾交织在一起,阶段性地占上风。他的诗作追求优美和坚韧的风骨,因为情趣、理想、品格耿介等因素,意境比较深邃;既有积极的浪漫主义色彩,又有对生活和崇高的悲剧性的探索;也因为遣字用句存有明显的晦涩、含蓄迷离难以索解,给人以过于渺茫和无从捉摸的感受。

他的咏史诗包括政治诗和爱情诗是唐诗中的奇葩。《次行西郊作一百韵》深受杜甫影响,亦成为唐诗中乃至整个诗歌史上的著名长篇,对民生对国运的关注和感慨历历在目。痛恶于党争,对国事(是)的讽谏,不满藩镇割据,对理想抱负的坚持,对英雄人物的称颂,在他的诗中常见常闻。至于爱情诗(无题诗)的构思新奇、风格绮丽,缠绵悱恻,朦胧意会之手法发挥到了极致,给人以耳目一新而又难辨究竟的感觉。

如《锦瑟》诗云:"锦瑟无端五十弦,一弦一柱思华年。庄生晓梦迷蝴蝶,望帝春心托杜鹃。沧海月明珠有泪,蓝田日暖玉生烟。此情可待成追忆?只是当时已惘然。"这就是历来解释最为纷纭的一首诗。其本旨、用意有悼亡说、寄托说、恋情说、听瑟曲说、编集自序说、自伤身世说等等。因为托物,因为用典,可说幽微,可谓深远,总归含蓄隐晦。此诗写于其去世前不久,应该看作他自己对一生的感慨,理想抱负全盘落空,坎坷困顿不堪回首,寄情寓意托物锦瑟,以其古、高、雅的特质为自己写照、树己之形象。"思华年",伤时局,其"迷"其"托"言尽心事;尽管如此但我心不改、我心依然,以明珠、美玉自喻自重自葆。"成追忆"与"思华年"对应,总揽情怀:家国身世之伤,抱负难酬之叹,如此际遇,如此生平,已觉惘然,只能惘然。元代元好问说过:"一篇《锦瑟》解人难。"这也是李商隐之多解、难解、含蓄、隐晦的代表作。元好问又有说:"诗家总爱西昆好,独恨无人作郑笺。"

李商隐广泛师承、私淑于史上大家,善熔百家于一炉,故能自成一家。清代吴乔有云:"于李、杜后,能别开生路,自成一家者,唯李义山一人。"其实对李的评价差距很大,爱之者、鄙之者、恶之者往往言至极端。胡适就说过:"诗到李商隐可算一大厄运;词到吴文英可算是一大厄运。"估计出处为清《四库提要》的"词家之有吴文英亦如诗家之有李商隐也"之说。

说实在话,李商隐的诗或句还是值得读、值得看的:

"天意怜幽草,人间重晚晴。"(《晚晴》)

"相见时难别亦难,东风无力百花残。春蚕到死丝方尽,蜡炬成灰泪始干。"(《无题》)

"昨夜星辰昨夜风,画楼西畔桂堂东。身无彩凤双飞翼,心有灵犀一点通。"(《无题》)

"秋阴不散霜飞晚,留得枯荷听雨声。"(《宿骆氏亭寄怀崔雍、崔衮》)

"何当共剪西窗烛,却话巴山夜雨时。"(《夜雨寄北》)

"嫦娥应悔偷灵药,碧海青天夜夜心。"(《嫦娥》)

"春心莫共花争发,一寸相思一寸灰。"(《无题》)

"可怜夜半虚前席,不问苍生问鬼神。"(《贾生》)

"直道相思了无益,未妨惆怅是清狂。"(《无题》)

"新知遭薄俗,旧好隔良缘。"(《风雨》)

"从来系日乏长绳,水去云回恨不胜。欲就麻姑买沧海,一杯春露冷如冰。"
(《谒山》)

"历览前贤国与家,成由勤俭破由奢。"(《咏史》)

相见争如不见

——(宋)司马光

司马光的《西江月》词为:"宝髻松松挽就,铅华淡淡妆成。青烟翠雾罩轻盈,飞絮游丝无定。　　相见争如不见,有情何似无情。笙歌散后酒初醒,深院月斜人静。"说的是在宴会上遇到一位舞妓,给他留下了清新婉丽的印象。曲终人散,居然对那位舞妓有眷恋。"相见争如不见",与其见后相思倒不如当时不见(没遇上);"有情何似无情",还是人无情的好,无情就不会为情所累、所痛苦。其实,见与不见,有情或无情,是一种意愿、意境,靠人的领悟、意会。酒醒了,头脑也清醒了,作者也弄明白了,于是剩下只是追思和怅惘。

司马光(1019年—1086年)字君实,号迂叟,陕州夏县人(今山西夏县)。北宋政治家、史学家、文学家;主持编纂了史学巨著《资治通鉴》。他留传下来的词只有三首,上述词作其境飘忽灵动,其词雅而不俗,语言生动自然,艺术魅力高超,体现了作者的学养和驾驭文字的功底。就史学而言,《资治通鉴》和《史记》成为史学"双璧",并有治史二司马之说,与司马迁相提并论,才华横溢,真知灼见,煌煌资政大作传之古今。这里附录他的若干名言:"不素养士而欲求贤,譬犹不琢玉而求文采也";"不受非分之赐,则廉耻立";"凡人之情,穷则思变";"俭约,所以彰其美也";"非信无以使民,非民无以守国";"上不信下,下不信上;上下分离,以至于败";"天之生人,各有偏长。国家之用人,备有众长。然投之所向,辄不济事者,所用非所长,所长非所用也";"天地之功不可仓卒,艰难之业当累日月";"学者贵于行之,而不贵于知之";"读重要之书,不可不背诵";"小事不糊涂之谓能,大事不糊涂之谓才";"生无益于时,死无闻于后,是自弃也";"吾无过人者,但生平行为,无不可对人言耳"。

司马光与王安石在政见上有严重分歧,各执一套,又各为一主,争执、辩论,干仗不断,但在王安石遭落败后,攻讦不断之时,他却执言公正:人言安石奸邪,则毁之太过；但不晓事，又执拗耳。司马光的《训俭示康》亦相当有名，那是写给儿子司马康的家训。司马光以自己的经历，并列举若干著名人物的奉俭、行奢的行为，告诫儿子："俭，德之共也"；"侈，恶之大也"。劝规儿子："衣取蔽寒，食取果腹"；"众人以奢靡为荣，吾心独以俭素为美"。

有一句"相见不如怀念"就有不少人认为是从司马光的"相见争如不见"深化而来。与其浸润、沉湎在那种无法相见的无奈、酸楚之中，倒不如托寓怀念；寻寻觅觅总算找着、看见了，但相见之后的味道未必好，有的甚至实在欠缺，不理想，甚至不对眼，与其领略这种现实与想象差距悬殊的沮丧和挫败感，倒还是真的不如不见。

这里有几句相类或相反的话可供一粲："相见不如思念"；"相见不如相念"；"相念不如相见，相见不如不见"；"闻名不如见面，见面胜似闻名"；"闻名深望见面，见面不如不见"。相见不如怀念，把一种思念藏在胸臆之中，始终是未完成式，会胜却相见之后再来说这句话的滋味、感受。李白的《秋风词》云："秋风清，秋月明，落叶聚还散，寒鸦栖复惊。相思相见知何日，此时此夜难为情。入我相思门，知我相思苦。长相思兮长相忆，短相思兮无穷极。早知如此绊人心，何如当初不相识。"作者借托闺中人的思远、望远，极言情之殷情之切，思之累思之苦；也把这种相见相思怀念，恨而憾之，不如当初就如同路人，不曾见过，不曾认识。

唐朝诗人顾况，传说中白居易的伯乐，也是一个有真才实学的大人物，擅诗善画，要不然白居易也不会去拜谒他。作为诗人，顾况的作品质朴平易，多有反映现实之作，他同情民间疾苦，抨击不合理的社会丑恶现象（如贩卖奴隶等）。艺术表现不拘一格，语言朴素流畅，不避俚语，掺杂口语，富有民间诗歌的色彩。尤其效法《诗经》小序，取诗中首句一、二字为题，标明主题，开白居易"新乐府"："首句标其目"的先河，值得称道，而顾、白也是缘分。顾况有《行路难》三首，录其一首便可觉妙在有理，亦有谐趣。"君不见担雪塞井空用力，炊砂作饭岂堪食。一生肝胆向人尽，相识不如不相识。冬青树上挂凌霄，岁晏花凋树不凋。凡物各自有根本，种禾终不生豆苗。行路难，行路难，何处是平道。中心无事当富贵，今日看君颜色好。"多好，妙喻连连，说现实事，表心中意，抒褒贬之理，黑白自现，公道赫赫！全诗朗朗上口，雅俗共赏；尤"一生肝胆向人尽，相识不如不相识"；"中心无事当富贵"等句，平淡之间见珍贵，当可奉为圭臬。

旧游旧游今在否

——（宋）蒋　捷

　　蒋捷的《梅花引·荆溪阻雪》为："白鹭问我泊孤舟,是身留,是心留? 心若留时,何事锁眉头。风拍小帘灯晕舞,对闲影,冷清清,忆旧游。　　旧游旧游今在否,花外楼,柳下舟。梦也梦也,梦不到、寒水空流。漠漠黄云,湿透木棉裘。都道无人似我愁,今夜雪,有梅花,似我愁。"南宋灭亡后,蒋捷开始了颠沛流离的逃亡生活。冬日在外为雪所阻,舟停心思不宁,怀旧之情入怀。孤寂严寒困顿之际忆旧游,此处的旧游可谓当年的热闹欢场、诗酒助兴的场景;也可以是指人、旧时的朋友、好友因战乱、因时局而失散,或亡或隐或去他乡。悲从中来,愁云密布,无人慰我亦无人解此心绪;还好有雪夜、寒梅作伴,尽管双眉依旧紧锁。

　　蒋捷词中的旧友应该是志同道合,可通款曲的那种。人作为一切社会关系的总和,面对整个社会,置身其中的某一层面。人一过百,千奇百怪;反映在交友处朋方面也一样。在一千个人的心中和眼中,对朋友的理解、感受、认识会有一千种甚至更多的感观;而且随时位易迁、时光流逝往往变幻无常。所以有多多少少的人对朋友这个名称及含义抒发过多多少少的感慨。无论时间、环境怎样,朋友总是要有的,也是要交往的。你可以说物以类聚,人以群分;你可以说近朱者赤、近墨者黑。你还可以说上许许多多,可以说朋友不在于多,有几个知己即可;你可以说朋友越多越好,多个朋友多条路;你可以说要交真朋友,交净友、益友;至少不能交损友。至于那些假借朋友之名,来损人利己、谋取好处或关键时刻卖友求荣,谋财害命的更不能交了。当然这要在某个时段、背景下认清、识破也是很难的。孔子说的损友,指的是:友便僻(专门谄媚逢迎,溜须拍马的人),友善柔(两面派做派的人),友便佞(言过其实,夸夸其谈的人),这就需要眼光,看来交友也是个技术活,考验人的眼光,考验一个人知人论世的能力。蒋捷窘迫潦倒之际,用"枯荷叶包冷饭团",饮酒后因囊中羞涩无力支付酒资,愿出劳力,为人抄写《牛经》也遭拒;"瘦瘦棱棱,凄其衾铁",可谓饥寒交迫,在苦日子里想当年,想好友,"旧游旧游今在否?!"这七个字中包含了多少的意味,正是不知者不足与之言也!

蒋捷字胜欲,号竹山,阳羡人(今江苏宜兴)。咸淳十年(1274年)进士,因政局飘荡尚未授官职,南宋遭灭。其伤亡国之恨、之痛隐居不仕。其工于词,擅长将"旧家风景,写成闲话",在落寞愁苦中寄托感伤家国之情。他曾是大户人家,出身宜兴贵族,生活在宋末,伤时弊忧国事,郁郁不得志。他写过一些挺有名的词,如《一剪梅》《虞美人》等;有《竹山词》传世,现存词九十多首。

《一剪梅·舟过吴江》:"一片春愁待酒浇。江上舟摇,楼上帘招。秋娘渡与泰娘桥,风又飘飘,雨又潇潇。　　何日归家洗客袍?银字笙调,心字香烧。流光容易把人抛,红了樱桃,绿了芭蕉。"词写春舟乡思,既苦船役,又念家切,流年时光冉冉,虽樱桃红芭蕉绿,逐不去春愁,减不掉伤景。蒋捷他本人因为喜欢此词,又有他作,翻作,人亦被称为"樱桃先生"。他的《虞美人·听雨》也十分有名:"少年听雨歌楼上,红烛昏罗帐。壮年听雨客舟中,江阔云低,断雁叫西风。　　而今听雨僧庐下,鬓已星星也。悲欢离合总无情,一任阶前,点滴到天明。"作者联系人生的三个时期曲折经历,就生活、环境、心态进行了描述。此词甚有层次感和阶段性的特点,用"听雨"来串起少年、中年、老年:"少年不识愁滋味",中年情怀不一般,老年思绪更不堪,"断雁"也好,"无情"也好,现实就在眼前,也就那么回事,雨在下或窗外或阶前,点点滴滴关乎心境。"一任"两字好,有一种人生的沧桑感,其中无奈的成份居多;就蒋捷来说还有亡国之恨,遁迹不仕,不屑与他族为伍!

蒋捷的人品没有异议,对其词作却评价不一。贬之者,如冯煦在《蒿庵论词》中指斥他的《贺新郎·乡士以狂得罪赋此饯行》"词旨鄙俚",又说他的词"不可谓正轨"。陈廷焯则认为蒋捷在南宋词人中等而次之、再次之、又次之,次而又次,凡五次之,然言归正题:"竹山虽不论可也。"(《白雨斋词话》)周密说他:"竹山薄有才情,未窥雅操。"(见《介存斋论词杂著》)

褒之者,清刘熙载在《艺概》云:"蒋竹山词未极流动自然,然洗练缜密,语多创获。其志视梅溪(史达祖)较贞,视梦窗(吴文英)较清。刘文房(刘长卿)为五言长城,竹山其亦长短句之长城欤。"《四库全书提要》有说:"捷词炼字精深、音词谐畅,为倚声家之榘矱。"(意为尺度、规范)评论好差悬殊至此!若让蒋捷本人听听,不知他会如何作答!

天涯何处无芳草

——（宋）苏　轼

　　苏轼的《蝶恋花·春情》词为："花褪残红青杏小。燕子飞时,绿水人家绕。枝上柳绵吹又少,天涯何处无芳草？　　墙里秋千墙外道,墙外行人,墙里佳人笑。笑渐不闻声渐悄,多情却被无情恼。"暮春时节,春游或郊游之际,景物宜人,花、草、杏、柳、燕,生机勃勃;人的心境、动态,入微细腻。庄园,人家,墙之内外,佳人行人,嬉玩,倾听,一闹一静,热闹过后,归于平静;佳人散去,行人孤寂,以"恼"字收结,以示一方无意无情,其实一无知晓;一方多情、生情,亦凭添烦恼。芳草,实为香草;佳人,实为美人,承袭了《诗经》《离骚》遗响。而作者将"枝上柳绵吹又少"的现状一下子移换到满园春色、满目芳草"天涯何处无芳草"的局面。有点向上、振奋、亮点呈现的意味。那个"情"、那个"恼"亦渗透人生哲理。作者笔下栩栩如生的人物刻画,如闻其声,如见其人,细加推究,其词旨寄意深邃,属有感而发,反映了作者政治上的失意心情。

　　《蝶恋花·春情》亦有称《蝶恋花·春景》的,这里取虢寿麓先生编著的《历代名家词百首赏析》之说。的确,春情要比春景来得贴切,貌全,既有情景,又有心情。

　　屈原《离骚》有句"何所独无芳草兮,尔何怀乎故宇",意即芳草处处,不独故园旧里。汉刘向也说:"十步之内,必有香草;十室之邑,必有忠士。"（《说苑·谈丛》）《隋书·炀帝纪》:"方今宇宙平一,文轨攸同,十步之内,必有芳草,四海之中,岂无奇秀!"从何所独无芳草到十步之内必有芳草或百步之内必有芳草再到苏轼的天涯何处无芳草,可以清晰地看出其所本及脉络,亦可明白"芳草"指的是人才,或志同道合者,互为欣赏的同怀之友。

　　苏轼（1037 年—1101 年）字子瞻,号东坡居士,眉州眉山人（今四川眉山）。嘉祐二年（1057 年）与其弟苏辙（子由）同时进士及第。此后四十年的官宦生涯,历多州为官或主政。因反对变法,又主张改革弊端,既不见容于旧党又不见谅于新党;

又因诗作受诬陷罪并遭贬黄州;复又为帝师、礼部尚书;晚年又贬惠州、儋州,宋徽宗时获赦北还,途常州时病逝。一时才俊,起起伏伏,并没有使他消沉,他依然故我,爽直、豁达、豪放,率真交友,积极处世,并将那些经历、感受真切清晰地反映在他的文章及诗词作品之中。他是中国历史上的一个伟人,高标于当时,传名于后世。作为政治家有经世之谋略,有主政吏治之业绩,他对治官强兵理财均有献策,强调"民为邦本"。作为文学家,其涉足多个方面,就文章论文、赋等言,他为"唐宋八大家"之一,论及诗、词创作则清新豪迈,宽广雄阔,纯正婉约,高远旷达,风格多种多样,名篇大作以及蕴藉其中的隽语名言犹如宝藏。作为书画家,他与黄、米、蔡齐名,作品留传至今令人钦佩。作为美食家,独创"东坡肉","东坡豆腐","东坡饼"。作为旅行家,山水胜迹在他的脚下、在他的笔下得以扬名,升华,如庐山、西湖、赤壁及石钟山等等。作为养生专家,他有理论,有实践,主张乐观豁达,坚持早睡、散步、摄珍、防病,以及饮茶去烦除腻,"宁可食无肉,不可居无竹";他还编了药书《苏学士方》。他的水利专家的本领也不是虚空的。治理徐州洪水,疏浚杭州西湖,为友人助力解决广州的饮用水供应。

而最值得称道的是,他作为一个导师,眼光,胸怀高人一等,善于发现人才,容纳、培养、奖掖、提携人才,在他看来真正是"天涯何处无芳草",彼时黄庭坚、晁补之、秦观、张耒、陈师道"举世未之识",东坡待之如朋如友,后各人成就突出,均成为名家或开山立派之人;当时就有将上述人等誉为"苏门四学士"、"苏门六君子"。当年苏东坡在徐州与小他十岁的秦观相遇并睹其文字,称他有"屈、宋之才";又将其介绍给王安石,亦获王之欣赏,谓其诗作清新似鲍、谢。苏东坡对他的文章,诗词"未尝不极口称善";并引为知己,荐他为官。当他得知秦观的死讯时,甚为叹息:"少游不幸死道路,哀哉!世岂复有斯人乎?"

李之仪(字端叔)曾经跟苏轼干过幕僚,互动得很好。李有才华"以尺牍擅名,而其词亦工,小令尤清婉峭蒨"。(见《四库全书提要》)苏轼亦敬重他,两人相处,李对苏敬之为兄尊之为师,虽不在苏门学士之列,但尽心竭力维护苏轼。苏轼屡遭贬斥,李也受到牵连,但他从不以为怨恨或划清界线,而是经常关注、关心、通讯联系,以尽小辈、门生之情之谊。苏轼对李的评价很高,说他"才识高明","入刀笔三昧"。苏有《夜直玉堂,携李之仪端叔诗百首,读之半夜书其后》一诗:"玉堂长冷不成眠,伴值难呼孟浩然。暂借好诗消永夜,每逢佳处辄参禅。愁侵砚滴初含冻,喜入灯花欲斗妍。寄语吾家小儿子,他时此句一时编。"将李之仪与唐孟浩然相提并论,要将李的诗词编入他的集子。李之仪的《姑溪居士全集》收录与苏有关的作品达四十余首(篇)。《苏轼文集》《苏轼诗集》中收录与李之仪有关的作品达二十余首(篇)。

苏东坡的人生处惊不变,随遇而安;看淡聚散,择善而居;见贤思齐,为人师表;高风亮节,彪炳千秋。他从无害人之心也不设防人之堤,其弟苏辙劝他择人而交,苏东坡说:"吾眼前天下无一个不好的人。""桃李不言,下自成蹊",诚哉斯言!

如今,"天涯何处无芳草"的用途更加宽泛了,用之于感情、择偶、交友,见之于寒暄、劝喻、慰人等等。因为经典,所以适用性强,估计还会不断被引用下去。

为有源头活水来

——（宋）朱　熹

　　"半亩方塘一鉴开，天光云影共徘徊。问渠哪得清如许？为有源头活水来。"这是宋代朱熹的一首《观书有感》，著名的七绝之作，也可称为哲理诗。宋诗中如同这样具有哲理、充满智慧光泽的诗或句有不少，一些大家都有涉及。

　　朱熹（1130年—1200年）字元晦，号晦庵。祖籍徽州府婺源县（今江西婺源）；出生于南剑州尤溪（今福建尤溪）。他是宋朝著名的理学家、思想家、哲学家、教育家、诗人，闽学派的代表人物，儒学集大成者，世尊称为朱子。谥文，世称朱文公。他十九岁中进士，曾任江西南康、福建漳州的知府，浙东巡抚，做官清正有为；官至焕章阁侍制兼侍讲，为宋宁宗讲学。作为大学问家，他的求知、探究、做学问的功力非凡。他强调：格物、致知、诚意、正心，修身、齐家、治国、平天下。坚持"致知在格物"，穷理致知，反躬践实；并明确指出："大学之修身、齐家、治国、平天下，基本只是正心，诚意而已。"他继承程颢、程颐（其为程颢三传弟子李侗弟子），又予以发挥、发展，形成自己的体系，人称程朱理学。他认为理是先于自然现象和社会现象的形而上者；理比气更根本，理先于义；气有变化的能动性，理亦不能离开气。理是事物的规律。理是伦理道德的基本准则，理在人身就是人性。理与气的关系有主有次，理生气并寓于气，理为主为先，第一性；气为客，为后，属第二性。他有一段话也可理彼此之间的关系："明足以烛理，故不惑；理足以胜私，故不忧；气足以配道义，故不惧。"

　　关于读书，他提出"六法"："循序渐进、熟读精思、虚心涵泳、切己体察、着紧用力、居敬持志。"这些都是很管用的知识和方法，无论从大处着眼、小处着力都是颠扑不破的道理。他还说过："读书须有三到：心到、眼到、口到。心不在此，则眼看不仔细，心眼既不专一，却只是漫浪诵读，决不能记，记也不能久也。三到之中，心到最急。心既到矣，眼口岂有不到者乎？"甚至说道："一书不读，则阙了一书道理；一事不穷,则阙了一事道理;一物不格,则阙了一物道理。须着逐一与他理会过。"这些话也可以用着佐读他的那些哲理诗,包括起首的那篇《观书有感》。

其实《观书有感》有两首,一般选家都取"源头活水"那篇,另外一首为:"昨夜江边春水生,艨艟巨舰一毛轻。向来枉费推移力,此日中流自在行。"其中也强调了学习要循序渐进,着紧用力,发愤、奋发、积累、发力,先要有推移力,功夫到了,火候够了,哪怕"艨艟巨舰"也会居"中流自在行";"一毛轻"可谓学习境界从必然到自由。

朱熹的学问大而且梳理得清楚,令人钦佩。有人这样评定朱熹:理学家中最富于文学修养的人,诚哉斯言,他是一个综合性、复合型的学者,身负多种"家"之称。包括他对诗文有着高超的欣赏能力和独到之处,他的五言古诗模拟多,近体明秀而又浅近。近人陈衍在其著作《宋诗精华录》中说道:"晦翁登山临水,处处有诗,盖道学中最活泼者。然诗语终平平无奇,不如选其寓物说理而不腐之作。"陈衍是位著名的诗学理论家、评论家,是钱锺书的老师;他的这番话很有见地。然而钱锺书论朱熹,"朱子早岁本号诗人,其后方学道名家";又有说朱熹"道学家中的大诗人"。其实方回(宋元之间的诗人)说得更好:朱熹"道学宗师于书无所不通,于文无所不能;诗其余事,而高古清劲,尽扫余子,又有一朱文公!"就诗而言,他就是一杰出诗人。

如看朱熹的《春日》诗:"胜日寻芳泗水滨,无边光景一时新。等闲识得东风面,万紫千红总是春。"睹物有思,观景有感,缘由因果,一事必穷。是东风催开花儿朵朵,春天到了,万紫千红。

《水口行舟》:"昨夜扁舟雨一蓑,满江风浪夜如何?今朝试卷孤篷看?依旧青山绿水多。"《偶题》:"门外青山翠紫堆,幅巾终日面崔嵬。只看云断成飞雨,不道云从底处来。"两诗都有从自然物中、寻常事间概括、提炼的一番道理,细加吟诵,好好琢磨,可以更好领会其中蕴含之意、之趣、之理。

朱熹还有多首《训蒙绝句》以及散见于诗文中的名句。如:"人之进学在于思,思则能知是与非。但得用心纯熟后,自然发处有思随。"《训蒙绝句·九思》其他诸如:"莫向人前浪分雪,世间真伪有谁知";"莫道相望湖海阔,争知千里不同风";"每向狂澜观不足,正如有本出无穷";"上智虽明事之理,也须亲到事中行";"处顺不如常处逆,动心忍情始成功";"少年易学老难成,一寸光阴不可轻"等等,都值得玩味。

其实,朱熹登山临水的诗词之作中也有优秀的。如他那两首《菩萨蛮》,其一为:"晚红飞尽春寒浅,浅寒春尽飞红晚。尊酒绿阴繁,繁阴绿酒尊。 老仙诗句好,好句诗仙老。长恨送年芳,芳年送恨长。"其二为:"暮江寒碧萦长路,路长萦碧寒江暮。花坞夕阳斜,斜阳夕坞花。 客愁无胜集,集胜无愁客。醒似醉多情,情多醉似醒。"二首均是回文词,语雕词工,写景秀丽,情景兼胜。尤每首第一、二句精工奇丽,足可见朱熹驾驭文字的功底。

诗词之外,选录几句:

"心大则百物皆通,心小则百物皆病。"

"中者,不偏不倚,无过不及之名;庸,平常也。"

"天下之理不过是与非两端而已,从其是则为善,徇其非则为恶。"

"言常苦于有余,行常苦于不足。"

"天下事,坏于懒与私。"

"不起患得患失之心,何处不是安地?"

收结之际,思忖真不愧"又有一朱文公!"

文章可立身

　　汪洙字德温，鄞县人（今浙江省宁波市鄞州区），北宋后期人。九岁能赋诗，人目之为神童。其时其父为县吏，汪洙虽年少也帮家中干活，九岁的他一次外出牧鹅经学宫，看到一片破败景象，便题诗墙上："门徒夜夜观星象，夫子朝朝雨打头。多少公卿从此出，谁人肯把俸钱修。"明州知府知后传见汪洙，甫一见便曰：汝欲作神童，衣衫为何如此？汪洙应声以诗作答："神童衫子短，袖大惹春风。未去朝天子，先来谒相公。"知府称奇，以为此子日后不可限量。其成年之后多次科考未能中，至元符三年（1100）进士，任明州府学教授，官至观文殿大学士。

　　他先后写过许多五言绝句，既有对生活的描述概括，又能肆意铺垫；既有故事，又有哲理；因浅显易懂，工整顺口，读之朗朗，印象深刻，当时即多被用于孩童启蒙。在此基础上，经他自己编撰并加入隋唐及南北朝时期的一些诗歌、句子，编成《神童诗》（后又经历代的编补修订）。该诗强调了读书、学习的重要性，就劝学之切、极状科举成功得意及读书人的喜悦，尽情铺排、渲染，从历史到现实，从所观、所遇、所悟、所获精心描绘、细述，以行吸引、教化之功效。在民间，在历史上，在中国，甚至世界上流传广，影响大。

　　其中尽得大实话、智慧语、警句名言。如："少小须勤学，文章可立身"；"天子重英豪，文章教尔曹"；"万般皆下品，唯有读书高"；"满朝朱紫贵，尽是读书人"；"学问勤中得，萤窗万卷书"；"三冬今足用，谁笑腹中空"；"自小多才学，平生志气高"；"别人怀宝剑，我有笔如刀"；"学为身之宝，儒为席上珍"；"遗子满赢金，何如教一经"；"莫道儒冠误，读书不负人"；"朝为田舍郎，暮登天子堂"；"将相本无种，男儿当自强"。以及"四喜"：久旱逢甘雨，他乡遇故知，洞房花烛夜，金榜挂名时。"四季"：春游芳草地，夏赏绿荷池，秋饮黄花酒，冬吟白雪诗。

　　历史上奉此以为圭臬的何其多也，自为者，诲人者；并在青史留其名姓者亦不

胜枚举。他们往往或苦读或勤学,孜孜不倦,穷年累月,终成善果。著名的例子有:

如孙敬悬梁,苏秦刺股,匡衡凿壁,车胤囊萤,刘绮燃荻,孙康映雪,李密挂角,江泌追月。

如孔子韦编三绝,陈平忍辱苦读,韩愈提要钩玄,司马光警枕励志,宋濂借书抄书,欧阳修计学日诵,范仲淹断齑划粥,贾逵隔篱偷学。

如董遇三余读书(冬者岁之余,夜者日之余,阴雨者时之余);欧阳修三上三多(马上、枕上、厕上,多读、多写、多讨论);苏东坡三自之法(自达自得自胜);朱熹三到(心到、眼到、口到);顾炎武三读(复读、抄读、游读);张溥七录七焚;郑板桥求精求当;王国维总结的三种境界之法。

这些彪炳千秋的人物,以其各自明显见效的方法,扬名留迹,成为楷模,引为趣谈;也证明、落实了读书、学习的作用。成人不自在,自在不成人,不管是谁要生存、要发展,总归要学习,而读书作为最基本、极普遍的方法,是通向成人、成才、向上、发达必由之路,在这条路上,苦读、勤读是少不了的。

与其相类的一些劝学诗也确实写出了意趣、神韵。如:"读书不觉已春深,一寸光阴一寸金。不是道人来引笑,周情孔思正追寻。"(唐五代王贞白《白鹿洞二首其一》)"读书切忌在慌忙,涵泳工夫兴味长。未晓不妨权放过,切身须要急思量。"(宋陆九渊《读书》)"三更灯火五更鸡,正是男儿读书时。黑发不如勤学早,白首方悔读书迟。"(唐颜真卿《劝学诗》)

再回到《神童诗》上来,诗中表述的读书目的清晰:出人头地,改变自己,将己之才学货与帝王家。固然,读书不负人,但太过于功利却不可取。诚如王阳明所说的:"登第恐未为第一等事,或读书学圣贤耳!"诗中诸多人、事之例均可以说明"少小须勤学",而王阳明的一段话亦可说明、佐证"文章可立身!"

书中自有千钟粟

——（宋）赵　恒

　　赵恒（968 年—1022 年）宋太宗赵光义第三子，995 年被立为太子；至道三年（997 年）即位为宋真宗；次年改年号为"咸平"；在位二十五年；是宋代继太祖、太宗后的第三位皇帝。

　　赵恒好文学，擅书法。有《励学篇》又称《劝学诗》传世。诗云："富家不用买良田，书中自有千钟粟。安居不用架高堂，书中自有黄金屋。出门莫恨没人随，书中车马多如簇。娶妻莫恨无良媒，书中自有颜如玉。男儿欲遂平生志，五经勤向窗前读。"大哉皇帝，如此为读书之重要性及可获得感背书、张扬，广而告之！当然有教化的意思在，但也不可否认有鼓励人去读书、科举、参政、治国经世，广招天下英才、贤士，为我宋家效力效命等等的意义在。

　　读书在隋朝后有了新的价值体现的途径，就是科举，尤其对于寒门庶民，无根无底的士族人家而言，胜如康庄大道。考取功名就是读书人的向往。出人头地：出路、追求、目标、仕途、富贵，全在于金榜题名，难怪世人咸以为此乃人生之一大乐、一大喜！诗中有着极具诱惑性的功利之典型性、集中性、代表性的表述，影响深远、印象深刻！现实就是如此。读书可以"正己"，充实、提高自己；有成效了之后，或官或士或师，可以"正人"；高尚和功利与生俱来，携手前去。说动机，动力；说积极意义，说副作用都客观存在。正心、诚意、修身可能好一些；但只要有"独木桥"存在，有机缘、所遇的悬殊、不同之存在，总归不是每个人都能达其夙愿的；有追求未必能达到目的，恐怕也就只能尽其心尽其力，去做、在做、做好、做过，得之欣然，失之坦然。

　　有人以为此《劝学诗》平庸，但说明了一种价值或导向，还有一些激励人的成分；关键还是看动机。宋朝自开基业始，太祖皇帝执行了明显的重文轻武，偏重防内忽视外患的政策；太宗赵光义强调开卷有益，《幼学琼林》有云："开卷有益，宋太宗之要语；不学无术，汉霍光之为人。"赵光义在位二十二年，是太祖赵匡胤的弟弟，喜欢读书，曾降旨编修《太平御览》一千卷，他本人每天读三卷，一年读完再从头来过，周而复始。有人以其劳瘁为谏，太宗回答："开卷有益，不为劳也。"营造这种氛围，也是治国的需要，方略战略的选择。

真宗赵恒初时应该是位有作为的君王。勤于政事，北上亲征；但在有利于大宋的情况下，不顾寇准的反对，与辽国订下了"澶渊之盟"，许诺每年贡辽一定的金银为"岁币"来换取辽国的退兵。以岁贡换和平，开了一个很不好的头；但一时间消弭了战事，双方有了正常的经济往来，在某种程度上弱化了辽国。咸平年间，国内经济繁荣，耕地比太宗时多了两亿亩，又因为引进良种，改良工具，国家明显富强，又因为瓷器的兴起和发展，景德镇热闹非凡。在国家的治理方面，赵恒还制定了《吏治》七条，告诫和规范百官"清心、奉公、修德、务实、明察、勤课、革弊"。还设计制定了严谨有效的官员选拔任命制度和渎职惩处制度。当时亦被称为"咸平之治"。后期受大臣及身边人以"天书"、"符瑞"等的荧惑，赵恒沉溺封禅、广建宫观，劳民伤财，内忧外患趋紧。

元末政治家脱脱在其主编的《宋史·卷八》中说道："真宗英悟之主。其初践位，相臣李沆虑其聪明，必多作为，数奏灾异以杜其侈心，盖有所见也。及澶渊既盟，封禅事作，祥瑞沓臻，天书屡降，导迎奠安，一国君臣如病狂然，吁，可怪也。"赵恒的经历、能耐决定了他要逊色于其太祖、太宗。

读书滋味长

——(清)王了望

读书的目的是什么,立名,去做官将之以为敲门砖;立人,去做圣人、贤者;立志,去做一些有益于人类、社会发展的事;立身,去做一个通过陶冶和涵养情怀的正人君子。相信会各有所求、各有所取或各有所遇。然而读书的滋味则广而厚、绵而长。在达到目的包括功利、实用的过程中,享受和领略其滋味包括乐趣、顿悟、警策、裨益等等,也是人生中的幸事、好事。

题目引用的应是:布衣暖,菜羹香,读书滋味长。这几句话,出典出处有不同说法。有的说:王了望,明末清初人,官至文林郎,由其所撰。有的说:郑思肖,宋末元初人。也有的说:寿镜吾,近人。有的干脆说:古人说。表述也有稍异:"羹"为"根";"读书"为"诗书"。因明确不了作者,所以现在一般以"古人说"为多,打个马虎眼。

清人张英认为:人心至灵至动,不可过分劳累,也不可以过分安逸,只有读书学习才能使它劳逸适中。整天不看书,人的起居出入,身心没有安放之处,耳目无所安顿,势必心意颠倒,妄想生嗔,处逆境不乐,处顺境亦不乐。所以唯有读书可以使人增长知识,明了道理,增进涵养,开阔胸襟,适心养心。

清人李渔则说:"予生无他癖,唯好读书,忧藉以消,怒藉以释,牢骚不平之气藉以除。"读书之乐在于心,相由心生,悦出心境,其足以使人的生活充实,精神焕发。

宋尤袤谓读书:"饥读之以当肉,寒读之以当裘,孤寂读之以当友朋,幽忧读之以当金石琴瑟。"明人张潮亦云:"读经宜冬,其神专也;读史宜夏,其时久也;读诸子宜秋,其别致也;读诸集宜春,其机畅也。"两人之言,极尽读书之时机奥妙和读时由内容所带来的悟、趣、乐。

所以,读书除了养心,还有养德、养性、养身、养气、养颜、养生、养趣等等的作用和功效,展开去谈就是一篇大文章、好课题。细细想来,还真是如此,读书的滋味及滋养十分受用,适宜一辈子受用。

　　元人翁森以春夏秋冬为题,写有《四时读书乐》,分别论及"读书之乐乐如何?""读书之乐乐无穷!""读书之乐乐陶陶","读书之乐何处寻"。颇具情调,很有意思。这四首诗曾被收录在民国时期中学的语文课本。《四时读书乐·春》:"山光照槛水绕廊,舞雩归咏春风香。好鸟枝头亦朋友,落花水面皆文章。蹉跎莫遣韶光老,人生唯有读书好。读书之乐乐如何? 绿满窗前草不除。"《四时读书乐·夏》:"修竹压檐桑四围,小斋幽敞明朱晖。昼长吟罢蝉鸣树,夜深烬落萤入帏。北窗高卧羲皇侣,只因素稔读书趣。读书之乐乐无穷,瑶琴一曲来熏风。"《四时读书乐·秋》:"昨夜前庭叶有声,篱豆花开蟋蟀鸣。不觉商意满林薄,萧然万籁涵虚清。近床赖有短檠在,对此读书功更倍。读书之乐乐陶陶,起弄明月霜天高。"《四时读书乐·冬》:"木落水尽千崖枯,迥然吾亦见真吾。坐对韦编灯动壁,高歌夜半雪压庐。地炉茶鼎烹活火,四壁图书中有我。读书之乐何处寻? 数点梅花天地心。"语新、境新,佳句妙趣,格调高沽,诸多逗思,令人向往。

　　明人于谦七律《观书》首联为:"书卷多情似故人,晨昏忧乐每相亲。"清人萧抡谓有诗:"人心如良苗,得养乃滋长。苗以泉水灌,心以理义养,一日不读书,胸臆无佳想。一月不读书,耳目失精爽。"(《读书有所见作》)读书亦有如晤亲面友,一日不可少,其得益获教则日日有长进,也是滋味。

　　南宋人陈善有一出入读书法,为:"读书须知出入法,始当所以入,终当所以出,见得亲切,此是入书法;用得透脱,此是出书法。盖不能入得书,则不知古人用心处;不能出得书,则又死在言下。惟知出入,得尽读书之法也。"(《扪虱新话》)读书还是要把学、思、悟、行一并串起来。如陆游所说:"古人学问无遗力,少壮工夫老始成。纸上得来终觉浅,绝知此事要躬行。"(《冬夜读书示子聿》)这也是一种读书滋味。

读未见书，如得良友

　　题目之语后面还有两句，全部用在标题上，太长，故续在此："见已读书，如逢故人。"读陈继儒的书，如《小窗幽记》《安得长者言》《警世通言》《读书十六观》等，感受颇多。尤《小窗幽记》由集醒、集情、集峭、集灵、集素、集景、集韵、集奇、集绮、集豪、集法、集倩等十二卷组成，其格言式哲理性的文笔短小精美，玲珑剔透，警心益智，不啻人生之宝典。几百年来，影响愈发深远。其中有些警句亦常常于分散于旁书见到过，也找到过一些容量（指内容）明显少的辑本，然一下子把陈继儒所说的"读未见书，如得良友，见已读书，如逢故人"之两种感受汇集在一起了，欣欣然与良友、故人相逢，握手言欢！

　　陈继儒（1558年—1639年）字仲醇，号眉公，松江华亭人（今上海松江）。明代文学家、书画家。幼聪颖，长为诸生；二十九岁时焚儒衣冠，以绝科举仕途。隐居昆山之阳，后筑室东佘山，杜门著述；工诗善文，兼书法绘事，名重一时。屡诏征用以疾相辞。对地方除弊兴利、疏解民众疾苦，多有建言及帮助，口碑不错；然其虽曰隐居，但仍频频在达官贵人间走动，亦颇受讥评。但也许就是因为具有这么多层次的生活断截面，增加了他的阅历、信息面，丰富了他的创作。那些清言、格言、警句形式的作品在他的笔下信手拈来，即兴点染，妙喻巧譬，直抒性灵；内容宽泛，涉及方方面面，大到人生、事业，小至一事一端、细枝末节，给人以顿悟、长思、启迪、收获。掩卷思忖，还真是如此，只恨久违，见之太迟！这种关于人生的思考、处世的智慧，于每个人均会有助益。当然每个人的情况不一，但只要是个社会人，无论穷富贵贱、童叟妇孺，亦无关士农工商、百业百作，开卷有益，益有所得，当然获益的程度（获得感）会有不同，就如明人沈德先为其书作序那般："热闹中下一冷语，冷淡中下一热语，人都受其炉锤而不觉。"

　　为飨同好，辑录若干清言、隽语：

"安详是处世第一法,谦退是保身第一法,涵容是处人第一法,洒脱是养心第一法。"

"今世之昏昏逐逐,无一日不醉,无一人不醉,趋名者醉于朝,趋利者醉于野,豪者醉于声色车马,而天下竟为昏迷不醒之天下矣,安得一服清凉散,人人解醒。"

"藏巧于拙,用晦而明,寓清于浊,以屈为伸。"

"俭,美德也,过则为悭吝,为鄙啬,反伤雅道;让,懿行也,过则为足恭,为曲谨,多出机心。"

"市恩不如报德之为厚,要誉不如逃名之为适,矫情不如直节为真。"

"不近人情,举世皆畏途;不察物情,一生俱梦境。"

"好辩以招尤,不若切默以怡性;广交以延誉,不若索居以自全;厚费以多营,不若省事以守俭;逞能以受妒,不若韬精以示拙。"

"使人有面前之誉,不若使人无背后之毁;使人有乍交之欢,不若使人无久处之厌。"

"天薄我福,吾厚吾德以迎之;天劳我形,吾逸吾心以补之;天厄我遇,吾亨吾道以通之。"

"花繁柳密处,拨得开,才是手段;风狂雨急时,立得定,方见脚跟。"

"待人而留有余不尽之恩,可以维系无厌之人心;御事而留有余不尽之智,可以提防不测之事变。"

"是技皆可成名,天下惟无技之人最苦;片技即足自立,天下惟多技之人最苦。"

"奴仆也是爹娘生,凌甚么";"举头三尺有神明,欺甚么";"是非到底自分明,辩甚么";"治家勤俭胜求人,奢甚么";"人争闲气一场空,恼甚么";"世事真如一局棋,算甚么"。

"宠辱不惊,肝木自宁;动静以敬,心火自定;饮食有节,脾土不泄;调息寡言,肺金自全;怡神寡欲,肾水自足。"

"酒入舌出,舌出言失,言失身弃,余以为弃身不如弃酒。"

"文章之妙:语快令人舞,语悲令人泣,语幽令人冷,语怜令人惜,语险令人危,语慎令人密,语怒令人按剑,语激令人投笔,语高令人入云,语低令人下石。"

……

诸如此类,太多、太好,不如自己去读去看,去拜访故人,去会会良友;越早越好,越快越好!

老而好学,如炳烛之明

——(晋)师 旷

师旷是一个令人钦佩至无言的人物!师旷(公元前572年—公元前532年)字子野,又称晋野;冀州南和人(今河北南和县)。他是一个名闻于当时的乐师,刻苦刻苦再刻苦,一心欲登攀音乐之峰巅,为春秋时著名乐师、道家人物,为晋大夫,大体生活在晋悼公、晋平公时期。其博学多才,又因其精音乐,善弹琴,辨音力极强,便以"师旷之聪"名扬古今。

春秋时候,乐律往往带有神秘感而备受推崇。师旷作为大师在掌握乐律的同时,往往被召来参与军国大事,卜吉凶,供咨询,师旷受召,义不容辞,刚劲直言,以致人评其虽"迹隐于乐官,而实参国议"。有人说其实际参与了晋国内政、外交、军事等诸多事务,他作为高官"太宰"向朝廷提出许多治国理政的主张、建议,尤其"匡主裕民",不管君主如何,他一以贯之坚持自己主见。他对朝廷用人谏言:如"忠臣不用,用臣不忠;下才处高,不肖临贤",就会埋下隐患。

刘向《说苑·君道篇》有载师旷之言:"人君之道,清净无为,务在博爱,趋在任贤,广开耳目,以察万方,不固溺于流欲,不拘系于左右,廓然远见,绰然独立,屡省考绩,以临臣下。此人君之操也。"晋悼公问其治国施政之要,其曰"仁义"二字。齐国景公亦曾问政于师旷,师旷说:"君必惠民。"好像齐景公也没有听进去。师旷坚持国君应"清净无为"、"务在博爱",同时应借助法令统治,"法令不行"则"吏民不正"。观其言行,不愧为政治家。

有说师旷研习音乐,造诣不深艺未达精,他发现自己"艺之不成,由心之不专;心之不专,由目之多视"。怎么办?他居然用艾叶熏瞎自己的眼睛,从此心无旁骛,成为当时最为著名的音乐大师。亦有一说:他天然眼盲。再有说:其自幼酷爱音乐,聪明过人,但心性爱动,在向卫国宫廷乐师高扬学琴时,用绣花针刺瞎双眼,发愤苦练,艺超师父。他在进入宫廷后亦深获信赖,不光琴艺再加上政治主张、策略,赢得了晋悼公、平公的信任。《淮南子》云其:譬为太宰,"大治晋国",晋"始无乱政"。师旷刚烈,又有智慧,一次晋平公叹其眼瞎饱受昏暗之苦,但其慨然而言:天下有五种昏暗:其一是君王不知臣子行贿博名,百姓受冤无处伸;其二是君王用人不当;其三是君王不辨贤愚;其四是君王穷兵黩武;其五是君王不知民计安生。

一次晋平公宴乐,高兴之余说道:"莫乐为人君,惟其言莫之违。"师旷在旁,竟操琴而撞去,认为这不是"君人者"所当言。又一次,"晋平公问师旷曰:'吾年七十,欲学恐已暮矣'。师旷曰:'何不炳烛乎?'平公曰:'安有为人臣而戏其君乎?'师旷曰:'盲臣安敢取戏其君乎? 臣闻之:少而好学,如日出之阳,壮而好学,如日中之光,老而好学,如炳烛之明。炳烛之明,孰与昧行乎?'平公曰:'善哉。'"典出汉刘向《说苑》。

这是一个艺者,但又是智者;不仅是个音乐家,还是一个政治家。其人非常人,所言亦让人信服。为达己之目标,不惜暗目,可以比之豫让为杀赵襄子而数度毁容变态,最后吞炭暗喉。但其一旦有遇,作用的发挥确实在行,而且赫赫在目,为人所称颂。

他的"劝学"与以后明朝张潮一说有着异曲同工之妙,不过略胜张潮,关键在晚年欲学,以前没有基础,炳(秉)烛而已;而不是已有余裕,洒脱随意,"台上玩月"那般。

衣带渐宽终不悔，为伊消得人憔悴

——（宋）柳　永

这是宋代曾称自称"奉旨填词柳三变"的柳永《蝶恋花》一词中的名句。全词为："伫倚危楼风细细，望极春愁，黯黯生天际。草色烟光残照里，无言谁会凭阑意。

拟把疏狂图一醉，对酒当歌，强乐还无味。衣带渐宽终不悔，为伊消得人憔悴。"词人想的写的是眷恋爱意，太浓太浓太厚重，所以即便有酒有歌，"强乐还无味"。笔力高了，形象就活了，那是一副什么样子：憔悴、落魄、甚至落形，但是不悔当初，有始有终。

柳永（约984年—1053年）原名三变，字景庄，后改名为永，字耆卿。福建崇安人（今福建南平武夷山）。他四度落第，甚至他的词句"黄金榜上偶失龙头望"；"才子词人，自是白衣卿相"；"忍把浮名，换了浅斟低唱"等都传入宋仁宗赵祯耳中，金口一张"让他'浅斟低唱'填词去吧！"迫于现实，他不得不低头，将柳三变改为柳永，行为也有所约束。景祐元年（1034年）进士及第。先后做过县令、判官等，以屯田员外郎致仕，均为小官。其兄柳三复、柳三接先后进士及第，因均擅长诗文，号称"柳氏三绝"。而柳永因所谓的举止行为，包括词作不符合士林规范，不见容于士大夫，仕途坎坷，穷困潦倒。生活于都市又多与底层交往，他专心作词，扩大了词境，丰富了词的题材内容，善写城市风光和教坊歌妓、乐工的生活，尤工于羁旅行役，创作了大量的慢词（长调），铺叙刻画，情景交融，语言通俗，音律谐婉，在当时流传广、影响大。他在宋词的发展史上有着重要的地位，即便不喜欢他、贬他抑他毁他的人也免不了受其影响，得其惠益；他为后来宋词的发展作出了开拓性的建树。随着时光的流逝，对柳永的评价趋向正面，公允。如近代词人陈匪石说的那样："柳永高深处、清劲处、沉雄处，体会入微处，皆非他人厕齿所到。且慢词于宋，蔚为大国，自有三变，格调始成。"（《声执》）

"昨夜西风凋碧树，独上高楼，望尽天涯路"这段名言则出自宋晏殊的《蝶恋花》。词为："槛菊愁烟兰泣露,罗幕轻寒,燕子双飞去。明月不谙离恨苦,斜光到晓穿朱户。 昨夜西风凋碧树,独上高楼,望尽天涯路。欲寄彩笺兼尺素,山长水阔知何处?"此词亦有一说为冯延巳所作,不过不重要。重要的是词中表达的情感,伤秋怀人"独上高楼",望断天涯,无奈,无计,悲怆的却是"欲寄彩笺兼尺素,山长水阔知何处?"

说到宋词,晏殊是一个绕不过去的重要人物。晏殊(991年—1055年)字叔同,抚州临川人(今江西临川)。七岁属文,十四岁以神童被荐于朝廷后,赐进士出身,官至枢密史、拜相。北宋那些著名的政治家、史学家、文学家、军事家如范仲淹、富弼、宋庠、宋祁、欧阳修、张先、梅尧臣等都出自其门下。北宋时期他是诗词文坛翘楚,领袖人物,"北宋倚声家初祖"。(见冯煦《六十一家词选例言》)他的词有一种雍容淡雅的风骨,含远俗味、君子风、富贵气。

宋辛弃疾(字稼轩)的《青玉案·元夕》是他的名作之一:"东风夜放花千树。更吹落、星如雨。宝马雕车香满路。凤箫声动,玉壶光转,一夜鱼龙舞。 蛾儿雪柳黄金缕,笑语盈盈暗香去。众里寻他千百度。蓦然回首,那人却在,灯火阑珊处。"此词下阕的末四句亦是名句,流传得比整首词来得广,来得远。元宵盛况在稼轩笔下信手拈来,叫人如临其境,然而作者别有怀抱,尽管一时间失意、居闲、寂寞,但不愿与主和派、投降者同流合污,希望有不同凡响的美人可以追慕、欣赏。此词一出,凡写灯会之景、写追求之痴者无出其右。

稼轩词的总的特点为题材广阔,体裁多样,风格以豪放雄浑为主兼及其他;他承继并光大了苏东坡、范仲淹的作派和风格,一扫当时词坛的绮靡风气。他的一些词作极具"真气"、"奇气",自是有大本领、大能耐之人所能语、所能道,尽别人不能道、不善道、道不了之言,由意、境、情合成的格局、氛围给人们留下了深刻的印象,历久而弥新。

把晏殊、柳永的各一首《蝶恋花》以及辛弃疾的《青玉案》放在一起欣赏,是因为有人读这三首词读出了新意、他意。这个人就是大学问家王国维。他有一段宏论:"古今之成大事业、大学问者,必经过三种之境界:'昨夜西风凋碧树,独上高楼,望尽天涯路',此第一境也。'衣带渐宽终不悔,为伊消得人憔悴',此第二境也。'众里寻他千百度,蓦然回首,那人却在,灯火阑珊处',此第三境也。此等语境皆非大词人不能道。"亏了这位国学大师、学界泰斗,精读精炼精确,把珍珠、夜明珠、钻石串了起来,赋寓了新的意象、形象、解读。"诗(词)无达诂",内涵丰富了,应用流传更广了。可以说其原意也未必如此,固有其本意,或亦有深意,但如此演绎、归纳,则更具生气、生机和生命力,创造了新的作用、效用;这当然不是化腐朽为神奇,而是将神奇臻于完美,把一般意义上的名句佳语提升为具有逻辑力量、规律性的原理,既有美学感受,又有哲理启迪,真正于人生于社会于世界均大有裨益!

心生而言立，言立而文明

——（南朝·梁）刘　勰

　　刘勰是皇皇巨著《文心雕龙》的作者。其生卒年约为465年—约520年，字彦和。出生于京口（今江苏镇江），祖籍东莞（今山东莒县境内）。曾官县令、东宫通事舍人，步兵校尉；为官有清名，但以文彰。一部伟大的《文心雕龙》奠定了他在中国文学史、批评史上的地位，借此他成为中国历史上著名的文学理论家、文学批评家。

　　刘勰出身并非世家又属家道中落，南朝时期重门阀，"视寒素之子轻若仆隶，易如草芥"。因贫无从娶妻，长年与僧人住在一起；勤奋学习，广览博取。他又是一个有志向的人，"摛文必在纬军国，负重必在任栋梁，穷则独善以垂文，达者奉时以骋绩"；（见《文心雕龙·程器》）而所遇只能算作一般。三十二岁起花费五年时间写就《文心雕龙》，但一时难以为人认可，为解除这种窘境，他居然装成小贩，拉着自己的车，等候沈约经过，将书呈上。沈约时为宰相，又是大文豪，属一言九鼎的人物。好在此书得到了沈约的认可："深得文理"，并予以奖掖。天监二年（503年），已三十九岁的刘勰"起家奉朝请"，做了记室，掌文书，稍后做过浙江龙游县令。后来做到东宫通事舍人，管奏章之类的文字。东宫昭明太子萧统是梁武帝萧衍的长子，编选了《文选》，亦称《昭明文选》；也是中国文学史上的著名人物。应该说他们两人之间相处得还是可以的。所以也有评论说，刘勰作为贫寒庶族中的一人，得遇梁武帝父子在当时已经是很不错的事了。在担任东宫通事舍人时刘勰向皇帝建言：祭天地可以与祭太庙一样，只用蔬果，不用牺牲（指牛、羊、猪）。皇帝下诏议论此事，结果接受了刘勰的建议。朝廷加任其为步兵校尉职掌东宫警卫，位列六品，从九品的通事舍人位置上连升三级。礼佛甚隆的梁武帝不久就又委任他回定林寺编纂经藏，也许在梁武帝父子心目中刘勰就是个有本事的文人。年余其获准出家，次年（520年）在出家不到一年时辞世。

　　《文心雕龙》三万七千多字，十卷，五十篇，分上、下两部，各二十五篇。其理论系统,结构严密,观点鲜明,论述细致,是一部体大思精、深得文理的文学理论著作。它以孔子的美学思想为基础,兼采道家,认为道是文学的本源,圣人是文人学习的楷模,"经书"是文章的典范。要"本之于道,稽诸于圣,宗之于经"。他认为文学的发展变化受到时代和社会政治生活的影响,同时也要重视文学自身发展规律,有继承,有革新,有变通,"日新其业";"趋时必果,乘机无怯";"洞晓情变,曲昭文体,然后能孚甲新意,雕画奇辞";"时运交移,质文代变";"文变染乎世情,兴废系乎时序"。

《文心雕龙》上部的《原道》至《辨骚》共五篇是全书纲领,重点是《原道》《徵圣》《宗经》。从《明诗》到《书记》二十篇,以"论文叙笔"为楔入,对各种文体流源及作家作品逐一研究、评价,分有韵文、无韵文的代表性作品展开批评论说,包括《诗经》、《离骚》、汉赋及以下的创作。下部从《神思》到《物色》二十篇,以"剖情析采"为楔入,研究创作过程中的各个方面。《时序》《才略》《知音》《程器》等主要属文学史论和批评鉴赏论,这是全书的精华部分。最后是作者的自述写作此书的动机、原则和体会等。

《文心雕龙》提出文学创作构思中艺术思维形象性特征与形象思维的问题;提出道与文、情与采、真与奇、华与实、情与理、志与气、风与骨、隐与秀、主客体等等的处理;提出语言、用字、修辞、体裁、声律、文章技巧服务于文学作品,包括心理活动、思维规律等的要求,强调内容与形式相互作用以及语言文学的审美本质和美学鉴赏关系。许多观点、做法即使在今天也是颇具意义或能够操作、照办的;而且充满了朴素的唯物主义观点,辨证求实,既有主见,以一方主导,但话分二边,不偏执一端。

书中有许多言语极具哲理或指导性,如:

"情者,文之经;辞者,理之纬。经正而后纬成,理定而后辞畅。此主文之本源也。"

"文之思也,其神远矣。故寂然凝虑,思接千载;悄焉动容,视通万里;吟咏之间,吐纳珠玉之声;眉睫之前,卷舒风云之色。"

"夫神思方远。万涂竟萌,规矩虚位,刻镂无形;登山则情满于山,观海则意溢于海,我才之多少,将与风云而并驱矣。"

"积学以储宝,酌理以富才,研阅以穷照。"

"篇之彪炳，章无疵也；章之明靡，句无玷也；句之清英，字不妄也。"

"是以附辞会义，务总纲领，驱万涂于同归，贞百虑于一致。"

"夫心生而言立，言立而文明，自然之道也。"

"弥纶群言，研精一理，义贵圆通，辞忌枝碎，沦如析薪，贵能破理。"

"随事立体，贵乎精要；意少一字则义阙，句长一言则辞妨。"

"改章难于造篇，易字艰于代句。"

"若风骨乏采，则鸷集翰林；采乏风骨，则雉窜文囿。"

"意得则舒怀以命笔，理伏则投笔以卷怀。"

"文以辨结为能，不以繁缛为巧；事以明核为美，不以深隐为奇。"

"逍遥以针劳，谈笑以药倦。"

"操千曲而后晓声，观千剑而后识器。"

创作,不系人之利害者

——(宋)沈 括

沈括曾经自言其"创作,不系人之利害者",出发点是"山间木荫,率意谈噱",以及丰富的实践。因其出众的治学方法和广博的知识面,文理皆精通,又有为官兼及治军理财等诸多方面的经验,在他晚年写就的《梦溪笔谈》,因为内容丰富,集前代及当时科学成就之大成,成为一部科学巨著。这在当时好像也不怎么受重视,愈到后面愈发被看重;尤其经英国科学家李约瑟博士的肯定、推介,才使得更多的人认识到它的重要性和地位。李约瑟作为科学史专家,经过较长时期的研究,认为《梦溪笔谈》是"中国科学史上的里程碑"、"中国科学史上的坐标",在世界科学史上有着重要的地位;而沈括则被其誉为"中国整部科学史中最卓越的人物",并提出了"尽管中国古代对人类科技发展做出了很多重要贡献,但为什么科学和工业革命没有在近代中国发生"这一著名的李约瑟难题。

沈括(1031 年—1095 年)字存中,号梦溪丈人;杭州钱塘人(今浙江杭州)。出身官宦之家,幼年随父亲宦游各地。嘉祐八年(1063 年)进士及第,授扬州司理参军;宋神宗时参与熙宁变法,受王安石器重;历任太子中允、检正中书刑房、提举司天监、史馆检讨、三司使等职。元丰三年(1080 年)出知延州,兼任鄜延路经略安抚使,驻边疆御西夏。后因永乐城失陷(当时其有正确主张,但唯钦差徐禧之命行事)遭受牵连被贬,"坐谪均州团练副使",即民兵副团长之类,被监视居所。后虽有变动,但此基本上结束了他的官宦之旅。

沈括一生虽有出仕,并均都有作为;但他没有放弃过科学研究,在众多学科领域都有很深的造诣和卓越的成就。他先后参与过整理盐政,考察和疏浚水利,主持司天监工作,修历法,改良观象仪器,监造和改进军械武器,绘制地图,主政地方,领兵打仗,出国办外交。积极投入变法和改革,参与主持国家财政管理。他虚心求教,长期积累,向内行学习,历访镜工,问教坊乐工、问老医生,"凡所到之处,山林隐者,无不求访,及一药一术,皆至诚恳切而得之";他有良好的方法论,通过调查、观察、实测、实验,潜心考证,洞悉源流,"原其理"并"以理推之","见简即用,见繁即变,不胶一法"。如在陕西一带发现石油,他即予以极大的关注,认为其"生于地中无穷","此物后必大行于天下",石油的名称也为其所取所用。他曾埋首检索档案查记载,寻找出宋辽交往中的历史文献,针对强势辽国逼要领土的要求,指出其之不合据、不合理,宋神宗大喜并派其赴辽国谈判。在多次谈判中,沈坚持不让步,斗智斗勇,在沈括使团的坚持和提供的铁证面前,辽国被迫认输,达成了以长城为界的共识。

政治上的不如意迫使沈括静下心来,1089 年他迁至早年在润州(今江苏镇江)购置的梦溪园,埋头创作了《梦溪笔谈》。该书按内容分为:故事、辨证、乐律、象数、人事、官政、权智、艺文、书画、技艺、器用、神奇、异事、谬误、讥谑、杂志、药议等十七个部分。他也曾精心研究药用植物和医药知识,著有《良方》十卷(传本附入苏轼所著的医药杂说,改称《苏沈良方》)。除上述之外,他还有文集《长兴集》《志怀录》及科学著作《浑仪议》《天下郡县图》《营阵法》《乐论》《乐律》等,共二十二种,一百五十五卷。(至 2011 年,浙江大学出版社出版了杨谓生教授点校、辑佚《沈括全集》,全书八十五卷(含附录一卷),一百十万字,为海内外最为齐全的版本)《宋史》评他:"博学善文,于天文、方志、律历、音乐、医药、卜算无所不通,均有所论著。""沈括博学洽闻,贯乎幽深,措诸政事,又极开敏。"

做学问,他力行"不系人之利害者",讲求和体现公正、客观、全面;但在政事和为人上则有所瑕疵,计较利害,希图左右逢源,"首鼠乖剌"。其与王安石有亲密关系,沈父亡故后王安石还为其撰写了墓志铭;王安石在推行变法、改革时又重用其人;变法在推行中受阻,王安石辞去相位,沈括居然上表,历数新法之弊端,要求废新法而复旧制,宋神宗见此发怒:王安石在相位时,你极力推崇新法,说百姓无不欢悦;现在王安石不在相位,你又说新法不可推行,百姓怨声载道! 其遂遭贬职外放。

沈括和苏轼做过同事,有观点上的不同。苏轼初次贬职杭州时,知府陈襄让其陪同翰林学士沈括考察江南农田水利。一路同行,沈括问他对时事、变法等等的看法,向他索句要诗。没想到沈括返京后,据苏轼之言之诗加以编纂,作了昧心的谗言告之于王安石及对苏轼深怀不满的权贵、对头。此举连王安石也想不通、看不懂。此事在以后发酵成为对苏轼的又一次被查,宋神宗下旨"根勘奏闻",此即"乌台诗案",涉及数十人,苏轼也差一点丧命。虽然有人对此事存疑,但当时沈括的风评、口碑在朝廷上下属差、甚为不佳,甚至在皇帝又一次欲起用安排他时被多位大臣谏阻。

所以可以这样说,沈括是一个伟大的科学家,但不是一个成功的政治人物。

夫趣,得之自然者深

——(明)袁宏道

袁宏道有兄袁宗道、弟中道,世称"三袁",创文学之"公安派",成就以其为高。他反对文必秦汉,诗必盛唐的"复古",主张文随时变,不能盲目拟古,强调诗文要"独抒性灵,不拘格套,非从自己胸臆流出,不肯下笔"。(见《叙小修诗》)他提倡"性灵"一说,指出其能导致文章的"趣"和"韵",它们是由"无心"或"童子之心"得来的。而"世人所难得者唯趣,趣如山上之色,水中之味,花中之光,女中之态,虽善说者,不能下一语,唯会心者知之"。"夫趣,得之自然者深,得之学问者浅。"其议趣谈趣颇得深意,"率真则性灵现,性灵现则趣生","天下之趣未有不自慧",表达了自意自见的主观性及与客观性的对等。他的这些倡导和坚持对当时文坛的发展功莫大焉。

袁宏道(1568年—1610年)字中郎,又字无学,号石公,又号六休,湖广公安(今湖北公安)。万历二十年(1592)进士,历任吴县县令、礼部主事、稽勋郎中、国子博士等。其为人为文,纵情适性,无所持限,"心眼明而胆力放"。任官吴县一年,虽有政绩但招来当道者,加上吏事繁杂,难得清闲,于是辞职。他说:人生作吏甚苦,而作令为尤苦,若作吴令则其苦万万倍,直牛马不若矣。此语推进之程度,所营造的语境居然与几百年后的某明星人物之所言高度相吻,实在是深刻、透彻! 袁宏道辞职后旋即与友人游玩于东南诸地,历时三月余,诗酒酬答,自谓"无一日不游,无一日不乐,无一刻不谈,无一谈不畅",而且"诗学大进,诗集大饶,诗肠大宽,诗眼大阔"。

其一生作诗1700多首,为文数百篇,有较大影响。诗如《经下邳》:"诸儒坑尽一身余,始觉秦家网目疏。枉把六经灰火底,桥边犹有未烧书。"如《感事》诗:"湘山晴色远微微,尽日江头独醉归。不见两关传露布,尚闻三殿未垂衣。边筹自古无中下,朝论于今有是非。日暮平沙秋草乱,一双白鸟避人飞。"语如:"昔老子欲死圣人,庄生讥毁孔子,然至今其书不废。荀卿言性恶,亦得与孟子同传,何者? 见从己出,不曾依傍半个古人,所以他顶天立地!"亦有见有识有一股豪志,性情中人!

而其散文极有特色,包括写虎丘、灵岩、湘湖、西湖、五泄、华山等的游记,清新流畅,被誉为:"中郎所叙山水,并其喜怒动静之性,无不描写如生,譬之写照,他人貌皮肤,君貌神情。""登山临水,即绍前人郦道元、柳宗元,又近开张岱、祁彪佳一派。"他的庐山记行《开先寺至黄岩寺观瀑记》有云:"夫文以蓄人,以气出者也。今夫泉,渊然黛,泓然静者,其蓄也。及其触石而行,则虹飞龙矫,曳而为练,汇而为轮,络而为绅,激而为霆,故夫水之变,至于幻怪翕忽,无所不有者,气为之也。今吾与子历含鄱,涉三峡,濯涧听泉,得其浩瀚古雅者,则为《六经》。郁激曼衍者,则骚赋。幽奇怪伟,变幻诘曲者,则为子史百家。凡水之一貌一情,吾直以文遇之,故悲笑歌鸣,卒然与水俱发,而不能自止。"水之美妙几竭尽矣!

他对西湖和山阴(今浙江绍兴)山水的描写别有一功,独具魅力:"余尝评西湖如宋人画,山阴山水如元人画。花鸟人物细入毫发,浓淡远近,色色臻妙,此西湖之山水也。人或无目,树或无枝,山或无毛,水或无波,隐隐约约,远意若生,此山阴之山水也。二者孰为优劣,具眼者当自辨之。夫山阴显于六朝,至唐以后渐减。西湖显于唐,至近代益盛。然则山水亦有命运耶?"(见《越中杂记》)

《满井游记》:"高柳夹堤,土膏微润,一望空阔,若脱笼之鹄。于时冰皮始解,波色乍明,鳞浪层层,清澈见底,晶晶然如镜之新开而冷光之乍出于匣也。山峦为晴雪所洗,娟然如拭,鲜妍明媚,如倩女之靧面而髻鬟之始掠也。柳条将舒未舒,柔梢披风,麦田浅鬣寸许。"描绘、比喻之细之确实在是大手笔!

又《观第五泄记》状瀑:"数步闻疾雷声,心悸。山僧曰:'此瀑声也。'疾趋,度石罅,瀑见。石青削,不容寸肤,三面皆郛立。瀑行青壁间,撼山掉谷,喷雪直下,怒石横激如虹,忽卷挲折而后注,水态愈伟,山行之极观也。游人坐攲岩下望,以面受沫,乍若披丝,虚空皆纬,至飞雨泻崖,而犹不忍去。"

袁宏道散文成就一般而言胜于诗篇。其亦有不癫不狂其名不彰的特点,生活强调"真乐",有五大快活之论:声色犬马,饮食男女,读书品珍,尽兴泛舟,浪荡度日。其弟中道谓其"无心于世之毁誉,聊以舒其意之所欲言耳";平时言有狂,话有过,肆意纵横,逞才仗气,也落人于柄获人口实。

晚年消沉,亦有反思。对佛学有体悟,"于贝叶内研究至理",有著述。

羚羊挂角，无迹可求

——(宋)严　羽

　　羚羊挂角，说的是羚羊夜宿，挂角于树，脚不着地，以避祸患。出处有多种，其中一处颇为形象："如好猎狗，只解寻得有踪迹底。忽遇羚羊挂角，莫道迹，气亦不识。"(见宋释道原《景德传灯录·卷十七》)它的后面还有一句为"无迹可求"，一般多用于喻诗的意境超脱；也常用作禅语，表达禅意。此般用法始见严羽。其《沧浪诗话·诗辨》有云："诗者，吟咏情性也。盛唐诸人，惟在兴趣，羚羊挂角，无迹可求。故且妙处，透彻玲珑，不可凑泊。如空中之音，色中之相，水中之舟，镜中之像，言有尽而意无穷。"严羽强调的是作诗贵在灵光乍现，妙在不着形迹，无文辞斧凿痕迹，所营意境之超脱，无法进行理性的阐述。

　　袁枚被视作"性灵说"的持论者。此论作为诗歌的一种创作方法和理论主张，以袁枚倡导最力，它与神韵说、格调说、肌理说同属清代四大诗歌理论派别。袁枚认为诗包括了：性情，个性，诗才，"性情之外本无诗"、"作诗不可无我"、"诗人无才，不能役典籍运心灵"、"诗者，心之声也，性情所流露者也"；在他看来灵、机、才、学、天分等等互为表里、赖之依托、缺一不可。它与严羽的理论有关系，但其中少不了要说到明代的袁宏道。

　　袁宏道反对当时风行的复古、拟古，他说："袭古人语言之迹而冒以为古，是处严冬而袭夏之葛者也。"他认为文随时变的要求就是去伪存真，抒写性灵。他的《叙小修诗》通过对弟弟袁中道诗的评说，指出诗文要"独抒性灵，不拘格套，非从自己胸臆流出，不肯下笔"。他强调"古之为文者，刊华而求质，敝精神而学之，唯恐真之不及也"。(见《行索园存稿引》)性灵一说遂成为以袁宏道为代表的公安派理论的核心。在袁宏道及公安派看来性灵能导致文章的趣和韵，通过重真、持真、贵真来"直写性情"，才能"变粉饰为本色，变公式为率真。"

　　明代的李贽、焦竑与袁宏道亦师亦友。李贽(字卓吾，明代思想家、文学家、泰州学派宗师,著有《藏书》《焚书》等,后被诬入狱,自刎死于狱中),其反对儒家理学的假,提倡真:以真人真言真事真文反对假人假言假事假文,主张文学要写"童心"、"赤子之心"即"真心",要表现"真情"。历史学家焦竑也说:"诗非他,人之性灵之所寄也。"这些对袁宏道的性灵一说有着巨大的影响。而严羽的上述"诗辨"之论亦与袁宏道的性灵一说有相同、相似之处:大家都重视、强调"趣",不同点、相差异处则在于严羽的"趣"在韵味,袁宗道的"趣"在自然,两者对主观体、客观体的把握、侧重不同。至于清代袁枚的"性灵说",其实就是对明代袁宗道及公安派"独抒性灵,不拘格套"诗歌理论的继承和发展。

严羽是个诗歌批评家,他的《沧浪诗话》是一部关于诗歌创作的理论著作,有着系统性和较全面的理论色彩,着重对诗歌的形象思维和艺术性加以探究。书分诗辨、诗体、诗法、诗评、考证等五个部分。"羚羊挂角,无迹可求"出自其"诗辨"篇。严羽在"诗评"中又有一段评说:"李杜数公,如金鸡擘海,香象渡河,下视郊岛辈直虫吟草间耳。"这里的"香象渡河"系佛教语,借兔、马、象之渡河喻境界或程度之不同:兔不至底,浮水而过;马或至底、或不至底;象则尽底。"香象渡河"谓悟道深刻、精深彻底,也被用来喻文字精辟透彻及厚重。宋释普济也有说:"亦如香象渡河,截流而过,更无疑滞。"严羽称颂了李白、杜甫的作品,并细致地一一对照,论其长处,也指出了孟郊、贾岛等的不足或曰特点。而"羚羊挂角"与"香象渡河"也就往往连在一起用于评论诗文,其对比或反衬之鲜活及运用之妙,令人赞叹。由此而观,严羽是个让人不得不服的诗歌评论家、文学理论家!

天然不可凑泊

——（清）王士祯

王士祯（1634 年—1711 年）字子真，一字贻上，号阮亭，又号渔洋山人，籍贯山东新城人（今山东桓台县）。清顺治十五年（1658 年）进士；康熙四十三年，累官至刑部尚书，有政声。清初杰出诗人、文学家；为当时文坛盟主人物；创"神韵"说。

王士祯倡导神韵理论，是继唐司空图、宋严羽之后的又一大家，亦是集大成者。本来神韵的释义有多种：有的认为创作与形式等等相对应的内在的：神似、气韵、风貌等一系列的东西。有的认为"下笔如有神"中的"神"，"熟读文选理"中的"理"，合起来神韵便是属于内蕴方面的东西。有的认为神韵非二十四诗品中的"一品"。而指的是各品之中恰到好处，至善至美的部分。也有的说神韵貌似一体，实为有神有韵，而重心在"韵"，有着节奏感的心灵的流动。王士祯提出了"神韵"说，但未对神韵作出过正面的阐述，仅有过表示他最喜欢司空图《二十四诗品》中的"不著一字，尽得风流"；有时也以严羽的"羚羊挂角，无迹可求"来说明神韵的含义。如此看来，神韵似乎指的是作品只有意会、不可言传的某些情思内涵而不是形式方面的特点。

"神韵"说的提出，符合明末清初的政治氛围和社会文化发展的需求，更符合统治阶级的意愿。明清时期，对古典文学包括文法的研究已经日趋缜密，神韵之说别开生面，超越了传统意义上的专业具体文本形式的探究，进入一种玄奥、空灵的层面。此外，神韵之说无关族群、不碰前朝、不言现实，为统治者甚至客观上怀有各种需求的人提供了空间、平台。

王士祯有才华，也是个识得形势、会来事的聪明人。他出身豪门世族，又是书香门第，其自十六岁应童子试，历县、府及进士试，屡屡告捷。早在十五岁时就出版了个人诗集《落笺堂初稿》，得到当时文坛领袖钱谦益的肯定。二十三岁游历济南，邀请文坛名流在大明湖水心亭集会，即景赋《秋柳诗》四首，震惊四座，诗传八方，名动一时。进士及第后去了扬州府为推官，在那里他热情、慷慨，真心交友，虚心求教,以文会友,诗酒唱酬,圈子益发大,口碑益发好。五年后任职期满,获总督、巡抚等联名保举,入京供职。康熙皇帝对其早已有闻,亦认为其是个有用之才;其也许就以诗或诗论主张抑或其他受知康熙,入直南书房。他曾经向康熙呈上自己精选、删改的三百首诗,得到肯定,于是皇恩浩荡,升官加爵,写匾题额,眷顾甚厚。

作为"神韵"说的创导者,他效法司空图、严羽的自然,含蓄,妙语,兴趣;推崇盛唐王维、孟浩然的风雅,恬淡,清凌,灵致。以"不著一字,尽得风流"为作诗的要诀,强调作诗要达到"兴到神会,得意忘言"、"天然不可凑泊"的至高境界。他本人的诗作亦被视为:缥缈淡远,意味空灵,含蓄朦胧,有弦外之音,体外之旨。可以举几诗一读。其《秋柳诗》其一:"秋来何处最销魂?残照西风白下门。他日差池春燕影,只今憔悴晚烟痕。愁生陌上黄聪曲,梦远江南乌夜村。莫听临风三弄笛,玉关哀怨总难论。"其他三首诗与此诗一样,篇中没一个柳字,却通过影、形、意、思将柳刻画得宛如眼前,有对光阴、时局变幻的迷思,历史的沧桑感;用典很多,但不觉繁杂;处于明末清初的他作这样的诗,却又不受当局的指摘也真不容易。《秦淮杂诗》为:"青溪水木最清华,王谢乌衣六代夸。不奈更寻江总宅,寒烟已失段侯家。"含蓄淡远,有变迁思往之类的弦外之音、之意。《题秋江独钓图》:"一蓑一笠一扁舟,一丈丝纶一支钩。一曲高歌一樽酒,一人独钓一江秋。"那么多的"一":一个渔夫,一件蓑衣,一顶斗笠,一支钓竿,一艘小船,一曲歌,一樽酒,一江秋水,一人世界。尤后二句蕴藉颇丰,含蓄、淡远、意趣、神韵,落在那个"钓"字上,指谓、象征?值得探究、玩味!

王士祯以诗与诗论著称,他博古好学,能鉴别书、画、鼎彝之属,精金石篆刻,书法高秀似晋人,但那些均被其诗名所掩,而且文名大于官声。一生作诗四千多首,擅长各体,尤工七绝。早年诗作清丽澄淡,中年以后转为苍劲。好为笔记。作为文坛盟主,其著述亦多达五百多种,有《渔洋诗集》《五代诗话》《池北隅谈》《香祖笔记》。

王士祯与蒲松龄熟,赠其诗:"姑妄言之妄听之,豆棚瓜架雨如丝。料应厌作人间语,爱听秋坟鬼唱诗。"并为蒲翁的《聊斋志异》大书"王阮亭鉴定",于是《聊斋志异》获各家书坊争相索稿、刊刻。蒲翁名声大振,到今日好像在民间要高于王士祯,这也是文坛的一桩趣事!

惟有饮者留其名

——（唐）李　白

　　酒实在是太有文章了，太不可思议了。我们念叨仪狄、杜康，咸认为他们是我国最早的酿酒人或我国史传的酿酒祖师，他们的身份及生活的时代有着许许多多的传说，甚至仪狄究竟是男还是女都没有定论。酒之料太实诚，集五谷精华，得日月之酝酿，源于上古，始之华夏。杜康造于仓廪，得天独厚；仪狄酿于熟果，瑰丽高昂。

　　酒之用太广，千千万，万万千。曹植就说过："穆公酣而称霸，汉祖醉而蛇分"；这是伟大人物。一般的人"献酬交错，宴笑无方，于是饮者并醉，纵横喧哗。或扬袂屡舞，或扣剑清歌，或鼙蹴辞觞，或奋爵横飞，或叹骊驹既驾，或称朝露未晞。于斯时也，质者或文，刚者或仁，卑者忘贱，窭者忘贫。和睚眦之宿憾，虽怨仇其必亲"。（见《酒赋》）其之妙用，投诸万般诸事几可穷尽：醉、眠、乐、愉、狂、歌、哭、闹、交友、结缘、诗文、谋事（此类事又何其多）。酒亦可以壮胆，无论英雄、怂人，或芸芸众生；酒可以浇愁却乏，更是喜庆欢乐之佐臣。人间事，桩桩件件离不开酒；世间人，无论文人墨客骚士，渔樵武夫百姓统统离不开酒。当然唯有饮者留其名，于是冠之以酒仙、酒徒、酒鬼之名的文人辈出。

　　屈原饮酒，却曰：举世皆浊我独清，众人皆醉我独醒。曹操有云：对酒当歌，人生几何；何以解忧，唯有杜康。从中可以知道他喜酒，但他又下过《禁酒令》，同样也是嗜酒并误事的儿子曹植为其捧场，便说酒"此乃淫荒之源"，奢靡废乱概由其出，所以不能耽于觞酌。而曹植本人说管说，做归做，《三国志·魏书》言其："任性而不自雕励，饮酒无节。"魏晋时期"竹林七贤"常常约居竹林之下，肆意酣饮。头牌人物嵇康"心无所矜，而情无所系；体清神正，而是非允当"，非同一般，却亦好酒为性："临川献清酣，酩酊抚《广陵》乐章；聪慧如阮籍则大醉六十天以明哲保身，躲辞与司马昭的联姻；突兀者如刘伶，大醉裸奔不愿出仕为官。"

诸葛亮对酒亦有研究,认为酒有"四德":合礼,致情,通体,归性。从好的方面考虑居多。一生谨慎的诸葛亮即便喝酒也是有节制的,大概在摆空城计吓退司马懿的时候,会多喝一些吧。陶渊明不愿为五斗米折腰,尽管生活窘迫,但还是嗜酒,他相信"酒中有深味",(《饮酒》)也常遇"时赖好事人,载醪祛所惑"的情况。他曾将友人相赠的二万钱尽数交付酒肆,以备随时买醉充作酒资。他又是中国第一个大量写饮酒诗的诗人,借酒说话喻世,尽吐心中块垒,以致清代冯班说:"诗人言饮酒不以为讳,陶公始之也。"(《沧浪诗话纠谬》)

至于李白,更是诗名、酒名齐振,闻达宇内,流芳百世。就其而言,酒是诗的催生婆。诗由酒兴、酒酣、酒醉、酒醒而来,酒因诗篇、诗句、诗情、诗兴而浓。这位谪仙人缺了酒就不成其为诗仙,也就不叫李白。从其漫游四方,盛名于长安以及被迫出局、附庸于永王直至生命终结,关于酒的诗篇、名句不绝,如"金樽清酒斗十千,玉盘珍馐值万钱,停杯投箸不能食,拔剑四顾心茫然";"抽刀断水水更流,举杯浇愁愁更愁"。他最有名的酒诗当属《将进酒》《月下独酌》。《将进酒》热情奔放,气概豪迈,思绪宽泛,明明一肚皮不自在却又气象不凡,具有相当强的感染力和艺术性,使人百读不厌:"君不见黄河之水天上来,奔流到海不复回!君不见高堂明镜悲白发,朝如青丝暮成雪!人生得意须尽欢,莫使金樽空对月。天生我材必有用,千金散尽还复来。烹羊宰牛且为乐,会须一饮三百杯。岑夫子,丹丘生,将进酒,杯莫停。与君歌一曲,请君为我侧耳听。钟鼓馔玉不足贵,但愿长醉不愿醒。古来圣贤皆寂寞,惟有饮者留其名。陈王昔日宴平乐,斗酒十千恣欢谑。主人何为言少钱,径须沽取对君酌。五花马,千金裘,呼儿将出换美酒,与尔同销万古愁。"

《月下独酌》有四首,选家多选其一,其实第二首也别有味道。其一:"花间一壶酒,独酌无相亲。举杯邀明月,对影成三人。月既不解饮,影徒随我身。暂伴月将影,行乐须及春。我歌月徘徊,我舞影零乱。醒时同交欢,醉后各分散。永结无情游,相期邈云汉。"诗人的寂寞在月、影的反衬之下,显得更甚;独自一人独饮独舞,其所处环境之凄楚,其与社会之疏离,非当事者难以体察。其二:"天若不爱酒,酒星不在天。地若不爱酒,地应无酒泉。天地既爱酒,爱酒不愧天。已闻清比圣,复道浊如贤。贤圣既已饮,何必求神仙?三杯通大道,一斗合自然。但得酒中趣,勿为醒者传。"真是一个很好的为自己、为社会喜酒、爱酒、饮酒的理由!

另外,他还有《把酒问月·故人贾淳令予问之》也值得一读:"青天有月来几时,我今停杯一问之。人攀明月不可得，月行却与人相随。皎如飞镜临丹阙，绿烟灭尽清辉发。但见宵从海上来，宁知晓向云间没？白兔捣药秋复春，嫦娥孤栖与谁邻？今人不见古时月，今月曾经照古人。古人今人若流水，共看明月皆如此。唯愿当歌对酒时，月光长照金樽里。"整首诗意境开阔、空灵，以酒作引子、以酒收结，展现了作者的学识、胸怀，"今人不见古时月，今月曾经照古人"作为名句流传至今。

杜甫有过一首《饮中八仙歌》，此诗汪洋恣谑，杰作也；一幅群像图，名人酒仙、酒鬼集体照。那些旷达之豪客，非杜甫之稔熟，非杜甫之喜酒，非杜甫之笔触，我们断然难睹其等面目状态，也断然难睹难闻此歌（诗）。"知章骑马似乘船，眼花落井水底眠。汝阳三斗始朝天，道逢曲车口流涎，恨不移封向酒泉。左相日兴费万钱，饮如长鲸吸百川，衔杯乐圣称避贤。宗之潇洒美少年，举觞白眼望青天，皎如玉树临风前。苏晋长斋绣佛前，醉中往往爱逃禅。李白一斗诗百篇，长安市上酒家眠，天子呼来不上船，自称臣是酒中仙。张旭三杯草圣传，脱帽露顶王公前，挥毫落纸如云烟。焦遂五斗方卓然，高谈雄辩惊四筵。"一纸涉八人，一诗写活八个酒中仙：贺知章、李琎（汝阳王）、李适之（左丞相）、崔宗之、苏晋、李白、张旭、焦遂。他们以各自神态，手不离杯，杯不脱酒，谐谑、欢快，在那时的餐桌、酒席间，在历史的舞台上跃动着。"惟有饮者留其名"，真要感谢这些酒仙、酒鬼、当时的酒家以及酒作坊。

对酒当歌，人生几何

——（三国）曹　操

曹操《短歌行》起首就是这么两句，其用意并非如现在许多人认为的：人生苦短，要及时行乐那样。全诗如下："对酒当歌，人生几何？譬如朝露，去日苦多。慨当以慷，幽思难忘。何以解忧？唯有杜康。青青子衿，悠悠我心。但为君故，沉吟至今。呦呦鹿鸣，食野之苹。我有嘉宾，鼓瑟吹笙。明明如月，何时可掇？忧从中来，不可断绝。越陌度阡，枉用相存。契阔谈讌，心念旧恩。月明星稀，乌鹊南飞。绕树三匝，何枝可依？山不厌高，海不厌深。周公吐哺，天下归心。"综观全诗，有一种求贤若渴，积极向上的精神。曹操作为东汉末年的政治家、军事家、文学家，是个有作为的杰出人物，有帝王之心，爱才求才用人，不重虚誉，唯才是举，延揽罗致，用其所长。诗中作者痛惜时间如梭似箭，为建功立业、为渴求学士人才而深思沉吟；有远方的嘉宾到来，令自己兴高采烈，宴乐欢聚，互许心曲，志同道合，人才需要舞台，不能像朝露太快消逝，快选择来吧；成就大业大事，就要如山不辞土坷、如水不辞水滴那样，人才越多越好；我愿像周公"一沐三握发、一饭三吐哺"一般，唯恐失去天下之士，热情迎接大家。

曹操有过三次求贤觅才公告，如《求贤令》云：自古受命及中兴之君，曷尝不得贤人君子与之共治天下者乎？今天下尚未定，此特求贤之急时也。唯才是举，吾得而用之。如《举士令》曰：陈平岂笃行，苏秦岂守信耶？而陈平定汉业，苏秦济弱燕。由此言之，士有偏短，庸可废乎！如《求逸才令》道：今天下得无有至德之人放在民间，及果勇不顾，临敌力战，若文俗之吏，高才异质，或堪为将守，负污辱之名、见笑之行，或不仁不孝而有治国用兵之术；其各举所知，勿有所遗。厉害了，不管你是什么样的名声、忠孝、行迹，只要有才华或一技之长，能为我所用，大门敞开，进来吧！

曹操（155 年—220 年）字孟德，一名吉利，小字阿瞒，沛国谯县人（今安徽亳州）。东汉末丞相,加封魏王,三国时曹魏政权的奠基人。他以汉天子名义征讨四方,消灭二袁、吕布、刘表、马超等,降服南匈奴、乌桓、鲜卑,统一中国北方,保障了经济社会的发展趋向稳定。

其任性好侠,博览群书,尤好兵法,曾抄录古之诸家兵法韬略,注释《孙子兵法》。善诗文,风格慷慨悲凉,气魄雄伟,清峻飒爽,气格高洁,开启亦繁荣了建安文学。

在曹操的一生中,大破黄巾军,"散家财、兴义兵",首创义军号召天下英雄讨伐董卓,逐鹿中原,官渡之战,远征乌桓,受挫赤壁,平定凉州,争战汉中,三国鼎立等等惊心动魄,但始终大权在握,位极人臣,其中一个最重要的因素就是吸引人才,拥有人才,用好人才。在他的身旁良将如云、谋臣如雨,可谓盛况空前,也足以证明他的驭人之道。在破袁绍后,查有大量曹操部下向袁输诚附翼的信件,曹操一把火予以焚烧,一概不究。将军张绣杀其子及爱将典韦反叛,后归来仍受重用,待遇更加优渥。连那个痛骂他祖宗三代的陈琳,因有才也被宽宥并重用。他用他的宽宏大量、人格魅力,折服人心,天下归心。

历史上对曹操的评价褒贬不一,几起几落,如东晋时的南北不一、唐宋时的口碑悬殊等。在不同的历史背景和政治氛围抑或某种需求下,对同一个人的评价、定论往往截然相反,就曹操而言更是如此。他是一个有特色的人,"非常之人":具有雄才大略,统一中国北方,具有杰出的文学才华。说他不好也有,诸如残暴、嗜杀、好色、奸诈、多疑、骄傲,甚至是一个挟天子以令诸侯的奸雄、奸贼。然而他却是头脑清醒的人,守有底线。当孙权在擒杀关羽、获取荆州后向曹操上书称臣,并劝曹取代汉朝自称大魏皇帝。曹操将孙权之书遍示群臣,说:"是儿欲踞吾著炉火上耶!"

陈寿说曹操:"可谓非常之人,超世之杰矣。"(《三国志》)

李瓒说:"时将乱矣,天下英雄无过曹操。"(《后汉书》)

凉茂说:"曹公忧国家之危败,愍百姓之苦毒,率义兵为天下诛残贼,功高而德广,可谓无二矣。"(《三国志·魏书》)

唐太宗李世民也说曹操:"魏武帝若无多疑猜人之性,几为完人也。"

天下事，可无酒

——（宋）辛弃疾

此题目之后应有个问号，为：天下事，可无酒？

辛弃疾（1140年—1207年）字幼安，号稼轩。其文治武功显赫，在历史上称得上著名的文武双全的大英雄。少年即聚众两千参加耿京的抗金起义军，又曾带兵深入金营，将杀害耿京的叛将张安国活捉并带回斩首。因坚持抗金，持节劲直，不事迎合，为权贵所忌，先后遭落职，闲居多年。晚年虽有起用，亦难以作为，最后怀着恢复中原之志抑郁以殁。他的文章、诗词都了得，就词而言，胡适誉他"是词中第一大家"；清吴衡照说："辛稼轩别开天地，横绝古今，论、孟、诗小序、左氏春秋、南华、离骚、史、汉、世说、选学、李、杜诗，拉杂使用，弥见其笔力之峭。"（见《莲子居词话卷一》）

观其一生，虽壮志难酬，但不改初衷；得意、失意时不堕大义，居庙堂、处江湖，依旧忧国忧民。作为壮士、文人，他的一生离不开酒，酒是其知己、好友。稼轩存世词作六百多篇，其中涉及酒或带有酒字的不在少数，无酒不成词；由此带给我们一种别致的味道、观感和享受。集其若干酒词，毋庸置赘语，尽己之所能去领悟、感受其豪迈、醇厚、绵长之酒蕴藉于咏物、叙事、抒情等等之间的芬香；更可激赏其至味至纯至真之语"天下事，可无酒？！"

《水调歌头》："白日射金阙，虎豹九关开。见君谏疏频上，谈笑挽天回。千古忠肝义胆，万里蛮烟瘴雨，往事莫惊猜。政恐不免耳，消息日边来。　笑吾庐，门掩草，径封苔。未应两手无用，要把蟹螯杯。说剑论诗余事，醉舞狂歌欲倒，老子颇堪哀。白发宁有种，一一醒时栽。"

《破阵子·为陈同甫赋壮语以寄》："醉里挑灯看剑，梦回吹角连营。八百里分麾下炙，五十弦翻塞外声，沙场秋点兵。　马作的卢飞快，弓如霹雳弦惊。了却君王天下事，赢得生前身后名，可怜白发生。"

《定风波》："少日春怀似酒浓，插花走马醉千钟。老去逢春如病酒，唯有，茶瓯香篆小帘栊。　　卷尽残花风未定,休恨,花开元自要春风。试问春归谁得见?飞燕,来时相伴夕阳中。"

《西江月·江行采石岸,戏作渔父词》:"千丈悬崖削翠,一川落日镕金。白鸥往来本无心,选甚风波一任。　　别浦鱼肥堪脍,前村酒美重斟。千年往事已沉沉,闲管兴亡则甚?"

《生查子·山行寄杨民瞻》:"昨宵醉里行,山吐三更月。不见可怜人,一夜头如雪。　　今宵醉里归,明月关山笛。收拾锦囊诗,要寄扬雄宅。"

《西江月·遣兴》:"醉里且贪欢笑,要愁那得工夫。近来始觉古人书,信者全无是处。　　昨夜松边醉倒,问松我醉何如。只疑松动要来扶,以手推松曰:去。"

《卜算子·饮酒不写书》:"一饮动连宵,一醉长三日。废尽寒暄不写书,富贵何由得。　　请看冢中人,冢似当时笔。万札千书只恁休,且进杯中物。"

《临江仙》:"冷雁寒云渠有根,春风自满余怀。更教无日不花开。未须愁菊尽,相次有梅来。　　多病近来浑止酒,小槽空压新醅。青山却自要安排。不须连日醉,且进两三杯。"

《贺新郎》:"肘后俄生柳。叹人生、不如意事,十常八九。右手淋浪才有用,闲却持螯左手。谩赢得、伤今感旧。投阁先生惟寂寞,笑是非、不了身前后。持此语,问乌有。　　青山幸有重重秀。问新来、萧萧木落,颇堪秋否。总被西风都瘦损,依旧千岩万岫。把万事、无言搔首。翁比渠侬人谁好,是我常、与我周旋久。宁作我,一杯酒。"

《木兰花慢·滁州送范倅》:"老来情味减,对别酒、怯流年。况屈指中秋,十分好月,不照人圆。无情水都不管,共西风只管送归船。秋晚莼鲈江上,夜深儿女灯前。　　征衫便好去朝天,玉殿正思贤。想夜半承明,留教视草,却遣筹边。长安故人问我,道愁肠殢酒只依然。目断秋霄落雁,醉来时响空弦。"

《沁园春·将止酒,戒酒杯使勿近》:"杯,汝前来,老子今朝,点检形骸。甚长年抱渴,咽如焦釜;于今喜睡,气似奔雷。汝说'刘伶,古今达者,醉后何妨死便埋'。浑如许,叹汝于知己,真少恩哉!　　更凭歌舞为媒。算合作、人间鸩毒猜。况怨无小大,生于所爱;物无美恶,过则为灾。与汝成言:'勿留亟退,吾力犹能肆汝杯。'杯再拜,道:'麾之即去,招亦须来'。"

总觉得就酒及酒事尚未说尽,无妨再录些文人名句。

杜甫:"盘飧市远无兼味,樽酒家贫只旧醅。肯与邻翁相对饮,隔篱呼取尽余杯。"(《客至》)"艰难苦恨繁霜鬓,潦倒新停浊酒杯。"(《登高》)"白日放歌须纵酒,青春作伴好还乡。"(《闻官军收河南河北》)

白居易:"晚来天欲雪,能饮一杯无?"(《问刘十九》)"一酌发好客,再酌开愁眉。连延四五酌,酣畅入四肢。"(《白居易卷》)"遇酒多先醉,逢山爱晚归。"(《赠沙鸥》)"为我尽一杯与君发三愿:一愿世清平,二愿身强健,三愿临老头,数与君相见。"(《赠梦得》)

韩愈:"诗成有共赋,酒熟无孤斟。"(《县斋读书》)"不是春来偏爱酒,应须得遣春愁。""花前醉倒歌者谁?楚狂小子韩退之。"(《芍药歌》)"一年明月今宵多,人生由命非由他。有酒不饮奈明何。"(《八月十五夜赠张功曹》)"杯行到君莫停手,破除万事无过酒。"(《赠郑兵曹》)"断送一生惟有酒,寻思百计不如闲。莫忧世事兼身事,须著人间比梦间。"(《遣兴》)

苏轼:"酒酣胸胆尚开张。"(《江城子》)"明月几时有,把酒问青天。"(《水调歌头》)

聂夷中:"一饮解百结,再饮破百忧。白发欺贫贱,不入醉人头。"(《饮酒乐》)

杜牧:"半醉半醒游三日,红白花开山雨中。"(《念昔游》)

陆游:"悲歌击筑,凭高酹酒,对此悠哉。"(《秋波媚》)

岳飞:"直抵黄龙府,与诸君痛饮耳!"

李煜:"醉乡路稳宜频倒,此外不堪行。"(《乌夜啼》)

柳永:"今宵酒醒何处?杨柳岸,晓风残月。"(《雨霖铃》)

李清照:"沉醉不知归路","浓睡不消残酒。"(《如梦令》)"故乡何处是,忘了除非醉。香消酒未消。"(《菩萨蛮》)

王维:"劝君更尽一杯酒,西出阳关无故人。"(《送元二使西安》)

范仲淹:"浊酒一杯家万里,燕然未勒归无计。"(《渔家傲》)"酒入愁肠,化作相思泪。"(《苏幕遮》)

王驾:"桑柘影斜春社散,家家扶得醉人归。"(《社日》)

潘阆:"花前一尊酒,得失且高歌。"(《春日对酒书事》)

蒋捷:"一片春愁带酒浇。"(《一剪梅》)

罗隐:"今朝有酒今朝醉,明日愁来明日愁。"(《自遣》)

王翰:"醉卧沙场君莫笑,古来征战几人回。"(《凉州词》)

醉翁之意不在酒

——（宋）欧阳修

　　《醉翁亭记》是欧阳修写于宋仁宗庆历六年（1046 年）的一篇散文。因为文字精练，寓意深刻，寄托了作者的真实感情而得到欢迎、颂扬，流传至今。

　　庆历五年，范仲淹、富弼等因推动革新运动而受到攻讦、离职。颇有同声同志之感的欧阳修上书皇帝为其等声援、分辩，此举同样得罪了皇帝和权贵，被贬到滁州担任知州，被迫离京去了地方。当时的滁州处在长江、淮河中间，是水上的船、陆上的车，出门经营的以及各地客人不来的地方，大部分的本地人自出生后没有离开过，亦很少闻知外面的事。昔日与现时、热闹和冷落的巨大反差并没有使欧阳修就此消沉，而是勤于职守，宽简政事，发展生产，受到好评。欣逢丰年，当官的欧阳修便与民同庆共贺。

　　醉翁是欧阳修的自谓，"太守与客来饮于此，饮少辄醉，而年又最高，故自号曰醉翁也"。主政一方，政通人和，丰收的喜庆，美好的景色，酒醉人醉？无碍，"醉翁之意不在酒"，那么在哪里？又为什么？原来醉翁之意"在乎山水之间也。山水之乐，得之心而寓于酒也"；又因为"四时之景不同，而乐亦无穷也"；于是乎乐之常绵，"宴酣之乐"；"众宾欢也"；"人知从太守游而乐，而不知太守之乐其乐也"。

　　滁州山川秀丽，风光四时不同，彼时的欧阳修心情放开了，随遇而安，寄情山水，忘却往日烦恼、政治上的失意、仕途的坎坷（当然其实也忘却不了），为政之余，宴饮游玩"与民同乐"；既表达了在逆境中的旷达，也流露昭示了自己关心国事、民生的心声；平和安详的生活是民众的需求，年丰物阜是民众的向往，这些亦是国家除弊兴利的目的。

　　文章分为人与事，山之景，乐而饮，宴后归四段，并逐步展开。首句突兀而至："环滁皆山也"，一下子抓住读者的心，吸引眼球。据宋朱熹说："欧公文多是修改到妙处，顷有人买得他的《醉翁亭记》原稿，初说'滁州四面有山'，凡数十字；末所改定,只曰'环滁皆山也'五字而已。"(见《语类》卷百三十九)继而点出亭、人、乐,作了铺垫、交代。接下来对山川景象作了描绘,闻之识之如入其境,美不胜收,并对物产富饶、百姓愉悦以及太守与百姓的互动等进行阐述。最后通过推演,抒发了自己作为知州的底线:为民办事,"与民同乐"。这些在当时,在封建社会是不容易去做,也难以做到的。欧阳修的政治抱负及心胸襟怀可见一斑,贤明如欧公给我们树立了标杆,做出了榜样。

文章构思、铺陈、叙述、议论精巧合理。风格清新自然,诗情画意,富于情感,用词凝炼,描写精准,名句叠出,通篇语调润畅,节律优美。有人分析篇中写乐,极尽渲染:山水、景致、美酒美食、游冶、禽鸟、百姓、太守等等的"乐",各自的乐,乐乐相融,乐在其中。全篇共用了二十一个"也"字,以佐文气,以壮声势,这也是文章的独到之处,清吴楚材、吴调侯编定的《古文观止》论及《醉翁亭记》时云:通篇共用二十一个"也"字,逐层脱卸,逐步顿映,句句是记山水,却句句是记亭,句句是记太守。似散非散,似排非排,大家之创调也。所以此文被视为:风平浪静之中有波澜潇洄之妙,笔歌墨舞纯乎化境。实是传记中的绝品。

欧阳修作为北宋文坛领袖人物,致力诗文革新,自己亦身体力行,身边围聚精英无数,奖掖、点拨、提携,各得其所。唐宋八大家中宋时的苏轼父子、曾巩、王安石皆出其门下。那位官至宰相,推动改革变法的王安石,早年因曾巩引荐,欧阳修对王多有关照、提携,虽然政见不同,虽然心高气傲,但对欧阳修还是买帐的,以其一段话为此篇短文收结。王安石说:"如公器质之深厚,知识之高远,而辅以学术之精微,故充于文章,见于议论,豪健俊伟,怪巧瑰琦。其积于中者,浩如江河之停蓄;其发于外者,烂如日月之光辉。其清音幽韵,凄如飘风急雨之骤至;其雄辞闳辩,快如轻车骏马之奔驰。世之学者,无问乎识与不识,而读其文,则其人可知。"(见《祭欧阳文忠公文》)

且将新火试新茶

——(宋)苏 轼

苏轼东坡是个全才型的复合式人材(才),古今亦少见,但凡涉及成就无不斐然。论文、论诗、论词、论书、论画均有突出成绩;在政治方面,他经世为政有主张、有实践、有政绩、有口碑;在养生、医学、饮食、旅游、琴棋乐曲赋茶酒等等方面,他都有值得夸耀的建树。

就说说茶吧,他懂茶、好茶,基本上属于发烧友级别或以上。他对于茶叶产地、茶水出处、火候大小到茶具粗细优劣等等都有研究和讲求。他的《汲江水煎茶诗》云:"活水还须活火烹,自临钓石汲深情。大瓢贮月归春瓮,小杓分江入夜瓶。雪乳已翻煎脚处,松风忽作泻时声。枯肠未易禁三碗,卧听山城长短更。"就是一个很好的实证。

另外他的喝茶还能喝出别意来,眼中、口中、心中,由此及彼,从近到远,从口感到观感,从日常生活到家国大事,而且闻者、知者各解,一如词(诗)无达诂。此篇短文的标题就出自他的《望江南》词。词云:"春未老,风细柳斜斜。试上超然台上看,半壕春水一城花,烟雨暗千家。 寒食后,酒醒却咨嗟。休对故人思故国,且将新火试新茶,诗酒趁年华。"春暮时节,烟柳花雨,景色宜人,登高远眺,颇多感慨,尤乡愁萦怀,心情不能平静。联系东坡的生平、襟怀,无论顺遂逆蹇,坦荡不设防,臧否任由之。其时苏轼从杭州移密州(今山东诸城),有一种"用之则行,舍之则藏"的感慨需要排遣、调适。寒食之日断熟食,次日才举火;酒醒之后的心情,有壮志难酬、有家难归的苦闷,面对朋友,心情复杂,他乡景、思乡情。但终由其豁达超脱的心胸、气格取胜,一扫怀旧伤感,坦然对待达或穷、用与藏,超然物外。此词清新自然,雄迈之气亦存焉。"休对故人思故国"句实指不要对着多年的老友思念故乡、故园,而不是今日之人只顾及字面那样:用寒食次日的"新火"来过日子,"试新茶"也好、温新酒也好,可以干什么干什么,该干什么干什么。于是词末那句"诗酒趁年华"就成为一句激励人的话了;寓含从头开始、抓紧时机,革故鼎新的意义。在此词的首尾又有呼应之意,"春未老"、"趁年华"。同时,也与他的一贯宗旨相符;如《定风波》所述,"竹杖芒鞋轻胜马,谁怕? 一蓑烟雨任平生";"回首向来萧瑟处,归去,也无风雨也无情"。还是那句"诗酒趁年华"!

陆游也有如此意境的饮茶诗。其《雪后煎茶》云:"雪液清甘涨井泉,自携茶灶就烹煎。一毫无复关心事,不枉人间住百年。"陆游素来喜茶,生长在江南浙江茶乡,又做过茶官,多年为"提举福建路常平茶盐公事","提举江南西路常平茶盐公事";也讲究好茶、好水、好茶具,磨茶、煎茶、分茶、斗茶之类雅人雅事。作为生活的组成部分,也更是一种排遣,对此可以舒心、开怀、忘却尘世的诸多不快。其实他与东坡的心声相同吐露同辙,想干事,无事干,能干事,不让干,空有雄心、襟抱,前者"一蓑烟雨任平生",后者"零落成泥碾作尘,只有香如故"。

还是就事论事,就茶论茶,喝茶聊天,平常日子平常过。宋代杜耒(号小山)的《寒夜》也有点趣味。诗云:"寒夜客来茶当酒,竹炉汤沸火初红。寻常一样窗前月,才有梅花便不同。"如此这般,情真意切,大驾光临,煎茶共饮,冬日寒夜的清冷被红火和沸汤驱去,更还有情谊。临窗鉴赏月下的梅花,似闻淡淡的清香,感受就更不一样了,恬淡舒雅,好友、好茶、好环境。

闲敲棋子落灯花

——(宋)赵师秀

篇首之句出自南宋诗人赵师秀,见诸《约客》,诗为:"黄梅时节家家雨,青草池塘处处蛙。有约不来过夜半,闲敲棋子落灯花。"

赵师秀(1170年—1219年)字紫芝,永嘉人(今浙江温州),宋太祖八世孙。绍熙元年(1190年)进士,曾任高安推官。诗学晚唐,为"永嘉四灵"之一,成就为高。他在诗中描绘了一种恬淡优雅的意境,映透出能悟会却难以言状的意趣。整首诗精致鲜活,绘声绘影,图文并茂,诗画相融,明丽清醇。具体来看,全诗线条明晰,交代清楚,时间,夏季梅雨之夜;地点,寒舍,自己那个宜居之家;事由,约人不来,在等;心情,略有扫兴,不爽之际聊以调适。诗中动静结合:雨声、蛙声、围棋子敲碰棋枰声、灯花爆落声;此种种声音在夏之夜反衬出夜之静、屋之静、人之静、心之静。呈现和反映了一种休闲舒适的境界,包括环境和心境,引人入胜,为之向往。在人的一生中,这是一种难以企及、可遇而不可求的生活情趣,超级享受。这种缓节奏、慢生活的状态于今日今时亦难觅。

说句煞风景的话,约人候客,久久不至或干脆爽约不免令人焦灼、沮丧;纯系闲暇消遣之类尚可,若真有事要议要谈那岂止扫兴,所以"欲来不来早语我"。不过,如此一来,那种说不清道不明的等待、期盼,或恼或憾、或嗔或忿,怅然若失或茫然无措的情致也就不复存有了。

这是说的"灯花"及其故事。

说一个是植物却非花的故事。"远上寒山石径斜,白云生处有人家。停车坐爱枫林晚,霜叶红于二月花。"(《山行》)作者杜牧带给我们的秋游图——山路、石径、山行、白云、枫林、住家、山林秋色,不逊春光;因为喜爱枫林的红叶,流连忘返,秋之绚烂,叶之炽烈——"霜叶红于二月花!"绝句的前三句各陈其景其事,全部为着第四句的突兀快闪,铺垫、烘托,服务于主旨、主题!"诗人高怀逸致,霜叶胜花,常人

所不易道出者。一经诗人道出,便留诵千古矣。"(刘永济《唐人绝句精华》)

杜牧(803年—约852年)字牧之,号樊川居士。唐代杰出诗人、散文家。人言其诗风不同于当时偏重辞采或过于晦涩的格调,而呈风华流美而又神韵疏朗,气势豪宕而又精致婉约的特色。讲究并创造了"豪爽健朗的形象美","强烈坦荡的诗情美","清新明洁的意境美"。他的诗以绝句为突出,绝句中又以七绝成就为最高,意境优美,韵味隽永。《山行》就是一例。

且再举一例,杜牧的《泊秦淮》也涉及花。"烟笼寒水月笼沙,夜泊秦淮近酒家。商女不知亡国恨,隔江犹唱后庭花。"此诗作于大中二年(848年)。秦淮即指秦淮河,流经建康(今南京),是当时建康的繁华中心,此河因秦始皇南巡会稽时所凿,以疏淮水,故得名。诗的首句写秦淮夜景,次句点出夜泊,并以此引发带出后二句,关节在"不知",重点又是"亡国之音"的"后庭花"。烟、水、月、沙、河边、夜晚、酒家,平静安宁又带有些许冷寂。卖唱的歌女唱着南朝陈国陈叔宝后主所作的《玉树后庭花》,唱者也许不知道这是亡国之君的亡国之音,然而听唱的、享受的那些贵族大官豪绅是否"不知亡国恨"?!作者在秦淮河边上,看到如此情景,担心国家的内忧外患,对上层官僚贵族的醉生梦死饱含了讽刺、悲愤。陈叔宝,南朝陈国后主,在位八年,昏庸奢侈,沉湎酒色诗文:不虞外患,不恤政事。他作有《玉树后庭花》:"丽宇芳林对高阁,新妆艳质本倾城。映户凝娇乍不出,出帷含态笑相迎。妖姬脸似花含露,玉树流光照后庭。花开花落不长久,落红满地归寂中。"被称为"亡国之音"。

杜牧的这首《泊秦淮》评价很高:"写意命题俱妙,绝处怨体反言,与诸作异。"(明代高棅《批点唐诗正声》)清沈德潜注此仅二字:"绝唱。"(《唐诗别裁》)

说说孟郊的《登科后》,既有提到自然之中的花,更是张扬了心中之花,真可谓心花怒放!诗云:"昔日龌龊不足夸,今日放荡思无涯。春风得意马蹄疾,一日看尽长安花。"孟郊就是那位《游子吟》的作者。而这首《登科后》名气、影响也很大。其四十六岁那年进士及第,欣喜异常,熬出头了,可以别开生面,有一番作为,扫尽过去那种困顿、局促、窘迫。一时间心情可谓舒畅,思绪感觉非同一般,欣喜若狂、心花怒放,"春风得意马蹄疾!""一日看尽长安花!"可惜,好像他的以后日子也极其平淡!

"雨打梨花深闭门"这一名句出现在宋秦观的二首不同的词作。如《忆王孙》:"萋萋芳草忆王孙,柳外楼高空断魂。杜宇声声不忍闻。欲黄昏,雨打梨花深闭门。"又如《鹧鸪天》:"枝上流莺和泪闻,新啼痕间旧啼痕。一春鱼鸟无消息,千里关山劳梦魂。　　　无一语,对芳樽。安排肠断到黄昏。甫能炙得灯儿了,雨打梨花深闭门。"在秦观的其他作品中也相仿佛的词句:"芳草王孙何处"(《金明池》),"连宵雨,更那堪,闻杜宇"(《夜游宫》)。传说颇多的是这一名句的作者为李重元,宋人,生平不详,所作诗篇不多,为《忆王孙》春、夏、秋、冬词。"梨花"句在春词。也有人说"梨花"句为唐乐府,宋人吴聿道:"半山(王安石)酷爱唐乐府'雨打梨花深闭门'之句。"(《观林诗话》)而明代茅暎编的《词的》中有话:"'梨花'句与《忆王孙》同,才如少游,岂亦自袭耶?抑爱而不觉其重耶?"事关著作权,更涉名头,有点意思。

此花那花,似花非花,自然的物质的,心理的意念的,往往说不清,就用白居易的《花非花》收结。"花非花,雾非雾。夜半来,天明去。来如春梦几时多,去似朝云无觅处。"使用的是白话,简洁明了,涉及的是花、雾、春梦、朝云,用常得奇,语言精练、感情浓厚;意境分外迷人,缥缈空灵,虚幻又真;音韵优美和畅。把叙事、隐喻、抒怀置之如梦似云、迷离恍惚间,令人难以言传,亦复难尽意会!明杨慎对此极其欣赏,他在《词品》中说:"白乐天之辞,予独爱其《花非花》一首,盖其自度之曲,因情生文也";"'花非花,雾非雾',虽《高唐》《洛神》绮丽不及也。"其实也满可以将白居易的《花非花》视作朦胧诗或朦胧体的作品,此老又领先了!不过他的那个"花"又指的是什么呢?

不觉残书落手中

——（宋）严　羽

　　严羽（约1192年—1245年）字仪卿、丹丘，号沧浪逋客；邵武人（今福建邵武）。南宋诗人，一生未出仕，大半隐居在家乡。他还有一个身份：诗歌批评家。著名的《沧浪诗话》极为重要，虽然诞生在欧阳修的《六一诗话》之后，但其承前启后，总结、提炼、归纳，写就一部关于诗歌的理论著作，具有系统性和较为完整的理论性，对诗歌的形象思维和艺术性加以探究，主张诗有别裁、别趣之说，强调"妙悟"、"神韵"，对当时及后世的诗歌创作和理论影响深远。

　　严羽也有创作，诗、词作品则不如其理论著作出色，但还是有其特点：爱国、正义、反对侵略，一腔热情。艺术上平实、贴切，写景叙事，待人接物，恰到好处，生活气息浓，感情真挚。试举几例。《送吴仪甫之合肥谒杜帅》："丁年剑气欲凌云，况复才华迥不群。投笔几回思出塞，赋诗此日去从军。沙场青草时差缓，淝水红旗捷屡闻。玉帐元戎桑梓旧，行看幕府策奇勋。"《出塞行》："将军救朔边，都护上祁连。六郡飞传檄，三河聚控弦。连营当太白，吹角动胡天。何日匈奴灭，中原得晏然。"豪气干云，以己心度人心，同仇敌忾。虽不曾赴战场，虽为一介书生，还是盼望：投笔从戎，"策奇勋"、"匈奴灭"、"中原得晏然"！

　　《北风》："夜来雨雪北风颠，吹得波涛欲暗天。世上如今少知己，烦君牢系钓鱼船。"感慨于世间人事的复杂，夜雨雪风狂浊浪翻天，知音少人间已罕有知己，罢了，只能自己管管自己、管好自己了！真奇妙，严羽当年的感叹被复制了，现今的网络时代潮人的感喟如出一辙：系牢（钓鱼）船，以免友谊的小船说翻就翻。这个翻，恐怕主要不是狂风暴雨急浪，而无知己，"少知己"，"被遭遇"，抑或利益诱之。

　　本篇的题目出自严羽的《新凉》一诗。其为："小院新凉水竹通，鸣蝉声断晚来风。忽然坐睡曹腾去，不觉残书落手中。"这种在生活中于读书人间常遇常见的小事，在作者笔下，刻画得细致入微，惟妙惟肖，极富情趣。如此情景恐怕不光是读书人,但凡识几个字的又能捧起书本的人都有体悟,可以说甚有味道。而在平时又不太会注意,如今见这般提及亦不觉莞尔。末句亦符合严羽论诗一观点:"对句好可得,结句好难得,发句好尤难得。"这应该属于难得的结句好。

这种读书的趣味,生活中的小情节,可以找出一些。

晚唐诗人曹邺有《老圃堂》诗:"召平瓜地接吾庐,谷雨干时手自锄。昨日春风欺不在,就床吹落读残书。"平和从容,恬淡清逸,耕读之乐,请来春风助兴,平添生活趣味。

宋人杨万里《闲居初夏午睡起·其二》为:"松阴一架半弓苔,偶欲看书又懒开。戏掬清泉洒蕉叶,儿童误认雨声来。"作者为南宋大臣,生卒(1127 年—1206 年),字廷秀号诚斋,吉水人(今江西)著名诗人、文学家。与陆游、尤袤、范成大并称为"南宋四大家"。其创造了"语言浅近明白,清新自然,富有幽默情趣"的"诚斋体"。

宋人李清照词《摊破浣溪沙》云:"病起萧萧两鬓华,卧看残月上窗纱,豆蔻连梢煎熟水,莫分茶。 枕上诗书闲处好,门前风景雨来佳。终日向人多酝藉,木犀花。"这是李清照晚年少见的呈现轻松快乐的词作,大病初愈,躺在床上翻看身边的诗书,看看窗外的景致,闻闻扑鼻的桂花香,心中也有一丝甜意,一个"好"字、一个"佳"字,充满了平静、和缓、澄明、恬淡的气氛。

自是人生一乐

——（宋）欧阳修

作为北宋卓越的政治家、文学家、史学家、诗人、词家的欧阳修虽不以书法名世，但却是一个不折不扣的书法家，一生喜爱书法，乐此不疲；有实践、有实绩又有实实在在的书法理论。他曾经说过自己，恨"字体不工，不能到古人佳处"。他著有《集古录跋尾》《试笔》《笔说》《砚谱》等，在一些诗文及一些来往书信中也多有涉及书法方面的理论、论述，从"书与道、书与人、书与法、书与乐"等方面来阐述自己的认识、体会，他是一个大学问家、多面手。

"明窗净几，笔砚纸墨，皆极精良，亦自是人生一乐。然能得此乐者甚稀也。其不为外物移其好者又特稀也。"（见《试笔·学书为乐》）明窗净几现时又多称为窗明几净，阳光晴好，春风或秋风又正当时，窗外修竹摇曳，时令花卉盛开，这是学书的一个好环境、好时节，而重要的却还是笔砚纸墨都是有出处、有质量，上好的，"皆极精良"，还有比这更令人高兴的吗？这种境地极其难得，能领悟此中之乐的人也不多，而浸润其间乐此不疲者少之又少。声色犬马、名利诱惑，浮躁喧嚣等等一概排斥，置之度外。

欧阳修在他的《笔说·夏日学书说》中云："夏日之长，饱食难过，不自知愧。但思所以寓心而销昼暑者，惟据案作字，殊不为劳。当其挥翰若飞，手不能止，虽惊雷疾霆，雨雹交下，有不暇顾也。古人流爱，信有之矣。字未至于工，尚已如此，使之乐之不厌，未有不至于工者。使其遂至于工，可以乐而不厌，不必取悦当时之人；垂名于后世，要于自适而已。"整段叙说有起因，有过程，有议论，有心得，因为喜欢，心静得下来，可以"销昼暑"；因为喜欢，潜心习之，字"未有不至于工者"；因为喜欢，不求闻达，聊以"自适而已"。

欧阳修说过自己平生写文章，多半在"马上、枕上、厕上"，所以人称其"三上"作家，然而他的学书习字则是要放上大块整段的时间，他的这种对待，其认真、当回事,在他看来实是人生一乐。

欧阳修(1007年—1072年)字永叔,号醉翁,又号六一居士,自称庐陵。为卢陵人(今江西吉安)。官至枢密副使,参知政事。有过几次贬、放。晚年因政敌罗织构陷,心生去意,三番四复,多次辞职,然"是每求退则得进,每辞少则获多"。(《辞宣徽使判太原府第六札子》)其曾连上二十四道奏章,六十五岁时(1071年)获准退休。又因其自吟自娱自乐,以《集古录》一千卷、藏书一万卷、琴一张、棋一盘、酒一壶、"吾一翁老于此五之间",自号"六一"居士。

朱熹评欧阳修的书法:"欧阳公作字如其人,外若优游,中则刚劲。"

袖手无言味最长

——(宋)黄　升

　　宋代诗人黄升的《鹧鸪天·张园作》为:"雨过芙蕖叶叶凉。摩挲短发照横塘。一行归鹭拖秋色,几树鸣蝉钱夕阳。　　花侧畔,柳旁相。微云淡月又昏黄。风流不在谈锋胜,袖手无言味最长。"这是一首颇多内涵、寓意深刻的词作。

　　黄升(生卒年不详)字叔旸,号玉林,又号花庵词客,建安人(今福建建瓯)。著有《散花庵词》,编有《绝妙词选》二十卷,分上部、下部各十卷,名为《唐宋诸贤绝妙词选》《中兴以来绝妙词选》,后人统称为《花庵词选》。其选取标准严格,又因为其人正直、有清誉,当时即有评说:其人如此,其词选可知矣。该词选存人存词存史,在最大程度上保留一代词坛完整的词史,选录词196人(一说222人),词作1 164首(一说1 275首),定编于淳祐九年(1249年),极具文献价值。宋人胡德方在序《花庵词选》时说该词选:"博观约取,发妙音于众乐并奏之际,出至珍于万宝毕陈之中;使人得一编,则可以尽见词家之奇。"并推介黄升:"玉林早弃科举,雅意读书,间以吟咏自适。"

　　回过头来说《鹧鸪天·张园作》,此词先交代时节,由夏入秋,秋景悲凉;说明地点,寄住张园,或客或旅或滞留,在不属于自己的花柳锦簇、繁华之处,心情恐怕一样凉意森森,不爽不佳。此词由写景入手,由景及情,情景交汇之中寓有隐喻,或不满时世,或有志难伸,抑或追求做人行事方面以自适为道。花、柳、雨、水、鹭、蝉、云、月,陈列铺排,然陡然转折,要紧的是心情心态心境,有感要发,于是妙在结句!"风流"在这里指的应该是真才实学;有真才实学的人不必体现或外露于滔滔不绝,言辞尖锐,锋芒毕露。你可以浮躁、张扬,逞个性,图表现,甚至哗众取宠,而在旁默默听闻的人可能就是满腹经纶的饱学之士,内敛、沉稳、谦逊。言、行者,立身之基,人生何处不修行,但凡言者总要注意,做到合乎场合,合乎时宜,合乎身份。"言而当,知也;默而当,亦知也。"(《荀子·非十二子》)其实即便你说得再多,谈锋健,谈锋盛,谈锋胜,闻之者信或不信,附和与否,是否认同,还是个问题,极有可能闻者藐藐,心中根本不把你当回事。于是"袖手无言"那个"味"字最妙,可以多解,即便在友人、同事间或与各式人等的交往中,无言之意之味,内涵深矣。此词的最后两句颇具哲理,于人生于处世不无裨益。

他的词如《南乡子·冬夜》《浣溪沙》《清平乐·宫怨》也值得一读。且逐一道来。《南乡子·冬夜》:"万籁寂无声。衾铁棱棱近五更。香断灯昏吟未稳,凄清。只有霜华伴月明。 应是夜寒凝。恼得梅花睡不成。我念梅花花念我,关情。起看清冰满玉瓶。"寒夜、五更、香尽、灯残,诗吟不成,寂静清冷中窗外明月悬挂,银光和着霜华遍泻。目光与思绪从室内移至屋外,浮想联翩,冻天冻地,那么梅花怎么了? 还是伫立在那里凌霜傲雪? 妙在"我念梅花花念我"句,移情,知心,换位,相互惦记,关心则乱,反正难以入眠,披衣下床,吓,玉瓶中的水也结成冰! 词中尽显诗人的高标和梅花的高洁,风采奕奕。《浣溪沙》:"钟磬冷冷夜未央,梨花庭院月如霜。步虚声里拜瑶章。 紫极清都云渺渺,红尘浊世事茫茫。未知谁有返魂香。"天上人间,往往无由攀援;心向往之,其实依然故我。没有了灵丹,也没有还魂香,只能在红尘浊世照旧度日。

《清平乐·宫怨》:"珠帘寂寂,愁背银缸泣。记得少年初选入,三十六宫第一。 当年掌上承恩,而今冷落长门。又是羊车过也,月明花落黄昏。"现实的孤寂苦恼,悲从中来;昔日的芳华,宴乐承恩;欢娱依然存在,不过是在别处,皇家恩宠难到老,黄昏时刻月明花零落! 今昔大异,对比强烈,波澜起伏,曲折含蓄,除去为宫女、昔日妃子感叹,不知是否还有他指,应该是含义丰富,可以让人品味、回味!

有说他不事或早弃科举,但好像他做过官,有一诗可证:"路入萍乡信马行,野花香好不知名。官卑无补公家事,时向田间问耦耕。"(《萍乡道中》)说明他并非不事科举,做过小官,不得志和无用武之地。

黄升的词风格清新空灵,格调高雅,托意悠远,意境不凡,被誉为"晴空冰柱";其为人作派亦被称颂,"以泉石清士目之"。《四库总目提要》谓其词"上逼少游(秦观),近摹白石(姜夔)"。

乘兴而行,兴尽而返

——(东晋)王徽之

这里有个故事,典出南朝宋刘义庆所著《世说新语》:"王子猷居山阴,夜大雪,眠觉,开室,命酌酒,四望皎然,因起彷徨,咏左思《招隐》诗。忽忆戴安道;时戴在剡,即便夜乘小船就之。经宿方至,造门不前而返。人问其故,王曰:'吾本乘兴而行,兴尽而返,何必见戴?'"由此诞生出若干成语、熟语:雪夜访戴,乘兴而来,兴尽而归,子猷访戴,剡溪雪访等。

王徽之(公元338年—386年)字子猷,会稽郡山阴县人(今浙江绍兴)。东晋名士、书法家,历任车骑将军、大司马将军、黄门侍郎。书圣王羲之的第五子。戴安道,即戴逵(326年—396年)东晋琴家、艺术家,安道是他的字。其"能鼓琴,工书画,其余巧艺靡不毕综",是位高洁之士,隐居在会稽剡县(今绍兴一带)。这段文字十分有趣,综观全文是一个动作片、小电影:觉醒,开门,喝酒,远眺,踏雪,吟诵,起兴访客,动身坐船,一夜才到友人府上,未曾敲门,却掉头原路返回。旁人惊讶,而在王徽之看来,平常得很:乘兴来,尽兴返,何必一定要见到本人呢?!

这完全体现了王徽之的生性脾气:恣意随性,喜欢游冶;史称其不喜公务,不修边幅,官职不低却又轻辞。唐房玄龄言其:"性卓荦不羁,为大司马桓温参军,蓬首散带,不综府事。"纯粹的一副名士派头,风流名士,名士风流。这样的叙事,此等的描写,这样的行迹一般不太为人所喜或接受,却也反映了一种世态或真实,世情万般,可有意为之,亦有随意率性;但不管如何,却也为人们留下了一段逸事、佳话。宋代散文大家曾巩有《题访戴图》云:"小艇相从本不期,剡中雪月并明时。不因兴尽回船去,那得山阴一段奇。"相信有此类意,会行此类事的亦有之。不知那位戴逵隐者知晓此事后,会作如何表示,估计会微微颔首,并淡然一笑。

王徽之乘兴、率性而为之事可再举二则。一次他去吴中,闻悉当地一个士大夫家有个不错的竹园,便欲去游览。那主人获知后专门洒扫布置并等候在正厅。王却坐轿直奔竹林而去,在那里讽咏长啸一阵。主人不悦但仍希望这位大佬返程时会来知会一下,可他却管自己返回。主人忍不住让人关上大门不让他走。谁知这样一来,两人的脾气对上了,王欣赏主人的作派,便留下来与主人尽情欢娱,亦尽兴而归。

他曾借住别人的空房,叫来家人种上竹子,旁人劝:暂居而已,不必如此。王吟唱之余,手指着竹子曰:"怎么可以一日没有这位先生!"原话为"何可一日无此君",真不知苏东坡的"宁可食无肉,不可居无竹"句与此的关系!

王羲之(公元303年—361年,另有一说公元321年—379年),其实后一说不恰。王羲之有七子一女,王徽之为第五子,上面有四个哥哥玄之、凝之、涣之、肃之;下面有两个弟弟操之、献之,妹孟姜。徽之生于公元338年,排行老五,若王羲之生于321年,如何算得过来。书圣的儿女都有出息,各有建树。宋人黄伯恩在《东观余论》中说:"王氏凝、操、徽、涣之四子书,与子敬书俱传,皆得家范,而体各不同。凝之得其韵,操之得其体,徽之得其势,涣之得其貌,献之得其源。"其中凝之、献之均是大名人,其妹王孟姜,嫁南阳刘畅,女儿刘氏为谢灵运生母。

书圣老父王羲之逸事亦不少,祖腹东床,相聚兰亭等等,下面说一说他与鹅的趣事。会稽有一孤老,养一鹅善鸣,王羲之托人向其购买不成,便带着亲友前去观赏。此老闻王将至,烹鹅而待之,王到后获知叹息数日。又山阴有一道士好养鹅,羲之往观之,意甚悦,固市求之,道士云:"为写《道德经》当举群相赠耳。"羲之欣然写毕,笼鹅而归,甚以为乐。据说他从养鹅、观鹅之中体会书法笔触、运笔的奥妙。

王徽之的喜竹与其父的喜鹅如出一辙。

陌上花开，可缓缓归矣

——（五代十国）钱 镠

　　钱镠（852 年—932 年）字具美（巨美），乳名婆留（其小时候因父亲不喜欢而由祖母护佑留下一命），杭州临安人（今浙江杭州）。五代十国间吴越国的创建者。"少拳勇，喜任侠，以解仇报怨为能事"；"少年起兵，骁勇绝伦，身经百战"，是个性情中人，豪迈勇毅之辈，有人甚至说他"不知书"。

　　钱镠的原配戴氏王妃（又一说为庄穆夫人吴氏，此从戴氏王妃说），老家在横溪郎碧村，虽尊为国母，但思恋故土，差不多每年都要回乡住上一段时间，侍奉父母并释乡愁。钱镠喜爱这位结发妻子，也任其行事。一次戴氏王妃归家多时尚未见返，钱镠思念妻子，又见春已临，草青柳绿花红，一派生机，便写下："陌上花开，可缓缓归矣"。

　　真正的语平意淳，满满的温馨、温暖，给人的感受绵长无尽。少文之武夫，一国之君王，信手写下的九个字，影响和带动了多少的思、念、虑、情，以及历多少年的共鸣、欣赏和点赞！

　　信息传递出去了，但有心话（真话）反说，持急呈缓之感，但当然也可以作平常舒缓之读。从字面而观，可以多解：想她了，早点回归；想她了，让其随意自定，欲归不归慢慢来；想她了，可以归，且从容自便，欣赏早春时节的美好景象。这种欲催而缓行的说法实为当事者可喻，亦留给世人、后人以遐想和感喟。

　　江南、杭州、山阴道、西湖、凤凰山……春日之景气象万千，和风吹柳绿，细雨点花红，景和风暄，绿水环绕，蓝天白云，山麓青葱，足以让人神驰心往。彼时的钱镠真想与戴氏王妃共享这美好时光。位高权重，国柄在握，即便贵为一国之君、国母王妃，也一样有人心人情人欲，莫负春光，不做乖张之人。不知戴氏王妃收信后如何处置，应该会倍感欢欣，同时也不会拖延耽搁，归途之中可以观赏沿路春色，阡陌花事，山光水色；心中又因为愉悦，映入帝眼中的景象则会更胜一筹。

江南的春景历来为人称道，如："顾长康（顾恺之）从会稽还，人问山川之美，顾云：'千岩竞秀，万壑争流，草木蒙笼其上，若云兴霞蔚'。"（见刘义庆《世说新语》）

又如："王子敬（王献之）云：'从山阴道上行，山川自相映发，使人应接不暇，若秋冬之际，尤难为怀'。"（见刘义庆《世说新语》）

再如："暮春三月，江南草长，杂花生树，群莺乱飞。"（南朝梁丘迟《与陈伯之书》）在历史上，山阴之山水显于六朝，到唐后渐减；而西湖则盛于唐，随后益盛；故那时吴越王钱镠所说的"陌上花开"景致一定是非常之不错的。

钱镠是个有作为的国君，创业守业有度，治国有道，重视文治武功理财抚民，大力推进修筑海塘和疏浚内湖，灌溉农田。吴越在当时相对安宁、稳定了好多年，可见钱镠的本事。他注重修身治家，教育后代，曾订有治家"八训"、"十训"（后逐步完善形成《钱氏家训》，并流传、光大至今）。

钱镠的"家训"有言如下：

"要尔等心存忠孝，爱兵恤民。"

"要度德量力而识事务。"

"多设善济院收养无告四民，添设育婴堂，稽察乳媪，勿致阳奉阴违，凌虐幼孩。"

"汝等莫爱财无厌征收，毋图安乐逸豫，毋恃势力而作盛，毋得罪于群臣百姓。"

"吾立名之后，在子孙绍续家风，宣明礼教，此长享富贵之法也。倘有子孙不忠、不孝、不仁、不义，便是坏我家风，须当鸣鼓而攻。"

明冯梦龙曾经说过："用人如韩滉、钱镠，天下无弃才，无废事矣。"钱镠用人亦有特色，其用唐末奇人罗隐就是一例。

如此人物，如此胸怀，如此情怀，此等的"陌上花开，可缓缓行矣"白描、淡然之表述，难得，值得玩味。

斜风细雨不须归

——(唐)张志和

"西塞山前白鹭飞,桃花流水鳜鱼肥。青箬笠,绿蓑衣,斜风细雨不须归。"张志和的词《渔歌子》赫赫然有大名声。清刘熙载在《艺概》中说:"张志和渔歌子'西塞山前白鹭飞'一阕,风流千古。"

张志和在词中创造了美好的意境。他首先说明垂钓的时间,地点,点出了——山、水、鸟、花、鱼、雨、风;而且色彩斑斓——白、红、青、绿;以高妙的构思,优美的语言,营造了极具格调、超然世外的水上桃花源。词中的西塞山在今浙江吴兴的西苕溪上,过去曾叫做道士矶,是凸出在河边的大石岩。该溪北通太湖,南邻莫干山,属太湖流域,风景优美。而非湖北黄石的西塞山;也有一说西塞山在浙江浦阳县的东边(今杭州萧山区东边)。如此的时光和景致,江上垂钓的人又怎么舍得归去,即便"斜风细雨"。作者心中所思所想所追求的一定是一种洒脱,崇尚自由自在。但凡读过此词的人也会赞同附和,甚至向往彼处彼时,享受那种闲适、自在和欢愉。张志和还是一个画家,据说还把此词之意境画成一幅山水画。

张志和(约730年—约810年,其生卒有不同说法)字子同,初名龟龄,婺州人(今浙江金华)。十六岁时明经及第,唐肃宗时为待诏翰林。后因事贬南浦尉;赦回,隐居江湖,自号烟波钓徒。善歌词,能书画,击鼓吹笛,多才多艺。传说张志和钓鱼不用鱼饵,因为他志不在钓鱼,而是有经世、济世的抱负;他对肃宗皇帝所采取的对外夷的软弱和屈辱不满,也愤恨于官场的黑暗。又因为家人的去世,浪迹烟波。他不是一个渔夫,而是隐者,更是智者,"达未至""独善其身"。他的兄长张松龄看了他的词后,怕他真的就此不回家,就作了《和答弟志和渔父歌》:"乐是风波钓是闲,草堂松桧已胜攀。太湖水,洞庭山,狂风浪起且须还。"张志和见了此词遂承召去了会稽隐居。

《渔歌子》的影响很大,以后仿作,化用甚至照搬的不少,其后几十年亦传到了日本,引起轰动,一时间传者、习者如云。唐宋间人如罗隐、李煜、苏东坡、黄庭坚、秦观、陆游、周紫芝、叶梦得、朱敦儒、张元幹、孙光宪、欧阳炯、徐俯等等都涉此。仅录苏东坡的《浣溪沙》为例:"西塞山边白鹭飞,散花洲外片帆微,桃花流水鳜鱼肥。

自庇一身青箬笠,相随到处绿蓑衣,斜风细雨不须归。"

孔子说过:"知者乐水",此处之"知"为"智"之代。再说一个"知者乐水"的故事。诗云:"独怜幽草涧边生,上有黄鹂深树鸣。春潮带雨晚来急,野渡无人舟自横。"此为唐人韦应物的《滁州西涧》,虽然韦应物以五言古诗负盛名,但此七绝在全部唐诗中极其有名。

西涧在滁州城西郊野,诗人就春日、鸟鸣、树草、夜雨、野渡、舟船的组合,结集,描绘出一幅魅力十足的图画,在自己的所见所闻中蕴藉了些许思绪和感喟。整个景致鲜明生动,用词用意贴切,尤其"幽"、"鸣"、"急"、"横"等的互相衬托,灵动活泛,又植入自己的感触,意境交融;诗中有画,画存诗中,诗意胜画,淡然、自然、悠然,从中也反映了作者对于人生、生活的观念、态度,从容、优雅,令人心折。身为一州刺史,他关心民生疾苦,为官开明,韦应物有政声;在政务之外,居然对治下的景物如此熟悉,也体现出了他的观察细致和文字功力,譬如赋物工致、写情细腻,山水写景状物之类颇受陶渊明、谢灵运影响。由于作者的经历、抱负等方面的原因,此诗笔下之意历来有着不同的诠释。然而作为名篇流传,深得寇准、欧阳修、苏东坡等的赏识。宋欧阳修文坛领袖,诗词文俨然大家,其《采桑子》词亦有:"野渡无人舟自横"之句。

韦应物(736年—790年?)京兆长安人(今陕西西安)。其早年作为唐玄宗的侍卫,任侠使气,放浪形骸,恃宠横虐,行事无度,可谓劣迹斑斑。但在安禄山事变后,他从过去的"司隶不敢捕"到"憔悴被人欺"。于是折节改观,发愤向上,虽"读书事已晚"仍"把笔学题诗"。凭着毅力和聪慧,进士及第,先后任滁州、江州、苏州刺史,为官清正,是个有作为、有担当的人物。写诗作词亦成为著名文人,实属不易。浪子回头金不换。人生的两截宛如黑白,言行举止不可同日而语,为人作派相去之远直若云泥两端,气质格局变化太大了,他成为了人生成功逆转的一个范例。

唐李肇所撰《国史补》云:"应物为性高洁,鲜衣寡欲,所居焚香扫地而坐,其为诗驰骤,建安已还,各得风韵。"而大概因为是个有争议的人物,新旧唐书俱未为其立传。而苏东坡有诗赞他:"寄寄巢林在一枝,幽人蜗居两相宜。乐天长短三千首,

却爱韦郎五言诗。"(《和孔周翰二绝·观净堂观赏效韦苏州诗》)

　　"知者乐水"典出《论语·雍也》:"子曰:'知者乐水,仁者乐山;知者动,仁者静;知者乐,仁者寿'。"可以理解,但有些难,孔子有感而发,将知者、仁者有所区分,给他们秉性、爱好定位,然而知者既可乐水也可乐山,仁者亦既可乐山也可以乐水,游山玩水,耽留山水,好像也没有那么截然可以分清。回到其本意,可以理解:有智慧的人喜爱水,其人生、胸怀亦如流水澹澹,阅尽世间万事万物,悠然、淡泊。其与山对衬。而张志和、韦应物为同时代人,均处玄宗、肃宗阶段。二人都有过经历,复归于平淡,亦属智者,喜水、赋水、寓情寓意于水,通达事理,反应敏捷,思想如水一般流淌、跃动。所以他们都懂变通变动变化,而且快意快活快乐!

　　以孔子的《论语》来解读、诠释诗篇,那也是一件乐事!

似曾相识燕归来

——(宋)晏　殊

"一曲新词酒一杯,去年天气旧亭台,夕阳西下几时回?　　无可奈何花落去,似曾相识燕归来。小园香径独徘徊。"晏殊的这首《浣溪沙》脍炙人口,写景写情,遣字用句自然脱俗,平平来,缓缓行,幽幽去。尤其触景生情,情寓景中,情景相融,借景抒情,清朗之中有萧索,平静之中见寂寥。词的每一句几乎都是名句,尤其"无可奈何花落去,似曾相识燕归来",倾倒过多少文人墨客,雅士贤达。明杨慎云:"'无可奈何'二语工丽,天然奇偶。"(《词品》)认识或知道晏殊,大多是从此词为始。

晏殊的学养、地位、经历,赋予他的诗文词作有大气、有风骨,有一种属于自己的范儿。他的另一首《浣溪沙》:"一向年光有限身,等闲离别易消魂。酒筵歌席莫辞频。　　满目山河空念远,落花风雨更伤春,不如怜取眼前人。"其中伤离别,惜年华,重怀念,讲珍惜之意极浓,尤末句之意悠长。《踏莎行》词云:"小径红稀,芳郊绿遍。高台树色阴阴见。春风不解禁杨花,濛濛乱扑行人面。　　翠叶藏莺,朱帘隔燕,炉香静逐游丝转。一场愁梦酒醒时,斜阳却照深深院。"生活的安逸,心情的安逸,酒醒未必因梦愁,"炉香静逐游丝转"。

《采桑子》词为:"时光只解催人老,不信多情,长恨离亭,泪滴春衫酒易醒。梧桐昨夜西风急,淡月胧明。好梦频惊,何处高楼雁一声?"又《清平乐》:"金风细细,叶叶梧桐坠。绿酒初尝人易醉,一枕小窗浓睡。　　紫薇朱槿花残,斜阳却照阑干。双燕欲归时节,银屏昨夜微寒。"二词写景抒情精细独到,用常见新,铺陈到位。相信晏殊对后来的苏轼、秦观、李清照等的影响甚巨!

其实,晏殊尤工诗。传说他作诗超万首,而如今传世仅百余。《寓意》是其比较出名的一首。诗为:"油壁香车不再逢,峡云无迹任西东。梨花院落溶溶月,柳絮池塘淡淡风。几日寂寥伤酒后,一番萧瑟禁烟中。鱼书欲寄何由达,水远山长处处同。"《宋史》对其诗的评价"闲雅有情思",而晏本人亦认为自己的诗要高一些。

晏殊在北宋词坛是泰斗级的领袖人物。他的幼子晏几道(字叔原,号小山)也是一个极有分量的大家,宋之小令在其手中几成巅峰。他的《临江仙》:"梦后楼台高锁,酒醒帘幕低垂。去年春恨却来时。落花人独立,微雨燕双飞。　记得小蘋初见,两重心字罗衣,琵琶弦上说相思。当时明月在,曾照彩云归。"这是晏几道的名篇,念旧怀人,精美委婉。其中的"落花人独立,微雨燕双飞"被誉为"名句千古不能有二"。(清谭献语)其实"当时明月在,曾照彩云归"也十分不错,很可玩味。如《鹧鸪天》云:"醉拍春衫惜旧香,天将离恨恼疏狂。年年陌上生秋草,日日楼中到夕阳。　云渺渺,水茫茫,征人归路许多长。相思本是无凭语,莫向花笺费泪行。"遣字造句功力深厚,下笔如有神,营造了意蕴言中、韵流弦外的氛围。

又如《蝶恋花》:"醉别西楼醒不记,春梦秋云,聚散真容易!斜月半窗还少睡,画屏闲展吴山翠。　衣上酒痕诗里字,点点行行,总是凄凉意。红烛自怜无好计,夜寒空替人垂泪。"感叹人生,无论四季,无论酒之醉、酒之醒,一句"聚散真容易",管住全词;又生出多少事!"无好计",一个"真"字谅无达诂!

再如《长相思》:"长相思,长相思。若问相思甚了期,除非相见时。　长相思,长相思。欲把相思说似谁,浅情人不知。"语短情长,又有浓浓深意寓寄其中;这样的相思对薄情寡义的人来说,是无法理解的。此词的节奏性强,风格俊爽。

晏家父子好词章。晏几道有《小山集》传世。二百多首精致美妙、清丽婉转的小令在风格上延续了晏殊的娴雅平静。只是更为婉转,更显情深。宋诗人黄庭坚与其交深,他眼中的晏几道其人其词:"文章翰墨,自立规摹";"平生潜心六艺,玩思百家,持论甚高,未尝以沾世";"寓以诗人之句法,清壮顿挫,能动摇人心"。晏几道的造诣过人又过其父,但他又是个有个性的人:贵人暮子;仕途蹇乖;人欺人负信由之;生性孤傲,不慕势利;落拓一生;与父亲那些显赫的门生不甚往来;潜心作词。传苏东坡欲与其相识,托黄庭坚周旋,晏几道居然说:"今日政事堂中半吾家旧客,亦未暇见也。"一口回绝。所以黄庭坚说这位好朋友"其自痴亦绝人"。其中年家道中落,又因友人之故遭受牢狱之灾。终其一生,仅为许田镇监、通判之类小官。其人其事也称得上"绝品"了!

开户视之,不见其处

——(宋)苏 轼

宋神宗元丰二年(1079 年),苏轼因诗被诬陷"谤讪朝廷",被捕入狱,遭受折磨,此即史称"乌台诗案",涉及与苏轼有往来的司马光、苏辙、黄庭坚等几十位大臣名士。后经多方合力营救,苏于当年十二月释放,但被贬谪至黄州(今湖北黄冈)为团练副使,明令其"不得签署公事,不得擅去安置所",纯系一被管制的人犯。

元丰五年(1082 年),就在黄州期间,苏轼两次泛舟游历赤壁,都写下了《赤壁赋》。他的《赤壁赋》分为前后两篇,深刻反映了他的思想和襟怀。宦海风波,难测的君意,那些兴风作浪的小人,自己的尴尬处境,齐齐都到眼前。赤壁带给他深思、反省、领悟、豁达。他还是那个他,不过成熟了,生活及政治生态告诉了他许多许多。虽然如此,他依然壮怀、壮志难酬,心有戚戚之忧:国家、朝廷、百姓、自身……无论身处现时的江湖还是以前的庙堂,均有苦闷在怀,也有抱负在肩。于是他借助赋这种文学体裁,铺排、渲染、推演,来反映自己思想感情心态的发展变化,一波三折,一咏三叹,最后以乐观豁达的思想占上风,但其中的深沉蕴藉,意味绵绵。

前、后《赤壁赋》通过泛舟夜游、饮酒问答、欢乐舒畅、怀古论今、顿悟开朗、乐观豁达,或坐而饮或起而行,层层叠叠,铺陈排列,引申开去,以主客问答的形式,讲述了作者的主观感受。其构思、意境、风格、辞章俱臻上乘。但细加剖析,前、后赋还是有所不同。

《前赤壁赋》假借主人与客的聚会、行自问自答、自抒心声之实,深究玄、哲之理,诠释自己的抱负。第一段:由起,描绘景观,心情亦佳。第二段:饮酒且乐而忽忽有所思,心情为之一变。第三段:叹人生苦短复又无常,古人何在? 徒羡明月、江水。第四段:出现转折,思辨、哲理引出变为顿悟、豁达。第五段:于是人皆欢喜,继而壶中日月长,开怀、畅怀、忘怀!

此赋文采出众,无可比拟。可以说通篇是美文、佳句、名言;又由内在逻辑串起珠玑,值得细细品味。如"清风徐来,水波不兴";"纵一苇之所如,凌万顷之茫然";"飘飘忽如遗世独立,羽化而登仙"。

继而,歌声、曲声骤起时:"其声呜呜然,如怨如慕,如泣如诉";"舞幽壑之潜蛟,泣孤舟之嫠妇"。

又如:古往今来,诸多豪杰,有如孟德、周郎"固一世之雄也,而今安在哉?"吾与子等亦"寄蜉蝣于天地,渺沧海之一粟";"哀吾生之须臾,羡长江之无穷";"托遗响于悲风"。

再者:逝者如斯,天地之间,物各有主,"苟非吾之所有,虽一毫而莫取";物我二宜,"惟江上之清风,与山间之明月,耳得之而为声,目遇之而成色,取之无禁,用之不竭,是造物者之无尽藏也,而吾与子之所共适"。

复如:于是"喜而笑";又"更酌";"相与枕藉乎舟中",安然入梦去。

《后赤壁赋》则以写景为主。此赋迟于前赋的七月十五,作于同年的十月十五,时令由初秋迁移为孟冬。同一地点同一环境,景致却不复相同。尤"江流有声,断岸千尺;山高月小,水落石出"较之前赋的"白露横江,水光接天",冬日山水之特征生动逼真。虽有客有酒但意仍在游。全赋四节,意分两层。一层为交代、铺垫,好友好酒以度良宵;一层记游,绘写美景栩栩如生,虽异前观但一样令人胸胆俱开,心气高涨,欣欣然去攀登。但当作者独自踞石攀木,登临绝顶,长啸天地间;目观耳闻空谷回音,草木摇曳,风鸣山川,波浪汹涌之种种,却顿时萌生孤寂、悲怆及恐惧,于是悄然归舟。归途遇有孤鹤,客去亦梦道士问:赤壁之游乐如何?作者讶其为羽仙。最妙所在系作者梦醒后的二句:"开户视之,不见其处。"此不见其,是不见那个羽化而登仙的道士;还是自己遭遇贬谪,不知自己身在何处;抑或虑及自己的理想、追求、抱负,这些又在哪里?

在写前、后赤壁赋的同时期,苏轼还写了《念奴娇·赤壁怀古》,此三篇佳作大可一起找来,对比看、对照读,窥探作者思想、思路、心怀、襟抱。

清金圣叹云:"游赤壁,受用现今无边风月,乃是此老一生本领,却因平平写不出来,故特借洞萧呜咽,忽然从曹公发议,然后接口一句喝到。痛陈其胸前一片空洞了悟,妙甚!"(见《天下才子必读书》)宋代唐庚说得更妙:"惟东坡《赤壁》二赋,一洗万古,欲仿佛其一语,毕世不可得也。"(《唐子西文录》)

需要说明的是:苏轼所赋之赤壁非三国之赤壁战场,其当在湖北,即现湖北赤壁市西北长江之滨的南岸,北依武汉,南临岳阳。

十分佩服东坡,千人千面识东坡,只恐道不全,说不到点子上,就用现代林语堂大师的话来启示、定盘:"像苏东坡这样的人物,是人间不可无一难能有二的。""苏东坡是个秉性难改的乐天派,是悲天悯人的道德家,是黎民百姓的好朋友,是散文作家,是新派的画家,是伟大的书法家,是酿酒的实验者,是工程师,是假道学的反对者,是瑜伽术的修炼者,是佛教徒,是士大夫,是皇帝秘书,是饮酒成癖者,是心肠慈悲的法官,是政治上的坚持己见者,是月下的漫步者,是诗人,是生性诙谐爱开玩笑的人。可是这些也许还不足以勾绘出苏东坡的全貌。我若说一提到苏东坡,在中国总会引起人亲切敬佩的微笑,也许这话最能概括苏东坡的一切了。"(见林语堂《苏东坡传》)

唤取归来同住

——（宋）黄庭坚

　　黄庭坚有一首《清平乐·春归何处》大大有名。词为："春归何处？寂寞无行路。若有人知春去处，唤取归来同住。　　春无踪迹谁知？除非问取黄鹂。百啭无人能解，因风飞过蔷薇。"

　　春去了，去哪里？无影、无踪、无迹、无声、无音、无觅。谁知？怎知？找难，如何是好？这是一首惜春之词。作者叹春之去于不知不觉之际，憾春之迹去于无影无踪之间，念想，疑思，设问，自答；从虚到实，实中有虚，虽戛然而止，然极尽思之深、情之切、韵之味；全篇思绪缜密，首尾回环照应，笔触功力赫然。薛砺若的《宋词通论》云：此词"通体无一句不清丽，而结句'百啭无人能解，因风飞过蔷薇'，不独妙语如环，而意境尤觉清逸，不着色相，为山谷词中最上上之作；即在两宋一切作家中，亦找不着此等隽美的作品。"

　　春天之美好、之奇妙尽人皆知；春天在文人墨客雅士的眼中、笔端千姿百态、万般模样，有情有趣有意有味。有的诗或词讲的是别他，但也有对春的独到描写，或咏或惜或寻或绘或述亦甚堪品鉴。这里提一下王观的《卜算子·别意》，词为："水是眼波横，山是眉峰聚。欲问行人去哪边？眉眼盈盈处。　　才始送春归，又送君归去。若到江南赶上春，千万和春住。"

　　这是一首送别词，写透了离情别意，运笔造句别致，想象脱俗奇特，比拟出挑突兀，整体形象灵动。将水比作眼波，山喻作眉黛，隐含对分别之伤、之痛，山愁水恨。此历来颇受好评，被视作词中珍品。然而词的下半阕，尤其写得好："才始送春归，又送君归去。若到江南赶上春，千万和春住。"我的友人、亲朋在我的眼中，比春天还要宝贵，我像送别春天一样送他，又想让春天如我一般陪他！抛去送别惜情不谈，就这四句纯粹是惜春送春寻春的佳作，堪比黄山谷的前词。

　　王观（1035年—1100年）字通叟，江苏如皋人。嘉祐二年（1057年）进士，有官职,名声与江苏高邮的秦观同,并称"二观"。被视作王安石的门生,受打击被夺官。《卜算子》一词是送鲍浩然去浙东时所作。黄庭坚(1045年—1105年)与王观为同时代人,晚生于王观十年,在王卒后五年故。《清平乐》约作于1105年,王观的词当然作于此前,词意词风词格甚至遣字造句如此相近,总归会有影响吧!你看看"若到江南赶上春,千万和春住","若有人知春归处,唤取归来同住",都是一等一的好词!

黄庭坚字鲁直,号山谷道人,洪州分宁人(今江西九江修水县)。治平四年(1067年)中进士,为官有政声,然其从政经历坎坷,屡陷厄境,但不改秉性,不畏权贵,敢于直言,其高风亮节为人敬仰。因仰慕苏轼,与张耒、晁补之、秦观同执苏轼门生礼,号"苏门四学士"。其诗词用意深至,又词气疏宕,齐名苏轼,称"苏黄";在书画方面称"苏黄米蔡",宋四家之一。

黄庭坚开创了"江西诗派",在宋代影响很大。在诗作方面提倡"无一字无来历"、"点石成金"、"夺胎换骨",注重用字、句法、章法,并且身体力行。其少时即聪慧,七岁作《牧童诗》:"骑牛远远过前村,吹笛风斜隔岸闻。多少长安名利客,机关用尽不如君。"如此有政治眼光或洞明世事,不可思议!其八岁赋诗送人赴举:"万里云程着祖鞭,送君归去玉阶前。若问旧时黄庭坚,谪在人间今八年。"突发奇想,贺人扬己,以问答形式,隐大抱负,展示了八岁儿童过人的才智。他又是一个坚毅之人,硬汉,屡遭谪贬,但不畏沉浮、不惧否罚,傲然处世。诗《雨中登岳阳楼望君山二首》其一:"投荒万死鬓毛斑,生出瞿塘滟滪关。未到江南先一笑,岳阳楼上对君山。"遭贬谪处荒凉九死一生,说不尽的艰难苦恨,然而临高远眺面山直水,本色依旧,豪迈乐观,豁达洒脱,精气神不逊当日。他的《念奴娇》词:"断虹霁雨,净秋空,山染修眉新绿。桂影扶疏,谁便道,今夕清辉不足?万里青天,姮娥何处,驾此一轮玉。寒光零乱,为谁偏照醽醁?　　年少从我追游,晚凉幽径,绕张园森木。共倒金荷,家万里,欢得尊前相属。老子平生,江南江北,最爱临风笛。孙郎微笑,坐来声喷霜竹。"此词作于其谪居西南戎州(今四川宜宾)时,虽处逆境,一样欣赏明月,纵然有所感慨,但不弃生活的勇气和坚韧;身边有人追随,杯中灌满美酒,又有喜欢听的曲子,那个孙郎,笛声真是高妙!那种荣辱于我等闲,我自好自为之的劲头栩栩如生!黄庭坚本人就极喜欢此词,自诩:"或可继东坡赤壁之歌!"

江西诗派的脱胎换骨、点石成金概由强调"无一字无来历"所致,于是难免会产生奇拗硬涩的感觉,也带来些许故事。黄庭坚有一首《题画睡鸭》,诗如下:"山鸡照影空自爱,孤鸾舞镜不作双。天下真成长会合,两凫相倚睡秋江。"而看看南朝徐陵(507年—583年)的《鸳鸯赋》则无语了。原文为:"山鸡映水那相得,孤鸾照镜不成双。天下真成长会合,无胜比翼两鸳鸯。"居然全部搬来了徐陵的原作,略作点化,这也许就是"点石成金",因为黄诗的末句"两凫相倚睡秋江"有亮点,挺出色。这样的例子有不少。所以宋人魏泰在《临汉隐居诗话》中评黄庭坚的诗:"好用南朝人语,专求古人未使之事,又一二奇字,缀葺而成。"清代刘熙载在《艺概》中谓:"黄山谷词,用意深至,自非小才所能办。惟故以生字、俚语侮弄世俗,若为金、元曲家滥觞。"十分中肯。

人间好时节

——(宋)慧开禅师

　　慧开禅师的《颂平常心是道》诗,很有意思:"春有百花秋有月,夏有凉风冬有雪。若无闲事挂心头,便是人间好时节。"用在题目简约了,放在整首诗中看则无虞误解,意思完整了。这是一首禅味浓厚的诗偈。春夏秋冬,时序时光,平常而已,光阴似箭,日月如梭,风花雪月,转头轮替,逝者如斯,诸物随之。人生在世,你说无事或无闲事(且不说什么是闲事,什么是事),不太可能。不如意之事,闲言碎语,坎坷波折,遭受重创,甚至陷身逆境,诸如此类的总会伴随着每个人;家庭、社会范围内的求学、就业、谋事、仕途等等,对一个人来说总不会处处事事时时皆顺。关键在于遇上了便要正视、接受、处好、放下。对许多事应该看清、看开、看淡、看透、看穿、看破。除却烦恼忧伤,不把那些不愉快不高兴的事搁在心头,眼宽心宽气宽,心平意平语平,于人于事于世,就会受益无穷,就会过上有品质的生活,享受人间好时节。当然这也许是纯世俗的一种诠释。

　　慧开禅师(1183 年—1260 年)俗姓梁,字无门,世称无门慧开,杭州钱塘人。披剃出家后,遍访天下名山,寻师访道,又投在万寿月林师观座下参学。在师观的教诲下,苦参六年,甚至夜不倒单,极其用功。一日豁然开悟,随后虔心度众弘法行走多处寺院,名震一时,成为高僧,受到四众弟子的尊敬。他曾将历代禅宗重要的公案勘选汇编,选择了四十八则,加上评唱及颂,集成《无门关》一书。并自序道:"大道无门,千差有路;透得此关,乾坤独步。"书中的第十九则就是"春有百花秋有月"那段偈语。其中还有若干文字。南泉因赵州问:"如何是道?"泉云:"平常心是道。"那么什么是平常心及平常心是道,南泉是马祖道一的弟子,这就要说到马祖道一禅师(公元 709 年—788 年),其主张道不用修,或说任心为修。即心即佛——非心非佛——平常心是道成为他的佛性思想与实践的总纲。他认为"平常心是道。何为平常心? 无造作、无是非、无取舍、无断常、无凡无圣";"行住坐卧,应机接物,尽是道"。在马祖禅师之后,对平常心是道的解释也多了起来,如"平常心就是要眠就眠,要坐就坐,热时取凉,寒时向火"。"饥来食,困则眠,热取凉,寒向火。平常心即是自自然然,了无造作,了无是非取舍,只管行住坐卧,应机接物。""没有分别矫饰,超越染净对待的自然生活,是本来清净自然心的全部显现";"无事是贵人,但莫造作,只是平常"。

应该说《无门关》的这个第十九则偈语以及带出来的关于平常心及平常心是道的解释、剖析文字平直,道理浅显,普通朴素,朗朗上口,只是真正做到就不容易了。但不管怎样,让人十分受用,平常日子,平常心,心平行直,就做些平常事,做好一个平常人。这首诗偈在当时就很受欢迎,也很快流传开来,今日依旧影响很大。

日本古代梦窗国师(1275年—1351年)亦有一诗为:"青山几度变黄山。世事纷飞总不干。眼内有尘三界窄,心头无事一床宽。"此诗与前诗颇有意合,同样富于哲理。无论世事变幻如何,如不能做到眼明心净,放下尘事、闲事,一个人就不会自由、自主、自在。反之,即便处境一时很差,不顺遂,如若持以此种心态,恐怕局面会改观、翻转。"心头无事一床宽"十分贴切、形象。

宋代高僧法演禅师(1024年—1104年)有过《心闲到处闲》诗,云:"但得心闲到处闲,莫拘城市和溪山。是非名利浑如梦,正眼观时一瞬间。"心无所欲,心无所碍,心无牵挂,心无闲事,自然简单、宁静、恬淡、安逸,不着相,不比较,不算计,不计较,就会活得轻松,身闲心闲,天下去得。是非名利到处有,但从大的格局看,从长远的目光看,如白居易所说那样"蜗牛角上争何事,石火光中寄此身"(《对酒五首·其二》),只是一瞬间的事,又有什么割不断、弃不了、舍不得、放不下的呢?!

类似的话语不少,如:心中无事是清欢;心中无事天地宽;心中无事到云昏;心中无事无萦系等等。又大都服从服务于无闲事,心当宽,平常事,平常心。

采菊东篱下，悠然见南山

——（东晋）陶渊明

陶渊明"自幼修习儒家经典，爱闲静，念善事，抱孤念，爱丘山，有猛志，不同流俗"；小时候"总角闻道"；又"少年罕人事，游好在六经"；"猛志逸四海，骞翮思远翥"，在他的身上闪烁着儒、道两家的精华和修养，矛盾在其身融合，混为一体。

陶渊明(352 年或 365 年—427 年)字元亮，又名潜；获私谥靖节，世称靖节先生。浔阳柴桑人(今江西省九江市)。八岁丧父家境转劣，但依旧好学，秉持大志。二十岁开始他的游宦生涯，历任江州祭酒，建威参军，镇军参军，彭泽县令等。其为人高洁，鄙视官规秽弊；义熙元年(405 年)八月为彭泽令，这是他的最后一次出仕。一次，郡遣督邮至县，官吏让他束带见之，他不耐如此，说："吾不能为五斗米折腰向乡里小儿。"即日解印绶，去职归隐，这时他刚上任仅八十多天。此之前的十多年内，陶渊明流寓于仕与耕之间，多为小官吏或农村的中小地主。归隐后，他自己耕耘颇多，境况亦不良。其间数有召或荐，其均辞而不就。

他的咏怀诗往往抒发自己不与世俗合污的高洁，表达自己的济世志向，以及有志难酬的苦闷，儒家求进欲达的心迹。

他是第一个大量写饮酒诗的大诗人，以"醉人"的语态、眼光、口吻或指责是非颠倒，毁誉雷同的上流社会，或反映揭露仕途的险恶、叵测，或表达脱离官场后的怡然心情，或流露在困顿愁苦中的牢骚和不平。归隐之后他写有许多田园诗，这在他的全部著述中属于数量多，成就高，内容多为坚持自己的节操，抒发对生活的热爱，表达对劳动的热爱和对劳动人民的同情、赞美，申扬对理想社会的追求和向往。由此其被誉为中国第一位田园诗人，"古今隐逸诗人之宗"(南朝梁钟嵘)，对后世影响巨大而深远。

他的散文辞赋亦成就突出，如《五柳先生传》《桃花源记》《归去来兮辞》，宋代欧阳修这样评说:"晋无文章,惟陶渊明《归去来兮辞》一片而已。"而众所周知的《桃花源记》曲折反映了东晋时统治阶级对人民的压榨,徭役猛如虎,人民被迫逃亡的种种世象,文字亮丽、纯真,体现了作者对社会出路、人民幸福的思考,给出了"桃花源"这样的答案。

陶渊明的语言本色,平淡却又精炼,运用的手法多为白描、写意以达到勾勒景物,点染化出境界,构思巧妙,把深厚的感情和丰富的思想寄寓于朴素平易的语言之中,容易读懂,亦可加以细细的品味,可以从中领略其深切的内涵以及韵味意趣。虽然他的语言总体上是平淡为主的,但也有爽朗清逸抑或有豪迈雄健,即被称为"金刚怒目式"的气势。

"结庐在人境,而无车马喧。问君何能尔,心远地自偏。采菊东篱下,悠然见南山。山气日夕佳,飞鸟相与还。此中有真意,欲辨已忘言。"(《饮酒·其五》)这是他最具代表性的作品之一。《读山海经·其十》:"精卫衔微木,将以填沧海。刑天舞干戚,猛志固常在。同物既无虑,化去不复悔。徒设在昔心,良辰讵可待。"这首诗也常常被提及。他还有《咏荆轲》一诗:"君子死知己,提剑出燕京";"雄发指危冠,猛气冲长缨";"图穷事自至,豪主正怔营";"惜哉剑术疏,奇功遂不成";"其人虽已没,千载有余情",这些诗句读来犹感豪气及惋惜。

他的《归去来兮辞》有云:"归去来兮,田园将芜胡不归? 既自以心为形役,奚惆怅而独悲。悟已往之不谏,知来者之可追;实迷途其未远,觉今是而昨非。"如此感慨如此厚重,可谓无由再达,非陶渊明而不得见!

他的其他一些名句亦甚有味道,如:

"盛年不重来,一日难再晨,及时当勉励,岁月不待人。"

"日月掷人去,有志不获骋。念此怀悲凄,终晓不能静。"

"前途当几许,未知止泊处,古人惜寸阴,念此使人惧。"

"不戚戚于贫贱,不汲汲于富贵。"

"好读书,不求甚解。每有会意,便欣然忘食。"

苏东坡私淑陶渊明,极敬极重极其佩服,曾经作了109篇和陶诗,他认为:"渊明诗初看似散缓,熟看有奇句……大率才高意远,则所寓得其妙,造语精到之至,遂能如此。似大匠运斤,不见斧凿痕迹。"又说:"吾与诗人无所甚好,独好渊明之诗。渊明作诗不多,然其诗质而实绮,癯而实腴,自曹、刘、鲍、谢、李、杜诸人,皆莫过也。"

萧统,就是编纂《昭明文选》的那位南朝梁的皇太子,说:"渊明少有高趣,博学,善属文;颖脱不群,任其自得。"

宋杨万里有说:"渊明之诗,春之兰,秋之菊,松上之风,涧下之水也。"

宋朱熹云:"陶渊明诗,人皆说是平淡,据某看他自豪放,但豪放得来不觉耳。"

卧雪眠云,吟风弄月

"闲中不放过,忙中有受用;静中不落空,动中有受用;暗中不欺隐,明中有受用。"这是洪应明在其《菜根谭》中说的。明人的性灵之说及修身养性的许多行动举措有其独到之处;大概是由于社会变化,各种矛盾交织所致,一般文人于外无补无助,只能修炼自身了。然而这种处闲或貌似闲恬,包括"卧雪眠云,吟风弄月",并非无用功,就如篇首的那段话。

洪应明,字自诚,号还初道人,生卒不详。生活在明神宗万历年间,四川新都人(今四川新都县)。明代思想家,学者。其幼慕纷华,晚栖禅寂,潜心著述,有《菜根谭》《仙佛奇踪》等著作传世。传说其因贫,又不忍见人浪费,买下别人弃置的菜根,并将其腌制成美味的咸菜,获友人赞誉:性定菜根香。取意宋人汪革之言:咬得菜根,百事可成,并引之为书名。其书《菜根谭》面世已四百年,系收集编著关于人生处事修养等方面的格言语录体而成的小品文集,含义深刻,闪烁着中华文化、文明以及儒释道的精华、光芒,富有积极意义和警醒作用。此书充满智慧,隽语名言遍及,颇可玩味,亦可作用于人生,所以也被视作出世入世的法则。如:"不责人小过,不发人阴私,不念人旧恶;三者可以养德,亦可以远害";"冷眼观人,冷耳听语,冷情当感,冷心思理";"觉人之诈,不形于言,受人之侮,不动于色";"热闹中着一冷眼,便省许多苦心思;冷落处存一热心,便得许多真趣味";"世态有炎凉,而我无嗔喜;世味有浓淡,而我无欣厌";"交友须带三分侠气,做人要存一点素心";"争是不争,不争是争";"高一步立身,退一步处世";"信人者,人未必尽诚,己则独诚矣;疑人者,人未必皆诈,己则先诈矣";"听静夜之钟声,唤醒梦中之梦;观澄潭之月影,窥见身外之身";"君子虽不玩物丧志,亦常以借境调心"。

本着过好每一天的旨意,洪应明该潇洒时便潇洒:"临游而弹,竹涧焚香,登峰远眺,坐看云起,松亭试泉,曲水流觞,烟波钓叟,篷床高卧,妙不可言。""风花之潇洒,雪月之空清,唯静者为之主;水木之荣枯,竹石之消长,独闲者操其权。""宠辱不惊,闲看庭前花开花落;去留无意,漫观天外云卷云舒",真一个生活、生命的主人。

《菜根谭》与《小窗幽记》(明陈继儒)、《围炉夜话》(清王永彬)合称人生处事"三大奇书"。

陈继儒应在洪应明之后,他在《小窗幽记》《太平清话》中也有如同洪应明一样的表述,闲情逸致:"清闲之人不可惰其四肢,又须以闲人做闲事:临古人帖,温昔年书;拂几微尘,洗砚宿墨;灌园中花,扫林中叶;觉体少倦,放身匡床上,暂息半晌可也";"灯下玩花,帘中看月,雨后观景,醉里题诗,梦中闻书声,皆别有趣";"净几明窗,一轴画,一囊琴,一只鹤,一瓯茶,一炉香,一部法帖;小园幽径,几丛花,几群鸟,几区亭,几拳石,几池水,几片闲云"。又"凡焚香、试茶、洗砚、鼓琴、校书、候月、听雨、浇花、高卧、勘方、经行、负暄、钓鱼、对画、漱泉、支杖、礼佛、尝酒、宴坐、翻经、看山、临帖、刻竹、喂鹤,右皆一人独享之乐"。呜呼,人间雅事、闲趣应该网罗殆尽了吧!

此外,清代养生家石成金,清代画家高桐都有过"养生十乐",除提及"耕耘之乐,教子之乐,畅谈之乐,沐浴之乐"外,大都雷同。

明清之际的清言小品集,因为是收集编著,往往出现一种互串的现象,"你中有我,我中有你",即有些话可以挂在洪应明的头上,也可以放在陈继儒或别人的名下;又因为后人的辑录演绎,往往斩头去尾为我所用,所以造成一定的杂乱混重,给人以似曾相识的感觉。最后以陈继儒的话来收尾:不过瑕不掩瑜。

白云千载空悠悠

——(唐)崔 颢

唐诗人崔颢因为《黄鹤楼》诗闻名天下,又令李白心悦诚服束手他去,欲以《登金陵凤凰台》之"凤凰台上凤凰游"与崔颢逐一高低,好像也没有比赢。宋严羽的《沧浪诗话》云:"唐人七言律诗,当以崔颢《黄鹤楼》为第一。"尽管明胡应麟称杜甫的《登高》为古今七律之冠。这样崔颢的一首《黄鹤楼》居然比肩当时诗坛的顶尖人物:诗仙李白,诗圣杜甫;而且明显胜出,佳话可传千古。

崔颢何许人也? 其生卒为 704 年—754 年,字号不详,汴州人(今河南开封)。唐开元十一年(723 年)进士,官太仆寺丞,司勋员外郎。曾做过幕僚,到过边塞,游历很广。其秉性耿直,才思敏捷;也有说其年少轻狂"有文无行",多写上层包括贵妇生活,流于浮艳;后期诗风一变:"忽变常体,凡骨凛然,一窥塞垣,说尽戎旅。"(唐殷璠《河岳英灵集》)一些作品气势激昂,雄浑奔放;又有一些作品清新自然,有民歌风味。

"昔人已乘黄鹤去,此地空余黄鹤楼。黄鹤一去不复返,白云千载空悠悠。晴川历历汉阳树,芳草萋萋鹦鹉洲。日暮乡关何处是,烟波江上使人愁。"这首《黄鹤楼》说是七律,可前半部分,首联、颔联出人意外,连用三"黄鹤",破了律诗规矩,但又一气呵成,势如破竹,势成必然,无突兀之感,无累赘之嫌。颔联又以"白云千载空悠悠"句收,一下子平缓下来,有一种怅然、空灵以及历史的沧桑感,读之细忖可以有许多联想,韵味要胜云卷云舒、花开花落之类,后四句又将此种空远悠然带回现实,登楼、远眺,映入眼帘的河流、小洲、树木、芳草,在黄昏时节、日暮之际触动乡愁,寄身江湖,情思古今,推己及人,"烟波江上使人愁"。此诗开阖自如,形式、格律为内容(景、情、观、念)服务。学人对诗作向来挑剔,独独对此青睐。清沈德潜评此诗云:"意得象先,神行语外,纵笔写去,遂擅千古之奇。"(《唐诗别裁》)此诗颔联、尾联的各句不愧为名篇中的名句。

李白是个恃才傲物的大才子,他也数次到过黄鹤楼,"一忝青云客,三登黄鹤楼",他当然要在黄鹤楼留下自己的印记。宋计有功《唐诗纪事》有载:世传太白说,眼前有景道不得,崔颢题诗在上头。李白想题诗黄鹤楼但题不了,他便另辟蹊径,用了崔颢的表达手法来写自己的东西。"凤凰台上凤凰游,凤去台空江自流。吴宫花草埋幽径,晋代衣冠成古丘。三山半落青天外,一水中分白鹭洲。总为浮云能蔽日,长安不见使人愁。"诗的首联十四个字中出现了三个"凤",其中第一句七字中用了二个"凤凰",较之崔颢更甚,押的又是同韵。平心而论,毕竟出自李白之手,当然是唐诗瑰宝,历来脍炙人口。写景不差,抒情亦不差,这是一个例子,李白另有《鹦鹉洲》诗:"鹦鹉来过吴江水,江上洲传鹦鹉名。鹦鹉西飞陇山去,芳洲之树何青青。烟开兰叶香风暖,岸夹桃花锦浪生。迁客此时徒极目,长洲孤月向谁明?"作者以"迁客"自喻,诗应作于晚年,仿崔颢的痕迹依然明显。

崔颢的《古游侠呈军中诸将》一诗大气雄迈,值得一读:"少年负胆气,好勇复知机。仗剑出门去,孤城逢合围。杀人辽水上,走马渔阳归。错落金锁甲,蒙茸貂鼠衣。还家且行猎,弓矢速如飞。地迥鹰犬疾,草深狐兔肥。腰间带两绶,转眄生光辉。顾谓今日战,何如随建威?"从中亦可知悉其诗风之变。崔颢还有《长干曲》四首,选其二首的为多见。"君家何处住?妾住在横塘。停船暂借问,或恐是同乡。""家临九江水,来去九江侧。同是九江人,生小不相识。"此以问答来交代,含蓄间意在言外,女子先发问,男子在回答时有相见恨晚的感觉,这样亦中女子下怀,欲与男子沟通,已有了好感。二诗明快,淳朴,具民歌风貌。补录第三首:"下渚多风浪,莲舟渐觉稀。那能不相待,独自逆潮归?"表达了同在水中,在遭遇风浪时互相关照、帮助的友谊;当然也可以读出他意。

附录杜甫被胡应麟认为古今七律之冠的《登高》:"风急天高猿啸哀,渚清沙白鸟飞回。无边落木萧萧下,不尽长江滚滚来。万里悲秋常作客,百年多病独登台。艰难苦恨繁霜鬓,潦倒新停浊酒杯。"宋严羽说过:"唐人好诗,多是征戍迁谪行旅离别之作,往往能感动激发人意。"应该说此篇文章中的崔颢、李白、杜甫之诗均在此列。

后　记

　　付梓在即,仍意驰无歇。知晓了解了那么多的圣贤的事业、事迹,深深地为他们的行迹、心态、格局、境界所折服,他们的嘉言懿行,丰功伟绩,生动,壮观,气吞山河,可以与日月同辉,与天地同寿。

　　人生的经历各不相同,往往又是可遇而不可求,无论安时处顺或置陷困境,圣贤即是我们的榜样,他们的言谈举止尽可以让我们体悟、感知,追慕效行,启迪并助力于我们的人生之路。

　　"天行健,君子以自强不息";"地势坤,君子以厚德载物"。(《周易》)炎黄子孙,中华儿女,血脉相连文化与共,更有着共同的目标、追求,坚持发扬和光大中华精神、中华文化,增强凝聚力、包容性和创造性,去争取属于我们这一辈、这一代的辉煌!

图书在版编目(CIP)数据

向圣贤致敬:悟人生境界/汪仲华著.—上海:
上海人民出版社,2019
ISBN 978-7-208-15829-0

Ⅰ.①向… Ⅱ.①汪… Ⅲ.①随笔-作品集-中国-
当代 Ⅳ.①I267.1

中国版本图书馆 CIP 数据核字(2019)第 075123 号

责任编辑　汪耀华　刘华鱼
封面设计　王　蓓

向圣贤致敬:悟人生境界
汪仲华　著

出　　版　上海人民出版社
　　　　　　(200001　上海福建中路193号)
发　　行　上海人民出版社发行中心
印　　刷　上海商务联西印刷有限公司
开　　本　720×1000　1/16
印　　张　18
插　　页　4
字　　数　283,000
版　　次　2019年5月第1版
印　　次　2020年7月第2次印刷
ISBN 978-7-208-15829-0/B·1394
定　　价　45.00元